U0483995

汇评韩陈其诗歌诗论

祝诚　沈仰槐　主编

江苏凤凰文艺出版社
JIANGSU PHOENIX LITERATURE AND ART PUBLISHING

图书在版编目（CIP）数据

汇评韩陈其诗歌诗论 / 祝诚，沈仰槐主编. —南京：江苏凤凰文艺出版社，2022.5

ISBN 978-7-5594-5503-1

Ⅰ. ①汇… Ⅱ. ①祝… ②沈… Ⅲ. ①韩陈其—诗歌评论—文集 Ⅳ. ①I207.22-53

中国版本图书馆 CIP 数据核字(2021)第 237986 号

汇评韩陈其诗歌诗论

祝诚　沈仰槐　主编

责任编辑　万馥蕾
装帧设计　王小耳
责任印制　刘　巍
出版发行　江苏凤凰文艺出版社
　　　　　南京市中央路 165 号，邮编：210009
网　　址　http://www.jswenyi.com
印　　刷　苏州市越洋印刷有限公司
开　　本　787 毫米×1092 毫米　1/16
印　　张　19.5
字　　数　280 千字
版　　次　2022 年 5 月第 1 版
印　　次　2022 年 5 月第 1 次印刷
书　　号　ISBN 978-7-5594-5503-1
定　　价　88.00 元

韩陈其教授留影

人生三字经：言意象

（对联）

韩陈其

兢兢学者，
少狂迷汉语，
半世探究言意象，
春思一生，
洋洋羡余逸度；

萌萌诗人，
古稀歌韩诗，
一心回归江湖海，
秋望八垓，
靡靡宽骚情怀。

七牛奔腾图(国画)　宫玉淦

猛牛群奔向曙红

（宽骚体）

沈仰槐

南蛮北侉兮牛之水旱，江奔海阔兮山之雪源。
视纵听横兮觉之心田，尘红野绿兮蹄之汗漫。
天呼高哉累以星系而无限，地响厚哉炽岩浆而有变。
智慧人也就古今其又问玉宇，神圣业也就巨细其又答金语。
行止行兮感悟诗画急初胆尽才，思索思兮推演时空及若去如来！

牛首春浓

（宽骚体·并序）

韩陈其

金陵牛首，亦名天阙，佛教名山，为牛头禅宗之开教发祥地。牛首山春光迷人，故有“春牛首”之称。

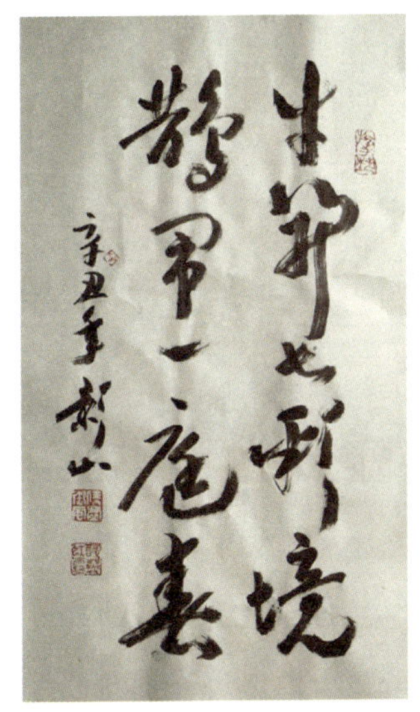

书法 沈仰槐　　篆刻 李治

登我天阙兮望乎牛首，
峰岚翠微之朦胧春光！
登我天阙兮望乎牛首，
佛顶圣宫之禅境佛光！
登我天阙兮望乎牛首，
娑罗穹顶之日月仰光！
登我天阙兮望乎牛首，
释迦摩尼之涅槃禅光！
登我天阙兮望乎牛首，
六波罗蜜之舍利重光！
登我天阙兮望乎牛首，
洗心洗魂之万象风光！
登我天阙兮望乎牛首，
弘觉寺塔之梵刹荣光！
登我天阙兮望乎牛首，
宝船风帆之丝绸耀光！
登我天阙兮望乎牛首，
岑碧花秾之隐龙湖光！
登我天阙兮望乎牛首，
倾城倾国之烟岚霞光！
登我天阙兮望乎牛首，
乾龙坤牛之华夏开光！

目　录

序言

诗得江山助　论以象律传——读韩陈其两部诗集感言｜祝　诚｜1

意境传神(油画)

第一辑　诗家学者

朦胧萌坼　浑沌贞粹——与韩陈其先生讨论言、意、象 | 金元浦 | 3

汉语诗歌形式的一次改革尝试——读《韩陈其诗歌集》 | 朱宏恢 | 12

新作格律诗词之格律别识——读《韩陈其诗歌集》有感 | 吴　敢 | 15

韩诗“五律”:汉语诗歌新格律的建树 | 李葆嘉 | 22

韩陈其和他的言意象 | 段业辉　孙　怡 | 37

领异标新二月花——《韩陈其诗歌集》新意探美 | 李金坤 | 42

大象无形,诗道致宽——《韩陈其诗歌集》简评 | 陈　燕 | 52

大江奔海　高天叠彩——诗家清流:不一样的学者之诗 | 夏筱轩 | 58

自古成功在尝试——《韩陈其诗歌集》对新诗体的探索 | 踪　凡 | 62

浅论韩陈其诗歌的古典诗学底蕴 | 孙　微 | 65

也谈韩氏“五律观” | 端木三 | 71

象——汉语诗歌之魂 | 董国军 | 87

韩陈其诗歌特色初探 | 周　渡 | 90

形式创造的意义与汉语的踪迹——读韩陈其诗论及《雪樱销魂》诗所感 | 荣光启 | 97

笔走龙蛇铸新篇——读《韩陈其诗歌集》札记 | 刘嘉伟 | 102

樱花季节忆珞珈——读《韩陈其诗歌集》有感 | 田　馨 | 107

云水之间——韩诗掠影 | 史华娜 | 111

语言文字学家出身的汉语新格律诗创作达人——读《韩陈其诗歌集》感言 | 常志伟 | 114

香雪缤纷（点彩油画）

第二辑　文教精英

旗帜高扬　诗当如斯——谈《韩陈其诗歌集》的思想取向和艺术成就｜郭东军｜119
岁月洗铅华　浪涛炼真金——读《韩陈其诗歌集》有感｜李爱玲｜133
观象师造化　设象尽衷肠——读《韩陈其诗歌集》有感｜陈柏华｜135
贯通古今的韩陈其诗歌｜张大华｜140
新诗的困境与出路——兼说读《挂怀》一诗的感受｜仲济民｜142
言意象——构建中国现代诗创作新体系｜董超标｜149
诗歌:幼儿语言发展中的促进与意义｜陆　旭｜152
春水满四泽　夏云多奇峰——读《韩陈其诗歌集》｜吕荣明｜158
韩诗新格律:立足传统　致力创新　忠于志趣——品读《韩陈其诗歌集》｜高　燕｜162

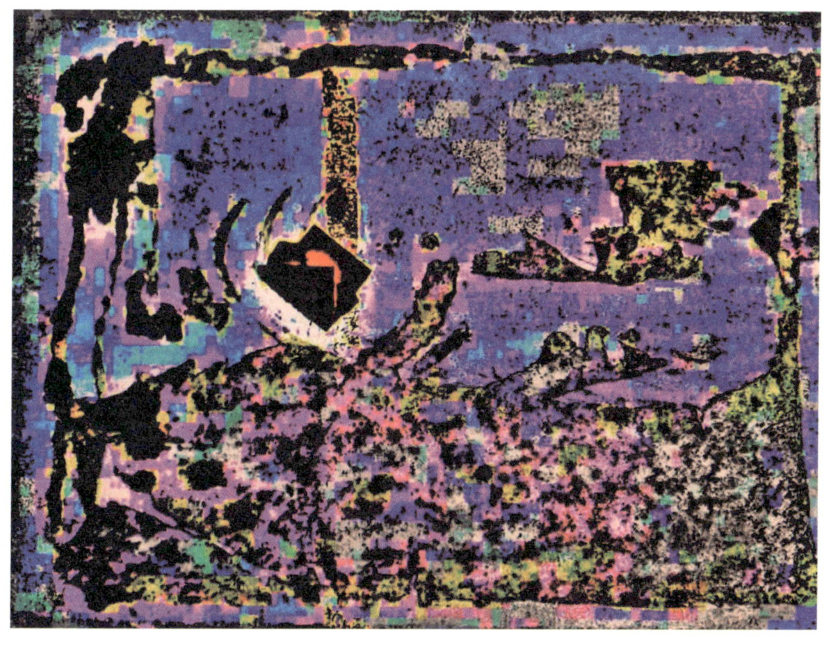

八方行旅(装饰画)

第三辑　海外知音

言意象观照中的韩诗的大美世界——读《韩陈其诗歌集》| 周丽丽 | 173

工科博士读韩诗:论韩诗的理论科学实验之美 | 邵　奇 | 180

真情实意　声声入心——读《韩陈其诗歌集》有感 | 王　森 | 184

管中窥豹看韩诗——对《韩陈其诗歌集》的浅赏 | 张熙霖 | 189

高山流水　魂萦梦牵——读《韩陈其诗歌集》有感 | 杨　洋 | 194

舞动青春(水粉画)

第四辑　乐诗学子

韩陈其诗歌中的动物意象与隐喻 | 郑淑花 | 201

承接古今重构诗歌高阁　一代宗师巧赋时代华章——读《韩陈其诗歌集》有感 | 于昌灵 | 203

以“象”为本，超然物外——读《韩陈其诗歌集》有感 | 陈　逍 | 207

“诗意”地生活，方可获诗意之生活——读《韩陈其诗歌集》有感 | 张　鑫 | 210

论《韩陈其诗歌集》之新 | 宋娇媚 | 213

海纳百川　推陈出新——读《韩陈其诗歌集》有感 | 皇桂臣 | 220

论《韩陈其诗歌集》中的用典 | 降宇婷 | 226

《韩陈其诗歌集》的意象选立及形式创新 | 郭姣姣 | 233

传承中的创新——《韩陈其诗歌集》读后 | 徐源沛　乔秋颖 | 239

世代有风雅，韩诗气象新 | 杨小平 | 241

《韩陈其诗歌集》刍议 | 陈　洋 | 244

光影交织(水彩画)

第五辑　唱和新声

贺《韩陈其诗歌集》出版（齐正体）｜朱宏恢｜249
将拟五律改为韩氏宽骚体示例｜吴　敢｜250
读《韩陈其诗歌集》效其宽骚体书感｜袁本良｜251
致敬韩陈其教授（宽骚体）｜李金坤｜253
天地唯一象（韩氏齐正体）｜陈柏华｜254
韩诗一吟万象奇（诗词八首）｜李爱玲｜255
《韩陈其诗歌集》诗评（宽骚体）｜杨小平　乔秋颖｜257
宽骚动容——读《韩陈其诗歌集》（宽骚体四首）｜吴宜高｜258
韩家巷陌　陈其异彩——读《韩陈其诗歌集》有感（四言齐正体）｜张天来｜259
南京临河步韵韩陈其教授（七绝·新韵）｜沈仰槐｜261
奋发图新求美奇——读《韩陈其诗歌集》而赋（宽骚体）｜许国其｜262
读韩诗有吟（七绝二首·新韵）｜洪素琴｜263
咏韩诗新风雅（宽骚体）｜杨小平｜264
三思曲（宽骚体三首）｜翁治清｜265

第六辑　诗潮演示

诗开新生面　论展新象律——试评韩陈其教授诗歌诗论
| 沈仰槐 | 269

影山霞光(彩墨画)

贺《韩陈其诗歌集》出版

祝　诚

一论三维立高标，
五体八卷献样稿。
时代新风新诗貌，
格律韩诗分外娇。

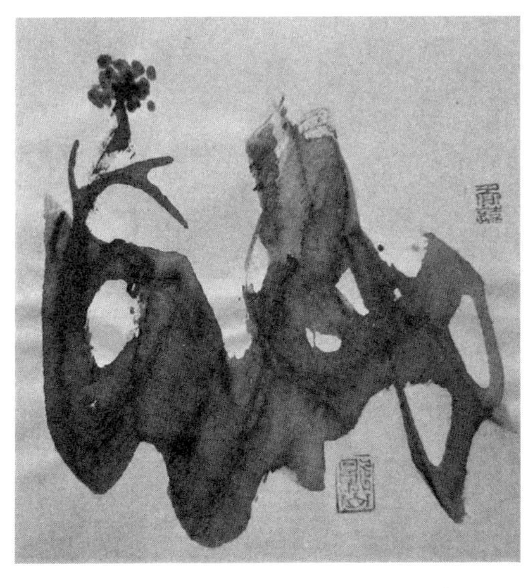

石在可人花果增色香　镜涵天客

序　言

诗得江山助　论以象律传

——读韩陈其两部诗集感言

祝　诚

中国人民大学韩陈其教授，是饮誉海内外的汉语言文字学家。他在语言文字学的广阔领域纵横捭阖、探幽索微四十余年，成果卓著。与此逻辑思维同步并行，他又在其独创的“言意象观照”理论指导下，运用“象思维”创作新格律诗，先后奉献出《韩诗三百首》《韩陈其诗歌集》两部诗集，引起学术界与诗歌界广泛而热烈的反响。正如其所言：“余为兢兢书匠，亦为萌萌诗人。”（见《韩陈其诗歌集·诗序》，以下简称《韩诗序》）当语言学家遇到了诗歌达人，将揭示出哪些科学的真谛，又将碰撞出哪些诗歌艺术的奥旨呢？这令人既仰慕又好奇。今捧读、吟哦一番，深有感悟，获益匪浅，遂作此文，略抒管见。

文学是语言的艺术。诗歌，又是文学百花园中最讲究语言的艺术。它最富有形象性，最重形式感，最具音乐美。而语言的基本特征，不外乎“音、形、义”三维。因此，最讲究语言之美的汉语诗歌自应最追求音律美、形律美和义律美。

韩陈其教授的这两部诗集，正如二书书名副题所示，是“言意象观照中的原创中国诗歌”。他以首创性、系统性和独特性的“言、意、象”新概念，建构出了一个“汉语言意象诗歌创作系统”，并运用观象、取象、立象开展创作，提出新格律诗创作的“五体、五律”（齐正体、齐正律；宽骚体、宽骚律；宽韵体、宽韵律；宽对体、宽对律；宽异体、宽异律），创作了近千首特征鲜明的诗词作品。其诗作传承诗骚赋传统，富有中国特色、中国风格、中国气派，故而生动地体现了汉语言文字的音律美、形律美与义律美。

第一，韩诗与韩诗论有明确的音律美追求。主要表现在：

一是韵律的适度放宽上。具体而言，指韵脚的选择与选位，鼓励押韵以宽大为怀。古人的韵文创作，从格律诗的押平声韵，到词曲的平仄通押，直至曲艺的押十三辙，是一个渐次放宽韵部的走向。韩诗论把握其发展大势，既有律又破旧律，适当解放韵律限制。既可押平声韵，也可四声通押；既可一韵到底，也可任意换韵；既可异字为韵，也可同字为韵；既可双句为韵，也可单句为韵。这样，就能在确保诗思自由放飞的同时，充分展示其韵律美。所以，我们阅读、吟诵韩诗，真有大珠小珠落玉盘、累累不断如贯珠的韵律美享受。

二是叠合《诗经》两个四言句而在其中间加入《楚辞》的习惯性语气词"兮"和助词"之"而构成韩氏宽骚体的九言句式。这是直接传承"诗、骚"句式并合而为一的创新之举。而这"兮"字和"之"字，其作用不可小觑（详见韩陈其《言意象观照：释"之"》，香港中国语文学会《语文建设通讯》第 123 期，2021 年 3 月），它不仅仅是为了舒缓语气、承接前言与后语，而且借此形成了固定的音律，使诗句表现出节奏美、回环美与和谐美，体现了韩氏新格律的一种音律美。如《星云昆仑》诗：

宽骚长怀/兮/离离乾坤，
星歌云梦/之/生生昆仑。
流霞飞虹/兮/丝丝春旸，
龙埂铁瓮/之/依依京江。
高天叠彩/兮/炎炎华夏，
红尘染星/之/亲亲人家。
瀛海微澜/兮/悠悠清湖，
光华缤纷/之/遒遒天都！

诗句"兮""之"相间出，两句一换韵，体现出十分显豁的节奏美、回环美与和谐美，从而体现了韩氏新格律诗的音律美。

三是注重用词组音节（即音步），形成新格律诗的音律节奏。这一做法，好些提倡新格律诗的诗人均有所运用。诗人臧克家就曾提出：新诗应有"鲜明和谐的节奏，自然有序的韵式"（见周仲器、周渡《中国新格律诗史论》题词）。请看韩陈其的《京江水思》诗：

东南/西北/天下/水，
无如/原乡/清滑/水。
东风/西吹/桃花/面，
幸运/同饮/一江/水。

南水/北调/三千/里，
京华/可饮/长江/水。
迢迢/递递/相思/路，
甜甜/淡淡/长江/水。
一杯/香茶/迎/远客，
诸君/漫品/故乡/水。

全诗十句，前八句词组节拍（音步）两两对应，节奏感十分明显，音律感十分强烈。韩诗可贵的是，有意在末二句末三字之词组节拍处发生变异。这犹如歌曲尾声，为构成音律之高潮，特地体现出与前面音律有同异变化之妙。所以，末二句之音节变成“迎/远客”（一/二）与“故乡/水”（二/一）。这一音律安排几乎成了韩诗音节收尾的一个规律，如《青春无痕》诗之末二句：

江天/大演/沧桑/变，
歌舞/万方/唯/天真。

又如《云歌大风》诗之末二句：

喜逢/锦绣/花/春秋，
风雨/过后/霓虹/情。

再如《芳菲天涯》诗之末二句：

芳菲/思源/满天/霞，
一任/万里/尽/春风。

这就创造了同异变幻而又有规律可循的音律美。

四是毅然淡化平仄。节律美已有词组节拍显示，因此原本就已发生古今音变，如今再以平仄显示节律美的做法就完全可以淡出了。古人发音之“四声”为“平、上、去、入”，而今人发音之“四声”为“阴、阳、上、去”，即古入声今已消失，而古平声业已分为阴平、阳平，形成“入派三声，平分阴阳”的结果。如依然按照古人发现的“四声”分平仄两类不变，并遵从古人的平仄声律要求，显然不合今人的发声规律，有胶柱鼓瑟、削足适履、刻舟求剑的泥古之嫌。所以韩诗论指出：平仄之声律，“因为入声消失而显得毫无意义”（《韩诗序》)。这个结论十分果断。因为即使把平仄概念引入新诗语言运用,它所产生的节律感、音乐美也相当淡薄与有限,反而大大束缚了诗思的纵情翱翔。众所周知,在明代戏曲史上就有过临川派与吴江派之争,即汤沈之争。我们无意在此评骘双方的对错优劣,但汤显祖所说“不妨拗折天下人嗓子”的观点,正好反映出过苛的音律对作者思想感情的束缚达到何等严重程度。韩诗论提出淡化平仄的主张,是符合今人发声现状的,是权衡利弊得失的结果,是切合当代人创作诗歌的明智主张、利好之举。韩陈其为此制订了《现代诗韵与平水韵对照表》,提供了押韵标准。现在国家语委又有《中华通韵》问世以裨习用,而韩论宽韵的提出,可谓不约而同又殊途同归。想当年,沈约提出作诗“八病”说,终因束缚情思而遭抛弃,正是历史的必然。而“五四”以后的新诗,大多又全无音律可寻,无形式加以规范,顿使诗味尽失。韩诗论的提出,正是对新诗的救赎与对音律的回归,显示了智者的勇气与诗人的激情。

自然,“四声”去留问题,是对一种语言艺术的取舍与否,诗人尽可自行选择决定。但是,评判诗作不宜将是否运用“平仄”作为其好坏的标准。

第二,韩诗与韩诗论也有明确的形律美追求。主要表现在:

一是守正创新,正面提出“齐正体”“齐正律”。韩陈其痛切陈词:“汉语现代诗,在某种意义上似乎走到了一个无拘无束的极端:几乎完全没有章法,几乎完全没有诗法,几乎完全没有规制而随心所欲,丧失了作为汉语诗歌存在的基本形式条件!”(《韩诗序》)针对如此状况,他正面提出了齐正体,创建了齐正律。并强调指出:“这是汉语诗歌的基础形式新格律。”以此奠定了新格律诗的“基础形式”。这一诗体、诗律,源自汉语一字一音、字体齐整方正的特点。所以他说:“汉语诗歌的齐正律或者说是方正律,是由汉语语音结构特点尤其是汉字的齐正方正的特点而决定的。”(《韩诗序》)为了认识这一点,我们经历了百年曲折。新诗登上文坛时毫无格律可言,反而丢弃了“民族唱法”,模拟起“美声唱法”,请来了西方“女神”,“尝试”着创作新诗。在无格律、无形式可言的创作中,诗歌逐渐迷失了自身,以致无所适从,进退失据。经过百年来多位诗家如戴望舒、闻一多、何其芳、公木等人三番掀起新格律诗探索与倡导浪潮,如今韩诗论又一次提出了新诗格律化的系统主张,这是对旧诗格律的传承与改造,也是对新诗走向的反拨与新格律的重建。它证明了“旧瓶应该装新酒”,更证明了“改进后的旧瓶,即在传承基础上创建的‘新瓶’,更有利于装‘新酒’”,而且还证明了“应该用这种新瓶装新酒”,使新时代之新内容与新形式妙合无垠。这就是百年新诗史的一个历史经验。而“齐正体”“齐正律”的提出，正是其结晶之一。它搭建起一座连接我国新旧体格律诗的立交桥。从此以后，原本用旧格律写作的诗人可以轻而易举地写新格律诗，而原来写新诗的诗人也可以很便捷灵活地用新格律写作新诗。原来互不相涉、各有壁垒的两种诗体，从此接驳自适、接榫自然，并合二为一、亲如一家矣。谓予不信，请读下列韩诗，便可知余言之不诳也。《奔骥耄耋》：

美城忘年赤子心，
程门立雪东南黉。
明月清风品婵娟，
熙日丽景感昊空。
诗怀风雅歌远志，
泉阅溪流汇天泓。
奔骥耄耋正策鞭，
涌动诗潮千万重！

此诗，已消融了新旧诗格律之界限，也不用分辨其为新诗或为旧诗，它显示了韩诗新格律齐正体的艺术魅力。与之相呼应，韩陈其又提出“宽对体、宽对律”，自然是理所当然、相得益彰的事了。还需要指出的是，韩陈其创制的宽骚体，实际上也是一种新创的齐正体，完全符合齐正律。

二是韩诗与韩诗论提倡千篇一律的同时，也赞同一诗一律，因而创制了“宽异体、宽异律”，实现了“一律”与“多律”的辩证统一，并同样追求形律美。比如韩诗《扇之秋》：

秋
枫红
彩蝶翔
淡云熏风
婵娟霓云裳
参差烟花社鼓
大江奔涌入心窗
抚今怀古北固怅望
吴女尚香万里祭情殇
水漫金山白娘访仙梦乡

登高携手更上五峰岗

品茗赏花行酒问月

敢信嫦娥笑吴刚

天街欢声笑语

彩霞飞九江

长河落日

金桂香

清风

秋

从内容看，此诗写的是佳人所持扇面上所绘镇江“社日”之秋景秋色。作者、读者仿佛与“婵娟”一道面对浩浩长江，凝眸遥望，万象汇于笔端：诗人描绘扬子江京江段流传的爱情故事，诸如“孙尚香投江祭刘备”“白娘子水漫金山”“五峰山赏月问嫦娥”，直到想“象”翱翔，溯江而上，写到“长河落日照九江”“秋枫彩蝶金桂香”。纳千古人物、万里长江于“象”中，寄千秋爱情、万古恋情于“象”外，真乃“思接千载，视通万里”，令人不胜感叹唏嘘！而从形式来看，全诗19句，前10句1至10行为一“宝塔诗”，每行递增一字；而后9句11至19行，则每行递减一字，成“倒宝塔诗”。将其合而为一，则成一首“菱形诗”。显而易见，它是一种富有特色的“齐正体”诗，并非无“律”可依、无法可寻。作者在《韩陈其诗集》“卷八光华缤纷”全卷诗中，均是这样的“一诗一律”。韩陈其“宽异体、宽异律”的提出，构成了一个开放式的格律空间。不仅韩氏本人可创制，其他诗家也可尽展身手。比如，著名诗家顾浩先生所创制的新诗体“金陵八韵体”，也可称之为“宽异体”之佳作。这里不妨引录一首以共赏之。《中华情——欢庆新中国成立七十周年》（见《扬子晚报》2019年10月5日A3版）：

五星红旗飘扬，

五内浩气激荡，

我骄傲、我是中国人！

千古神圣江山，

千秋风流英杰，

我敬畏、我的华夏村！

百年佳梦正圆，

百姓宏愿皆还，
我欢唱、我盛日良辰！
七秩天翻地覆，
七情云蒸霞腾，
我感佩、我党盖世恩！

万里奇迹潮涌，
万落捷报雪飞，
我放眼、我满目缤纷！
九霄星月灿烂，
九州城乡辉煌，
我自豪、我屹立乾坤！
一霸肆意胡为，
一球嗤鼻相对，
我坚守、我这民族魂！
三顾四海浪高，
三思六合事急，
我牢记、我使命在身！

它以“六六八”为句式，前二句用宽对，句式整齐，全首诗押八韵，故称“金陵八韵体”。诗人以自豪、幸福、热烈的诗句抒写其“中华情”，以此向祖国献歌。可以说，这就是一首典型的韩氏“宽异体”诗。如果诗家都发挥才智诗情，神州大地的诗苑里必将显现出百花齐放、各呈异彩的新格律诗的朵朵奇葩！

以上所言，仅仅是狭义的“形律美”，已足以令人陶醉其中；若就韩诗与韩诗论所言之整个“言意象观照”中的诗歌形式来说，那又必将呈现出广义的“形律美”，如“象律美”，则更加美轮美奂矣。

第三，韩诗与韩诗论更有独到的义律美追求。主要表现在：

一是融古铸新立“象”论。夫“象”一词，在我国哲学史、文化史、诗论史上可谓源远流长、底蕴深厚，而且至今还鲜活地应用在汉语之中。韩陈其基于对“六书”的正确认识（取班固之“六书说”而弃许慎之“六书说”），十分精辟地指出:“象”乃是一个“名动合一”乃至“名动形合一”词。因此具有名词与动词乃至形容词等多种属性与多类词义。他在诸如王弼、刘勰、司空图、严羽、王渔洋等历代前人论“象”的基础上,层楼更上,明确指出:“象为汉语诗歌之永远灵魂”,并进而明言:“天下之妙,莫妙于象;汉语之美,莫美于象;汉字之奇,莫奇于象。汉语融象于声(声象),汉字示象于形(形象),肇始于象,浸染于象,孕育于象,光大于象,神乎其象。”(《韩诗序》)此语一出,具有民族特色的“象”论新诗学便焕然问世了。而用此“象”论观照创作,“观象则尽诗象至广,取象则尽诗象至美,立象则尽诗象至幻”。(《韩诗序》)韩诗遂一展新貌,百花齐放,千情迸发,万“象”更新矣。据此可见,若谓诗之“义律美”,实质即是探寻其包蕴“形律美”在内的“象律美”。

二是豁然揭秘“象思维”。王树人研究员《回归原创之思》一书,旨在“揭示象思维视野下的中国智慧”。他认为“象思维”的三个层次是:具象、意象、精神之象。其成熟形式则是:卦象、道象、禅象。韩陈其指出:“此三象则是玄妙之象,没有什么可以坐实的基础。”遂另辟蹊径,指出“在万象之象的基础上,象的三种基本形式是:自然之象、人工之象、精神之象”,并进而指明,“精神之象则有印象、意象、大象”之分。而从思维来看,可以分为:“印象思维、意象思维、大象无形思维(虚象或可以称为空象),这就反映了象思维在精神层面的由实而虚的历程。”这也就把“象思维”作为一种思维方式说得更精警透彻了。由此我们认识到,思维方式有两大类:一类为抽象思维,一类为具象思维。前者就是通常所说的逻辑思维(含形式逻辑、数理逻辑、辩证逻辑),它运用概念、判断、推理,来显示其强大的逻辑论证力。它的特点是结论的唯一性、精确性和直线性,可见是一种论证性思维。后者就是“象思维”,它的三种基本形式则是:自然之象、人工之象和精神之象。它与“言、意”相聚合,产生想象创造力。正如爱因斯坦所说:“想象力比知识更重要。”(见《论科学》)又说:“在科学思维中常常伴着诗的因素。真正的科学和真正的音乐要求同样的想象过程。”它具有混沌性、全息性和互动性,可知是一种创造性思维。而诗歌创作的思维本质,乃是以“象思维”为表征的思维活动。

三是精辟阐明“言意象”。马克思指出:“语言是思想的直接现实。”(《德意志意识形态》)既然人的思想一刻也离不开语言,那么逻辑思维(抽象思维)的“意”与象思维(具象思维)的“象”就与“言”结下了不解之缘。这就是“言意象”概念的现实基础。十分有趣的是,这三个词都是“名动合一词”。它们之间便构成了既可诉诸视觉,又可诉诸听觉,还可诉诸心觉甚至联觉的若干个多维互动而又圆融自洽的不同层级、不同关系的“言意象”系统。按照人类思维既有逻辑思维、抽象思维，又有具象思维、象思维，且相互交流互动的特点，则人的思维自是“言意象思维”，亦即“联觉通感思维”。（如图所示）

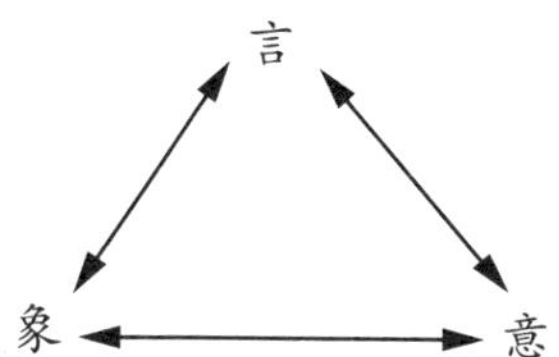

此图如再层级化，即构成无限度的立体化图，便构成象思维图。

现在学术界很重视人脑图像研究。我深信，随着研究的深入，人们一定会揭示并印证抽象思维与具象思维联通互动之事实。

而人们所有的思维活动，就在这三者之间循环往复，周而复始，将逻辑思维与象思维会合、聚合、融合、结合、整合。人们开展科学研究，或进行诗歌创作，莫不如此。所以说，《韩诗三百首》与《韩陈其诗集》，也正是“言意象”互动融合的精神产品。这真是：“文章本天成，妙手偶得之。”

四是写诗妙用“言意象观照”。韩陈其两部诗集有一个共同的副题：“言意象观照中的原创中国汉语诗歌”。其中“观照”一词，原系佛家语，出自《楞严经》，本指以智慧静观世界之妙而照见事理、洞明一切。由此可见，“观照”是要将客观世界与主观世界相互融通的。“观照”一词，实乃是“心灵观照”的缩写。它绝不仅是眼见之物，而更是指心悟之“象”“心得之秘”（清·翁方纲《神韵论下·复初斋文集卷八》）。所以说，韩诗创作实际上是诗人心灵的远游，是其“登山则情满于山，观海见意溢于海”（南朝·梁·刘勰《文心雕龙·神思》）的结晶。可见，诗人只有投身于生活的海洋，并经由“言意象观照”后，才能奉献出时代的乐章与心灵的歌唱。

五是韩诗风格蔚然形成。一位成熟的诗人必有自身的独特风格。韩陈其诗歌，以其独创的“言意象观照”理论为指引，以其音律美、形律美与义律美为标识，以其近千首诗作为见证，证明其已明显具有自家的独特风格。笔者试以“豪迈雄放、华赡精工”八字来标其特色，而以“壮丽”二字称其风格。不知当否？愿以此就教于韩陈其教授与各位方家。

综上所述，可见韩诗论呈现出以下四大特色：

一是鲜明独特的民族性。其论植根于我国传统哲学、文化、诗论的沃土，因而提出的象学诗论富有中国特色、中国风格、中国气派。它不仅具有深厚的民族文化心理底蕴，而且体现了汉语言文字和诗歌的美学特质。

二是完备自洽的系统性。其论不仅有完整的“言意象系统”结构，而且可以全方位地融入我国传统哲学—文化—语言大系统。

三是美美与共的开放性。其论固然是韩氏个人的创新之举，但也热情接纳全体汉语诗人的参与。著名诗人顾浩的“金陵八韵体”诗歌，便是十分典型的范例。

四是学用互动的实践性。此论不是幽幻的玄理奥说，不是空泛的案头讲章。虽然它具有系统理论的品质，但是读者一旦接受它，犹如醍醐灌顶、茅塞顿开，仿佛找到了诗歌创作的奥秘，往往会产生强烈的创作冲动，产生诗歌创作的情感风暴。如此学用互动，必将有助于诗歌创作的繁荣，也将有助于对韩诗论的深入理解。

因此，此论一经提出，便引起海内外的诗家学者的热烈反响，唱和诗作联翩而至，呈现出一派别开生面的喜人景象。当然，作为一种新诗律、新诗体、新诗论，它只是一个良好的发端，必将有所充实、发展乃至修正。然而，坚冰已经打破，航向已经拨正，航线已经开通。我们大可增加航班，一同驶向百花盛开的春天，齐聚云龙舞象的诗坛！

韩陈其教授是具有渊博而深厚学养的学者，又是具有充沛而炽烈诗情的诗人。作为汉语言文字学家多年探索语言之美，作为诗家又多年探寻诗歌言意象之美。正如古语所言：“合则双美。”韩诗与韩诗论的推出，正充分生动地体现、证明了这一点。因此说，韩诗、韩诗论的问世，契合我国汉语诗歌的历史发展逻辑，符合旧体诗词格律（平仄、押韵、对仗等）的发展逻辑，也切合汉语语言与社会进步同步的演进规律。因势利导，顺势推进，此其时也。

为了便于诗家学者和广大读者进一步参与韩体新格律诗的创作与新诗论的研究，更好地推动新诗格律化，我们特将有关韩诗和韩诗论的评论与唱和韩体诗作稍加分类，厘而为六辑，汇集为一册，以裨于我国新格律诗创作的繁荣。所收录的评论、诗作，悉数尊重原作。限于水平，或有遗漏与不当之处，尚祈方家、读者不吝指正。

2021 年 4 月于京口梦溪园畔

【作者简介】

祝诚，江苏省镇江市人，古代文学教授。多年从事高等教育与教学科研工作。曾任镇江师专副校长、镇江高专校长、金山学院院长、江南大学太湖学院院长。被聘为教育部独立学院评估和方案设计专家组成员。获普通高校优秀教学成果国家级二等奖、省级一等奖，获江苏省高校教学管理优秀论文一等奖。为江苏省优秀教育工作者，省陶行知研究会原常务理事，并曾任中国《文心雕龙》学会理事、中国《文选》学会理事。师从吴调公教授、陈美林教授等，撰著《竟陵派锺惺谭元春选集》《竟陵巨子谭元春评传》《谭元春散文》《文心雕龙·声律论研究》《双渐苏卿故事元曲鉴赏与探赜》等，开设的《元曲吟镇江》专栏发表赏析、考论文章二百余篇，获评 2018 年全国晚报副刊优秀专栏。应邀撰写“苏南抗战胜利纪念碑碑文”“镇江宝塔山学子亭记”等文，均已勒石。曾任镇江历史文化名城研究会副会长，镇江诗词协会顾问。

第一辑　诗家学者

就让思想争飞看世界

朦胧萌坼 浑沌贞粹

——与韩陈其先生讨论言、意、象

金元浦

金元浦:陈其兄最近出了两本诗集,一本是《韩诗三百首》(江苏大学出版社,2018),一本是《韩陈其诗歌集》(作家出版社,2020)。皇皇巨著,耀眼诗才,浓浓诗情,拳拳诗心。令人感佩,叫人艳羡。

韩陈其:我的专业是汉语言文字学,而对汉语诗歌的关注却是由来已久的。四十余年的学术生涯,肇始于“言”,周旋于“意”,升华于“象”,言—意—象铺就了我的学术康庄大道,也架构了我的人生哲学观,既不汲汲于时利,更不汲汲乎空名。四十余年的汉语研究而独自形成一个独特的基于传统又新于传统的“言—言意—言意象”的研究发展轨迹,构拟设置了一个基于语象感官互通的汉语的言意象系统,运用独创的观象、取象、立象的汉语言意象观照的诗歌理论而创作诗歌。

象者,想象之象也!言意象观照,是《韩诗三百首》和《韩陈其诗歌集》的一如既往的创作宗旨!汉语之魂者,象也;汉字之魂者,象也!诗者,汉语汉字交合之魂也,象也哉!象为汉语诗歌之永远灵魂!天下之妙,莫妙于象;汉语之美,莫美于象;汉字之奇,莫奇于象。汉语融象于声(声象),汉字示象于形(形象):肇始于象,浸染于象,孕育于象,光大于象,神乎其象。愚以为:一言明而可以终身受益者而莫胜于象!明象者,明己、明人,明事、明物,明心、明理,明诗、明文,明今、明古,明夷、明夏——明乎天下也。而《韩诗三百首》和《韩陈其诗歌集》均反映了这么一种“观象而思,依象而想,明象而作,驭象而行”的明乎天下的创作历程。

金元浦:这是陈其兄的夫子自道,是你对自己前半生学术思想和诗学理念的提炼和总述。作为你的朋友,数十载的同事,我为你高兴,也为你自豪。我敬佩你的诗才,更看重你的文论和理念。

其实,我也十分关注言、意、象。这些年曾对这三个概念做过相关的思考。写出来与陈其兄切磋。

什么是言？语言？言语？过去我们总是将语言简单地看作是一种人们交流的工具。其实语言是全部人类史最伟大的成果，是人区别于动物的最根本的标志。

这不禁使我想到大师们关于语言的论述。伽达默尔对语言的本体论地位做了极为深刻的论述。伽达默尔认为："可以理解的存在就是语言。"语言揭示了人与存在的关系，人同时是在语言中存在。所有对存在的反思和哲学思辨都要在语言中进行，语言因而是比人揭示存在的行为更根本的存在。世界的独立存在当然毫无疑问，但世界必须通过语言向我们呈现出来，也就是说，世界必须进入语言，才能表现为我们的世界。"我们生活的语言世界并不是妨碍我们获得存在本身的知识的障碍，而是从根本上包容了一切可以用来扩大和加深我们洞见的东西。"

其实更早些时候，后期维特根斯坦就将自己的理论逐渐与海德格尔趋于类同，就是要把哲学家从所谓"形而上学"中拯救出来，让他们从逻辑思想的牢房中走出来。他选择的突破口也就必然只能是语言，海德格尔有句名言：语言乃是存在的家园。维特根斯坦也说："想象一种语言就意味着想象一种生活形式。"二者都在强调：语言的本质绝不在逻辑，它并不是逻辑的家园，而是逻辑背后的生活形式和存在的家园。所以在当代欧陆的人文哲学家们那里，并不存在什么"非文字语言所能表达的东西"，更不可能"超越一切语言境界"。

由此我们可以明白，海德格尔的"阐释循环"，后期维特根斯坦的"语言游戏"，伽达默尔的"问答逻辑"和"视野融合"，保罗·利科的"活的隐喻"与"间距"，德里达的"消解""拆除"与人文科学的伟大复归等等，实际上都是要使语言文字进入不断地辩证运动之中，以尽力张大语言的多义性、表达的隐喻性、意义的增生性、阐释的合理冲突性；从而力图在逻辑和语法的重重包围下，寻出一条突围之路。这正是西方对自身固有的逻各斯中心主义模式的反思，是对西方整个文化传统的反思。

不同于西方大家们的是，我不赞成他们对中国文化的偏颇理解。他们认为，不能退回到中国禅宗式的那种神秘的内心体验。那种禅宗式的神秘的内心体验，以封闭的禁锢式的自我闭锁，无法到达历史的存在的澄明境界，只有语言本身生生不息的运动，才能将我们带到存在的本体境界。

这里我们看到了语言的双重运动。一方面，语言文字总是具有自身的局限性，因此必须从共时角度规定其系统，完善其法则。从而使一个本来具有多重可能的东西，变成就是某某东西，亦即成为一个固定的"存在者"。从这里我们看到分析哲学与结构主义所做努力的必要性。然而，对语言体系的共时性封闭，使活的东西变成了死的，具体的变成了抽象的，因而，“语言是最危险的”；但另一方面，语言的历时发展，它永远处于动态过程中的品格，又使我们坚信它必然能克服自身的局限。它所设定的界限，它所构成的牢房，又只有它自身才能打破，语言在其活生生的言说中，也就是在使用的功能中，打破已经形成的界限，从而使语言文字处于无限开放的状态之中，不断地打破自身的逻辑规定性。

而言语，才是我们日常生活中使用的句子和词。

那么，意是什么？意义？意念？意境？

文学作品的意义是一个过程，其实现具有极其重要的时间性：宏观历史的历时性与微观阅读活动的序次性。宏观历史的历时性是指文学文本永远处在过去、现在与未来的联系之中，处在生成运作的意义链中。任何一部有生命力的作品，其意义的生成总是指向未来，总是处于未完成状态。就像《红楼梦》等四大名著，也正是这种未完成状态，它们在这个视觉文化和5G时代，不断生发出新的形式和意义，使作品也总是拥有未来。每一时代的作品，其意义总是处在过去与未来的两重关系之中（新创作的作品亦如此），其当代意义形态必居于过去与未来之间。传统文学观总是把作者创作的完成看成是作品意义的完成，从而将作品意义视为已完成的“整体”，将文字的固着视为意义的固着，既无增润，亦无删削。其实，文本意义的基本特征之一即意义表现为不完整体。这种不完整性保证了它的不封闭性（开放性）。它向一切时代开放，它邀请所有后人的有效解读。它所引起的，是延伸向无限的文学意义的效应史。

意义的未完成状态与不完整性构成了文本意义的未定性与空白状态。文学之所以较之任何艺术具有无可比拟的复杂性和重要性，盖因其为语言艺术之故也。语言作为我们能够理解的存在，从根本上规定着我们的生活与历史，因此可以说，广义的文学永远是类似于自然科学中数学那样的基本的存在方式。正是因为语言，文本的意义未定性与意义空白才在多级层次上展示为一种作为艺术的表达技巧和手法。它是一种含蓄蕴藉的笔法、象征的手段、隐喻的技巧，是一种无法之法的暗示，是一种无表达的表达。它是文本层次上的未定与确定、虚与实的矛盾运动。进而，在深层意义上，文本的未定性与空白呈现为一种具有调节功能的意义。它是对阅读的召唤，对读者的邀请，对交流的期待。它是以不全向全做出的心理诱导，是通过“未到顶点”唤起接受者对顶点的向往与想象，是通过悬念引导读者在运动中获得对最终意味的生成和体验。在这里，未定性与空白集中反映了文本的读者意识，蕴含立体的召唤性，是悬而未决的可联系性的现实化。

什么是象？意象？

关于象，我曾从文艺接受角度提出了“象象生象”的一个交互思维的程式。在这里，第一个象是艺术文本中的象，第二个象是读者由长期阅读建立的象，二者在批评家的可能介入下进行的交互作用，生成了第三个象。这是双方往返互证凝成的象外之象。

象外之象具有间接的不确定的具象性。所谓“朦胧萌坼，浑沌贞粹”是也。因为要唤起这种境界的艺术美，必须诉诸读者的审美想象，而审美想象又是通过意象运动来进行的。因而这种象外之象便包含着各种与作品中的实境之象相关的复现性意象和创造性意象(象外之象)。这种虚境中的创造性意象由于没有可以验证的标准或唯一模本，也由于读者意图的当下参与和调节，呈现为一定程度的任意性、散漫性和可生产性的特征；而复现性意象则更着重于文本信息的接纳、转换与复现，具有受动性、指向性和组织性。艺术虚境中的象外之象和景外之景就是复现性意象和创造性意象的和谐共存。本文中所表现的只有“象外之象”中的第一个象，因而“象外之象”中的第二个“象”就必然显现出间接和模糊的特征。其意象的创造性，充分地挖掘了接受者审美感受中的直觉和潜意识。同时，由于意象的复现性，又表现为理性对感性的渗透和沉积。所以，这种象外之象、景外之景便“至虚而实，至渺而近”，具有了更为丰富的内涵。

由于艺术虚境的模糊性、泛指性、流动性和不确定性，“韵外之致”“言外之旨”表现出诉诸想象的巨大容量和可塑性。宗白华先生称：“凭虚构象，象乃生生不穷。”这也就是前文曾予述及的“象象生象”的想象运作方式。想象这种意象运动极其灵活，具有极大的自由性，它在创造性意象中呈现为无穷的广阔性，在复现性意象中又呈现为相当的准确性。所以，此中的情趣、气氛与联想往往是流动变化的，貌似确定而又不确定。特别是文本中的实境导向，往往为了保证韵外之致的容量而采用十分隐蔽、含蓄、曲折的形式来表现，不即不离、不皦不昧、不黏不脱，因而呈现于想象之中的言外之旨便必然表现出模糊性、泛指性与多义性。这时的“味外之旨”“弦外之响”无法用概念简单地穷尽与说明，以至出现“秘响旁通，伏采潜发”“含蓄无垠，思致微渺”“会于心而难以名言”的特征，而且由于其直觉的瞬间体悟和情感的流动无羁，作品呈现“其寄托在可言不可言之间，其指归在可解不可解之会”的复杂情形。似往已回，如幽匪藏。含蓄不尽，斯为妙谛。

从古代文学美学与批评的发展来看，中国文论在文本层次上言与意、虚与实、显与隐、形与神的矛盾对立运动，是感性的启端、虚实的转换、含蓄的寓意、曲致的妙着。其次，相对于接受者的审美感觉，它呈现为对兴会的引导，对体味的召唤，对顿悟的期待和对兴象的营造。它作为一种调节运作的中介机制，使本文的空白未定因素在读者参与中得到填补或具体化。在此二者相互作用的基础上，中国古代文论形成了以意境为主形态的古典审美意味世界，展现了艺术的审美本质，体现了中国诗文化诗哲学独特的艺术把握方式。

这是中国艺术的一种根本精神。中国古代文论中的“比兴”说、意象说、形神论、风骨论、神韵说、气韵论、兴趣说、滋味说、象外说、性灵说，无不包含这种虚实隐显的矛盾对立运动。正是通过这些对立因素，双方间的矛盾运动才大大拓宽了艺术的表现领域，逐步展开艺术形式的独特发展史。而未定性与意义空白就是中国传统艺术形式最本质的范畴与构素之一，它在这种矛盾对立统一中臻达更复杂、更充分、更丰富的表现力。它是具象的，又是写意的；它是绘形的，又是入神的；它是确定的，又是未定的；它是直感的，又是默会的；它是直接的，又是间接的；它是征实的，又是空灵的。这一切对立矛盾的运动都是要通过表达与非表达、表达与无表达、表达与反表达臻达更高更巧妙的境地。因而，它既具有特定形象的直接性、确定性、可感性，又具有想象的流动性、开放性和可生产性。它的写实部分在文本中呈现为“景”“境”“象”，这些部分在文本中是一种笔触实相、自然妙会的直观性存在。这些直观性存在在文本中设定了一种婉转的曲径或者蕴蓄了一种势能，导引读者自己去抵达实境之外蕴含的那个尚且虚在并处于模糊状态的，蕴量很大、经过感性抽象再造的艺术虚境：入“神”临“意”、以实求虚、韵味涵泳、通幽默会。这就是作品中不确定的，作为空白、空无需要读者去现实化、具体化的部分，是所谓“言所不追、笔固知止”，“是盖轮扁所不得言，亦非华说之所能精”的部分。

韩陈其：我们的角度不同，看到的东西就不同。我是针对汉语现代新诗格律构建的迷惘和症结做了一些分析，阐述了汉语现代新诗格律的言意象建模理据，完善了汉语现代新诗格律的“宽”式创制，为找寻汉语新诗格律、鼓励汉语新诗创作，提供了切实可行而又行之有效的范例。我认为，诗论诗品值得注意的有以下几个方面：

我们怎样定义汉语诗歌？

诗歌是“言”，诗歌是“意”，诗歌是“象”。简而言之，诗歌就是“言—意—象”的聚合体。诗歌是有一定节律的“言”，诗歌是有一定情感的“意”，诗歌是有一定范域的“象”。繁而言之，诗歌是由一定节律的“言”、一定情感的“意”、一定范域的“象”而构成的“言—意—象”的聚合体。

汉语诗歌的元素，是形成汉语诗歌格律的基本要素，构筑了《韩诗三百首》《韩陈其诗歌集》所创制和倡导的汉语诗歌新格律的诗歌元素有以下几种:长短形态元素,整体形态元素,句式节奏元素,句式关联元素,视觉愉悦元素,听觉感知元素,心觉玩象元素,从而形成韩诗所倡导的“形律・句律・视律・听律・象律”。

其一,句式节奏元素和句式关联元素,构成汉语诗歌句式的基本形式,可以称之为汉语诗歌的句式格律,简称为“汉语诗歌句律”。

其二,长短形态元素和整体形态元素,构成汉语诗歌整体的基本形式框架,可以称之为汉语诗歌的形式格律,简称为“汉语诗歌形律”。

其三,视觉愉悦元素,从视觉方面对汉语诗歌的创吟进行调整和释读,从而形成汉语诗歌的视律。

其四,听觉感知元素,从听觉方面对汉语诗歌的创吟尤其是韵位的选择与韵脚的感知进行调整和释读,从而形成汉语诗歌的听律(听律涵容:声律、韵律、调律、字律)。

其五,心觉万象元素,从心理感受方面对汉语诗歌的“万象”进行调整布局和认知释读,从而形成汉语诗歌的象律。

以语学论之,汉语诗歌无论古今,其终端始终都指向语义;语义的理解和实现往往依赖于语境,而意象则是由语境内的一个又一个的视觉类具象、听觉类具象、触觉类具象、嗅觉类具象、味觉类具象、动觉类具象、错觉类具象、联觉类具象等各种具象语义组合配置而形成的。具象语义的组合配置,说到底,就是由各种语义关系构成各种语义关系网络,从而形成所谓的“意象”。“意象”是比较复杂的精神之象,糅合了自然之象和人工之象的“象”和“意”而在人的大脑里形成的一种心象的曲折影射。大象,中国古人强调其“无形”,其实可能更多的是强调基于想象而产生的无限意义的辐射。

汉语诗歌创作,无论古今,就其本质而言,就是若干个“言”“意”“象”错综复杂的复合和融合的过程,其成功与否,其实就是取决于“言”“意”“象”复合和融合的信度、程度、深度、广度、黏度、密度等。

言、象、意之间到底有什么关系?

在言意之辩引发的“象”的思考,尤其是言、象、意三者关系的一系列思考中,魏晋南北朝时期的王弼在《周易略例・明象》中对言、象、意关系所做出的分析,至今仍有重大指导意义,然而各家对王弼所做出言、象、意关系分析的理解和研究,据我们所知,还没有到位,有进一步阐释的必要。

王弼说:“夫象者,出意者也。言者,明象者也。尽意莫若象,尽象莫若言。言出于象,故可寻言以观象;象生于意,故可寻象以观意。意以象尽,象以言著。故言者所以明象,得象而忘言;象者所以存意,得意而忘象。……

是故，存言者，非得象者也；存象者，非得意者也。象生于意而存象焉，则所存乃非真象也；言生于象而存言焉，则所存乃非真言也。然则，忘象者，乃得意者也，忘言者，乃得象者也。得意在忘象，得象在忘言。故立象以尽意，而象可忘也。”

王弼这一段关于言、象、意三者的关系的论述，至少涉及以下几层关系：

其一，言、象、意三者的第一层关系，表现为相互依存的关系：“夫象者，出意者也。言者，明象者也。尽意莫若象，尽象莫若言”——在言、象、意三者关系中，“意”和“象”的关系在于“出”，就是说“意”要靠“象”来“出”（出，大致可以理解为“产生出”）；“象”和“言”的关系在于“明”，就是说“象”要靠“言”来“明”（明，大致可以理解为“明确表现”）。因此，“尽意莫若象，尽象莫若言”——在言、象、意三者的关系中，虽然“言”和“象”不是言意之辩的最终的目的，“言”只是明“象”的工具，而“象”则是为了显示“意”；但是，从“尽象”的角度来看，没有什么比得上“言”的，“言”又显得无比重要；从“尽意”的角度来看，没有什么比得上“象”的，“象”又显得无比重要。

其二，言、象、意三者的第二层关系，是基于相互依存的关系而产生的两种由此及彼的关系：“言出于象，故可寻言以观象；象生于意，故可寻象以观意。意以象尽，象以言著。故言者所以明象，得象而忘言；象者所以存意，得意而忘象。”——第一种由此及彼的关系是“寻言以观象”，从言到象；第二种由此及彼的关系是“寻象以观意”，从象到意。两个连续的由此及彼的关系结合起来就是“得意”的过程：从言到象，从象到意，“意以象尽，象以言著”，“象”是“言”“意”之间的桥梁，无“言”不可明“象”，无“象”而不可明“意”。

其三，言、象、意三者的第三层关系，是基于由此及彼的关系而产生的一种连环性的因果关系：“故言者所以明象，得象而忘言；象者所以存意，得意而忘象。”——第一种因果关系是“得象而忘言”，因为“得象”，所以“忘言”；第二种因果关系是“得意而忘象”，因为“得意”，所以“忘象”。

其四，言、象、意三者的第四层关系，是基于“存”的状态而产生的三者之间的因果关系：“存言者，非得象者也；存象者，非得意者也。象生于意而存象焉，则所存乃非真象也；言生于象而存言焉，则所存乃非真言也。”“存”与“忘”相对而言，处于“存”（在，滞留状态）状态中的“言”，可以称为“存言”，而“存言者，非得象者也”，所以，“所存乃非真言也”。

处于“存”（在）状态中的“象”，可以称为“存象”，而“存象者，非得意者也”，所以，“所存乃非真象也”。言虽是因象而生，但如果滞留于言，则不会得到与“象”相匹配的“真言”。象虽是因意而生，但如果滞留于象，也就不会得到真正的与“意”相匹配的“真象”。

其五，言、象、意三者的第五层关系，是基于“忘”的状态而产生的三者之间的因果关系：“忘象者，乃得意者也，忘言者，乃得象者也。得意在忘象，得象在忘言。故立象以尽意，而象可忘也。”“存”与“忘”相对而言，“存”是状态，“忘”是过程。有所“忘”，则有所“得”，“忘言”而“得象”，“忘象”而“得意”。

由此可见，在言、象、意三者关系中，无论是“言不尽意，立象以尽意”，无论是“得意忘言”“得意忘象”，“意”是一个过程的最终目的，为了得到意，就必须“忘言”和“忘象”。然而，请注意，“忘言”和“忘象”，并不是说“象”和“言”就无关紧要；可能恰恰相反，忘，其实是表示一个过程的结束，另一个新的过程的开始。

“象”和“言”的强大“现实性”“实在性”“工具性”，与“象思维”的超越性、整体性，形成一种无处不在、无时不在的影响着“意”的体认的强大磁场。因此，当“意”获得一个完整体认的过程后，必须摆脱“象”和“言”的强大磁场的影响，才能进入一种新的“言意象”的体认状态。

严格而言，王弼的“存”“忘”，是一个简单的对立。而完整的言意象状态，在“存”“忘”之间应该有一个或者一段“非存”“非忘”的中间状态，我们要在对言、意、象关系的分析中把握中间体认状态。“象”和“言”是实现“意”这个过程的状态，当这个过程结束以后，其相应的状态可能也应该随之结束。

忘言、忘象，肯定是对过去的放弃，因为进入了一个新的境界了——得意了。如果换一个角度，得意而不忘言，得意而不忘象，也就是说不滞留言也不滞留于象，继续往前进。言象都在脑海里面，那会出现什么现象呢？这是王弼没有考虑过的。其实孔子早就说过“温故而知新”，那么，得意而不忘言，得意而不忘象，应该是另有一番积极意义的。

金元浦：很好啊。以上讨论十分有益，我们从不同的角度入手，对这一问题进行了很好的探讨。今后可以不断深入下去。

其实我更欣赏陈其兄的诗歌造诣，特别是遣词造象，玩弄辞章于股掌之上。我赞同陈其兄关于现代古典诗词如何发展的意见，这抓住了今天大家困惑的问题，并做出了自己的回答。你用几百首自创九言体诗及其他五言、七言、六言各体，展现了深厚的古典文化修养。其遣词造句保持了扎实厚重的底蕴。

韩陈其：我的诗歌集发轫于京华，斟酌于南北，雕琢于东西；推敲于字里行间，切磋于唇吻齿牙，蒸蔚于云飞霞飘；观象则尽诗象至广，取象则尽诗象至美，立象则尽诗象至幻！诗象至广，诗象至美，诗象至幻，乃汉语诗歌之大象幻象也！殚精竭虑，蔷薇泣血而希冀字字珠玑；登山观海，冰心寻象而渴望篇篇瑶璋，其或可谓尽心尽力焉耳矣！

金元浦：陈其兄诗歌尽思、尽虑、创美，走向至善。诗集出版，可喜、可贺，值得友朋欢呼鼓舞了。向你学习，也希望以后互动切磋。我也喜欢古典诗词。

【作者简介】

金元浦，中国中外文艺理论学会副会长，中国文化创意产业研究会会长，中国人民大学教授，博士生导师。

汉语诗歌形式的一次改革尝试

——读《韩陈其诗歌集》

朱宏恢

一、汉语的语言特性决定汉语诗歌的发展

汉语诗歌自有其本身的特点和发展规律，这是由汉语语言的特殊性决定的。揭示这种本质特点和发展规律，尝试掌握这种本质特点和发展规律，应该是一件十分有意义的事，它对于汉语诗歌的进一步发展，使汉语诗歌进一步在我们的社会生活中发挥积极作用，可以说是大有裨益的。韩陈其教授不仅集其几十年的功力，从理论上阐述了这一规律，而且还从创作实践上丰富了这一规律，为我们提供了大量的生动的创作实践，印证了这一规律，这在中国文学理论批评史上，也是少有的。

汉语诗歌从原始社会开始应该说是大放异彩的。著名的《弹歌》一共八个字，却反映出了原始社会狩猎的全过程，简洁、扼要而又生动。反映在《易经》中的一些文字，我们亦可将其看作是原始的歌谣，这些歌谣不受形式格律的束缚，读起来朗朗上口，唱起来抑扬动听，充分反映了原始社会的生活和原始人类的审美观念。逐步发展下去，由于人类生活的逐渐丰富和复杂，简单的描绘已经不能满足人们感情的抒发，于是产生了以《诗经》为代表的四言诗。一直到今天，我们还惊叹《诗经》时代人们丰富的艺术概括力、表现力。要知道那是西周初年到春秋中叶五百年间人类文明的积累啊！

在这些诗歌的流传过程中，少不了一个去伪存真、去粗取精的过程，亦印证了汉语诗歌先于汉语其他形式的文艺作品存在的这样一个理论观点的正确性。随着人们社会实践的日渐丰富，五言诗破土而出，汉代盛行的乐府诗和文人五言诗，充分反映了汉帝国的强大和汉代末年战争和瘟疫所造成的破坏，以及文人的悲哀、痛苦的心情。应该说，在漫长的历史阶段中，文人创作的五言诗、乐府诗，是汉语诗歌的主流，它很好地完成了时代赋予的伟大使命。曹操、曹植和建安七子如果活在今天，是应该得诺贝尔文学奖的。至此汉语诗歌已完成了它的基本形式：五言诗和由五言诗发展而成的七言

诗。要注意，这时的五言诗和七言诗是不讲形式的，它只要一般意义上的押韵，没有什么平仄和对仗的严格要求，但它有境界，有意象，通过汉语语言表达出了诗人的感情和灵魂，堪称佳作连篇。

二、汉语诗歌向何处去

汉语诗歌向何处去？这是摆在当时文人面前的重大任务。一方面，时代需要讴歌，需要艺术创造，需要反映生活；另一方面，汉语诗歌本身要求诗歌更细致、更生动、更艺术地创作不朽的作品，来满足人们的需要。于是将当时的文人汉语诗歌向格律化推进，根据汉语单字的平上去入的特点，提出了平仄和对仗的要求；根据汉语韵部和语音的声韵调特点，更严格地提出了形式上的要求。这样创作出来的诗歌，抑扬动听，音乐性极强，一时文人纷纷效仿，成为风气。杜甫的诗就字斟句酌，很适合他忧国忧民的感情的表达。但也有一些诗人，坚持直抒胸臆，不受格律的限制，写得豪放有气势，犹如长江一泻千里，如李白。

到了宋元明清，汉语诗歌朝着词曲的方向发展。词有词谱，曲有曲谱，也都严守格律，讲究形式美。到了近代，新诗的出现打破了陈规，解放了汉语诗歌，诗歌可以自由地翱翔。坦直的语言，被称之为白话诗。这又使汉语诗歌走向了另一面：诗歌不像诗歌，倒像散文了。诗歌的语言特色，意境和形象的特点都没有得到足够的重视。

三、以“宽”为主的汉语诗律新说

怎样能够既不让格律形式来束缚自己，又使自己的诗歌真正具有诗歌的语言、意象和境界？这是一个十分难以解决的问题，处理好了就会有传世之作出现。韩陈其教授提出了自己的真知灼见。他提出以“宽”为主之说，也就是在“齐正体”“方正体”之外另倡“宽骚体”“宽韵体”“宽对体”“宽异体”之说，其核心在一个“宽”字上，也就是既重视诗歌的音韵格律，又不拘泥于诗歌的音韵格律，以诗歌的语言意象与境界为上，这样的诗歌才能传之于世，经得起时间的考验，成为人们喜闻乐见的诗歌。作者在他的诗歌集中将体现自己诗歌主张的近五百首诗歌奉献在读者的面前，以显示出其诗歌的强大生命力。我想，其所以重视诗歌的语言意象，和他既是一个语言学家又是一个诗人是分不开的。我们期待着韩陈其教授更多的作品问世。

最后，老夫也以韩教授的“宽体”之说，作“宽体”诗一首：

昊天降英才，磊落大江边。
聪慧兼勤奋，英俊出少年。
广览众典籍，挥毫著巨篇。
煌煌“古汉语”，字字皆珠玑。
深入佛学理，谈天又说地。
纵论天地外，诵诗抒心意。
意与境合一，言与象合齐。
论诗谁与先，韩子名陈其。
有诗五百首，并皆宽异体。
传之于后世，奇葩诗坛现。
今我亦“异”体，大牛笑纳矣。

【作者简介】

朱宏恢（1941— ），曾任江苏师范大学中文系主任，现已退休。

新作格律诗词之格律别识

——读《韩陈其诗歌集》有感

吴　敢

徐州师范学院中文系(今江苏师范大学文学院)首届硕士研究生(1979—1982)计录取七人,韩陈其师弟即其一,师从廖序东先生。陈其小我四岁,其余均为师兄。1982年夏毕业后陈其留校任教,我则被分配至徐州市文化局工作。1984年底我被任命为副局长,与学术渐行渐远,但我与陈其的交游并没有因此疏阔。

然而,毕竟隔行如隔山,我对陈其的印象居然偏离甚远。我一直将陈其定位于语言学家,虽然我经常收到陈其发来的诗歌,觉得其只是捎带着言志抒情,并没有视其为诗人。没有想到,《韩陈其诗歌集》居然多达462题近五百页。拜读之后,敬意油然而生。看来,陈其不仅是用力甚勤的诗人,而且是卓有成效的诗歌理论家。其诗歌,其诗歌理论,一如其治学行文,缜密严谨,周正齐备。

其在《在言意象观照中探寻汉语新诗格律》一文中说:"从诗的本质而言,诗是'言',诗是'意',诗是'象'。简而言之,诗就是'言—意—象'的聚合体。进而言之,诗是有一定节律的'言',诗是有一定情感的'意',诗是有一定范域的'象';诗是由一定节律的'言'、一定情感的'意'、一定范域的'象'而构成的'言—意—象'的聚合体。"

其定义是在分析传统诗词和现代汉语诗歌之后获得的。《在言意象观照中探寻汉语新诗格律》云:"传统诗词,作为一个伟大时代的文化符号将永远熠熠闪耀光芒,而《唐诗三百首》《宋词三百首》则是这个熠熠闪耀的文化符号的伟大象征。然而,随着入声的消失以及其他的语音变化,汉语语音的基本格局发生了重大改变,传统诗词的格律要求便失去了赖以存在的客观而现实的语音土壤。正视语音变化,重新认识汉语的结构系统和应用系统,重新创制汉语诗歌的语言规制,重新创制汉语诗歌的形式格律,这是现代诗歌得以发展的康庄大道。""闻一多是中国最早找寻汉语新诗格律的诗人,其新诗格律的'三美'理论是:一是音乐的美,主要指节奏便是格律。二是绘画的美，主要指辞藻必须有浓丽繁密的意象。三是建筑的美，主要指节的匀称和句的均齐。应该说，这种探索对新诗格律的形成和认识有一定的作用，但是因为尚未触及诗歌的本质和汉语、汉字的本质，所以这种对汉语现代诗歌的格律的探索，从闻一多直至21世纪的当今，似乎也未取得什么实质性的进展。”

《韩陈其诗歌集·诗序》又云：“汉语传统格律诗中的‘平仄’，在诗歌表意系统中，有其一定的范域和有限的作用；而在现代汉语的普通话中，入声消失归并为阴阳上去后而再去特别讲究和特别强调所谓的‘平仄’，则往往会显得格格不入，而且甚至可以说是风马牛不相及了。其实，就汉字的韵律而言，就是在入声没有归并变化的状态下，平仄也仅仅只是一种调律而已。其在汉语传统诗歌中的表义功能和表义范域应该说极其有限。如今有一种倾向是把平仄在诗歌表义系统中的作用肆无忌惮地扩展到不可想象的地步，这似乎应该有所警惕。

“现代汉语诗，在某种意义上似乎走到了一个无拘无束的极端；几乎没有章法，几乎完全没有诗法，几乎完全没有规制而随心所欲，丧失了作为汉语诗歌存在的基本形式条件。

“有鉴于此，《韩陈其诗歌集》在传统诗歌（《诗经》《楚辞》以及格律诗词）的基础上，以‘象’为诗歌灵魂，创制出一种新型的汉语诗歌的表达形式或者说是汉语诗歌新格律。”

瓜熟蒂落，水到渠成，《在言意象观照中探寻汉语新诗格律》更云：“中国现代汉语诗歌新格律，在对形律、句律、视律、听律、象律有了一个总体认识之后，应该走一个宽大为怀的涵容道路，依次顺势而为提出创制一个宽式的格律机制：汉语诗歌齐正律，汉语诗歌宽骚律，汉语诗歌宽韵律，汉语诗歌宽对律，汉语诗歌宽异律。”

陈其是如此定义诗的，也是如此创作诗的。其新格律诗歌，即方正体、宽骚体、宽韵体、宽对体、宽异体五体。其将《韩陈其诗歌集》的副标题即表述为“言意象观照中的原创中国汉语诗歌”。

陈其将《宽骚体·乾坤骚怀》置于“卷首诗象”，其诗曰：

宽骚长怀兮朗朗乾坤，
星歌云梦之莽莽昆仑。
流霞飞虹兮杲杲春旸，
龙埂铁瓮之淼淼京江。
高天叠彩兮泱泱华夏，

红尘染月之莘莘人家。
瀛海微澜兮粼粼镜湖，
光华缤纷之凛凛天都！

这一代表作既可以观察陈其诗歌的影像，也可以探测陈其诗歌理论的端倪。陈其充满豪情地说："《韩陈其诗歌集》，以象显真，以象明善，以象彰美，以象寻言，以象明意，以象为诗，连环相承，步步入象，在言意象的大世界遨游而寻觅汉语诗歌真善美的真谛和象谛。"（《韩陈其诗歌集·诗序》）

毋庸讳言，陈其诗歌理论的意义远大于陈其诗歌本身。关于诗词，我也有时信口涂鸦。不但所作平平，而且毫无章法可言。然我对今人写作传统诗词（格律诗词、古体诗），却有一点异议。

《诗·大序》："诗者，志之所之也。在心为志，发言为诗，情动于中而形于言。言之不足，故嗟叹之。嗟叹之不足，故咏歌之。咏歌之不足，不知手之舞之足之蹈之也。情发于声，声成文，谓之音。"《尚书·舜典》"诗言志，歌咏言，声依咏，律和声"说的也是这个意思，即诗是表达志向的，歌的音律则有助于其表达，当然必须合律协腔，如此才算美声。

我在《我与宋词先生》（参见古代小说网公众号）一文中说："曾问宋词兄其诗词集中词均题词牌，诗为何不标律绝？宋词兄的回答发人深思，他说诗律过于深奥，韵脚、平仄、粘对、拗救太过复杂，拿不准，也不愿花太多时间去推敲，信口开河，快意而已，只能笼统以诗题为名。就是标题词牌者，定有忤律之处，无奈只得听之任之。我点头称是，认为合律之传统诗词，皆可歌颂之文，薛用弱《集异记》所载王昌龄、高适、王之涣'旗亭唱诗'故事，尽显才子风流，今时过境迁，语音变异，所作诗词已非听觉艺术而为视觉艺术，格律已经无关紧要，标以律绝只是附庸风雅而已。宋词兄亦甚赞同，说吾等诗词，做到字面清秀，意趣高雅，用意含蓄，境界深远，已是不易，岂可奢求。此乃当时两人之论，今日看来，拟作为宜，拟律，拟绝，拟词牌、曲牌，既可遮丑，又不失古趣。当然，纵便不再歌唱，以古韵合古律又得心应手、雅俗共赏之作，自是上乘。有此上乘之作者，自是高人雅士。"

今受陈其诗歌和诗歌理论启发，不妨鹦鹉学舌，再发挥几句。

1977 年 1 月 29 日我曾有一拟七律（咏雪）云：

万缕白丝卷北风，
高天此去路几程？
只向清远求闲放，

不以娇痴作樊笼。
心怀绸缪非倜傥，
诗书淡泊且从容。
任凭乾坤全搅乱，
一色素雅启鸿蒙。

此诗我曾书请陆林兄斧正，陆林注视良久，说："意境旨趣尚佳，只不知合律否？"陆兄以学力著称，当然是感知了该诗格律的遗憾。

我理解传统诗词，一要平仄合律，二要韵脚齐整。但愚以为今人新作传统诗词，既然是看的不是吟唱的，纵便诵读也仅是用今音今语的，便不必受古韵、古律的规范，律合现代汉语之阴阳（平）上去（仄），韵切十三辙，即为现代格律诗词，或曰仿作格律诗词，亦即前述所谓"拟"。

此举两例，用供备鉴。

一为2010年12月25日所填拟【满江红】（千封《两地书》用意）：

三月桃花，
辉映起、晚霞数片。
染春色、满园红处，采撷有点。
花甲时节单放意，
天命缘分双飞燕。
两地书、打造载心舟，
整一千。

圆了梦，来世愿；
美其命，今生恋。
信前因有致，后期参半。
平添人间机趣赏，
留得史册佳话鉴。
敏宝轩、融汇大性情，
枫香暖。

二为2011年7月22日我与沈伯俊兄唱和的拟五律：

拟五律(赠沈伯俊学长)

快慰平生事,金陵说部缘①。
程途横纵取,功业自由谈②。
楚汉金瓶地,三国巴蜀篇③。
前沿方可道,无乃望七年。

【注】

① 沈伯俊兄才情横溢,学界常相传颂。余不善交际,钦慕既久,相见有次,苦无深谈,每以为憾事。"《明清小说研究》百期纪念暨2011明清小说金陵研讨会"期间,得与结交,大慰平生,何快如之。

② 余与沈伯俊兄均为"文革"前最后一届大学毕业生,余1970年毕业于浙江大学土木系,其1970年毕业于四川大学外文系。且均于1980年转行学治中国古代文学,参加中国社会科学院招收研究人员考试,其被录取至中国社会科学院四川分院,余被录取至中国社会科学院江西分院。余后因同时被录取为徐州师范学院(今徐州师范大学)硕士研究生,而未去江西分院。

③ 余与沈伯俊兄后均于中国古代小说学有所创获,其为中国《三国演义》学会常务副会长兼秘书长,余为中国《金瓶梅》学会常务副会长兼秘书长。

附沈伯俊和诗:

答吴敢兄

几番相遇道同年①,铁马金瓶说部缘②。
白发萧疏豪气在,论文把酒杏花天。

【注】

① 自20世纪90年代以来,余与吴敢兄几度相遇,惜未深谈;辛卯仲秋重逢于金陵,始知俱为"文革"前最后一届大学生,1980年又同时参加中国社会科学院招收研究人员考试,实为同年也。

② 余研《三国》,吴敢兄治《金瓶梅》,侧重虽异,均有创获,互存敬意。

拟不如创,拙作与陈其兄诗歌相去甚远。余"拟"只是权宜之计,韩"创"却是一场革命。

本文谈不上是对陈其诗歌和诗歌理论的品评,只是从韩陈其诗律说当下格律诗的创作。至于陈其诗歌与诗歌理论,对于传统诗词与汉语新诗均属先破后立,高竿立标,振聋发聩,汹涌澎湃,余无力申扬,只能敲敲边鼓而已。

1974年5月27日余曾拟五律(船过小孤山、石钟山)云:

湖远白帆近,
清波石钟徊。
茫茫流闲情,
涛涛发慷慨。
秉心岂倾俗,
恃才何懈怠。
小姑若寂寞,
当知故人来。

兹将其改为韩氏宽骚体,用作拜读《韩陈其诗歌集》之体悟,诗曰:

湖远白帆兮若隐若现,
清波石钟之亦趋亦徊。
游子凭栏兮茫茫闲情,
过客抒怀之涛涛慷慨。
特立独行兮岂可倾俗,
恃才傲物之何曾懈怠。
小姑寂寞兮放飞飞过,
彭郎坦荡之归去去来。

顺便说一点掌故。我在读研期间,1982年毕业前夕,作为教学实习,曾在中文系1978级讲授《红楼梦》。我因为本科(1964—1970)在浙江大学攻读的是工业与民用建筑专业,非文科科班出身,当分析王熙凤时,将“刚愎(bì)自用”说成“刚愎(fù)自用”,留下基本功欠缺的遗憾。2011年11月中旬,陈其应邀来徐主持研究生答辩。15日晚,江苏师范大学副校长、长江学者杨亦鸣宴请陈其等于汉园宾馆,命余和杨绪敏兄作陪。在座有1978级女生某言及此一故实,颇有讥讽之意。杨亦鸣亦1978级学生,王顾左右而言他。陈其与我邻座,不解何意,一时茫然。文科研究生读错字,当然不可原谅,此例给我高度警策,其后着力识字正音,检点往误,校正四声,不敢懈怠。中文系即语言文学系,我于文学旧有所好,后有小成,而于语言,至今雾里看花,不着边际。呜呼,陈其师弟,有以教我。

吴敢 2021年2月28日于彭城敏宝轩

【作者简介】

吴敢，男，1945 年 3 月 17 日生，山东郓城人。1969 年毕业于浙江大学，1982 年毕业于江苏师范大学，获文学硕士学位。曾任徐州市文化局局长（1985 年 1 月—1995 年 2 月）、徐州教育学院院长兼党委书记（1995 年 2 月—2003 年 5 月）、原中国《金瓶梅》学会副会长兼秘书长（1989 年 6 月—2003 年 6 月）、中国矿业大学文法学院文艺学研究生导师等。现任中国《金瓶梅》研究会（筹）副会长兼秘书长，中国古代戏曲学会理事，中国戏曲表演学会理事，江苏省明清小说研究会副会长，江苏师范大学文学院古代文学、戏剧戏曲学研究生导师等。已出版《〈金瓶梅〉评点家张竹坡年谱》《张竹坡与〈金瓶梅〉》《曲海说山录》《中国小说戏曲论学集》《〈水浒传〉导读》《20 世纪〈金瓶梅〉研究史长编》《张竹坡与〈金瓶梅〉研究》《话说张竹坡》《吴敢〈金瓶梅〉研究精选集》《金瓶梅研究史》《戏曲格律文献研究》等专著 11 部，主编《中国古代小说辞典》《古代戏曲论坛》《徐州文化博览》《金学丛书》《徐州戏剧史》等数十部，发表论文百余篇。

韩诗“五律”:汉语诗歌新格律的建树

李葆嘉

古代中国为诗歌泱泱大国,中国诗歌的鼎盛期在唐朝(618—907),而其时的阿拉伯帝国(632—1258)也盛行诗歌。有人认为,世界上大概很少有像阿拉伯人这样热情地赞扬文艺,尤其是那些为口头或书面文艺所激动的热烈场景。任何一种语言对其民族精神所发生的影响都是无法抗拒的,但似乎都没有阿拉伯语这样强烈。他们以诗歌衡量个人的聪明才智。诗人不但是本部落的先知、导师和代言,而且是史学家和科学家。阿拉伯人称诗人为“沙仪尔”(shā'ir,含义是“通灵者”)。他们认为,诗人的知识来自神灵的昭示。诗人与无形的势力结盟,其诅咒能使敌人遭殃。在战场上,诗人的舌头和战士的勇气同样能冲锋陷阵;在和平时,诗人的舌头能激发整个部族不断奋进。穆罕默德说:“修辞中有神奇,诗歌中有智慧。”

从远古起,阿拉伯人就形成了出口成章、口耳相传和烂熟于心的传统。到穆罕默德(约570—632)时代,北方阿拉伯人才有了完善的书写体系。据说书写《古兰经》(*Qur'ān*,本义即“诵读”)时,整个阿拉伯半岛会写阿拉伯文的仅十七人。阿拉伯人酷爱诗歌、崇尚诗人,有其历史传统。一个部落若出现锦心绣口、能说会道的诗人,如同拥有奇珍异宝。在每年十月的赛诗会上,在乌卡兹(sūq'Ukāz)集市上,各部落英雄纷纷登场,高声朗诵自己的诗作。战场上的挫败,可以通过赛诗的获胜而补偿。赛诗大会评选出来的佳作,以金泥书写于亚麻布上,悬挂于麦加的克尔白神庙墙壁上,即阿拉伯诗人引以为自豪的“悬诗”(Mu'allaqāt)。唐代疆域辽阔,直至中亚。

李白(701—762)其祖“谪居条支”,毗邻“大食”。我甚至悬想过,唐代诗歌的兴盛与阿拉伯人酷爱诗歌的传统是否存在某种湮没的联系。

近日拜读《韩陈其诗歌集》(2020年),以宽骚长怀卷开篇,尽彰显汉语诗歌灵魂的“象”,为星歌云梦、流霞飞虹、龙埂铁瓮、高天叠彩、红尘染月、瀛海微澜、光华缤纷,皆标新立异,出神入化。

其中“诗序”,条陈“五律”,为韩诗基本理论与多年创作感悟。现摘其要义,略做推阐,以明韩诗五律之理。

“诗序”曰：

“汉语传统格律诗中的‘平仄’，在诗歌表义系统中，有其一定的范域和有限的作用；而在现代汉语的普通话中，入声消失归并为阴阳上去后而再去特别讲究和特别强调所谓的‘平仄’，则往往会显得格格不入，而且甚至可以说是风马牛了。其实，就汉字的韵律而言，就是在入声没有归并变化的状态下，平仄也仅仅只是一种调律而已，其在汉语传统诗歌中的表义功能和表义范域应该是极其有限的。”

今按：语言结构类型不同，则诗歌格律天然有别。中国古典诗歌的三大特色或要素是：押韵、对仗、平仄。与之不同，古希腊—罗马，以及古印度诗歌不要求押韵，因为没有汉语这样的韵部（VC），屈折语的元音比较简单，词在句中又多带雷同的屈折词尾。欧洲诗歌用韵始于中世纪的意大利诗人，也仅风行一时。文艺复兴后推崇古希腊文学，押韵又不再流行。与之雷同，由于语言结构的基本单位不同，汉语诗歌中的对仗、平仄，在欧洲语言诗歌中也皆不可能。汉语诗歌的平仄律是一种汉语的字调艺术，一种汉语诗歌腔，而与表意无关。只有对仗才与表意有关，词语的含义相对相成。因此可以说，汉语诗歌的押韵、平仄是语音律，而对仗（可能还包括叠词、套式等构形）是语义律。

押韵发乎天籁，中国远古诗歌天然有韵，后人根据《诗经》用韵能够归纳韵部。四声起于齐梁，诗歌的平仄则为晚起。中古“平、上、去、入”四声，以“平”为平，以“上、去、入”为仄。字调之平直和曲折相间，此为异；字调之平直与平直、曲折与曲折各自相应，此为同。由此形成字调和谐，异而不同谓之和，同而相应谓之谐。对声调语言而言，平仄无疑是中古以来汉语诗歌的基本格律或独具特色。尽管蒙元以降，北方话的入声渐次消失，但是当今普通话的字音仍可分：“阴平、阳平”为平，“上声、去声”为仄。普通话只是规定的通语，并非写诗一定要按照普通话字音调平仄。作为中国文学的优雅形态，南方人写诗，仍可按照南方方言（江淮方言、徽方言、湘方言、吴方言、粤方言等）的字音调整平仄。窃以为，既然要创作诗歌（艺术语言），也就有必要推敲平仄。当然，可以宽松一些，不必以声害意。

“诗序”曰：

“汉语现代诗，在某种意义上似乎走到了一个无拘无束的极端：几乎完全没有章法，几乎完全没有诗法，几乎完全没有规制而随心所欲，丧失了作为汉语诗歌存在的基本形式条件！”

今按：所谓“汉语现代诗”，用白话写作，不拘字句长短。除了押韵，已无对仗、平仄之求，实际上已沦为“无章法”“无诗法”。比如，胡适（1891—1962）所写的《朋友》（1916 年 8 月）：

两个黄蝴蝶，双双飞上天。不知为什么，一个忽飞还。
剩下那一个，孤单怪可怜。也无心上天，天上太孤单。

毕竟是五言兼押韵，这还算打油吧。再如，胡适所写的《鸽子》（1917 年 12 月）：

云淡天高，好一片晚秋天气！
有一群鸽子，在空中游戏。
看他们三三两两，
回环来往，
夷犹如意，
——忽地里，翻身映日，
白羽衬青天，十分鲜丽！

参差不齐，何诗之谈？不就是散文（可押韵）的分行排列！

有人在朋友圈转发，要讨论白话诗是不是诗。我说：因为并非诗，才提出要讨论。汉语现代诗的形成与“白话文运动”有关，但溯其来源，却与清末翻译西方语言的诗歌有关。

西方语言诗歌的汉译可以追溯到 17 世纪。1637 年，意大利耶稣会士艾儒略（Giulio Aleni，1582—1649）曾将拉丁文诗歌《圣梦歌》（刻于福建晋江）译为中文。张赓（1570—1647）序曰：“《圣梦歌》之始也，乃‘西士诗歌’，不过艾氏愿以‘中邦之韵’出之。”全诗 276 行，开头几句是：

严冬霜雪夜分时，梦一游魂傍一尸。
畤昔尸魂相缔结，到头愁怨有谁知。
魂兮何有余多恨，喟向尸前叹且悲。
谓汝肉躯曾忆否，炎炎在世傲鬓眉。

此后，有西人用中文翻译圣诗的《诗篇》和《雅歌》，英国传教士麦都思（Walter Henry Medhurst，1796—1857）1853 年用四言古体翻译弥尔顿

(John Milton,1608—1674)的十四行诗《论失明》(*On His Blindness*)。王韬(1828—1897)等 1871 年合译《法国国歌》和德国《祖国歌》等。中国学者最早翻译的英国诗歌,见于严复翻译的《天演论》(1899)。书中有英国诗人蒲柏(Alexander Pope,1688—1744)《原人篇》(*An Essay on Man*)的汉译片段。严复用五言翻译,颇具中国古诗风味。

元宰有秘机,斯人特未悟。世事岂偶然,彼苍审措注。
乍疑乐律乖,庸知各得所。虽有偏诊灾,终则其利溥。

近代诗人和翻译家苏曼殊(1884—1918)译编《拜伦诗选》(1908)时,邀其友黄侃(1886—1935)代为翻译拜伦的《赞大海》《去国行》《哀希腊》等。黄侃(早年笔名"盛唐山民")用五言古体翻译《哀希腊》,颇具魏晋古雅之风。

拜伦英文诗《哀希腊》的前六句是:

The Isles of Greece, the Isles of Greece!
Where burning Sappho loved and sung,
Where grew the arts of War and Peace,
Where Delos rose and Phoebus sprung!
Eternal summer gilds them yet,
But all, except their Sun, is set.

黄侃译文的前六句是:

巍巍西腊都,生长萨福好。
情文何斐亹,荼辐思灵保。
征伐和亲策,陵夷不自葆。
长夏尚滔滔,颓阳照空岛。

1903 年,中国近代文学家梁启超(1873—1929)所译《哀希腊歌》(见于《新中国未来记》)的英文前六句是:

……咳! 希腊啊,希腊啊……你本是和平年代的爱娇,你本是战争时代的天骄。撒芷波歌声高,女诗人热情好,更有那德罗士、菲波士荣光常照。此地是艺文旧垒,技术中潮。即今在否? 算除却太阳光线,万般没了。

梁启超的译文已非模仿中国古诗体裁，而是古白话（唐宋以来，较接近当时口语而夹杂文言成分的书面语）的风味。

1914 年，胡适却用《楚辞》骚体翻译《哀希腊歌》（《藏晖室札记》），所译前六句是：

嗟汝希腊之群岛兮，
实文教武术之所肇始。
诗媛沙浮尝咏歌于斯兮，
亦羲和素娥之故里。
今惟长夏之骄阳兮，
纷灿烂其如初。
我徘徊以忧伤兮，
哀旧烈之无余！

胡译实为改写，不但加上原文诗句没有的感情，而且增译原文没有的诗句。

清人方濬师（1830—约 1889）在《蕉轩随录·第十二卷》（同治十一年，即 1872 年刊本）中记载了一件趣事。1864 年，英国公使威妥玛（Thomas Francis Wade，1818—1895）用中文翻译了美国诗人郎费罗（Henry Wadsworth Longfellow，1807—1882）的《人生颂》（*A Psalm of Life*，1839）。郎费罗的英文诗前八句是：

Tell me not, in mournful numbers,
Life is but an empty dream!
For the soul is dead that slumbers,
And things are not what they seem.
Life is real! Life is earnest!
And the grave is not its goal:
Dust thou art, to dust returnest,
Was not spoken of the soul.

威妥玛译文的前八句是：

勿以忧时言
人生若虚梦
性灵睡即与死无异
不仅形骸尚有灵在
人生世上行走，非虚生也总期有用
何谓死埋方至极处
圣书所云人身原土终当归土
此言人身非谓灵也

威妥玛逐字逐句对译，似乎也是古白话，但自觉毫无诗味，于是请总理衙门大臣董恂（1807—1892）合作。在威妥玛的讲解下，董恂领会原作每句诗大意后，再将威妥玛的译稿重写成汉语格律诗。董恂译文的前八句是：

莫将烦恼着诗篇，百岁原如一觉眠。
梦短梦长同是梦，独留真气满乾坤。
天地生材总不虚，由来豹死尚留皮。
纵然出土仍归土，灵性常存无绝期。

1897年，郎费罗的这首诗又有滁州堂英国传教士沙光亮口译、叶仿村笔记的《大美龙飞罗先生爱惜光阴诗》（《中西教会报》，1897年第34册），译文的前八句是：

休和我诉声音凄痛，
今生不过空虚梦。
须知打盹与死相同，
似是而非事常众。
今生属实今生率真，
尽头路不是荒坟。
物从土灭物从土生，
未曾论到人灵魂。

显然，沙光亮采用汉语古白话翻译的诗文，要比董恂的古体诗自由，普通人容易懂一些，又不失汉语诗歌的基本风格。

1918年4月，胡适在《新青年》上发表用白话所译苏格兰诗人林德赛

(Anne Lindsay，1750—1825)的《老洛伯》(*Auld Robin Gray*，1772)。译序说："此诗向推为世界情诗之最哀者，全篇作村妇口气，语语率真，此当日之白话诗也。"

林德赛英文诗第一、第二节如下：

When the sheep are in the fauld，and the kye at hame，
And a' the warld tae rest are gane，
The waes o' my heart fa' in showers frae my e'e，
While my gudeman lies sound by me.
Young Jamie lo'ed me weel，and sought me for his bride；
But saving a croun he had naething else beside：
Tae make the croun a pund，young Jamie gaed tae sea；
And the croun and the pund were baith for me.

胡适的译文是：

羊儿在栏，牛儿在家，
静悄悄的黑夜，
我的好人儿早在我身边睡了，
我的心头冤苦，都迸作泪如雨下。
我的吉梅他爱我，要我嫁他，
他那时只有一块银元，别无什么；
他为我渡海去做活，
要把银子变成金，好回来娶我。

胡译是诗吗？从汉语的角度来看，只能是"散文断句分行"。《老洛伯》原诗，虽然每行参差，却有格律，各节第三、四行同用一韵。胡译未反映原诗格律，混同于自由诗，丧失原作的特色。

综上，最初中外学人用汉语翻译西方诗歌，以汉语古诗体翻译，要像中国式诗歌，而用古白话翻译似乎更适宜。20世纪初出现散文化的白话文翻译，由此觉得，既然西方诗歌的句子长短不拘、无平仄、无对仗，既然翻译出来的汉语诗也是如此，那么，汉语诗歌也可用散文化的白话文来写作，以至这种"新诗"，除了断句分行(外加押韵)，与散文几无区别。换而言之，既无章法，又无诗法，何以为诗？窃以为，这种作品只能称之为——"散文断句分行体"。

“诗序”曰：

“有鉴于此，《韩陈其诗歌集》在传统诗歌（《诗经》《楚辞》以及格律诗词）的基础上，以‘象’为诗歌灵魂，创制一种新型的汉语诗歌的表达形式或者说是汉语诗歌新格律。就汉语诗歌的形式要素而言，其所创制提倡的汉语诗歌的形式要素或者说是汉语诗歌新格律如下……”

今按：20 世纪初期出现的所谓“新诗”或“现代诗”既然如此，则中国当代诗歌必然要出现变革。毋庸置疑，创制一种新型汉语诗歌的表达形式或者汉语诗歌新格律，是汉语诗歌发展的必由之路，是对所谓“新诗”的历史性反拨——韩陈其诗歌创作意义即在于此。诗歌是独具匠心的语言艺术，诗歌必须有格律，切忌流于断句分行的散文。而韩陈其提出的新诗格律就是——齐正律、宽骚律、宽韵律、宽对律、宽异律。

“诗序”曰：

“其一，齐正体、方正体，即韩氏齐正律、韩氏方正律，这是汉语诗歌的基础形式新格律。汉语最早的诗歌是二言诗……后来是四言诗、六言诗、五言诗、七言诗。汉语诗歌的齐正律或者说是方正律，是由汉语语音结构特点尤其是汉字的齐正方正的特点而决定的。”

今按：汉语字词的音节结构和汉字的体形结构决定了汉语的诗歌必须齐正。汉语字词的音节结构是声韵组合，每个字词的朗读时长基本相等；汉字的体形结构是部件组合，每个字词的呈示空间完全一致。从形式上看，书写下来的汉语诗歌就是由方块汉字编织的方形华章。

英语的诗歌，如《莎士比亚十四行诗》第七十三首：

1. That time of year thou mayst in me behold,
2. When yellow leaves, or none, or few, do hang.
3. Upon those boughs which shake against the cold,
4. Bare ruined choirs where late the sweet birds sang.
5. In me thou seest the twilight of such day,
6. As after sunset fadeth in the west,
7. Which by and by black night doth take away,
8. Death's second self, that seals up all in rest.
9. In me thou seest the glowing of such fire,
10. That on the ashes of his youth doth lie,
11. As the deathbed whereon it must expire,

12. Consumed with that which it was nourished by.
13. This thou perceivest, which makes thy love more strong.
14. To love that well, which thou must leave ere long.

显然,由于英语单词音节结构(CV, CVC, CCVC, CCVCC,CVCVCCC 等)的多样化,决定了英语的诗歌无法齐正。

外文诗歌的汉译,首先应当对译,以忠实于原文文本,然后再加以适当修饰,进一步则是体现中国传统诗歌风格的雅化。李葆嘉在《从莎翁的秋思到冯唐的画虎》(2017 年,未刊稿)中翻译雅化后的莎诗第七十三首如下:

1. 一见倾心,那年此时,(韵)
2. 黄叶满地,三两悬枝。(韵)
3. 树衣早尽褪,寒风萧瑟悲凉,
4. 残坛已荒芜,悦耳歌鸣已逝。(韵)
5. 汝若望我,如此黄昏,(韵)
6. 日落西天,悄然隐沉。(韵)
7. 余辉多无奈,黑夜尽抹痕迹。(韵)
8. 死亡亦知己,黄土密封安息。(韵)
9. 汝若视我,如火炽烈,(韵)
10. 青春韶华,燃为灰烬。(韵)
11. 有如临终前,尚存奄奄一息,(韵)
12. 恰似销魂中,往日滋养耗尽。(韵)
13. 愿君心有知,爱恋更深情,(韵)
14. 相思天地久,离人将远行。(韵)

第一段"悲秋"(起),1、2、4 句押韵,为一韵。第二段"落日"(承),5、6 句押韵,7、8 句押韵,为换韵。第三段"燃烧"(转),9、11 句押韵,10、12 句押韵,为交错韵。第四段"勉励"(合),13、14 句为一韵。

阿拉伯语单词的音节结构也是多样化,同样使其诗歌无法齐正。比如,《不要为那不为你哭泣者而哭泣》(http://suzhou.pxto.com.cn/news/jyyw/1685415.html):

عليك يبكي لا من على لاتبك

不要为那不为你哭泣者而哭泣

نسيانهم ويستحيل ،تركهم يصعب ،إيجادهم يصعب الحقيقيون الأصدقاء

真朋友很难寻得，难以抛弃，绝不可能忘记

آخر شخص حب في يقع ، تحب من ترى أن ال نفس على ما أصعب

最痛苦的莫过于看着你最爱的人和别人坠入爱河

ال حياة في ال جميلة الأمور عن سيلهيك ، يعيقك ال ماضي تجعل لا

不要让过去束缚你，否则你会失去生活中的很多美好

ل لمستقبل في سيحدث مما وتخاف ، ل لماضي ال نظر يؤلمك عندما

ل يدعمك هناك سيكون ال حميم وصديقك ، لجانبك انظر ،

当你痛苦于过去，害怕未来将发生的一切，朝你边上看看吧，你的好友会在那里支持你。

当然，汉语诗歌的齐正律只是一般情况，可以有若干变化（比如宋词、元曲的长短句，再如宝塔诗、圆盘诗等）。

“诗序”曰：

“其二，宽骚体，也可以说成韩氏宽骚律，这是汉语诗歌形式的新格律。就汉语诗歌而言，其长度在理论上应该可以是无限的，个人以为汉语诗歌长度以十行为常态，根据需要其变态而可长可短；而汉语诗歌的宽度则往往是有限的，《诗经》的四言（约占比 91%）、五言（约占比 5%），《楚辞》的六言、七言，律绝的五言、七言，仅此而已。……一般而言，韩氏宽骚体多为九言诗，追根溯源，当为《诗经》四言和五言句的叠加重合形态，而韩氏宽骚体最长为十四言诗、十五言诗，算是对汉语诗歌宽度的一种创吟极限的尝试。”

今按：诗歌长短不限，最短的一两行，最长的成千上万句。苏美尔人的《吉尔伽美什史诗》（前 2150—前 2000），留存下来的残本就有 2000 多行。韩氏宽骚体认为，通常的一首汉语诗歌，以十行为常态，每行为九言。此为允当之论。

每行的言数，与语言结构有关。大体而言，上古汉语单音节词为主，因此多四言、五言；中古汉语双音节词渐多，因此以五言、七言为主。至于《楚辞》六言、七言，与楚语的特点有关。

现代汉语基本上双音节词或双音节组配，一行诗用九言符合实际。细细思考，每行的言数，又以声气为限，正常状态下，一口气能说出的也就十个、八个音节。每行的言数，又以心理为限，正常的瞬间记忆为 7 个单位，多了也就增加了理解的难度。再论每首诗的行数，既要基于表达的内容，又要考虑读者的耐心。通常而言，专注地听别人朗读一首诗也就是几分钟。

“诗序”曰：

“其三，宽韵体，即韩氏宽韵体，也可以说成韩氏宽韵律，这是汉语诗歌形式的新格律。宽大为韵的出发点，是强调与齐正性、方正性相适应的或者说相为呼应的中文诗歌的韵律性。所谓韵律性，不是指平仄的调度（因为入声消失而显得毫无意义），而是指韵脚的选位与选择。中文诗歌的韵律性，既坚持双句押平声韵，又体现鼓励押韵的宽大为怀的风格，在齐正性和韵律性的基础上，对韵位和韵脚的安排也做出了种种选择和尝试。比如：既可押同部平声韵，又可押相邻相近的在韵感上比较吻合的异部平声韵；既可押同部平声韵，又可分别押同部的上声韵、去声韵，也可阴阳上去四声通押；既可一韵到底，也可任意换韵；既可异字为韵，也可同字为韵；既可双句为韵，也可单句为韵。”

今按：韩氏的宽韵律，包括不一定同部平声韵相押（韵感吻合即可），韵式（一韵、换韵、同字韵、双句韵、单句韵、交替换韵）不拘等。在这方面，《韩陈其诗歌集》对韵位和韵脚的安排做出了许多全新的尝试。窃以为，可以押古韵（平水韵等），可以押普通话韵，也可以押方言韵。

“诗序”曰：

“其四，宽对体，即韩氏宽对体，也可以说成韩氏宽对律，这是汉语诗歌形式的新格律。字数相等、结构一致、词性相同、语义相关的两两对称的语言形式，因适用对象的差异而形成相关而不相同的表述。……所谓韩氏宽对体或韩氏宽对律，集散文、楹联、诗歌之大成，创制宽对，不拘调格，不拘韵格，不拘声格，不拘义格，而主要倾心关注并且追求‘象’格，即诗句中各‘象’所显示的层次性、广域性、蕴含性、色彩性、协调性、关联性、想象性。”

今按：韩氏的宽对律，集散文、楹联、诗歌之大成，创制诗歌的宽对。不拘调格，不拘韵格，不拘声格，不拘义格，而主要倾心关注并追求“象”格。窃以为，所谓诗歌的对仗，在意象的基础上，还是要讲究声格（声调平仄；出句仄声收尾，对句平声收尾）、意格（语义相对、词性相对）等，以体现锦心绣口、文采斐然。

“诗序”曰：

“其五，宽异体，即韩氏宽异体，也可以说成韩氏宽异律，这是汉语诗歌形式的新格律。在规制汉语新诗歌的齐正律、方正律的基础形式格律的前提下，提倡比较灵活的宽泛的不拘一格的汉语诗歌的异体表现形式，便是宽异体。”

今按：韩氏的宽异律，提倡灵活的不拘一格的汉语诗歌异体形式。所谓宽异体，既可视为对新格律常态的偏离，更可认为是作者独具匠心的变化。

宽异律的创作实践，在卷八“光华缤纷”中有集中反映。如《扇之秋》：

秋
枫红
彩蝶翔
淡云熏风
婵娟霓云裳
参差烟花社鼓
大江奔涌入心窗
抚今怀古北固怅望
吴女尚香万里祭情殇
水漫金山白娘访仙梦乡
登高携手更上五峰岗
品茗赏花行酒问月
敢信嫦娥笑吴刚
天街欢声笑语
彩霞飞九江
长河落日
金桂香
清风
秋

此为排版形式的宽异。古代的宝塔诗，从一字句的塔尖开始，向下逐行增一字，一般到七字句形成塔底，构成一个竖立的三角形。而此诗构成一个横展的三角形，从中间切分则形成镜像，如同斜塔水中倒影。

再如《恍惚妙仙》：

想吃什么好，一口一个鲜。
昨个庆丰包，今个宴春面！
七夕哪块有，银河鹊桥仙。
迢递若无象，恍惚妙无边。
一日与君逢，万古心相牵。

此为语音的宽异。用镇江话（江淮官话宁镇方言）诵读，即可品出其中的特有韵味。乡音传乡情，大俗则大雅！

又如《鸟花对话》：

鸟：
我是一只鸟，
在树的顶梢高高地热烈眺望，
不知为什么眺望！
花：
我是一朵花，
在桥的河岸默默地寂寞开放，
不知为什么开放！

这首诗的宽异似乎有点散文化，其实全诗通过押韵和对仗严密约束。一是，四对同字为韵：鸟—鸟、望—望、花—花、放—放；二是，全诗两章整体对仗。恰如鸟语花香……

又如《茗月流霞》：

金茗春花饮京都，
一啜一眸忆江南。
山茗夏风饮寂寞，
一品一叹可凭栏。
翠茗秋月饮流霞，
一颦一蹙望阑珊。
芽茗冬雪饮婵娟，
一歌一弦浸天欢。
香茗醉饮清虚缘，
一飘一灵舞翠鬟。
清茗梦吟九如象，
一沸一盈漾心澜。
千杯万盏故乡茶，
菩提无树笑镜坛。

此为用词造句的宽异。连续造出四个“饮××”：饮京都、饮寂寞、饮流霞、饮婵娟；连续造出六个“一×一×”：一啜一眸、一品一叹、一颦一蹙、一歌一弦、一飘一灵、一沸一盈。全诗既有音响的回环，又有字形的跳跃，形成一波一波的冲击力。

再如《日月光华》：

日月光华旦复旦，
如锦如绣如如旦；
日月光华夕复夕，
如醉如痴如如夕；
日月光华日复日，
如火如荼如如日；
日月光华月复月，
如诗如歌如如月。
日月光华年复年，
如梦如幻如如年！

这种宽异体，既把语词复用贯彻始终（如“日月光华”“如如”），又把词句构形贯彻始终（如“A 复 A”“如 A 如 B 如如 C”）。通过词语、构形、节奏的复沓，呈示诗人的豪情迸发，堪称一唱三叹、荡气回肠。在这些宽异体中，有一些看上去似乎“离奇”，但并非“出格”。其精妙之处，充分体现了对汉语的语音律、语义律（以及构形律）的灵活运用。

可以说，新诗或现代诗的根本问题已经纠结百年。新诗界或现代诗界，比较关注的还囿于新诗韵部的划分，对其格律未见系统论述。直至韩诗“五律”出，方为汉语诗歌新格律的建树。古人诗以明志，诗以抒情，诗以咏史，诗以针砭，而韩兄则“诗以为乐”。

“余为兢兢书匠，亦为萌萌诗人，自丱角舞象而至古稀从心，诗爱之心浸浸而润，诗创之情腾腾而飞，不亦乐乎，不亦人生乎！”笛卡尔有名言“我思故我在”，而韩兄则“我诗故我在”。

东亭散人　李葆嘉　谨识

2021 年 3 月 20 日

参考文献

[1] 程翔章.拜伦《赞大海》《去国行》《哀希腊》三诗究竟为谁译？[J].黄冈师范学院学报，1998(3).

[2] 方梦之.第一首汉译英诗在清初问世[N].文汇报，2009－3－18.

[3] 付海鸿.早期翻译诗的研究及可能的方向[J].钦州师范高等专科学校学报,2005(1).

[4] 韩陈其.韩陈其诗歌集[M].作家出版社,2020.

[5] 黄杲炘.从胡适第一首白话译诗《老洛伯》说起[N].中华读书报,2014-10-15.

[6] 李葆嘉.从莎翁的秋思到冯唐的画虎[M].2017.未刊稿.

[7] 罗文军.《人生颂》在晚清的又一汉译及其意义[J].中国现代文学研究丛刊,2011(1).

[8] 钱锺书.汉译第一首英语诗《人生颂》及有关二三事[N].国外文学,1982(1).

[9] 任宋莎.试析拜伦《哀希腊》在近代中国的两个译本.安徽文学,2017(6).

[10] 屠国元,凡思全.英国早期诗歌翻译在中国[M/OL].2004[2004-05-06]. https://www.doc88.com/p-3941038549093.html.

[11] 杨全红.汉译第一首英语诗二三事[N].中国比较文学,2007(3).

[12] 郑锦怀.20世纪前英国诗歌中译述略[J].重庆交通大学学报,2013(1).

[13] 张娟平.从《哀希腊》的翻译看梁启超等译介的拜伦形象.语文学刊·外语教育学习,2015(6).

【作者简介】

李葆嘉,东台西溪人。语言学家、教育家、翻译家、史学家、诗人、哲学家。章黄学派第四代传人、语言科技新思维的倡导者、"新文科"教育的先行者、南京语义科技学派的奠基人。曾任南京师范大学教授、博士生导师、博士后导师,兼语言科学及技术系主任、语言科技研究所所长、江苏高校重点研究基地"语言信息科技研究中心"主任。现为教育部重点研究基地黑龙江大学俄罗斯语言文学与文化研究中心客座研究员。致力于传统语言学、理论语言学、语义语法学、语言科技、元语言工程、语义网络工程、幼儿语言成长学、话语行为学、中国语言文化史、西方语言学思想史、语言文化哲学等领域的研究。

刊行专著《清代上古声纽研究史论》《理论语言学》《中国语言文化史》《中国转型语法学》《语义语法学导论》《层封的比较语言学史》《揭开语言学史之谜》《一叶集》《钩沉录》《作舟篇》等20部,译著有《汉语的祖先》《欧美词汇语义学理论》《女人、火与危险事物》《肉身哲学》《欧洲语义学理论》等,编著有《语言科技十二年》等18部,发表论文220篇。总主编"语言科技文库"(7个系列35种)。

韩陈其和他的言意象

段业辉　孙　怡

辛丑年春，有幸收到韩陈其先生惠赠的大作——《韩陈其诗歌集》和《韩诗三百首》。韩先生的"言意象"理论，基于传统又新于传统，远不止于诗歌的范畴，也浸润了他近四十年汉语研究的心得，构拟出一个基于语象感官互通的汉语的言意象系统。其实对于诗歌，我们可以说是外行，无论是古体诗的音韵和格律，还是近体诗的技巧和赏析，都谈不上有研究，更遑论品评的资格，姑且谈一些自己的拜读体会吧。

一、博观约取，厚积薄发

诗集的《序言》中写到"余为兢兢书匠，亦为萌萌诗人"，颇为有趣。

韩先生是博洽多闻的学者。他先后在江苏师范大学、南京师范大学、中国人民大学任教，同时也是韩国淑明女子大学、湖西大学、首尔女子大学的客座教授；连续两届担任江苏省语言学会的会长，在语法、词语、文字、音韵、训诂诸多方面都精于研究，而且能融会贯通并进行古今对比，不断探索新的研究领域，笔耕不辍，成果丰硕。徐复先生在为其《中国古汉语学》作序中评曰："韩陈其于语言文字各部门，均所擅长，凡有所陈，无不惬心贵当，卓然有所树立。"

韩先生也是润物无声的老师。他 1982 年参加工作，1985 年由无职称的教员破格晋升为副教授，1986 年教师节的《新华日报》，头版头条对其进行了专题报道。从教四十余年间桃李满园，经师人师，他的学生继承了师门的优良传统，专心致志，深思钻研：硕士们专攻中国古代诗词的语学释读，博士们则专攻汉语、汉语史、中国语言学史，成就斐然。

韩先生亦是正本清源的诗人。中国现代诗发展的一百多年历程中，出现了很多诗歌流派，《在言意象观照中探寻汉语新诗格律》一文中，韩先生将其归纳为两大派别：一是毫无格律观念的现代新诗，二是始终在找寻格律的现代新诗。他认为毫无格律观念的现代新诗，只会越来越肆无忌惮、越来越迷茫，而始终在找寻格律的新诗，由于找寻方向的偏差而始终处于找寻的状态。当前的诗坛比较乱，活跃着一批所谓的“当代著名诗人”，新诗从内容和形式上都被糟蹋得不成样子，公众对于诗歌、诗人的看法非常消极，很多人甚至发出了“这是一个没有诗的时代”的感慨。新诗的标新立异，绝不是没有底线。有鉴于汉语现代诗没有章法、没有诗法、没有规制的情况，韩先生在传统诗歌(《诗经》《楚辞》以及格律诗词)的基础上，以“象”为诗歌灵魂，创制了一种新型的汉语诗歌新格律：齐正体(方正体)、宽骚体、宽韵体、宽对体、宽异体。尤为值得称颂的是韩氏宽骚体，最长可达十四言、十五言，是对汉语诗歌宽度的一种创吟极限的尝试。

二、文以载道，歌以咏志

韩先生总结自己四十余年的学术生涯，肇始于“言”，周旋于“意”，升华于“象”，他认为诗的本质是“言—意—象”的聚合体，有一定节律的“言”、有一定情感的“意”、有一定范域的“象”。“言—意—象”构成了他的人生哲学观，也构成了韩诗的理论体系和创作风格，因此，他基于观“象”、取“象”、立“象”的汉语意象构建出了“三象之说”：自然之象、人工之象、精神之象，用以观照诗歌理论和创作诗歌。例如《韩陈其诗歌集》的开篇之作《新疆天歌》：

登眺天山兮望乎烽燧，烽燧孤寂之邈邈时岁！
登顾天山兮望乎轮台，轮台杳渺之丝丝榆槐！
登临天山兮望乎楼兰，楼兰窈窕之活活美仙！
登看天山兮望乎峡口，峡口沧桑之熙熙觞酒！
登观天山兮望乎丹霞，丹霞斑斓之茫茫苇葭！
登拜天山兮望乎雅丹，雅丹魔幻之璨璨彩滩！
登越天山兮望乎神湖，神湖呜呜之凄凄音符！
登跨天山兮望乎戈壁，戈壁荒阔之嶙嶙砾石。
登游天山兮望乎沙漠，沙漠浩瀚之幽幽铃驼！
登攀天山兮望乎胡杨，胡杨傲岸之绵绵峦冈！
登瞰天山兮望乎红河，红河奔腾之匆匆飞鹤！
登仰天山兮望乎天池，天池悬碧之瑶瑶仙墀！
登寻天山兮望乎野居，野居茕独之嘻嘻馕趣！
登欢天山兮望乎新娘，新娘婵娟之涟涟沛滂！
登思天山兮思乎人生，人生驹隙之金石琴笙？

这是典型的宽骚体韩诗，效法《诗经》重章叠句的形式，并衍为长句，形成基本句式为“四言+兮+四言”或“四言+之+四言”的九言句式。字里行间流淌着无限的感慨，诗人通过“象”反复咏叹新疆的壮美。

自然之象：峡口、丹霞、雅丹、神湖、戈壁、沙漠、天池、胡杨……

人工之象：烽燧、轮台、楼兰、野居、新娘……

精神之象：时岁、榆槐、美仙、觞酒、苇葭、彩滩、音符、铃驼、仙墀、馕趣、沛滂、琴笙、婵娟、峦冈……

自然之象观照现实，人工之象由浅入深，精神之象由实而虚、由有形入无形。以“象”显真，以“象”明善，以“象”彰美，以“象”寻言，以“象”明意，以“象”为诗，连环相承，步步入“象”。从天空俯瞰新疆的万千气象，通过“象”的构思，幻化出许多被历史的烟尘和自然的变迁所掩埋的画面：窈窕的楼兰、茫茫苇葭的丹霞、奔腾的红河……淋漓尽致地抒发了诗人的思古幽情。

中国文学有一个重要的传统，就是“文以载道”。诗言志、词言情，诗歌是用来表达感情的，所以诗人总是拥有比一般人更敏锐、更细腻的感情，但作为语言学的专家学者，对待研究对象又是冷静而客观的。这也是韩诗有别于其他汉语现代诗的魅力，有着鲜明的特色，这是一位功底深厚的语言学家对于汉语现代诗的热爱和探究。

三、各美其美，美美与共

拜读《韩陈其诗歌集》，发现其诗歌主题非常宽泛，包含了针砭时弊、风花雪月、爱恨情仇、山川风物、历史长河、人间冷暖等，真可谓包罗万象。

诗人对读书的体会、对生活的体验、对周边事物的观察，已经触及对生命深层次的思考和感悟，随手拈来几句宽骚体：“潇潇洒洒兮贾史王薛上演红楼梦，真真幻幻之赵钱孙李游走大观园。红红火火兮东南西北狂欢情人节，轻轻淡淡之声色犬马勾留怡红仙！”（《大观园漫思谣》）这些感悟是诗人生活经验的抽象和提炼，但表达方式却是哲学的——观象而思，依象而想，明象而行。

还有诗人对于春天的吟咏：“春风和煦柳岸绿，细雨飘拂官塘花。寻常巷陌寻常事，一片芳华羡奇葩。”（《春风化雨》）“春分谁知春何分，烟花三月寻春涯。莫道梦圆人生戏，人人争夸耕读家！”（《潜川寻春》）“微春漾绿半河柳，广兰映红曲桥东。何事谁惹春婵娟？一丝相思一丝红。”（《微春》）“千彩万象，遽太西新浪！小俊郎、卧薪尝胆，蜃楼何处望？滞数载迷惘，竟天在、孤独彷徨！遂宏愿、风却韶华，万里春如想！”（《万里春·千彩万象》）诗人着墨最多的并不是春天的景色，而是重在表现蕴藏在春天里的生机和力量，韩诗里的春天不仅是个美丽的季节，更是一种对于人生的哲学思考。

至于在家国情怀宏大背景的感染下所创作的《礼敬喀喇昆仑》，字字情深，句句意浓，声声铿锵，奏响了一曲惊天地泣鬼神的交响乐章；宽骚长怀的诗歌形式推波助澜，将礼敬边防将士的一腔热血情怀发挥得淋漓尽致：那每联首句开首的叠音词的排列使用，则构成了从自然之象蔓延渗透到人工之象而又从人工之象蔓延渗透到精神之象的宏阔深远的诗歌的心路征程：

莽莽昆仑兮大壮中华，荒阔雄傲之生命守护。
滚滚泥石兮沟沟壑壑，峥嵘嶙峋之天堑畏途。
漫漫冰河兮坑坑洼洼，奔波逶迤之迷云险雾。
皑皑雪封兮捡粪烧火，餐风饮露之野菜果肚。
泣泣鬼神兮惊世群英，赤手空拳之长棍劲斧。
赳赳一人兮吞吐山河，披靡望风之万夫蜷服。
凛凛武威兮横刀立马，张臂怒目之气壮猛虎。
染染风华兮家国天下，喀喇昆仑之热血疆土！

作为一种艺术，诗歌是有魅力、有力量的。韩诗的魅力和力量不仅在于华丽的辞章和高雅的表达，更在于诗人的人生哲学观，也就是诗人反复陈述的“言—意—象”。

四、不忘初心，方得始终

自古以来，诗人有浪漫主义和现实主义之分，观其宽骚体诗，韩先生倾向于浪漫主义，但宽韵体和宽对体诗中亦不乏现实主义作品。

即便是宽骚体诗歌当中也有很多现实主义的题材，准确地说，韩诗的内容是现实的，但表达方式却是浪漫的，例如：

离离乱世兮清华逸东，逸东感慨之驴马铆工。
淡淡名利兮诺奖彷徨，彷徨人生之扫地擦窗。
茫茫航天兮十年一剑，一剑千万之魂萦梦牵。
上上神舟兮碧华婵娟，婵娟恍惚之航天奇缘。

（《航天颂》）

这是诗人读了顾逸东院士以《清华学生要担当起祖国腾飞的重任》为题的演讲，有感于广大航天人的家国情怀而创作的宽骚长怀。

不同于诗坛里很多现代新诗漫无边际的、全无规则的放肆，韩先生主张的汉语诗歌新格律，既继承了传统的诗律，又能与时俱进地使用当代声韵和句法，诗集中有很多韵律明晰、节奏朗朗上口的“金句”，例如：

花开花谢花有情，人来人往人更真。
劝君更进半瓢酒，樱花三月醉心神。 （《雪樱销魂》）

既写景，又叙事，一笔两到，贴切自然；

驿站红心徕远客，静看长河落夕阳。
清茶独饮春梦夜，书院可否阅沧桑？
（《大野春梦》）

画面开阔，意境雄浑，很有唐诗的韵味。我们能感受到诗人的“言—意—象”的大世界。

在这个浮躁的社会环境里，韩先生继承了古代汉语的优良传统，潜心研究汉语现代诗的格律，创作了近千首诗歌作品，体现出了难能可贵的探索精神。诗歌的感染力，同时也是诗人人格的感染力，就像诗人的自评之语：“毕生诗歌梦，毕生中国梦，不亦乐乎，不亦幸乎，不亦大牛乎！”

【作者简介】

段业辉，南京师范大学教授、博导，江苏省语言学会会长；孙怡，南京师范大学博士研究生。

领异标新二月花

——《韩陈其诗歌集》新意探美

李金坤

摘　要：韩陈其教授积四十年之功，出版《韩陈其诗歌集》，力纠传统旧体诗过多约束与现代新体诗过分自由之弊，新创"齐正体、方正体""宽骚体""宽韵体""宽对体""宽异体"五体的"韩氏汉语新格律诗"，构建了言意象观照下的中国汉语诗歌创作的象思维理论，营造了"言志""缘情"相结合、理论实践相结合、旧体新诗相结合的韩氏诗歌理论与创作之新气象、新境界。其关于"诗歌"的"新定义""新理论""新创作""新担当"的诗学创新精神，自是功在当代、影响深远。

引　言

中国是一个诗的国度。在中国文学艺术的浩瀚宝库中，诗歌是最受人们喜爱的一颗璀璨明珠。自《诗经》以来，它已走过了三千余年的光辉历史。由先民原始歌谣二言体、四言为主的《诗经》体，含"兮""之"的七言《楚辞》体，汉代古诗与乐府诗的五言、杂言体，到唐代定型的五、七言近体诗，宋词的长短句，元散曲的杂言句，明清时期尊唐与崇宋的格律体，再到五四时期的白话新诗体，回首来时路，诗体屡变新。环顾当今诗坛，旧体诗创作再度兴盛，诗社林立，队伍壮大，然却鱼龙混杂，泥沙俱下，看似热热闹闹，其实盛名难副。或死守格律、奉若神明；或内容枯槁、形象干瘪；或风花雪月、小资情调；或无病呻吟、玩弄技巧；诸如此类，不一而足。言志缘情，精神不再。至于新诗创作状况，更是乱象丛生，不堪入目。无拘无束、随心所欲、肆无忌惮、荒诞无聊之作则堂而皇之充斥于网络与纸质媒体。纵观当下旧体与新体诗坛，要么恪守旧制，亦步亦趋；要么随心所欲、毫无章法。新旧诗体，各自为是，病态日甚，每况愈下，怎一个"忧"字了得？

值得庆幸与骄傲的是，就在旧体、新诗两大诗坛日暮衰飒、前景黯淡之际，中国人民大学韩陈其教授勇立时代潮头，积极探索，卅年一剑，终于出版了《韩陈其诗歌集：言意象观照中的原创中国汉语诗歌》（韩陈其《韩陈其诗歌集》,北京:作家出版社,2020 年 12 月版。下简称《韩集》)。作者在《韩集》"诗序"中明确指出:"汉语传统格律诗中的'平仄',在诗歌表意系统中,有其一定的范域和有限的作用;而在现代汉语的普通话中,入声消失归并为阴阳上去后而再去特别讲究和强调所谓'平仄',则往往会显得格格不入,而且甚至可以说是风马牛了。其实,就汉字的韵律而言,就是在入声没有归并变化的状态下,平仄也仅仅是一种调律而已,其在汉语传统诗歌中的表义功能和表义范域应该是极其有限的。如今有一种倾向是把平仄在诗歌表义系统中的作用肆无忌惮地扩张到不可想象的神话地步,这似乎应该有所警惕!"深刻表明了作者对当下一些旧体诗作者过分强调"平仄"格律、唯旧体诗至上的偏执观念的批判立场。此外,作者又对当下新体诗的病态与乱象进行了入木三分的斥责:"现代汉语诗,在某种意义上似乎走到了一个无拘无束的极端:几乎完全没有章法,几乎完全没有诗法,几乎完全没有规制而随心所欲,丧失了作为汉语诗歌存在的基本形式条件!"因此,"有鉴于此,《韩陈其诗歌集》在传统诗歌(《诗经》《楚辞》以及格律诗词)的基础上,以'象'为诗歌灵魂,创造一种新型的汉语诗歌的表达形式或者说是汉语诗歌新格律"[1]。《韩集》之问世,不啻为医治诗坛诸弊的一剂良药、拨开诗坛迷雾的一盏明灯、轻拂诗坛百花的一缕春风、鼓舞诗坛振兴的一声号角!通览《韩集》,犹如乐行山阴道上,一片春色,满眼风光,移步换景,应接不暇。若以一字评《韩集》,最为恰切者乃一"新"字也。析言之,则为:"折得东风第一枝"之"新定义","无边光景一时新"之"新理论","万紫千红总是春"之"新创作","为有源头活水来"之"新担当"。综观"四新",《韩集》之理论贡献、典范作用、学术价值、创新精神庶可悉数胪列而包蕴其中焉。

一、新定义:折得东风第一枝

中国诗史虽历三千余年,然关于"诗"的定义迄今众说纷纭,莫衷一是。最早给"诗"作解者,乃《尚书·尧典》之"诗言志"[2]。被誉为中国诗歌批评之开山纲领。孔子曰:"小子何莫学夫《诗》?诗,可以兴,可以观,可以群,可以怨。"[3]清人王夫之对此甚为推崇:"诗,可以兴,可以观,可以群,可以怨。尽矣。辨汉、魏、唐、宋之雅俗得失以此。"[4]孔子所论,虽只是对"诗"的特征与功能的简要概括,但对后来"诗"的定义的确立颇具重要的参考价值,故王夫之甚为称颂。相对于"诗言志"而言,到了魏晋时期,陆机在其《文赋》中又提出了"诗缘情"一说。[5]自此于诗歌批评史上便形成了"言志"与"缘情"二说。其实,二说不是绝对分开的,"言志"中有"情"之因素,而"缘情"中也有"志"之意蕴,所谓"情志"者是也。二说所不同者,则是有所侧重而已。我们再来看几部权威辞书对“诗”所下之定义。《辞源》云:诗是“有韵律可歌咏者的一种文体”[6]。《辞海》云:“文学的一大类别。它高度集中地反映社会生活,饱含着作者丰富的思想和情感,富于想象,语言凝练而形象性强,具有节奏韵律,一般分行排列。”[7]《汉语大词典》云:“文学体裁的一种。通过有节奏、韵律的语言反映生活、抒发感情。最初诗可以咏唱。”[8]由上观之,人们对于“诗”概念的认知与判断,多存异议,难定一尊。当代著名诗学大家吴战垒先生于此感叹道:“诗是什么?这是一个很难说清楚的问题。古往今来,答案虽然很多,却难免顾此失彼,不能涵盖问题的全部内蕴。因为诗是人类心灵这个无限丰富的内宇宙与天地万物相感应的产物,是一种活泼泼的生命形态,它在时空两个向度上都不断地发展变化。因而从某一个固定的视点去观察,难以观其全貌。然而古往今来,诗的形态虽然纷繁各异,其抒情性的本质特征却一以贯之。”鉴此,他对于“诗”作出了一个描述性的界定:“诗是经过心灵纯化和韵律化的情感的语言表现。”[9]窃以为吴先生对“诗”概念的阐述还是较为周全、精练而切实的。但以上所有阐释都是凭借思想、情感、形象、风格、艺术、滋味、韵味、意象、意境诸方面传统的“文学释读”之角度,难免盲人摸象、各执一端之弊。正如韩教授所说的那样:“诗是什么,100 个诗人或许有 100 个答案,而往往都是言不及义的。”[10]因此,他积四十余年汉语研究之功力,破旧立新、另辟蹊径,从“语学释读”之角度,“独自形成一个独特的基于传统又新于传统的‘言—言意—言意象’的研究发展轨迹,构拟设置了一个基于语象感官互通的汉语意象系统,运用独创的观象、取象、立象的汉语言意象观照的诗歌理论而创作诗歌”。在如此坚实而丰硕的汉语研究成果的基础上,他首次颇为准确地给“诗”下了定义:“从诗的本质而言,诗是‘言’,诗是‘意’,诗是‘象’,简而言之,诗就是‘言—意—象’的聚合体。进而言之,诗是有一定节律的‘言’,诗是有一定情感的‘意’,诗是有一定范域的‘象’构成的‘言—意—象’的聚合体。”[10]较之于历代从“文学释读”角度阐释“诗”之定义来,韩教授从“语学释读”角度阐释“诗”之定义,则显得更为全面、精准、合情、切理、雅驯。这是对原有“诗”定义的根本性突破、全新性创造,产生了质的飞跃。如此“诗”之释义,堪称“韩氏定义”。发人之所未发,可谓空谷足音,新人耳目。这实在是韩教授数十年“咬定青山不放松……任尔东西南北风”(郑燮《竹石》)坚毅执着、刻苦实践的可喜成果,给中国诗歌史补写了浓墨重彩的一笔,树起了一座令人钦仰之诗学丰碑!

二、新理论:无边光景一时新

韩教授别出心裁为“诗”界说新定义之后,又据此提出了切实可行的新理论，给人提供了“语学释读”的诗歌欣赏视域与诗歌创作门径，彰显出作为一名优秀哲学社会科学研究者人文关切的温润情怀。

中国现代新诗，倘若以1917年《新青年》刊出胡适的八首白话诗为起点的话，那么，现代新诗已走过百余年历史了。期间，诗人层出，诗派林立，诸如“尝试派”“新月派”“现代派”“九叶派”“朦胧派”“中间代”“新生代”“湖畔派”“先锋主义”等，百花齐放，春色满园。其中，一些勇于探索新诗创作的诗人涌现，如林琴南的“新乐府”、启功的“韵语”、丁芒的“自由曲”，还有闻一多提出的具有“音乐美、绘画美、建筑美”的“新格律诗”，等等。但这些诗都是在“文学释读”的理论框架下进行的探索性创作，而且多体现于“形式是自由的，内涵是开放的，意象经营重于修辞”[10]的创作层面上。至于诗歌创作的理论体系，却甚为少见。有感于此，韩教授苦心孤诣数十载、竭诚尽智、全力建构了在“语学释读”文化背景下的诗歌创作理论体系，厥功至伟！

“象”，是中国哲学与美学中甚为重要的命题，从老子的“大象无形”，《易经》的“立象以尽意”，刘勰《文心雕龙》的“流连万象之际，沉吟视听之区”，到唐代王昌龄、刘禹锡、司空图等的“象外之象”等，一路杏花春，诗象溢芬芳。《韩集》中非常强调“象”在理论体系中无可替代的重要作用，这是对中国传统“象”思维与“象”理论的承继与发展。作者认为：

“言意象观照，是《韩陈其诗歌集》的一如既往的创作宗旨！汉语之魂者，象也；汉字之魂者，象也！诗者，汉语汉字交合之魂也，象也哉！象为汉语诗歌之永远灵魂！天下之妙，莫妙于象；汉语之美，莫美于象；汉字之奇，莫奇于象。汉语融象于声（声象），汉字示象于形（形象）：肇始于象，浸染于象，孕育于象，光大于象，神乎其象。”[1]

正因为“象”于汉语诗歌创作与欣赏具有如此重要的地位与意义，所以，作者又进一步强调指出：

“一言而可以终身受益者莫胜于象！明象者，明己、明人，明事、明物，明心、明理，明诗、明文，明今、明古，明夷、明夏：明乎天下也。而《韩陈其诗歌集》者，观象而思，依象而想，明象而作，驭象而行，其或可谓明乎天下矣！”[1]

由上列作者对“象”的神奇莫测、美妙无比的功能与作用的全面阐发与颂扬可知，“象”委实是诗歌的灵魂与核心，至为重要。因此，作者认为：“诗歌创作与释读的过程，就其本质而言，就是象思维的思维过程，就是一种依据观象、取象、立象的顺序而渐次展开的思维过程。因此也可以说，诗歌创作与释读就是一种观‘象’思维，就是一种取‘象’思维，就是一种携‘象’而行的立‘象’思维，‘言’‘意’一脉，‘意’‘象’一体，‘言’‘象’一统，借言释象，以象见意，以意筑象，三象流转，循环往复，以至于无穷。”一旦真正明了中国传统象思维之奥妙所在，也就切实掌握了“中国古今诗歌创作与释读的锁钥。”[10]可见把握“象”魂，于诗何等重要。对于“象”的体认，韩教授见解独到而深刻。他指出：“万象之象是象思维的象的基础。象的三种基本形式是：自然之象、人工之象、精神之象；而精神之象则有印象、意象、大象之由浅入深的和有形入无形的认知过程和梯度变化。印象—意象—大象，是一种由实而虚的梯度的精神之象，可以分为：印象思维、意象思维、大象思维，这就反映了象思维在精神层面的由实而虚的历程。”[10]进而作者又对“象”思维理论做了精密而明晰的精彩阐析：

“诗歌，无论古今，其灵魂都在于想‘象’，对‘象’的‘想’，就是一个诗歌创作或释读的过程，就是象思维的观象、取象、立象的过程。观象，就观而言，是以视觉为主的感知问题，解决一个观什么和怎么观的问题；就象而言，是解决象是什么的问题；取象，就取而言，是以观为基础而形成的一个取舍问题，解决一个取什么和怎么取的问题；立象，就立而言，是以象的动词义为基础而产生的想‘象’和判断。立象之‘立’，是象思维的机枢；立象之‘象’，是象思维的灵魂；诗歌创作和释读都在于立‘象’！”[10]

作者将观象、取象、立象的象思维过程依照顺序阐析得极其简洁明了、眉目清晰。这正是一个学者学术水平高、人文关怀深的生动体现。尤其值得称道的是，韩教授提出的“象”思维及“观象、取象、立象”的“象”思维理论体系，深刻揭示了“诗”的本质特征与艺术审美价值，合乎情理、合乎逻辑、合乎科学，有利作者、有利读者、有利时代，其理论体系之新、创新意义之大，达到了空前的新水平。

三、新创作：万紫千红总是春

韩教授不仅筚路蓝缕、独辟蹊径地创立了“诗”的新定义、“象”思维的新理论，而且还十分有效地进行了言意象观照下的中国汉语诗歌创作，这就是新版的涵盖“齐正体、方正体”“宽骚体”“宽韵体”“宽对体”“宽异体”新创五体的“韩氏汉语新格律诗”及“宽骚长怀”等八卷近五百首的皇皇巨著《韩集》。限于篇幅，谨于“韩氏汉语新格律诗”五体形式中择其“宽骚体”一首，欣赏其思想情感之神韵与“象”思维系统理论之雅美，以收窥斑见豹之效。

试看“宽骚体”之《哭穆雷教授》，诗云：

哭我穆雷兮望乎大洋，大洋漭漭之殇殇断肠！
哭我穆雷兮瞻乎蓝鸡，蓝鸡凄凄之唏唏哀靡！
哭我穆雷兮振乎长袍，长袍缟缟之嚎嚎丧啕！

哭我穆雷兮念乎夭桃，夭桃灼灼之硕硕英髦！
哭我穆雷兮永垂不朽，永垂不朽之哭我穆雷！

由诗的形式观之，此属于“宽骚体”的九言诗，是《韩集》常用者。“韩诗宽骚体，由于吸纳了诗骚赋各有特色的句式，加以宽化和变造，相对而言句式则显得比较丰富宽泛。一般而言，韩诗宽骚体多为九言诗，追根溯源，当为《诗经》四言和五言句的叠加重合形态，或者也可以认为是叠合《诗经》两个四言句而在其中加入《楚辞》的习惯性语气词‘兮’和助词‘之’而构成韩氏宽骚体的九言句式。而韩氏宽骚体最长为十四言诗、十五言诗，算是对汉语诗歌宽度的一种创吟极限的尝试。”[1]宽骚体最明显的特征，就是引用了“楚骚体”常见的语气词“兮”及其助词“之”，循环往复，节奏明朗。

由诗的情感观之，这是一首声情并茂、声泪俱下的悼怀诗。此诗小序云：“著名教育家、美国特拉华大学教授 Frank B.Murray（弗兰克·穆雷），不幸逝世，不胜悲痛之至，特悼祭其永垂不朽之往生魂灵。”[1]全诗皆以“哭我穆雷兮”开头，最能凸显作者与穆雷教授亲切友好而不忍其离世的悲恸心情。中间念物怀人，通过“望乎大洋”“瞻乎蓝鸡”（蓝鸡：美国特拉华大学的校徽标志，该大学的吉祥物）“振乎长袍”“念乎夭桃”（夭桃：该大学所在地特拉华州的州花是桃花，以之表达“桃李芬芳”之意）等作者所见物象的层层回忆，深切表达了作者“殇殇断肠”“唏唏哀靡”“嚎嚎丧啕”沉痛悲悽之伤怀。而“硕硕英髦”之喜人气象，则是倾情彰显穆雷教授桃李天下的育才伟功，由此则更加深了作者的悼怀悲情。末句以“永垂不朽之哭我穆雷”结尾，将作者难以抑制的悲恸心情推向了极致，可谓悲音绕梁，三日不绝，哀思悠远，感人肺腑。此诗以“哭”始，以“哭”终，加以“兮”“之”楚骚语征及其顶针、叠词之巧妙运用，直将诗人深厚浓郁的悲悼情怀淋漓尽致地表达出来，读之令人动容。

由诗的象思维观之，可以径直验证韩氏“象乃诗魂”观点之神奇美妙之处。

先看“观象”。自然之象：大洋、夭桃；人工之象：哭、望、断肠、瞻、蓝鸡、哀靡、振、长袍、丧啕、念；精神之象：滂滂、殇殇、凄凄、唏唏、缟缟、嚎嚎、硕硕英髦、永垂不朽。次看“取象”。取自然之象：大洋，取其广，取其深，取其远；夭桃，取其色，取其茂，取其鲜。取人工之实象：蓝鸡，取其吉，取其用，取其形；长袍，取其色，取其用，取其形。取人工之动象：哭，取其动，取其状，取其时；望，取其动，取其状，取其时；断肠，取其动，取其状，取其时；瞻，取其动，取其状，取其时；哀靡，取其动，取其状，取其时；丧啕，取其动，取其状，取其时;念,取其动,取其状,取其时。取精神之象:漭漭,取其貌,取其形,取其神;殇殇,取其貌,取其形,取其神;凄凄,取其貌,取其形,取其神;唏唏,取其貌,取其形,取其神;缟缟,取其貌,取其形,取其色;嚎嚎,取其貌,取其形,取其神;英髦,取其貌,取其形,取其神;不朽,取其貌,取其形,取其神。末看"立象"。立其悲戚之象:哭、断肠、哀靡、丧晦、殇殇、凄凄、嚎嚎;立其广大之象:大洋、漭漭;立其深思之象:望、瞻、振、念;立其追怀之象:蓝鸡、长袍、夭桃;立其恒远之象:不朽。

《哭穆雷教授》这首诗,在言意象的全面观照下,通过自然之象、人工之象、精神之象的精心选用,再经过作者观象、取象与立象思维过程的倾情营构,诸象并用,各显其义,共同表达了作者沉痛悼怀穆雷教授的诚厚情感,收到了尽情抒发的悲悼效果,从而做到了"以象显真,以象明善,以象彰美,以象寻言,以象明意,以象为诗,连环相承,步步入象,在'言意象'的大世界遨游而寻觅汉语诗歌真善美的真谛和象谛"[1]。

窥一斑而见全豹,解读"宽骚体"的《哭穆雷教授》之后,我们就不难理解《韩集》另外几种新创诗体娴熟而灵活运用象思维理论的奇妙之美了。真可谓韩诗五体善用象,万紫千红总是春。

四、新担当:为有源头活水来

"问渠那得清如许,为有源头活水来。"(朱熹《观书有感》)韩教授为何能够卓有成效地提出诗歌创作与释读双向适用的"言意象"贯通之观点与"象"思维理论,以及成功出版与其理论相呼应的实实在在的诗歌创作丰硕成果《韩集》,给中国诗坛带来前所未有、别开生面的新气象、新活力、新魅力,其原因概有二端:

其一,学力根深方蒂固。韩教授尝云:"四十余年的学术生涯,肇始于'言',周旋于'意',升华于'象',言—意—象铺就了我的学术康庄大道,也架构了我的人生哲学观,既不汲汲于时利,更不汲汲乎空名。"[1]因此,他便潜心书斋,敬畏学问,焚膏继晷,求索不止,著作等身,厚积薄发。韩教授是中国人民大学汉语言文字学专业创点博导,曾连续两届担任江苏省语言学会会长。受聘韩国首尔女子大学、淑明女子大学、湖西大学及苏州大学等兼职或客座教授,研究方向和范围为汉语、汉语史、中国语言学史、言意象及其观照下得汉语诗歌创作与释读。出版《中国语言论》《中国古汉语学》《汉语借代义词典》《汉语羡余现象研究》《语言是小河》《汉语词汇论稿》等专著,参与审订《全唐文》点校整理本,不愧为中国汉语言学界知名学者。正如古汉语学大家徐复先生为其《汉语词汇论稿》作序所云:"韩君陈其,勤于为学,诚于为人，由徐州而南京，再由南京而届首都北京，语界同人咸交口赞誉，深庆中国人民大学能识人才，而韩君亦得其所矣！余初识韩君，知其有成，旋又自小成以臻大成，此余晚年所最欣快者也！”[11]“学力根深方蒂固，功名水到自渠成”（范成大《送刘唐卿户曹擢第西归》），此之谓也。

其二，书生报国有情志。韩教授出生于“千古江山”（辛弃疾《永遇乐·京口北固亭怀古》）、“满眼风光”（辛弃疾《南乡子·登京口北固亭有怀》）的具有三千年史脉的国家历史文化名城镇江，自幼好学、重情且好奇。正如他自己所说：“对什么，我都有点好奇，有可能的话，对什么都会产生点什么兴趣。我曾经一心向理而无奈人文，人文后，又由哲学而文学，由文学而语学。而在语学这个学术百花园里，既爱君子兰，又爱蒲公英；既爱万年青，又爱狗尾巴，是一个典型的泛爱论者。”[1]仅就《韩集》之“宽骚长怀”“星歌云梦”“流霞飞虹”“龙埂铁瓮”“高天叠彩”“红尘染月”“瀛海微澜”“光华缤纷”等八则诗目观之，便知韩教授是一个多么富有气质与情怀之诗人啊。他有情有趣更有志，其《韩集》“诗序”说得好：“吾之于诗，梦于舞象，萌于弱冠，根于而立，秀于不惑，穗于知命，繁于耳顺，华于古稀，大华盛世梦圆成真。追怀溯源，毕生诗歌梦，毕生中国梦，不亦乐乎，不亦幸乎，不亦大牛（韩教授属牛，乳名‘大牛’）乎！”[1]正因为韩教授少有宏志，一生爱诗，情有独钟，加之铁肩道义的强烈使命感与担当精神，所以，才能有感于旧体诗过多约束与新体诗过分自由之弊，勇于破旧立新，竭力创立了在言意象观照下的“宽骚体”等五种汉语诗歌新体式，并将象思维理论成功运用于汉语诗歌的创作之中，出版了五体八卷之宏著《韩集》。其为中国汉语诗歌创作新辟了理论范畴，提供了切实可行的创作范本，如此难能可贵的传统与现代结合、理论与实践双美的创新成果，无疑是对中国当代诗坛的一大杰出贡献，体现了中国知识分子有良知、有觉悟、有作为的担当精神，真乃可喜可贺，可敬可慕！清人沈德潜尝云：“有第一等襟抱，第一等学识，斯有第一等真诗。”[12]以之用来评价韩教授及其诗歌，亦自允当也。

结　语

韩陈其教授一生从事高校汉语学的教学与研究，桃李天下秀，学术成果丰，尤其是积四十年之功，不计名利，忘怀得失，惨淡经营，努力创新，构建了言意象观照下的中国汉语诗歌创作的象思维理论，营造了“言志”“缘情”相结合，理论实践相结合，旧体新诗相结合的韩氏诗歌理论与创作之新气象、新境界，给中国诗歌的天空增添了一分清丽诱人的霞彩。其关于“诗歌”的“新定义”“新理论”“新创作”“新担当”的诗学创新精神，自是功在当代，影响深远。这是中国汉诗天地的骄傲，也是中国汉诗作者的福音！

韩教授虽年逾古稀，然身体康健，壮心不已。可以相信，在中国汉语诗歌创作的言意象的牛年大天地里，韩教授自是一头精气神十足、真善美兼行的埋头耕耘的“默牛”，其必将为中国汉语诗歌的理论与创作的发展与完善，做出更大的贡献！行文至此，余意未尽，遂以“宽骚体”作《致敬韩陈其教授》拙句云：

千古江山兮韩氏故乡，地灵人杰之满眼风光。
物物好奇兮事事重情，门门专精之业业发明。
言意象探兮兀兀穷年，真善美行之孜孜绵延。
新创理论兮震震天涯，独领风骚之灿灿诗花。
恳恳大牛兮勃勃心雄，世世流芳之郁郁青松！

参考文献

[1] 韩陈其.韩陈其诗歌集[M].北京：作家出版社，2020.

[2] [清]孙星衍撰，陈抗、盛冬玲点校.十三经注疏·尚书今古文注释[M].北京：中华书局，1986：71.

[3] 杨伯峻.论语译注[M].北京：中华书局，1980：185.

[4] [清]王夫子.姜斋诗话[M]//丁福保.清诗话(上册).上海：上海古籍出版社，1978：3.

[5] [晋]陆机.文赋[M]//刘忠惠.文赋研究新论.长春：东北师范大学出版社，1993：10.

[6] 广东、广西、湖南、河南辞源修订组、商务印书馆编辑部编.辞源(四)[C].北京：商务印书馆，1987：2887.

[7] 辞海编辑委员会编.辞海[C].上海：上海辞书出版社，1980：388.

[8] 汉语大词典编辑委员会、汉语大词典编纂处编纂、罗竹风主编.汉语大词典(下卷)[C].上海：汉语大词典出版社，1997：6566.

[9] 吴战垒.中国诗学[M].北京：东方出版社，1991：13.

[10] 韩陈其.韩诗三百首[M].镇江：江苏大学出版社，2018.

[11] 韩陈其.汉语词汇论稿[M].南京：江苏古籍出版社，2002.

[12] [清]沈德潜.说诗晬语[M]//丁福保.清诗话(下册).上海：上海古籍出版社，1978：524.

【作者简介】

李金坤，笔名金山客、李无言，号三养居士，别号三乐生，江苏金坛人。苏州大学文学博士，北京大学高级访问学者，江苏大学文学院教授，浙江树人大学、广东数所高校客座教授。敬畏自然，崇尚情趣。从事高校古代文学教研30余年。出版《风骚诗脉与唐诗精神》等专著3部，参著《新编全唐诗校注》等20余部；在《文学遗产》《学术研究》《文献》《文史知识》《经学研究》《人文中国学报》《国际言语文学》（韩国）、《诗经研究》（日本）等国内外重要刊物发表论文300余篇。主持并完成国家社科基金后期资助项目1项，省、市级科研项目8项。获国家、省、市各级社科优秀成果奖20余项。教余雅好辞章，陶情怡神。所撰《镇江赋》（2009年3月30日刊于《光明日报》名牌栏目“百城赋”）、《复建北固楼记》碑文及《诗话镇江新二十四景》组诗等，弘扬乡邦文化，颇有影响。

（本文原载《人民日报·海外版》2021年3月26日总第5577期A07）

大象无形，诗道致宽

——《韩陈其诗歌集》简评

陈 燕

大家都说，镇江是半城山水半城诗，不仅历史上许多文人墨客留下了上千首歌咏镇江的诗词名篇，而且近代以来诗家云集，各种诗社诗教活动也开展得如火如荼。镇江籍著名诗词理论家韩陈其教授就是其中一位佼佼者，理论研究独树一帜。

今年一月中旬，我有幸聆听了中国人民大学韩陈其教授的诗歌理论与实践学术报告，他分享了自己的研究成果和创作的诗篇，令我受益匪浅。回来细细拜读其惠赠的《韩其陈诗歌集》，通过对其诗歌理论脉络的初步了解和研读诗集，有些粗浅认识愿与大家交流，以便更深入理解韩诗理论，共同探索中国诗词创新发展之路。

一、韩诗的“言意象”理论：大象无形

韩诗理论认为，从诗的本质而言，诗是“言”，诗是“意”，诗是“象”。简而言之，诗就是“言—意—象”的聚合体。诗歌就是若干个“言意象”过程的复合和融合：一是创作者“言意象”的体认；二是受众个体“言意象”的体认；三是受众共体“言意象”的体认；四是创作者“言意象”的体认与受众个体的“言意象”体认的沟通和转换。创作与释读的成功与否，其实就是取决于创作与受众之间以及受众与受众之间“言”“意”“象”复合和融合的程度和广度。

韩陈其在和美国著名学者反复切磋研讨之后终于构建了首创的基于“万象”的“三象之说”：自然之象、人工之象、精神之象；而精神之象则又是一种由实而虚的呈现梯度变化的象，可以分为：印象思维、意象思维、大象无形思维，这就反映了象思维在精神层面的由实而虚的历程。

拜读《韩陈其诗歌集》发现其诗歌主题涵盖山川风物、历史长河、人间冷暖、风花雪月……观象而思，依象而想，明象而行，驭象而行！

如开篇之作《新疆天歌》：

新疆天歌

登眺天山兮望乎烽燧，烽燧孤寂之邈邈时岁！
登顾天山兮望乎轮台，轮台杳渺之丝丝榆槐！
登临天山兮望乎楼兰，楼兰窈窕之活活美仙！
登看天山兮望乎峡口，峡口沧桑之熙熙觞酒！
登观天山兮望乎丹霞，丹霞斑斓之茫茫苇葭！
登拜天山兮望乎雅丹，雅丹魔幻之璨璨彩滩！
登越天山兮望乎神湖，神湖呜呜之凄凄音符！
登跨天山兮望乎戈壁，戈壁荒阔之嶙嶙砾石。
登游天山兮望乎沙漠，沙漠浩瀚之幽幽铃驼！
登攀天山兮望乎胡杨，胡杨傲岸之绵绵峦冈！
登瞰天山兮望乎红河，红河奔腾之匆匆飞鹤！
登仰天山兮望乎天池，天池悬碧之瑶瑶仙墀！
登寻天山兮望乎野居，野居茕独之嘻嘻馕趣！
登欢天山兮望乎新娘，新娘婵娟之涟涟沛滂！
登思天山兮思乎人生，人生驹隙之金石琴笙？

在这首诗中，作者眼中的自然之象是：峡口、丹霞、雅丹、神湖、戈壁、沙漠、天池、胡杨……

人工之象是：烽燧、轮台、楼兰、野居、新娘……

而精神之象是：时岁、榆槐、美仙、觞酒、苇葭、彩滩、音符、铃驼、仙墀、馕趣、沛滂、琴笙、婵娟、峦冈等。

在精神之象中作者的印象思维与意象思维交叠呈现，为读者展现了新疆的万千气象，大美画卷。读这首诗我感觉作者的眼光穿越了历史的风烟，看到了许多已经被历史的烟尘和自然的变迁所掩埋的景象，如楼兰古城早已被流沙掩埋，红河从来不曾出现过只是一条河谷，丹霞斑斓处现在不会出现苇葭等等。但是作者通过意象构思，从天空俯瞰新疆，以大象思维幻化了许多生动美丽的画面，在诗歌中回环咏叹，歌唱壮美新疆！这是作者以“象”为诗歌灵魂的代表作。

二、韩诗创制的汉语诗歌新格律：诗道致宽

韩陈其教授从事古汉语教学研究四十余年，对传统诗词研究颇深。他认为，中国传统诗词作为一个伟大时代的文化符号将永远熠熠生辉，而《唐

诗三百首》《宋词三百首》则是这个熠熠闪耀的文化符号的伟大象征。然而，随着入声的消失以及其他的语音变化，汉语语音的基本格局已经发生了重大改变，传统诗词的格律要求便失去了赖以存在的客观而现实的语音土壤。

正视传统的语音变化，重新认识汉语的结构系统和应用系统，创制汉语诗歌的语言规制，重新创制汉语诗歌的形式格律，这是现代诗歌得以发展的康庄大道。

韩教授经过整整半个世纪的深入探索、研究发掘和具体的汉语诗歌创作，创制了以“象”为汉语诗歌灵魂的汉语诗歌新格律，比较成熟而全面地认识了中国现代诗歌的形律、句律、视律、听律、象律：

其一，长短形态元素和整体形态元素，构成汉语诗歌整体的基本形式框架，可以称之为汉语诗歌的形式格律，简称为“汉语诗歌形律”。

其二，句式节奏元素和句式关联元素，构成汉语诗歌句式的基本形式，可以称之为汉语诗歌的句式格律，简称为“汉语诗歌句律”。

其三，视觉愉悦元素，从视觉方面对汉语诗歌的创吟进行调整和释读，从而形成“汉语诗歌视律”。

其四，听觉感知元素，从听觉方面对汉语诗歌的创吟尤其是韵位的选择与韵脚的感知进行调整和释读，从而形成“汉语诗歌听律”（听律涵容：声律、韵律、调律、字律）。

其五，心觉万象元素，从心理感受方面对汉语诗歌的“万象”进行调整布局和认知释读，从而形成“汉语诗歌象律”。

为此，他提出了一个宽式的格律机制：汉语诗歌齐正律，汉语诗歌宽骚律，汉语诗歌宽韵律，汉语诗歌宽对律，汉语诗歌宽异律。

韩诗宽骚体，一般为九言诗，最长为十四言诗，算是对汉语诗歌宽度的一种创吟极限的尝试，如韩陈其诗歌集就收录了作者创作的五十二首宽骚体诗词。如作者偶读顾逸东院士以《清华学生要担当起祖国腾飞的重任》为题的清华大学演讲，读后心情久久不能平静，深为广大航天人之家国情怀而感动，创作的宽骚长怀：

航天颂

远远炎黄兮东方苍龙，苍龙威武之翱翔青穹。
恢恢大圆兮山海女娲，女娲巧慧之炼补霞葩。
玄玄空灵兮广寒嫦娥，嫦娥窈窕之傕舞天歌。
杲杲敦煌兮飞天女神，女神招引之追梦芳魂。

悠悠灏漫兮随心悟空，悟空自由之天地从容。
离离乱世兮清华逸东，逸东感慨之驴马铆工。
淡淡名利兮诺奖彷徨，彷徨人生之扫地擦窗。
茫茫航天兮十年一剑，一剑千万之魂萦梦牵。
上上神舟兮碧华婵娟，婵娟恍惚之航天奇缘。
泱泱华夏兮天赞大东，大东悟空之普普通通！

这首宽骚体诗就表达了作者对我国航天科技英雄人才的赞美之声，言意象与诗的格律形式完美结合，感情充沛，抒发心声，适合诵读，朗朗上口。

又例如他提出的汉语新诗宽韵体，是基于普通话没有入声这个声调，提倡用国标新韵，提倡用汉语诗歌宽韵律，即汉语新诗歌的形式格律。他的“宽大为韵的出发点，是强调与齐正性、方正性相适应的或者说相为呼应的中文诗歌的韵律性”。“在齐正性和韵律性的基础上，对韵位和韵脚的安排也做出了种种有益的尝试。比如既可押同部平声韵，又可押相邻相近的在韵感上比较吻合的异部平声韵；既可押同部平声韵，又可分别押同部的上声韵、去声韵，也可阴阳上去四声通押；既可一韵到底，也可任意换韵；既可异字为韵，也可同字为韵；既可双句为韵，也可单句为韵。”宽韵体对韵位和韵脚的安排做出了前所未有的崭新尝试。如：

新元春华

滚滚红尘新元春，蠢蠢含灵朝天阙。
京都从容天坛望，悠游浮玉伽蓝樾。
红尘寻味春华梦，烟花虚映婵娟月。
铁瓮关河登仙桥，浮屠荷塘梅芳雪。
柳唤春醒蝶恋花，云随水飘花恋蝶。
人生纵情未央欢，长歌拥吻无尽悦。
谁家金乌催日新，一曲竞春新天越。
人生无羡万古梦，几多春深芳魂灭？

这首诗中的蝶字就押了相邻相近的在韵感上比较吻合的异部平声韵，体现了作者宽韵创作风格，读来仍旧意境深远，音韵和谐，感觉很美。

另外作者还提出了汉语新诗宽对体，也可以说成汉语诗歌宽对律，这是汉语新诗歌的形式格律。字数相等、结构一致、词性相同、语义相关的两两对称的语言形式，因适用对象的差异而形成相关而不相同的表述，如韩陈其的诗歌《石逗秋怀》中的宽对体：

五池莲荷烟柳飞，十方神柱天地来！
南朝烟云冉冉远，齐梁风物细细排！
红荷映月八千云，丹凤朝阳万方开！

这三对句子，就属于宽对体。韩诗的宽对，不拘调格，不拘韵格，不拘声格，不拘义格，而主要倾心关注并且追求“象”格，即诗句中各“象”所显示的层次性、协调性、关联性、想象性。

汉语现代新诗格律的“宽”式创制是韩其陈教授找寻到的汉语新诗格律的新路径，为鼓励汉语新诗创作，提供了切实可行而又行之有效的范例。

三、韩诗的理论与实践：正本清源

当前公众对诗歌界有两种评价声音：其一，这是一个没有诗的时代，一切诗歌之美，都被世俗所践踏，审美被颠倒了、扭曲了。新诗被糟蹋得不成样子。其二，这是一个诗歌泛滥的年代，虽然网络诗人如过江之鲫，而古言古诗，难越雷池，平庸泛泛，困境重重。

这正说明，现在是人们热爱诗歌，而诗歌创作需要走出迷津和桎梏的时代。近体诗创作的旧理论是否完全不能改变，新诗的标新立异又为什么走到了没有底线的边缘？

此时，我们推荐韩陈其教授的诗歌理论与实践成果，是恰逢其时，为正本清源、改革创新鼓与呼。

韩其陈教授通过对中国古今汉语的深入研究，在四十余年的学术生涯中，对汉语诗歌研究苦心孤诣、杜鹃啼血，肇始于“言”，周旋于“意”，升华于“象”，以象显真，以象明善，以象彰美，以象寻言，以象明意，以象为诗，连环相承，步步入象，在“言—意—象”的大世界遨游而寻觅汉语诗歌真善美的真谛和象谛，做出了宝贵的理论探索和实践贡献。

韩其陈是真正把诗歌作为生命去热爱的人，他首先是学者，皓首穷经对中国诗词的起源和汉字理论不断研究学习，在学习研究的基础上，悟出了诗歌创作的真谛。而且不懈地追求研究，发表了很多诗歌理论学术论文，并出版了两部诗集和理论著作。这些都证明他不仅是一个学者更是一个思想者、一个充满诗意的大写的人。

无论在自然科学领域还是在社会科学领域，追求真理的过程可能很长，并非所有的理论在提出的最初都能为人们所认可。任何新的思想方法都会走在时代的前面，某些观点在当时，由于认识的局限性或理论本身的某些缺陷，不一定会被所有人理解和接受，但是金子总会发光，相信韩诗的理论与实践必将引领中国诗词创作走向更宽广之路。

【作者简介】

陈燕，江苏大学教授，江苏大学绿野诗社诗人。

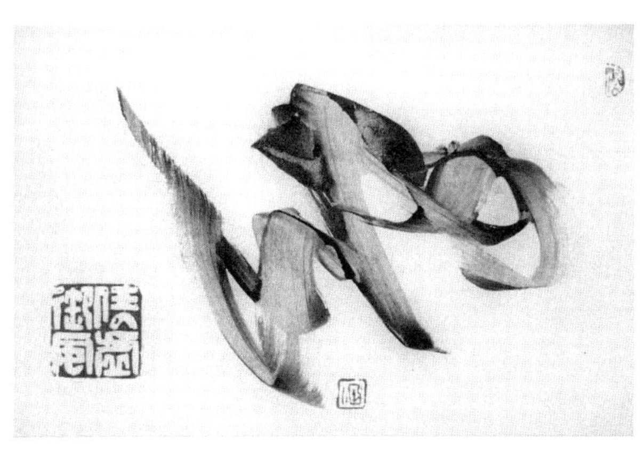

先让思想冲向最前方

大江奔海　高天叠彩
——诗家清流：不一样的学者之诗

夏筱轩

八十年代末，我师从韩陈其先生学习汉语史。时光荏苒，几十年过去，愈来愈觉得先生是一座琳琅满目的宝山，是一间十八般兵器俱备的武库。

作为国内著名语言学家，中国人民大学的博士生导师，韩先生著述宏富，不少成果具有填补空白的意义，比如先生关于“羡余现象”的研究，关于“借代义现象”的研究。先生的有些理论具有一定方法论或者研究框架的意义，比如先生的“言意象观照” 理论。

先生执教四十多年，桃李满天下，学生上自博导、硕导，下至国内外各行业的人才，俊彦辈出，群星灿烂，先生为国家的教育事业做出了突出的贡献。

韩先生喜欢鼓励和奖掖后进从事汉语研究，为此还专门写过一部小书《语言是小河》。书虽不厚，但醇醇厚意，充溢于字里行间。

先生年轻时喜写杂文，曾在当时的《淮海文化报》上辟有专栏。文章取材广泛，立论或高屋建瓴，识见高远；或新颖不俗，给人启迪。语言或犀利或幽默或平实，内容或记事或析理或抒情，常常令人耳目一新，颇为读者所喜爱。

先生涉足领域颇广，他不赘言，兹专论韩先生之诗。限于水平，对先生之诗，本文不能全面探究，只从两个方面谈本人有较深的体会的内容。

一、韩先生的“言意象观照”理论及其指导下的韩诗创作

先生在其大著《韩诗三百首》的《自序》中说：“汉语之魂者，象也；汉字之魂者，象也；汉语汉字交合之魂者，象也哉！”还说：“天下之妙，莫妙于象。”可以说，韩先生“言意象观照”理论的核心是“象”，我们下面探究一下关于“象”的问题。

（一）关于韩先生“言意象观照”理论中“象”的解读

象是什么？古往今来，言人人殊。

最早谈到“象”的可能是“群经之首，大道之源”的《易经》。《易经》的“传”系统里有一部分是“象传”。这里的“象”应该是最早作为一个哲学概念

被提出来的。《道德经》第二十一章有“恍兮惚兮，其中有象”的话，也较早提到“象”这个概念。

作为哲学概念的“象”，似可以指一切的自然之物，以及进入人的思维后得到丰富和改变的一切镜像。“象”似乎应该可以分大小、讲层次，如《易经》中混沌、两仪、四象、八卦、六十四卦等，都是层次不同的“象”。《易经》里的“象传”部分就是对各种“象”的解读。

韩先生认为，“象”可以指语言文字符号所关涉的和所能关涉的客观世界和主观世界，也可以指语言文字符号所不能关涉的和所不能反映的客观世界和主观世界。因此，韩先生认为，“象”或有形，或无形；或为物象，或为心象；大则充宇宙，细则入无间。象无所不包，巨细靡遗。

韩先生把“象”分为三大类：自然之象、人工之象、精神之象。其中精神之象又可分为印象、意象、大象。这三类精神之象虽然距实象越来越远，但却由表及里，由浅入深，是“精神之象”的一种逻辑深化。

关于“言意象观照”理论中的“言”“意”“象”三者之间的关系，先生非常认同三国魏·王弼在《周易论略·明象》里的观点：“夫象者，出意者也。言者，明象者也。尽意莫若象，尽象莫若言。言出于象，故可寻言以观象；象生于意，故可寻象以观意。意以象尽，象以言著。”王弼简明扼要地说明了三者之间的关系。

（二）“言意象观照”理论中的“象思维”与韩诗的创作和解读

文学作品与科学论著以及新闻作品的根本区别在于，文学是通过“象”来反映客观世界，表达作者的认识，抒发作者感情的，文学作品的创作过程和释读过程都是通过“象思维”来进行的。

韩先生认为，象思维过程是依据观象、取象、立象的顺序而渐次展开的。意象一体，借言释象，以象观意。

象思维与逻辑思维的本质区别，或者说，象思维的特点，是其独特的全息性、整体性、感应性、流转性。这些特点既构成了文学作品意象的特色，又规定了释读文学作品的程序和方法。

先生认为，诗歌创作和释读的过程，就其本质而言，就是“象思维”的过程，这个过程依据观象、取象、立象的顺序而渐次展开。诗歌的创作过程首先是观象，观自然之象，观社会之象，观诗人心象。观的过程就是感知过程，体认过程；有了感知、体悟，再选取相关物象、心象、理象、情象，熔于一炉，最后凝聚成一个整体性的内涵丰富的意象，这就是立象。作者就是通过其所立之“象”来表情达意，跟读者沟通和融合的。诗歌释读也是这样，即通过作品的“言”来感受、体悟“言”所代表的各种象，然后形成一个整体性的丰满的“象”，最后，通过这个“象”来接受作者通过它所表示的各种“意”，达到与作者沟通和融合的目的。

通观《韩陈其诗歌集》,我们感到作者的诗观象、取象十分丰富,多姿多彩,涵盖了历史风云、山川风物、风花雪月、喜怒哀乐等人间万象。作品观象既宏,取象又精,其立象自然鲜活、鲜明;立象既丰满鲜明,其作品自然感人至深,而文学作品之最终目的,无非感动人心而已。

二、韩诗在诗歌形式方面的探索和成就

韩诗对传统格律诗的重要格律内容有所吸纳,也有所扬弃。

精致华美的格律诗最重要的格律内容之一是平仄格律。韩先生认为,这一点(按:指格律诗的平仄)"最为人诟病",它最多"仅仅只是一种调律而已"。先生认为,到了现代汉语中,随着入声的消失,坚守传统的平仄格律已经没有多大意义。

而现代的自由体诗,也走上了另一条歧途:形式上的粗制滥造。

现代自由体诗在形式上有其遗传基因上的不足。"五四"前的新文化运动中最早的一批诗歌,如胡适的《尝试集》等,不仅内容上简单幼稚,形式上也简陋粗糙,但先驱者筚路蓝缕,毕竟有开启之功。而近来一些"屎尿体"诗形式上的粗陋,更是荒腔走板,无以复加。韩先生说,现代诗"在某种意义上似乎走到了一个无拘无束的极端,几乎完全没有章法,完全没有诗法,完全没有规制,随心所欲而丧失了作为诗歌存在的基本形式条件"。

为了突破传统格律诗狭隘的平仄限制,为了扭转现代自由体诗歌创作中的某种抛弃传统优美形式的极端化倾向,韩先生在诗歌形式上进行了艰苦深入的探索并取得了令人瞩目的成就,对现代新诗的优美形式的发展和形成做出了自己的贡献。

(一) 韩诗在句式上的探索

韩诗把《诗经》四言、五言,《楚辞》六言、七言和五言、七言律绝的基本句式加以熔炼,创造出了一种丰富而宽泛的诗歌句式,其中既有常规的四言句、五言句、七言句,也有颇具韩诗特点的九言句,甚至还有十一字句、十四字句、十五字句。既有传统诗歌的整齐方正之美,又不拘一格,丰富多变,破律绝之呆板,无新诗之随意。

(二) 韩诗在用韵上的探索

韩诗在用韵上的特点是"宽大为韵",具体来说,韩诗在坚守传统的偶数句押平声韵的基础上,探索用韵上的"宽大"和变化,对韵位和韵脚的安排做了多种有益的尝试。

具体说来,在用韵上,既坚持传统的押平声韵,又可以押相临近的在韵

感上比较吻合的异部的平声韵；既可以押同部平声韵，又可以分别押同部的上声韵和去声韵，甚至阴阳上去四声通押；既可以一韵到底，又做了任意换韵的尝试；既可异字为韵，又首创了同字为韵的范例；既可双句为韵，也可单句为韵。总之，韩诗对用韵和韵脚的安排做出了各种前所未有的大胆尝试。

同样的尝试也表现在对律绝中对仗使用的宽化等的方面，限于篇幅，兹不赘述。

综上所述，我们可以看出，韩诗以“言意象观照”理论指导自己的诗歌创作，在意象创造上、在诗歌形式的探索上，做出了多方面的大胆有益的尝试。总观韩诗，它为我们绘制了一幅包览世间万象、形式多姿多彩的瑰丽而宏伟的画卷，对推动新诗创作进入更新的发展阶段做出了重要贡献。其敢于怀疑传统而不否定传统，其敢于创制新律而不拘泥传统，这种不惮于艰辛探索的精神更值得后进学习。

【作者简介】

夏筱轩，男，中国人民大学博士，信阳师范学院文学院副教授。研究方向是汉语语法，曾发表《元代蒙式汉语特点研究》《元代直译体文献中的与位格研究》等文章。

自古成功在尝试

——《韩陈其诗歌集》对新诗体的探索

踪　凡

1920 年，胡适出版了中国文学史上第一部白话诗集《尝试集》，他在该书《序诗》中说："尝试成功自古无，放翁此言未必是。我今为之转一语，自古成功在尝试。"此后的白话诗创作风起云涌，蔚成大国，彻底取代了旧体诗的地位。整整一百年，《韩陈其诗歌集》（作家出版社 2020 年版）又对中国新诗体进行了一次新的尝试，这无疑是新诗发展史上的一次重要事件。

韩陈其先生是著名语言学家，曾经任教于徐州师范学院（今江苏师范大学）、南京师范大学、中国人民大学，是中国人民大学汉语言文字学专业首批博士生导师，在语言学界有着重要地位和影响。韩先生对汉语词汇、诗词格律、汉语羡余现象、汉语言意象等有着精深的研究，但他并没有像一般的文史学者或者汉语史学者那样对旧体诗词的格律亦步亦趋，而是与时俱进，不断开拓和创新，并且身体力行，创作了数千篇新诗，体现了难能可贵的探索精神。《韩陈其诗歌集》就是这数千篇新诗的精选。

首先，有鉴于现当代新诗句式参差、毫无章法，甚至抛弃韵脚的弊端，韩陈其先生提出了"齐正体、方正体"的概念，即所谓韩氏齐正律、韩氏方正律。中国古代的诗歌，一般认为起源于鲁迅先生所谓的"杭育杭育派"，《伊耆氏蜡辞》用二言，《诗经》多四言，汉魏晋多五言诗，之后七言诗，唐宋时期以律诗、绝句为主，句式趋于整齐，格律趋于规范。尽管有宋词、元曲使用长短不齐的句式，但对于正统文人而言，仍然以使用整齐的五言、七言为主流。民国时期，闻一多先生创作《死水》，以整齐的九言诗形式，展示诗人独特的心路历程和批判精神，成为现代文学史上的杰作。韩氏齐正体（方正体），句式为五言、六言、七言、八言、九言，甚至十四言、十五言，但在每一首诗内则使用相同句式，视觉上整齐划一，读起来朗朗上口，反映了文人诗对整齐句式的追求。

第二，韩陈其先生提出了"宽骚体"的概念并且付诸实践。所谓宽骚体，是一种对《诗经》《楚辞》句式进行扩充改造后而形成的新诗体，其基本句式为"四言+兮+四言"或"四言+之+四言"的九言句式，例如《新疆天歌》："登眺天山兮望乎烽燧，烽燧孤寂之邈邈时岁！登顾天山兮望乎轮台，轮台杳渺之丝丝榆槐！登临天山兮望乎楼兰，楼兰窈窕之活活美仙！登看天山兮望乎峡口，峡口沧桑之熙熙觞酒！”（《韩陈其诗歌集》第 3 页）效法《诗经》重章叠句的形式，而又衍为长句，淋漓尽致地抒发了作者的思古幽情。除了九言句式外，还有长言，例如《大观园漫思谣》：“潇潇洒洒兮贾史王薛上演红楼梦，真真幻幻之赵钱孙李游走大观园。红红火火兮东南西北狂欢情人节，轻轻淡淡之声色犬马勾留怡红仙。”（第 39 页）这已经是十四言的长句了，但读起来一点都不生涩，而且具有唱叹的意味，字里行间流淌着无限的感慨。

第三，韩先生还有“宽韵体”的说法。传统的诗词格律非常严格，律诗、绝句尤甚。但是随着汉字读音的演变，旧的诗词格律已经不能满足当代诗人作诗填词的需要。古代押韵的字，现在已经不押韵了；古代不押韵的字，现在反而押韵了。倘若固守《广韵》《洪武正韵》或《平水韵》的声韵体系，势必胶柱鼓瑟。韩陈其先生持有通达的声韵史观，主张使用当代读音押韵，并且编制了《现代诗韵与平水诗韵对照表》（韩陈其《中国古汉语学》，台湾新文丰出版公司 1995 年版，第 913—939 页）。韩氏诗歌用韵甚宽，有时甚至可以使用同一个韵脚字。

第四，韩陈其先生还提出了“宽对体”和“宽异体”的概念。所谓宽对体，是一种字数相等、结构一致、词性相同、语义相关的两两对称的语言形式。韩氏宽对，“集散文、楹联、诗歌之大成”，“不拘调格，不拘韵格，不拘声格，不拘义格，而主要倾心关注并且追求‘象’格”（第 7 页），在新诗中别具一格。所谓宽异体，是在规制汉语新诗歌的齐正律、方正律的基础形式格律的前提下，提倡比较灵活的、宽泛的、不拘一格的汉语诗歌的异体表现形式。

引导中国诗歌的发展道路和前进方向，既要继承传统诗律，避免漫无边际的、全无规则的放肆，又要与时俱进，使用当代声韵和句法进行创作。因此，韩陈其先生主张顺应汉语时代发展的比较“宽容”的汉语诗歌新格律，创作了大量的宽骚体、宽韵体、宽对体、宽异体诗歌，出版了《韩诗三百首》（江苏大学出版社 2018 年版）和《韩陈其诗歌集》（作家出版社 2020 年版）两部诗集。客观而言，不一定每首诗都很成功，不过作为一位功底深厚的语言学家的新诗尝试，韩陈其诗歌在继承古代汉语的优良传统方面，在汉语的词法、句式、用韵、修辞等的研究、探索和创新方面，无疑都具有鲜明的特色。有学者指出韩诗“契合我国汉语诗歌的历史发展逻辑”，“符合旧体诗词格律（平仄、押韵等）的发展逻辑”，“也切合汉语语言与社会进步同步的演进规律”（祝诚《诗坛多景喜人　镇江硕果累累》），有一定道理。本文认为，韩陈其先生兼具学者的功底、诗人的激情和拓荒者的勇气，其开拓、研创的新诗体为当代诗歌百花坛增添了一道别样的风景，值得祝贺。

【作者简介】

踪凡，本名踪训国，1967 年 8 月生，江苏沛县人。2000 年毕业于山东大学文学院，获文学博士学位。现任首都师范大学文学院教授、博士生导师，教育部新世纪优秀人才(2008)，兼任中国赋学会副会长。曾在《文献》《文学遗产》等刊物发表学术论文 100 余篇，独著、主编学术著作 7 部(套)共计 208 册。曾主持国家社会科学基金一般项目 2 项，国家社科基金重大项目子课题 2 项，省部级研究项目多项。

浅论韩陈其诗歌的古典诗学底蕴

孙 微

韩陈其先生是全国著名语言学家，中国人民大学文学院教授，汉语言文学专业首批博士生导师，韩国首尔女子大学、淑明女子大学、湖西大学客座教授，一生孜孜矻矻，皓首穷经，辛勤耕耘于言意象的宏大天地之中，学术成果极为丰硕，已毋庸赘述。在潜心于学术著述的同时，韩陈其教授发其绪余，亦开创出一片诗歌写作的新天地，近年来先后有《韩诗三百首》(江苏大学出版社 2018 年版)、《韩陈其诗歌集》(作家出版社 2020 年版)出版问世，为学界诗坛所瞩目。通读韩陈其诗集，除了为其睿智的哲思与澎湃的诗情所鼓舞感动之外，更觉其诗歌具有深厚的中国古典诗学底蕴，兹不揣谫陋，试就此方面谈一点阅读韩诗的感受，以就正于韩陈其先生暨海内外方家。

一、意境阔大的古典诗歌意象群

《毛诗序》曰："诗者，志之所之也，在心为志，发而为诗。"韩陈其诗歌中意象众多，其中意境阔大的诗歌意象群给我留下了深刻的印象。如"笑看大江落日圆""北固江湾好个秋""九重登高放秋鸿""九万歌海涌鸟巢""燕山翠黛舞云龙"等，这些诗歌意象群给人以宏大阔远之感，体现出诗人的豪情壮志与博大胸怀，若以唐人比之，则其风力应不减王、孟、高、岑。又如《新疆天歌》云：

> 登眺天山兮望乎烽燧，烽燧孤寂之邈邈时岁！
> 登顾天山兮望乎轮台，轮台杳渺之丝丝榆槐！
> 登临天山兮望乎楼兰，楼兰窈窕之活活美仙！
> 登看天山兮望乎峡口，峡口沧桑之熙熙觞酒！
> 登观天山兮望乎丹霞，丹霞斑斓之茫茫苇葭！
> 登拜天山兮望乎雅丹，雅丹魔幻之璨璨彩滩！
> 登越天山兮望乎神湖，神湖呜呜之凄凄音符！
> 登跨天山兮望乎戈壁，戈壁荒阔之嶙嶙砾石。
> 登游天山兮望乎沙漠，沙漠浩瀚之幽幽铃驼！

登攀天山兮望乎胡杨，胡杨傲岸之绵绵峦冈！
登瞰天山兮望乎红河，红河奔腾之匆匆飞鹤！
登仰天山兮望乎天池，天池悬碧之瑶瑶仙墀！
登寻天山兮望乎野居，野居茕独之嘻嘻馕趣！
登欢天山兮望乎新娘，新娘婵娟之涟涟沛滂！
登思天山兮思乎人生，人生驹隙之金石琴笙？

此诗以铺陈的手法展现了天山南北的风物人情，古今交映，人物相衬，山水相激，五色相焕，激情澎湃，诗情盎然，充分体现出韩陈其诗歌昂首天外、俯仰古今的磅礴气势与宏大视角。细读韩陈其诗歌，可以发现其中的许多意象均取自中国古典诗歌，这是因为诗人是功力深湛的古典诗学研究专家，故其发而为诗，必然会借鉴古典诗歌中的经典意象。单以诗题来看，韩陈其诗歌取自古典诗词者便比比皆是。如“千古江山北固楼”出自辛弃疾《永遇乐·京口北固亭怀古》，“北固江湾好个秋”出自辛弃疾《丑奴儿·书博山道中壁》“天凉好个秋”，“翠微深处花欲燃”出自杜甫《绝句》“山青花欲燃”，“深秋深意深几许”出自欧阳修《蝶恋花》“庭院深深深几许”，“雨侵草野碧连天”出自范仲淹《苏幕遮》“碧云天，黄叶地，秋色连波，波上寒烟翠”，“青竹白帆翠黛远”出自杜甫《南邻》“白沙翠竹江村暮”，“绿阴深处有人家”出自杜牧《山行》“白云生处有人家”等等，不暇枚举。韩陈其诗歌中化用古典诗词意象者更是为数众多，如《母思》云：

蒹葭青青兮思母心惊，心惊蒹葭之慧鸟啼灵。
蒹葭苍苍兮思母情伤，情伤蒹葭之杜鹃凄惶！
蒹葭迷迷兮思母魂离，魂离蒹葭之慈乌夜啼！
君不见：
一叶一花总关情兮萱草生北堂；一言一语总关心之金菊漫天黄！

诗中“蒹葭青青”“蒹葭苍苍”“蒹葭迷迷”采用复沓的形式，直接借鉴了《诗经》中的分段体式，形成回环往复的咏叹，强化了抒情效果。而“慧鸟啼灵”“杜鹃凄惶”“慈乌夜啼”等意象亦皆取自古典，自不待言。“一叶一花总关情”来自清人诗句，而“萱草生北堂”亦出自古诗。古人经常将萱草比拟母亲，如孟郊的《游子》诗曰：

萱草生堂阶，游子行天涯。
慈母倚堂门，不见萱草花。

元代王冕的《墨萱图》诗曰：

灿灿萱草花，罗生北堂下。
南风吹其心，摇摇为谁吐？
慈母倚门情，游子行路苦。
甘旨日以疏，音问日以阻。
举头望云林，愧听慧鸟语。

韩陈其教授将这些古典意象融会贯通到其诗作中，又加以组合变化，驱遣古今，为己所用，独抒自我之性情，故其诗既感人至深，又含蓄蕴藉，令人咀之无穷，回味不绝。

二、豪迈旷达的艺术风格

韩陈其教授虽提倡宽体诗，更是以宽骚体蜚声诗坛，然其恪守格律的古典诗词创作在艺术上亦独具特色。如《韩诗三百首》“心卷”，便有《永遇乐》《贺新郎》《万里春》《步蟾宫》《东风第一枝》《莺啼序》等本色词作。其中《万里春》之词牌在词史上少见有词人使用，《（康熙）钦定词谱》中仅收周邦彦一首，注云：“此调止此一词。”韩陈其先生能踵事增华，再续新词，可见其对词史词调之熟稔。《永遇乐·京华上元感旧》云：

千古京华，红男绿女，霓虹灯处。烟霞紫光，笙箫欢歌，云散风吹去。清月玉轮，广寒蟾宫，人道嫦娥永住。看今朝、云云莘莘，如醉如痴如虎。

南南北北，东东西西，赢得高瞻远顾。少年儿郎，刻骨铭心，颠沛西洋路。可堪告慰，梦想成真，一片欢声锣鼓！仰天笑、大江东去，心主沉浮！

此词取法于苏、辛，只要将其与辛弃疾《永遇乐·京口北固亭怀古》及苏轼《念奴娇·大江东去》相对照自可知晓。这样的词作热烈奔放，豪迈旷达，指出向上一路，读后令人精神振奋。又如《贺新郎·浮大白听鸡唱》云：

翘首大西洋，正春光、教授名流，辩论酣畅。古今中西看教育，智慧长河荡漾。应料知、崎岖学堂。光阴荏苒两千日，一笑人间万象。

送客去，真思量，更那堪少年万方！望重洋、银汉灿烂，心路苍茫！梦醒京华无处觅？时时家短国长！感导师、观人观象！不恨古人吾不见，恨自己、难尽识痴狂。浮大白，听鸡唱。

此词从风格来看无疑也属豪放派，实乃苏、辛之流亚。“不恨古人吾不见，恨自己、难尽识痴狂”语出辛弃疾《贺新郎·甚矣吾衰矣》“不恨古人吾不见，恨古人不见吾狂耳”。不过，韩陈其此词将稼轩原词之狂放一变为求知若渴的谦虚自醒，既师法古人而又不泥于古，于继承中追求新变，其艺术匠心值得肯定。韩陈其集中的长调词以《莺啼序·金陵梦》为代表，词云：

金陵故都正好，踏三江沆浪。韩家巷，挥洒风华，可谓豪情荡漾。凭谁问，白头归来，春风得意何惆怅？孕原乡情结，随心随意欢畅！

最忆江南，凤凰台上，绿酒竞壶罂。吴歌起，少小堪狂，黄金难买时象！梦秦淮，乌衣巷口。叹王谢、堂燕飞忘。转瞬间，雪月风花，青春无恙。

江南最忆，柳绿鸡鸣，樱花烂漫放。凭栏处、钟山远黛，玄武荡桨，白鹭纷飞，阅江弥望。江南最忆，单车双竞，钟山京口数隔，记当时、汗雨无计量！梧桐大道，风清清雨绵绵，谁曾执手同往？

石城西畔，梅雪万枝，正魂染西风。惊回眸、愁随远桨！白雪阳春，下里巴人，金陵念想。亭亭玉立，玉音袅袅。霓裳一舞梦天虹，莫愁女、一任天仙往！如意锦绣江南，一曲吴歌，东南回响！

诗人姓韩，曾长期居住在南京新街口的韩家巷，在那里诗人留下了美好的青春记忆。那意气风发的少年情怀和如梦如幻的江南胜景已成美好回忆，故令人倍感珍惜。还有挥汗如雨的单车往返，绵绵细雨中情人曼妙的倩影，在雪梅樱花的映衬下，在一曲吴歌的背景下，都令人心神荡漾、情不自已。此词以移步换景的手法，通过层层铺叙，步步映衬，曲折细腻地表达了词人对家乡故园的无限眷恋，又通过几组记忆中的青春影像表达了对人生的深长喟叹和怅惘，读后使人唏嘘叹惋、荡气回肠。品其格调，窃以为可登姜白石、吴梦窗之堂奥。

三、对近体诗格律的扬弃与升华

韩陈其先生认为，汉语现代诗几乎完全没有章法、诗法，因为完全没有规制，随心所欲，过于自由，这便丧失了作为汉语诗歌存在的基本形式条件。故而韩先生试图在传统诗歌格律诗词的基础上，以“象”为诗歌灵魂，创制出一种新型的汉语诗歌的表达形式，一种全新的格律。韩先生在其创作实践中又将这种新诗体分为齐正体、方正体、宽骚体、宽韵体、宽对体、宽异体等。

韩陈其先生创制的这种新型格律，其总体思路是在不违背诗歌抒情性、艺术性的基础上，寻找一种比较灵活宽泛的、不拘一格的汉语诗歌的表现形式，表现出令人敬佩的探索精神。其实自五四运动以来，从胡适、鲁迅、闻一多、戴望舒，到顾城、舒婷、北岛，数代诗人一直在苦苦探索和寻找中国现代诗歌本土化的适宜形式。在探索的过程中成功者有之，亦不乏失败之例。对现代人而言，近体诗格律对平仄粘对用韵章法等方面的要求显得过于严苛，便如戴着锁链跳舞，不太容易表情达意，故而韩陈其先生将近体诗格律宽泛化的做法，在某种程度上适应了时代需求，是可贵的探索和尝试。总的来看，我认为韩陈其宽体诗歌来源于中国古典诗词的旧格律，又超越了旧体诗的某些形式要素，构建了一个全新的诗歌范式与格律体系。因此，这种新体诗对旧格律的破弃便是一种积极的扬弃，而不是简单的否定。虽然韩式宽体诗歌的创新性大于继承性，但这种创新并非无根之木、无本之源。

韩陈其先生的许多诗歌读起来都极为通俗，几乎如街衢谣谚一般，其实若仔细品味便可发现，这些貌似通俗的诗句皆从古诗词经典中化出。如《卿卿我我说微信》云：

卿住京南望京北，我住京北望京南。
京南京北数重街，地铁似乎眨眼间。

此诗虽如谣谚，明白如话，似无所本，其实化自宋李之仪的《卜算子》："我住长江头，君住长江尾。日日思君不见君，共饮长江水。"另外此诗的首句"卿住京南望京北"，又化自杜诗"欲往城南望城北"。化自古人，又能做到使事无痕，如水中煮盐，饮水乃知，说明韩陈其诗歌的用典艺术已臻于化境。此外，韩陈其诗歌对古典诗歌句法、字法的学习模拟，亦显示出作者深厚的古典诗学功底，因读者易忽略，故亦值得指出。如《埋头十年山海经》颈联"懵懂牛吼懵懂事，幸运龙动幸运城"，出句和对句中分别重复一个词，这种句法便化自唐诗中的"当句对"，也称"句中自对"或"句中有对"。这种特殊的句法通过文字的重复堆叠强化情感的表达，可以使读者受到强烈的心灵刺激，从而与作者的情绪发生共振。又如《雪樱销魂》"劝君更进半瓢酒，樱花三月醉心神！"系化用王维《送元二使安西》"劝君更尽一杯酒，西出阳关无故人"。《春狂》云：

春来何所往，玉兰窈窕窗。
春来何所爽，黄花肆意香。
春来何所涨，舟帆悠游翔。

春来何所赏，深情溢满江！

春来无所惘，直欲放歌狂！

此诗通过“春来何所往”“春来何所爽”“春来何所涨”“春来何所赏”这四组提问，分别给出“玉兰窈窕窗”“黄花肆意香”“舟帆悠游翔”“深情溢满江”四种答案，最后再以“春来无所惘，直欲放歌狂”收总全篇。通首采用问答句式结构全篇，其形式要素无疑来源于乐府民歌。自为答问这种“有意味的形式”看起来颇嫌词费，实际上在一问一答之间，便多侧面地描绘了春天的全景画面，构成了一幅活泼的动态场景，故非如此不能表达诗人对春天来临的特殊喜悦之情，倘若一言了问答，则枯燥无味，殆非乐府家数，韩陈其先生显然深谙此道。

杜甫云：“庾信文章老更成，凌云健笔意纵横。”古稀之年的韩陈其教授诗情澎湃，老当益壮，舞蹈于言意象之区，涵泳于昆仑群玉之府，唱时代新声，抒学人心曲，思接千载，视通万里。观山俯海，神思洋洋充溢；岸阔潮平，诗旌猎猎高举。相信他将挥动如椽之笔，在宽骚体诗歌创作的领域不断开拓，继续为诗坛奉献出更多更好的诗篇，我们热切期待着。

【作者简介】

孙微，男，河北唐山人，山东大学儒学高等研究院教授、博士生导师，中国杜甫研究会副会长。主要从事唐宋文学方向的研究，著有《清代杜诗学史》《清代杜诗学文献考》《杜诗学研究论稿》《杜诗学文献研究论稿》《清代杜集序跋汇录》，参与编撰《杜甫全集校注》《杜集叙录》《杜甫大辞典》《杜诗学史》等。

也谈韩氏“五律观”

端木三

1. 引言

诗歌是一种语言。语言的主要功能是传达信息(表义),而这个功能需要通过某种形式来实现(如语音、文字)。因此,语言是形、义的结合。

韩陈其认为诗歌在形、义两方面都跟普通语言不同:诗歌应该有特殊的“义”或“意”,还应该有特殊的形式(“格律”)。如果两者都具备,无疑是诗歌。如果只具备一者,是否仍然算诗歌呢?韩陈其的观点是,没有格律的语体,即使有很高的“意”或境界,也不是诗。因此才专门为现代汉语诗歌提出了格律要求。

韩陈其将诗歌的“义”称为“象”,并说“象”即“想象之象”,也是诗歌的“灵魂”。不过韩氏没有说,境界一般、达不到“象”这个高标准,但符合格律的语体算不算诗歌。也许是因为境界的高低有一定主观性,不容易衡量,所以很难提出具体标准。比如“万般皆下品,唯有读书高”的境界高不高?有人可能认为高(尊重知识、鼓励学习),也有人可能认为不够高(看不起体力劳动、看不起普通群众)。因此,虽然境界是诗人应该努力的方向,但下面我们只从格律的角度来讨论诗歌。

韩陈其为现代汉语诗歌提出了五条格律规则,称为“汉语诗歌新格律”,李葆嘉称之为“韩诗五律”,下面简称“五律观”。

李葆嘉对韩氏五律做了详细评价。他说:“新诗或现代诗的根本问题已经纠结百年……对其格律未见系统论述。直至韩诗‘五律’出,方为汉语诗歌新格律的建树。”

笔者也讨论了诗歌格律,其核心概念是节奏,简称“节奏观”。而且节奏观不分古诗今诗,也不分中诗西洋诗。下面对两种诗律观做一比较。第 2 节介绍五律观,第 3 节介绍节奏观,第 4 节比较两者,第 5 节进一步讨论节奏,第 6 节是结语。

2. 五律观

五律观包括五条规则，名称及内容解读见表 1。

表 1　五律观的名称和内容

序	名称	内容解读
其一	齐正体	每行字数相同
其二	宽骚体	宽度长度无上限
其三	宽韵体	无严格押韵要求
其四	宽对体	无对仗要求
其五	宽异体	每行字数可变

根据前四条，诗歌在书面上都呈现为矩形（包括方形），宽度（每行字数）、长度（行数）不限，押韵对仗也无严格要求。而且，由于押韵可有可无，诗歌的要求称为“格律”比称为“韵律”更合适。

关于每行字数（宽度）的下限，五律观定为二言（两字）。关于诗歌长度（行数）的下限，五律观没有直说。不过，如果一行是线性，矩形的下限应该是两行。

宽骚体除了不限每行字数以外，跟传统律诗还有一个区别。律诗每行一般可以从左到右分为两字一组的单位（通常称为“音步”），停顿一般只出现在诗行末尾，而宽骚体的停顿可以出现在诗行的中间，例见（1）、（2），其中斜线表示音步界，0 表示顿。

（1）律诗音步：贺知章《回乡偶书》（节选）
/少小/离家/老大/回 0/
/乡音/无改/鬓毛/衰 0/
……

（2）宽骚体音步：《峨眉云游》（节选）
/峨眉/高高/兮 0/匍匐/五岳/
/峨眉/秀秀/之 0/玲珑/日月/
/峨眉/十里/兮 0/云天/变幻/
/峨眉/一日/之 0/四季/演换/
……

例（1）的律诗每行七字加末尾一顿，从左到右组成四个音步。例（2）的宽骚体每行九字，首尾四字分别组成两个音步；中间第五字后有一顿，两者也可算是一个音步。从行中有顿这个角度看，宽骚体的诗行格律类似对联。

第五条认为一首诗的宽度可以变化，有的行字数多，有的行字数少，下面举几例，见(3)。

(3) 宽度(每行字数)不一的诗歌举例

a.《挂怀》第一段

挂怀是情，
挂怀是思，
挂怀是剪不断的情，
挂怀是说不尽的思。

b.《往歌·五　尾声》

鲲鹏展翅，
雄鹰翱翔，
江海奔腾，
红日出山。
啊——献给时代的颂歌
飞向
田野
工厂
蓝天
海洋……

c.《扇之秋》

秋
枫红
彩蝶翔
淡云熏风
婵娟霓云裳
参差烟花社鼓
大江奔涌入心窗
抚今怀古北固怅望
吴女尚香万里祭情殇

水漫金山白娘访仙梦乡
登高携手更上五峰岗
品茗赏花行酒问月
敢信嫦娥笑吴刚
天街欢声笑语
彩霞飞九江
长河落日
金桂香
清风
秋

《挂怀》的前两行可以算一首四言诗，后两行可以算一首八言诗。虽然四行写在一首诗里，可以看成是两首诗的合并。(3b)的前四行是四言诗，可是第五行不像诗行；最后五行也不成诗，但因为有音步重复，可以看成一个没有结束的诗行。因此，(3b)实际上是诗文混合的语体，这样的例子在《唐诗》里也有（如李白《蜀道难》的开场白）。

韩氏将(3c)类称为“折扇体”，视觉上是纺锤形，往左靠齐则是三角形，它们读起来很难说有节奏，因此其“格律”不是语音上的，而是视觉上的。严格说这类语体只属于广义上的诗歌，并无真正的格律，不属于有节奏的、窄义上的诗歌。

3. 节奏观

节奏观认为诗歌格律的本质是节奏，因此探讨格律应该从探讨节奏开始。节奏有两点要素，交替和重复，定义见(4)。

(4) 节奏的定义：
a. 节奏是交替单位的重复。
b. 重复指交替单位连续出现两次（或多次）。
c. 交替单位由两个（或更多）不同成分构成。

交替即不同。不同指两者（或多者）之间的区别。因此，最基本的交替单位有两个成分（如轻重交替）。

节奏在诗歌中的交替单位英语称为 foot，原义是“足”，引申为测量单位“步”（源于用脚步测量长度，大约一尺，因此也称“英尺”），中文翻译为“音步”。交替单位（音步）的成分在诗歌中称 beat（拍），可以是音节或顿。根据节奏的定义(4)，诗歌的定义见(5)，从(4)和(5)可以推出诗歌的特征，见(6)。

(5) 诗歌的定义

a. 诗歌是诗行的重复。

b. 诗行是音步的重复。

(6) 诗歌的特征

a. 一首诗起码有两行。

b. 一个诗行起码有两个音步。

c. 一个音步起码有两拍。

重复的起点是两次，因此诗歌（诗行的重复）起码两行，诗行（音步的重复）起码两步。交替的起点也是两项，因此最基本定音步是两拍。根据诗歌的定义，诗歌的节奏有双重性：一重来自诗行的重复，一重来自诗行本身的节奏（即音步的重复）。

4. 比较“节奏观”和“五律观”

五律观可以直接用节奏观解读，见表 2。

表 2　从节奏观解读五律观

序	名称	内容解读	节奏观解读
其一	齐正体	每行字数相同	诗歌是诗行的重复
其二	宽骚体	宽度、长度无上限	音步、诗行的重复无上限
其三	宽韵体	无严格押韵要求	（无此要求）
其四	宽对体	无对仗要求	（无此要求）
其五	宽异体	每行字数可变	（非单一格律；无节奏语体）

五律观前四条跟节奏观相似：两者都认为，诗行长度和诗歌行数在理论上无上限，押韵对仗也非诗歌的必要成分。

五律观的第五条“宽异体”所指的不是一种特定的诗歌格律，而是不能用单一格律定义的各种混杂体。如(3)所示，宽异体包括两首（或多首）诗歌的合并(3a)、诗文混杂(3b)以及无节奏的视觉“格律”(3c)。

在实际出现的诗歌中，宽异体并不罕见。既然诗歌是语言，它的主要功能是传达信息。作者可以用某种固定格律来传达信息（比如在诗歌比赛或科举考试等场合)，也可以根据信息内容选择不同的格律或语体来表达不同部分的信息，例见(7)(8)(9)。

(7)《京华云歌》
京华春云兮无边无垠，岑楼绮丽之霓裳羽新。
京华夏云兮无垠无涯，燕山黛翠之烂漫朝霞。
京华秋云兮无涯无休，北海荡漾之青春扁舟。
京华冬云兮无休无终，苍穹遨游之翩翩云龙。
啊，京华白云……

(8)《蜀道难》李白(节选)
噫吁嚱，危乎高哉！
蜀道之难，难于上青天！
蚕丛及鱼凫，
开国何茫然。
尔来四万八千岁，
不与秦塞通人烟。
西当太白有鸟道，
可以横绝峨眉巅。
……

(9)《母思》
蒹葭青青兮思母心惊，
心惊蒹葭之慧鸟啼灵。
蒹葭苍苍兮思母情伤，
情伤蒹葭之杜鹃凄惶！
蒹葭迷迷兮思母魂离，
魂离蒹葭之慈乌夜啼！
君不见：
一叶一花总关情兮萱草生北堂；
一言一语总关心之金菊漫天黄！

在几行诗句以后，作者如果言犹未尽，可以加一行感叹语，如(7)的最后一行。作者也可以先发感叹，如(8)的开头两行，然后再用诗句。在两组诗句之间，也可以加一行转折句，如(9)的第七行。因此，宽异体的使用并不奇怪。

值得指出的是，韩氏的宽骚体都有长度相同诗行的重复。如果每行长度都不一样，就会缺乏节奏感。比如，(3a)如果只有第一、第三两行，见(10)，就不像诗；(9)如果删去长度相同的行，见(11)，也不像诗。估计五律观也不会把(10)、(11)当诗。

(10)《挂怀》第一段(修改版)
挂怀是情，
挂怀是剪不断的情。

(11)《母思》(修改版)
魂离蒹葭之慈乌夜啼!
君不见：
一言一语总关心之金菊漫天黄!

节奏观可以解释为什么(10)、(11)都不符合诗歌的定义：因为它们没有诗行的重复。

5. 再谈节奏

从人体行为来看，节奏不限于诗歌或语言，跟舞蹈音乐也有关。比如，说话时点头、做手势，动作往往落在重读音节上，唱歌跳舞也需要节奏一致。这些事实说明，音乐、语言(歌词)、动作都由同一个节奏功能在协调。这一个功能应该是人类固有的。

有的学者对节奏的定义更广。比如朱光潜说："节奏是宇宙中自然现象的一个基本原则……寒暑昼夜的来往，新陈的代谢，雌雄的匹配，风波的起伏，山川的交错，数量的乘除消长，以至于玄理方面反正的对称，历史方面兴亡隆替的循环，都有一个节奏的道理在里面。"这个定义是否太广这里不做评论。

如果诗歌源于节奏，而节奏功能是人类固有的，那么诗歌的格律应该是基本不变的(除非人类进化了，影响了节奏功能，但这种进化的时间跨度应该大大超过仅有几千年的人类文明史)。因此，节奏观认为，无论今诗古诗、中诗西洋诗格律都相同。下面针对这个观点略举几例展开讨论。

5.1 音步的轻重拍

五律观没有讨论诗行的分段(分音步)，也没有讨论音步的音节之间是否有轻重之别。如果节奏是交替单位的重复,那么诗歌的音步必须体现交替。对最基本的双拍步来说,两拍不能是完全一样的。如果给诗歌打拍子,我们可以每个字(音节)拍一下,也可以隔一个字拍一下。用英语举例,如果采用后一种拍子,那么有拍的音节一般都有重音,无拍的音节一般无重音(Hayes,1995)。因此,有拍的音节一般称为"强拍"或"重拍",无拍的音节称为"弱拍"或"轻拍"。根据这个标准,英语音步体现的交替是强弱交替。

不少人认为汉语的格律跟英语不同:汉字之间的相对重音普通人感觉不明显,因此汉语诗歌的格律应该从其他角度来探讨。比如,刘大白认为,汉语诗歌的轻重(抑扬)应该按照声调区分:平调重(扬)、仄调轻(抑)。许霆则认为,汉语诗歌完全不需要轻重这个概念。他认为,汉语的节奏是有声与无声的交替:无声即"音顿",它出现在律诗的偶数音节后,将诗行分成"音组";每个音组的有声段是两个汉字、无声段即音顿。值得注意的是,许霆说的"音顿"跟本文说的"停顿"并不一样,前者指的是可以停顿的地方,后者指的是必须停顿的地方。比如,七言律诗的每行末尾必须有停顿,而偶数音节以后的停顿不是必需的。

不过,前人很少从打拍子的角度来讨论汉语诗歌的格律。如果隔字打拍的话,拍子会落在传统诗歌的单数音节上。这个实验虽然没有人做过,但估计结果不会有争议。比如,七言诗的拍子应该落在第1、3、5、7音节上,如(12)所示,其中X代表有拍音节、O代表无拍音节(或顿)、空格代表音步界、0代表行末的顿。

(12) 音节的轻重拍举例:贺知章《回乡偶书》(节选)

XO　XO　XO　XO
少小　离家　老大　回0
乡音　无改　鬓毛　衰0
……

律诗往往是从重拍(有拍)开始。不过,有节奏的诗歌也可以从轻拍(无拍)开始,例见(13)。

(13) 轻拍开始的诗歌(自造)

O　X　O　X　O
戴　上　海　表　0

骑　蒙　古　马　0
喝　四　川　酒　0
吃　广　东　菜　0

例(13)的音步有两种分析：/OX/OX/O(行末停顿在音步外)或 O/XO/XO/(第一音节在音步外)。根据前者，(12)、(13)音步不同；根据后者，(12)、(13)音步相同。两种分析的选择在英语里也存在：传统分析提倡音步应该都从第一音节开始，但 Abercrombie 认为音步也可以从第二音节开始。

5.2 其他节奏现象

根据节奏的定义(4)，节奏是交替单位的重复。因此，除了音步的重复和诗行的重复，其他特征也能产生节奏，或者增加诗歌的节奏。常见的一些特征见表 3，其中斜线表示交替单位的边界，省略号表示前(或后)可能还有其他成分。Consonance 和 Assonance 的交替单位边界不容易确定，比如 Consonance 的交替单位可能是/AX/，也可能是/XA/，因此我们没有分界。表 3 的例子见(14)。英诗的中文由笔者翻译。

表 3　其他节奏现象

名称	交替成分	说明
双声	/AX/AX/	A=相同声母；X=任何韵母
叠韵	/XA/XA/	A=相同韵母；X=任何声母
Consonance	……AXAX……	A=相同辅音；X=其他成分
Assonance	……AXAX……	A=相同元音；X=其他成分
押韵	/XA/XA/……	A=相同韵母；X=其他成分

(14) 其他节奏现象举例

a. 双声：

流利(liú-lì)、乒乓(pīng-pāng)

b. 叠韵：

噼里(pīli)、啪啦(pā-lā)

c. Consonance(辅音重复)：英语童谣/绕口令

Peter Piper picked a peck of pickled peppers.

彼得·派珀选了一点泡辣椒。

d. Assonance(元音重复)：莎士比亚《十四行诗第一首》

His tender heir might bear his memory

他温柔的后代会延续他的记忆

e. 押韵：亚历山大·蒲柏《批评论》

True ease in writing comes from art, not chance,
As those move easiest who have learn'd to dance.
写作流利靠艺术，不靠运气，
学过舞蹈的人才会移步自如。

双声一般指两个相邻音节的声母重复，如“流利”的[l]-[l]、“乒乓”的[p]-[p]。双声不限于单语素词或拟声词，复合词也有，如“密码”的[m]-[m]。

叠韵一般指两个相邻音节的韵母重复（但声调不必相同），如“噼里”的[ī]-[i]、“啪啦”的[ā]-[ā]。叠韵也不限于单语素词或拟声词，复合词也有，如“报到”的[ào]-[ào]。

英语的Consonance（辅音重复）一般指不同单词的第一个辅音相同（或相似），如（3c）单词Peter、Piper（两次）、picked、peck、pickled、peppers（两次）中的[p]—[p]—[p]—[p]—[p]—[p]—[p]—[p]。辅音重复也可以指相同（或相似）的韵尾辅音，比如（10e）第一行的ease、comes、chance有辅音重复[z]—[z]—[s]，第二行的those、easiest（两次）、dance有辅音重复[z]—[z]—[s]—[s]。

英语的Assonance（元音重复）指不同单词有个相同元音（或相同韵母），如（3d）单词tender [tɛndə]、heir [ɛə]、bear [bɛə]、memory [mɛməri]中的[ɛ]—[ɛ]—[ɛ]—[ɛ]，（3c）单词picked、pickled的[ɪ]—[ɪ]，（3c）单词peck，peppers的[ɛ]—[ɛ]。Assonance的所出现音节可以相邻，如loud shout的[au]—[au]（大声呼喊），也可以不相邻。比如，（3c）单词picked、pickled的[ɪ]—[ɪ]当中间隔了两个其他音节，而peck、peppers的[ɛ]—[ɛ]当中间隔了三个其他音节。

汉语的双声和英语的Consonance有相似之处，两者都可以指声母重复，但前者一般限于两个相邻音节，后者无此限制（重复不限于两次，而且有关音节不必相邻）。因此，“噼里啪啦”这组字里，既有叠韵（“噼里”的[ī]—[i]、“啪啦”的[ā]—[ā]），也有consonance（“噼”“啪”的[p]—[p]；“里”“啦”的[l]—[l]）。可以说，双声是Consonance的一个次类。

汉语的叠韵跟英语的Assonance也有相似之处，两者都可以指韵母重复，但前者一般限于两个相邻音节，后者无此限制（重复不限于两次，而且有关节不必相邻）。因此，汉语也有Assonance，如“老当益壮”里的“当”“壮”有[āng]—[āng]的重复（不计声调）。可以说，叠韵是Assonance的一个次类。

押韵在汉语、英语中都很常见。刘大白(2012:30)说,押韵跟叠韵有个相同之处:两者都是韵母重复。不过,叠韵的重复多指两个相邻音节,而押韵的重复特指两个相邻诗行(或两个相邻的偶数诗行)。

以上各种节奏现象,都有可能增加诗歌的节奏感。不过,以上各种节奏的重复单位要么时间性不强(不能反复重复,或者不能按照固定的时间段重复),要么重复单位太大(比如,如果隔行押韵,重复单位是两个诗行)。因此,它们都很难成为诗歌的基本要求。最基本、最容易实现的节奏要素只有三点:轻重拍交替(音步)、音步重复(诗行)、诗行重复(诗歌)。

5.3 平仄问题

声调的平仄是律诗格律的一个主要话题。不过,平仄的要求并非自古就有,而且从来没有取代过其他诗歌传统。比如,朱光潜、刘大白、韩陈其都说,平仄是人为要求,并非基于汉语的自然语感。Mair & Mei(1991)说,沈约等人为律诗设定的平仄要求,是从梵语格律模仿而来的。林克胜说:“即便在唐代律体诗定型后,非律体也同时并存和发展。”刘大白说:“沈约、王融、谢朓诸人,创了所谓八病的禁忌;后世的诗人,固然不曾遵守他们的规律;就是当时的诗人,甚至他们自己,也不能完全遵守。”因此,可以确定的是,基于自然语感的诗歌,无论古诗今诗、无论中诗西洋诗,都没有平仄要求;平仄是少数学者提出来的人为要求,通过努力可以实现,但由于并非基于自然语感,不可能取代自然语感产生的诗歌民谣。

那么,为什么平仄交替不自然呢?我们以七言诗为例,考虑三种平仄交替情况,每种情况包括两个诗行,见(15)(16)(17)。(15)没人提出过,(16)是平仄的一种严格要求,(17)是平仄的一种宽松要求。

(15) 平仄交替形式例一:
/AB/AB/AB/A
平仄平仄平仄平,
仄平仄平仄平仄。

(16) 平仄交替形式例二:
/AABB/AAB/
平平仄仄平平仄,
仄仄平平仄仄平。

(17) 平仄交替形式例三：

/XA/XB/XA/X

X平X仄X平押，

X仄X平X仄押。

第一种是每字平仄交替。对诗行来说，节奏可以用ABAB……表示（第一行A、B分别表示平、仄，第二行A、B分别表示仄、平），这是个典型的节奏形式。不过，虽然每个诗行都有节奏感，(15)却有三个缺点：第一，根据打拍子的结果，汉语律诗的音步是重拍加轻拍（扬抑步），如果平仄对应于重轻，那么第一行仅仅是拍了的另一种表现。第二，如果平仄对应于重轻，那么第二行的轻重不但跟第一行相反，而且跟打拍子的节奏也相反。第三，诗歌的要求是诗行的重复，而(15)的两个诗行节奏不同，不能算是重复。

第二种是平仄每两字交替一次。对诗行来说，节奏可以用AABBAAB表示（第一行A、B分别表示平、仄，第二行A、B分别表示仄、平）。这个节奏有两个缺点：第一，该节奏的重复单位应该是/AABB/，可是这个单位在诗行中还没有完全重复到一次（重复一次应该有八个字：/AABB/AABB/）。第二，诗歌的要求是诗行的重复，而(16)的两个诗行节奏不同，不能算是重复。

第三种是所谓"一三五不论，二四六分明"，平仄只在偶数位交替。对诗行来说，节奏可以用/XA/XB/XA/X表示（X表示任何音节，第一行A、B分别表示平、仄，第二行A、B分别表示仄、平）。这个节奏有三个缺点：第一，该节奏的重复单位应该是/XAXB/，可是这个单位在诗行中还没有完全重复到一次（重复一次应该有八个字：/XAXB/XAXB/）。第二，诗歌的要求是诗行的重复，而(17)的两个诗行节奏不同，不能算是重复。第三，第一行的平重复了一次，仄却没有重复，这个节奏还不如让平重复三次，即/X平/X平/X平/押；同样，第二行的仄重复了一次，平却没有重复，这个节奏还不如让仄重复三次，即/X仄/X仄/X仄/押。

以上讨论说明，律诗的平仄之分可以反映交替，但不能反映重复，因此平仄要求能否增加诗歌的节奏感仍然有待验证。平仄作为一种额外要求可以增加诗歌的难度，对学术培养也许有一定价值，但肯定不是普通人凭自然语感就能掌握的。如果把诗歌当艺术品，平仄要求可能会增加诗歌的欣赏价值。不过，有关平仄的忌或"病"，尚不能肯定是节奏上的缺陷，恐怕只是违反了某些人为规定。对节奏观来说，古诗、今诗无平仄要求，在律诗盛行的唐代非律诗照样并存，都不是意外现象。

5.4 单步诗和两言诗

如果一个诗行起码两个音步，那么任何语言都不应该有一个音步的诗。不过，英语有所谓"单步诗"(monometer)，汉语有所谓的"两言诗"。下面我们考虑这类例子。

英语有名的单步诗有罗伯特·赫里克的《当他离去》(*Upon His Departure Hence*)，见(18)，笔者翻译。

(18) "单步诗"举例：罗伯特·赫里克《当他离去》(*Upon His Departure Hence*)

Thus I	于是我
Passe by,	过去了
And die:	离世了
As One,	作为是
Unknown,	陌生人
And gon:	离开了
I'm made	在这块
A shade,	阴凉地
And laid	我躺下
I'th' grave,	坟墓里
There have	这里是
My Cave.	我的家
Where tell	在这里
I dwell,	说一声
Farewell.	再见了

这首诗每行只有两个音节(一个音步)，但读起来很有节奏感，因此看上去是节奏观诗歌定义的一个反例。不过，如果将该诗重新分行，则不再是反例，见(19)。

(19) "单步诗"的新分析：重新分行

Thus I passe by, and die:
As One, unknown, and gon:
I'm made a shade, and laid
I' th' grave, there have my Cave.

Where tell I dwell, farewell.

新分析根据语义将传统的十五行合并为九行,标点符号不表,读起来跟原来的节奏也一样。无论原作的分段是有意还是无意,都不能否认(19)是合理的格律分析。真正的单步诗应该是无法合并成多步诗的,这样的例子尚未见到。

“两言诗”是否可能呢?虽然两言诗相对罕见,文献中常有人说有,韩氏也认同,并以(20)为证据。

(20) 汉语“两言诗”举例
断竹
续竹
飞土
逐肉

首先应该承认,该诗读起来的确有节奏。传统观点将它分为四行,大概因为一、二、四行可以押韵。不过,正如英语例子所示,两言诗的分行仍然可以重新考虑:两言诗常有四言诗的解读,见(21)。

(21) “两言诗”的四言分析
断竹,续竹,
飞土,逐肉。

新分析完全符合诗歌的定义(5),也完全具备(6)的特征,读起来节奏也一样,而且其语义结构也很合理:“断竹续竹”指准备,“飞土逐肉”指狩猎行动。

真正的两言诗应该只有两行(如“断竹、续竹”),因为这种两言诗无法解读为四言诗(否则只有一行)。可是尚未见到过两言两行诗的例子,而且“断竹、续竹”读起来也很难说像首诗。

5.5 格律是否会变化

韩陈其说,“汉语最早的诗歌是两言诗……后来是四言诗、六言诗、五言诗、七言诗”。这段话给人的印象是,汉语的格律在变化。节奏观认为,这个结论尚待验证。比如,二言诗是否存在并非定论(见 5.4 节)。六言诗为何先于五言七言、三言诗应该在何时产生,也都没有交代。而且,《诗经》年代也并非都是四言诗，其他长度的也有。也许韩氏想说的是，从文献来看，不同时间段所收录的诗行平均长度不相同，但这个事实可以归因于非节奏因素。比如，在书面语不流行的年代，能够流传的歌谣估计结构都比较简单，易学易记，因此《诗经》收集的作品平均诗行较短。一旦作诗成为科举考试内容，书本变得普及，以"学者"作品为对象的诗集平均诗行长度估计就会增加。因此，尚无证据断定格律（或人的节奏感）会随着时间而变化。

6. 结语

韩氏五律观可以用节奏观解读，或直接从节奏观推导而出。由于节奏观对今诗古诗、中诗西洋诗都适用，韩氏五律既非汉语特色，也非现代汉语特色。

参考文献

[1] Abercrombie, David. 1965. *Studies in phonetics and linguistics*. Oxford: Oxford University.

[2] 端木三.音步和重音[M].北京:北京语言大学出版社,2016.

[3] 韩陈其.韩诗三百首：言意象观照中的原创中国汉语诗歌[M].镇江：江苏大学出版社,2018.

[4] 韩陈其.韩陈其诗歌集:言意象观照中的原创中国汉语诗歌[M].北京:作家出版社,2020.

[5] Hayes, Bruce. 1995. *Metrical stress theory: Principles and case studies*. Chicago: University of Chicago Press.

[6] 李葆嘉.韩诗"五律":汉语诗歌新格律的建树,见本集.

[7] 林克胜.诗律详解[M].北京:商务印书馆,2010.

[8] 刘大白.说中国诗篇中的次第律[J].小说月报,1927,17 卷号外:1—14.

[9] 刘大白.白屋说诗[M].长沙:岳麓书社,2012.

[10] Mair, Victor H. and Tsu-Lin Mei. 1991. The Sanskrit origins of recent style prosody. *Harvard Journal of Asiatic Studies* Vol. 51, No. 2. (Dec.): 375—470.

[11] 许霆.从音组节奏理论到音顿节奏理论[J].常熟理工学院学报,35(1):103.

[12] 朱光潜.诗论[M].重庆：国民图书出版社，1943.

【作者简介】

端木三，美国密歇根大学语言学系教授。1981—1986年在复旦大学外文系任教，1990年获麻省理工学院博士，1990—1991年在麻省理工学院做博士后，1991年至今在密歇根大学语言学系任教。研究重点是语言的共性，特别是音系方面的共性，专著有 *The phonology of Standard Chinese*（牛津大学出版社，2000年第一版，2007年第二版），*Syllable structure：the limits of variation*（牛津大学出版社，2008年），《音步和重音》（北京语言大学出版社，2016），以及 *A theory of phonological features*（牛津大学出版社，2016）。

象——汉语诗歌之魂

董国军

诗歌是辉煌灿烂的中国古典文学中最耀眼的珍珠。在诗歌发展的长河中，产生了唐诗宋词的高峰，也产生了屈原、陶渊明、李白、杜甫、苏轼、辛弃疾等伟大的诗人词家。新文化运动中，新诗以反传统的姿态横空出世，并成为现代文学中诗歌的代表。

一百余年来，传统诗词为进入现代文学主流，一直存在着改革的声音，从“旧瓶新酒”，到中华新韵，再到中华通韵，对诗词的改革似乎都在“改”上，但诗词与大众的距离，始终如盈盈一水间隔望着的“伊人”。反观新诗，虽然热热闹闹，但走到今天，也不免出现写诗的人比读诗的人多的悲叹。特别是最近一些所谓的文学大奖，评出的所谓的新诗名家，除了自娱自乐之外，与芸芸众生间已渐觉形同陌路。

现代汉语诗歌的出路在哪里？现代汉语诗歌还能不能承续古典诗词曾经的灿烂辉煌？这是当代诗歌理论研究与创作者都必须面对的问题。

从古典诗词的传承来说，语言环境变化了，古典诗词必须要变。从诗词曲的产生过程来看，需要诗人们从大众喜闻乐见的俗文化中发现、提炼、产生新的诗体。民国时期，林琴南先生有“新乐府”的探索，后来如启功先生的“韵语”，丁芒先生的“自由曲”等，都是在此一方向下的某种探索实践。从新诗的发展来说，其虽然是以反传统出现的，但所谓“逆取顺守”，新诗的发展需要观照传统，吸收古典诗词中的精髓，提升其艺术性。闻一多先生提出新格律诗，并强调新格律诗的音乐美、绘画美、建筑美，这也是对新诗的一种初步的探索实践。

应该说，古典诗词与新诗的出路是相向的，诗词要从传统走向现代，新诗要从现代观照传统。从某种意义上说，两者的交汇点所在，就是现代汉语诗歌追寻的定位点之所在。笔者长期从事诗词创作，在创作实践中逐渐提出了“继承传统，别创新声”的想法。而韩陈其先生作为汉语言学教授，更是提出“在言意象观照中探寻汉语新诗格律”的具体路径，并身体力行，先后出版了《韩诗三百首》《韩陈其诗歌集》两本诗歌集。

韩陈其认为，“诗是由一定节律的‘言’、一定情感的‘意’、一定范域的‘象’构成的‘言—意—象’的聚合体”。“言”是诗之形。节律作为诗之形的组成之一，不仅包含音节节律，而且还包含所谓音韵节律、语义节律、语法节律。抛弃了“诗之形”的现代新诗，其实质就是一种自我抛弃，因为无以为形的新诗，其本身必然陷入“皮之不存，毛将焉附”的窘境。“意”是诗之境。诗要表达一定的情意，呈现一定的意趣，创造一定的意境。但要表“意”，离不开“象”，“象”是诗之魂。

“象”是中国哲学与美学中的重要命题，老子提出“大象无形”，《易经》提出“立象以尽意”，对魏晋美学都产生了重要影响。到唐代，薛璠提出“兴象”，王昌龄、刘禹锡等提出“象外之象”——境。韩陈其在继承中国优秀诗歌传统，吸收西方诗歌文化基础上，构建了基于“万象”的“三象之说”：自然之象、人工之象、精神之象。而精神之象则有印象、意象、大象之由浅入深的和由有形入无形的认知过程和梯度变化。诗歌创作与释读的过程，就其本质而言，就是象思维的思维过程，即一种依据观象、取象、立象的顺序而渐次展开的思维过程。因此也可以说诗歌创作与释读就是一种观“象”思维，就是一种取“象”思维，就是一种携“象”而行的立象思维，“言”“意”一脉，“意”“象”一体，“言”“象”一统，借言释象，以象见意，以意筑象，三象流转，循环往复，以至于无穷。

汉语诗歌创作，无论古今，其核心都在于想“象”，对“象”的“想”，就是一个诗歌创作或释读的过程，也就是象思维的观象、取象、立象的过程，就是若干个“言”“意”“象”错综复杂的复合和融合的过程。其成功与否，其实就是取决于“言”“意”“象”复合和融合的信度、程度、深度、广度、黏度、密度等等。

“诗言志，歌永言，声依永，律和声。”诗歌既要言志与永言，就必然离不开“律”。传统诗词于律过于精细，不免让人有束缚之感；而新诗则如脱缰之野马，完全丧失了其作为诗的自我所在。因此，有理由相信，在研究汉字、汉语和古今诗歌的基础上，在言意象的观照中探寻创制汉语新诗格律，诚为一种水到渠成的自然。

韩陈其把“象”作为汉语诗歌灵魂，构建现代汉语诗歌新格律，比较成熟而全面地把握中国现代诗歌的形律、句律、视律、听律、象律，形成了现代汉语诗歌的齐正体、宽骚体、宽韵体、宽对体、宽异体、如如体……并积极从事创作。或别创新声，先后创作了近于传统词曲而不再有平仄束缚的《华容道》、接近于新诗而又颇具新格律的《静夜思》等新声作品。相对于前人的探索，其诗作在继承古典传统的基础上，更具形式的自由性与内涵的开放性，更注重意象之经营，有意无意间，在传统诗词与新诗之间，构架了一座沟通的桥梁。

当然，这种理论与实践永远在路上。一种文体格律的产生，需要一个时代一批人的努力，需要有伟大的作品为之奠基。

“噫！微斯人，吾谁与归！”

【作者简介】

董国军，网名昆阳子，别署岘堂、燕鸥堂，河南叶县人。江苏大学教师教育学院副书记、副院长，镇江市诗词楹联协会副会长，多景诗社副社长兼秘书长。著有《岘堂诗稿》等。

韩陈其诗歌特色初探

周　渡

近日有幸拜读了韩陈其教授的诗集，其内涵之深刻、形式之多变，让人叹为观止。作为一个曾经对现代格律诗略有研究心得的高校教师，我也想对韩教授诗歌创作极高的艺术造诣，谈几点自己的感想。

构思精巧，意象新颖。例如：

鸟花对话

夜半未眠，翻阅白日一花一鸟的两张照片，
似有所悟，遂有鸟花对话，以博一笑而已。

鸟：
我是一只鸟，
在树的顶梢高高地热烈眺望，
不知为什么眺望？

花：
我是一朵花，
在桥的河岸默默地寂寞开放，
不知为什么开放？

金叶羞窗

梵呗诵经小僧郎，青灯袈裟古枫杨。
一夜朔风动怒吹，满庭金叶含羞窗。
娥辉月影迷金道，幻真幻色幻沧桑。

幽幽曲径绝尘埃，亭亭黄盖抖天妆。
飘飘洒洒自风流，何待春雨润嫣黄？

在《鸟花对话》中，诗人以拟人手法取譬，用鸟与花的意象，巧妙地传达了执着追求真挚情感和美好理想的心声。《金叶羞窗》以丰富的想象，描摹秋冬物态，连续以“青灯袈裟”“满庭金叶”“娥辉月影”“幽幽曲径”等几个富有浓郁诗意的物象，营造出美妙的意境。

韵律和谐，富于音乐美。例如：

紫韵迷魂

云水霓霞花蝶舞，十里长山任逍遥。
清夏唯美薰衣草，云水邀约锦鲤潮。
繁花无心蝶乱舞，香海有情人可娇。
一潭碧水独映红，漫地紫云尽飘峤。
倾城迷魂恋紫韵，长山深处听鹪鹩。

黛瓦碧波

几朵蓝花星星闪，一泓碧波点点樯。
孤岛黄花斑斓远，白墙黛瓦红梅旁。
江湾旧苇鸣鸥鸟，灵塔新柳舞梦乡。
南山渴望虞美人，北湖诱爱郁金香。
喜鹊放欢跃高枝，春色无尽歌艳阳！

茗月流霞

金茗春花饮京都，一啜一眸忆江南。
山茗夏风饮寂寞，一品一叹可凭栏。
翠茗秋月饮流霞，一颦一蹙望阑珊。
芽茗冬雪饮婵娟，一歌一弦浸天欢。
香茗醉饮清虚缘，一飘一灵舞翠鬟。
清茗梦吟九如象，一沸一盈漾心澜。
千杯万盏故乡茶，菩提无树笑镜坛。

音韵是诗最重要的文体特色之一，韩教授的诗歌创作充分地展现出他作为学者型诗人的深厚艺术修养。在他创作的大量抒情诗中，他常常使用重叠、反复、排比、对偶等手法。在用韵上，他多方采用各种用韵方法，使诗韵在和谐中显出变化。如《紫韵迷魂》《黛瓦碧波》《茗月流霞》，除了偶句押韵之外，奇句则根据诗情诗意表达的需要来决定是否押韵。

章法整饬，灵活多样。例如：

新元云歌

感慨于流云，感慨于新元，遂歌之：

云啊云：
云神云仙云啊云，
一分一秒都是云！

云啊云：
云来云去云啊云，
一朝一夕都是云！

云啊云：
云飞云涌云啊云，
一元一新都是云！

云啊云：
云变云化云啊云，
一生一世一片云！
啊，我的云！

耄耋期颐

人生感悟，唯有长歌：
弱冠之时兮，
顶“知青”之冠，
冠而不冠矣！

而立之时兮，
望“庠序”之立，
立而不立矣！

不惑之时兮，
迷“伉俪”之惑，
惑而不惑矣！

天命之时兮，
信“文曲”之命，
命而不命矣！

耳顺之时兮，
承“甘露”之顺，
顺而不顺矣！

满怀激情兮大享和颐，
人生峰巅兮耄耋期颐！

韩诗十分讲究诗型和章法，他的诗虽以五六行一节较多，但从整体上看，节式、章法、句法、韵脚都各有变化，不太拘泥，讲究诗型而能不为其束缚，整饬中有变化，呈现出灵活多样的体式。《新元云歌》每节基本三行，一韵到底，《耄耋期颐》则隔行押韵。诗行有规律地长短错落，又大段整齐、匀称。还偶有《扇之秋》这样的菱形体，足见其句法、章法的变化多端：

秋
枫红
彩蝶翔
淡云熏风
婵娟霓云裳
参差烟花社鼓
大江奔涌入心窗
抚今怀古北固怅望
吴女尚香万里祭情殇
水漫金山白娘访仙梦乡

登高携手更上五峰岗
品茗赏花行酒问月
敢信嫦娥笑吴刚
天街欢声笑语
彩霞飞九江
长河落日
金桂香
清风
秋

辞藻华美，风格明丽。例如：

雨润逗荷

夏荷秋荷金山荷，荷情荷意荷如如。
雨润逗荷第一泉，几多红荷几多舻？
红蕖怂恿芙蓉楼，翠芽娇羞金山湖。
白龙洞涌西湖水，情人桥悬冰玉壶。
碧波荷映慈寿塔，娇红可否醒醍醐？

横街斜桥

飘飘扬扬小春雪，几人欢喜几人娇。
江南瑞雪得意飞，冰花晶莹美人蕉。
山门横街晨熹微，梦溪斜桥客寂寥。
大江耸峰扬子雪，长柳含翠新芽苗。
风神飘雪三千里，意马奔天任逍遥！

云台流霞

流光溢彩日月辉，春寒料峭涌人潮。
灯海腾波鱼嘴岛，玉霞飞虹美人姣。
星光月影金山湖，火树银花漫天飘。
龙凤呈祥西津渡，金猴舞美赢天高。

韩陈其的诗思富于想象力，同时又有很强的驾驭语言的能力，因而他诗歌的文辞非常丰富，辞藻显示出华丽、浓艳的特色。如《雨润逗荷》《横街斜桥》《云台流霞》都写得妩媚明丽，织成了色彩斑斓的画面，使作品别具江南温柔纤丽的风情，有很高的审美价值。

近日，我拜读了深圳大学学者黄永建主持的国家社科基金项目《当代汉诗创新诗体研究》的阶段性成果报告，其中就提到七种现代格律诗：有五言、七言、八言、十言、十一言、十二言，另外还有几种类型，例如每行顿数相等的同顿体，或是诗节内部参差不齐，但各节模式相同形成的对称体等。

韩教授的诗作中恰有许多做了各种尝试的作品，甚至也有报告中未提及的堪称独创的九言作品。例如《韩陈其诗歌集》中的第一卷《宽骚长怀》的“韩氏宽骚体”：

新疆天歌

登眺天山兮望乎烽燧，烽燧孤寂之邈邈时岁！
登顾天山兮望乎轮台，轮台杳渺之丝丝榆槐！
登临天山兮望乎楼兰，楼兰窈窕之活活美仙！
登看天山兮望乎峡口，峡口沧桑之熙熙觞酒！
登观天山兮望乎丹霞，丹霞斑斓之茫茫苇葭！
登拜天山兮望乎雅丹，雅丹魔幻之璨璨彩滩！
登越天山兮望乎神湖，神湖呜呜之凄凄音符！
登跨天山兮望乎戈壁，戈壁荒阔之嶙嶙砾石。
登游天山兮望乎沙漠，沙漠浩瀚之幽幽铃驼！
登攀天山兮望乎胡杨，胡杨傲岸之绵绵峦冈！
登瞰天山兮望乎红河，红河奔腾之匆匆飞鹤！
登仰天山兮望乎天池，天池悬碧之瑶瑶仙墀！
登寻天山兮望乎野居，野居茕独之嘻嘻馕趣！
登欢天山兮望乎新娘，新娘婵娟之涟涟沛滂！
登思天山兮思乎人生，人生驹隙之金石琴笙？

晋代挚虞在其《文章流别论》中指出：“古诗之九言者，‘酌彼行潦挹彼注兹’之属是也，不入歌谣之章，故世希为之。”韩陈其的诗集中尽管有少数创作如词作不能称为现代新格律诗，但其高超的艺术表现力已经足以为当代新诗的创作提供可资借鉴的艺术范本。窃以为，近年来国内坚持新格律诗创作和研究的学者，当以黄淮先生和黄永建先生为代表。他们的自律体和十三行汉诗都极具创造性。而韩陈其教授的部分诗歌创作，以其多样的实践足以与前两位学者相并列，其在新诗格律化的发展历程中的地位与影响，是具有不可替代的历史价值的。

【作者简介】

周渡，副教授，苏州大学文学博士，江苏大学文学院副院长。研究方向：中国现代文学、新闻传播学等。论著有《中国新格律诗论》，《中国新格律诗史论》（与周仲器合著）等。主要教授课程：中国现代文学（专业基础课）、西方文化与文学（校公选课）、中国现代文学思潮与社团研究（研究生专业选修课）等。2010 年以来在 CSSCI 源期刊、北大中文核心期刊上发表论文数篇，主持和参与了市厅级、省部级等科研项目的研究。荣获江苏大学"教书育人"先进个人、江苏大学优秀教师、江苏大学优秀学业导师等荣誉称号。

形式创造的意义与汉语的踪迹

——读韩陈其诗论及《雪樱销魂》诗所感

荣光启

现代英语大诗人 T. S. 艾略特曾说:“对一个想要写好诗的人来说,没有一种诗是自由的,谁也不会比我更有理由知道,许许多多拙劣的散文在自由诗的名义下写了出来,不管他们的作者写的是拙劣的散文还是拙劣的诗,或者是用这种或那种文体写的拙劣的诗,在我看来都无关紧要,而只有拙劣的诗人才认为自由诗就是从形式中解放出来,自由诗是对僵化的形式的反叛,也是为了新形式的到来或者旧形式的更新做的准备。”当代新诗的一个尴尬状态是:始终不能自信于自己的形式。也许是新诗的历史还短,未能形成有效的形式,但无论如何,新诗在形式上的过度“自由”有目共睹。而缺乏有效的形式,作者要言说的情感、经验一定大受影响。

诗是情感、经验的语言和形式诉求,特定的意象、语言对应着诗人的情感,而特定的诗形(音尺、句、行、节等方面的考虑)意识会影响诗人的用词和想象,会使诗歌处在一种经验、语言和形式的平衡之美当中。当代汉语诗歌不乏许多思想精深之作(也正因为太精深而导致了阅读和交流的困难),却难以看见具备这种情感、经验的深切当中的语言及形式的和谐之美。新诗在当代,以大多数作品而言,都是在情感、思想、意识的“新”上做文章(要么口语化地简单叙述现实,要么以极端的想象进入“超现实”的境地),至于什么是“诗”,少有人去认真思虑。

有学者在评价“朦胧诗人”的代表北岛的诗作时认为,由于其“超现实主义色彩越来越强烈”,充满“词的奇境”,诗作的整体意蕴难觅端倪,更多是在“让部分说话”。这样的诗作,“只有在过度阐释的情况下才会获得意义,如果不以释梦的方式与解密码的技术去进行这项工作,你会说他不通,他会说你不懂,结果将会不欢而散、无功而返”。当代诗歌这一尴尬处境的一个根本原因在于只重视意义,而不关注声音(声韵、节奏、旋律)。“在北岛以及绝大多数中国现代诗人的诗学中,没有给这一种声音留下应有的位置。如果将诗的意义与声音视为诗的两翼,那么现代诗早已成了断翅的天使,试图仅凭它的一翼就飞向人的心灵。这当然做不到。”由于只重视意义层面的感觉和想象，缺乏形式要素的束缚和权衡，诗歌就成了经验和语言之间缺乏基本心灵交往尺度的两点之间的对应，成就了一种关于个人的感觉、想象的语词选择的表演，但没有诗在经验和语言、形式三者之间的矛盾纠缠和艰难平衡。在形式上缺乏自觉，自然也使北岛不大关注汉语自身的特性（闻一多对新诗的建行建节正是建立在对汉语的音、形等特性之上的），而他的诗也就缺乏“汉语性”。

当然，如果把当代新诗写作的视野不局限在中国大陆而是面向整个汉语诗坛的话，我们会看到汉语诗歌界，还是有少数诗人在孤独地追求着本体意义上的诗歌写作，他们对现代汉诗的经验、语言和形式之间的互动关系极为自觉，写出了一些情思深切、形式整饬的佳作。当然，这与这些诗人身处大陆之外又置身于至少两种语言之间的特殊环境有关。像旅德的诗人张枣（1962—2010）、旅荷诗人多多、旅德诗人肖开愚等，汉语之外他们至少掌握英语或其他一门欧洲语言，一方面感触于西方诗歌中的形式，另一方面能真正沉静地体会汉语的魅力（在借鉴英美诗歌的形式和对汉语魅力的留恋上，他们真正接续了闻一多等现代诗人所开创的一种新诗传统）。

当代诗人应该重新认识现代诗人在诗歌形式秩序建设上的传统。现代汉语诗歌的灵魂是“节奏”，现代诗人闻一多的新格律主张的要义也正在此。新月派以来，新诗其实有一个“自己的传统”，就是徐志摩、闻一多等开创的，后为卞之琳、冯至、何其芳、林庚等杰出诗人所继承的对新的形式秩序的探寻。对于诗歌这一特殊文类而言，这一传统的重要性毋庸置疑。

“新月派”诗人在诗歌新的形式秩序方面的寻求，其意义不在于创造了一种什么样的新诗格律，而是在反拨“新诗”的“写实主义”和浪漫主义风气的前提下、在正视“自由诗的可能和局限”的基础上，试图“改变格律探索的长期压抑状态，形成格律诗和自由诗并存、对话与互动的格局”。“事实上，自由诗与格律诗的并存，有助于诗歌内部的竞争和参照系的形成，获得自我反思和自我调节的能力，保持‘诗质’与‘诗形’探索的平衡：自由诗在弥合工具语言与现代感性的分裂，探索感觉意识的真实和语言的表现策略方面，积累了新的经验，在诸多方面可以为形式探讨的危机提供解困策略；而格律诗对语言节奏、诗行、诗节的统一性和延续性的摸索，则可以防止自由诗迷信‘自由’而轻视规律的倾向。”

在现代与当代汉语诗歌演进的脉络中，我们能理解当代语言学家韩陈其先生的汉语诗歌实验的意义。韩陈其对现代诗歌的历史非常熟悉，在他看来：“各派各代无关宏旨大义，其所赋予的中国现代诗的含义基本是共同的:形式是自由的,内涵是开放的,意象经营重于修辞。因此,毫无格律观念的现代新诗,只会越来越肆无忌惮,越来越迷茫;而始终在找寻格律的新诗,由于找寻方向的偏差和偏误而始终处于在线找寻的状态。”(韩陈其:《在言意象观照中探寻汉语新诗格律》)针对这种状况,韩陈其认为“汉语新诗格律找寻和构建的正确途径只有两条:一是正确认识诗歌本质,二是正确认识新诗赖以创作与释读的汉语和汉字的本质”。他对现代汉语诗歌有自己的定义:“诗是由一定节律的‘言’、一定情感的‘意’、一定范域的‘象’而构成的‘言—意—象’的聚合体”(韩陈其:《在言意象观照中探寻汉语新诗格律》)。

作为当代颇有成就的语言学家,韩陈其对“诗”(汉语诗歌)与“言”(汉语)有着一般诗人难有的语言学深度的见解,他对“诗的本质”的理解以及对汉语诗歌诗形的实验,自然有着特别的意义,值得当代诗歌写作者借鉴与深思。

当代诗人由于与汉语诗歌传统的割裂,常常不太理会旧诗,不懂“旧”诗词之形式。当然,写旧诗的人也看不上新诗的自由与无“韵味”。这是历史的问题,也是当下人们对诗和语言的认识的问题。T.S.艾略特说过这样的话:“自由体诗既不能以没有模式或不押韵来定义,鉴于别样的诗也会有这些特点,也不能以缺少格律来定义,再糟糕的诗也能作格律标注。由此,我们得出结论:所谓传统诗与自由体诗之分并不存在,因为世界上只存在好诗、劣诗,还有混沌一片。”(《三思“自由体诗”》)其实无论是新诗还是旧诗,我们若能读出其中的意趣,无论是情感经验上的,还是形式上的,若让人生出感动,觉得其中趣味,都是“好诗”。对于诗歌鉴赏,应该不能有“新诗没有韵味、旧诗没有现代感”这样的成见,而要有“世界上只存在好诗、劣诗”,无论其是“传统诗”还是“自由体诗”之意识。

对于一位新诗的爱好者,旧诗除了形式上的功能与趣味吸引我,我还惊奇于其中的语词、意象和典故,我想知道汉语在这里的运用到底是何意,在今天,这个词或意象已经发生了什么变化。所以读旧诗,我常常能看到汉语的某些踪迹,这一点,对于我们认识汉语、认识我们的文化传统,应该是有益的。故此,旧诗不仅能给我其形式上的美的触动,也能给我语言知识上的丰富。韩陈其是语言学家,他的《雪樱销魂》对我而言,一方面有语言学的意义,另一方面,我也能体会他在努力使旧诗变得有现代感,他试图在旧诗与新诗之间,做一些联合的工作。

人间春月樱花美,三京观花飞烟云。
徒友尽我纵横谈,珞珈雪樱可销魂。

雪舞翩跹人文路，樱香袅娜沁园春。
花开花谢花有情，人来人往人更真。
劝君更进半瓢酒，樱花三月醉心神！

武汉大学的樱花季，久负盛名，而古往今来，写樱花的诗篇何其多。不过在这里，由于作者在语言学、古典文学和新诗诸方面均有卓越的见识，他的关于樱花的言说，也有些不同。

“三京”对于新诗作者而言，很少用。唐朝以西都京兆府（今陕西西安）、东都河南府（今河南洛阳）、北都太原府（今山西太原）为“三京”。宋朝以东京开封府（今河南开封）、南京应天府（今河南商丘）、西京河南府（今河南洛阳）为“三京”。唐诗中使用此概念较少，自宋人始多入诗，如“三京昔拟恢同轨，九日今犹客异乡”（宋·华岳《九日言怀》）、“列圣久无师入洛，三京初有使朝陵”（宋·刘克庄《丞相信庵赵公哀诗五首·其一》）和“喜报三京复，旋闻二赵归”（宋·戴复古《所闻》）等，元、明、清诸朝诗人亦有所使用。实际上，在大多数情况下，自宋人较多使用“三京”后，这一概念在诗中大多是有特定含义的，即以“三京”代指中原、中央、朝廷和政权等，故很多宋人在流露出渴望恢复中原、统一南北的情感时，往往偏爱使用“三京”一词。

“徒友”：门徒与朋友。语出《庄子·山木》：“吾犯此数患，亲交益疏，徒友益散，何与?”此词其实较为生僻，在古诗中使用尤稀。宋代黄庭坚《见子瞻粲字韵诗和答三人四返不困而愈崛奇辄次韵寄彭门三首·其一》中有“入宫又见妒，徒友飞鸟散”一诗，即此意。本诗所指应亦如是，指学生与友人。

“人文路”乃武汉大学樱花风景区的一条路，此处对“沁园春”之词牌名，很有意思。沁园春又名“东仙”“寿星明”“洞庭春色”等。以苏轼词《沁园春·孤馆灯青》为正体，双调一百十四字，前阙十三句四平韵，后阙十二句五平韵。另有双调一百十六字，前阙十三句四平韵，后阙十三句六平韵；双调一百一十二字，前阙十三句四平韵，后阙十二句五平韵等变体。本诗中以“沁园春”词牌名与“人文路”地名相对，似乎并不妥当，不过，从现代诗的象征意义上看，人文路在这句诗里边仿佛不仅仅是一条路，不再是一条有形之路，可能有一语双关的意思，既指这条路本身是一条路，也可以说是一种“人文精神”之路。所对的沁园春，是一个词牌，但是现在也是一种写实，这里同样是一种双关，既是词牌，又是一种写实，使得武大整个园子都春气满满，溢满春色。

“花开花谢花有情，人来人往人更真”：此句当本自唐代诗人罗隐《春日独游禅智寺》中“花开花谢还如此，人去人来自不同”一句，有伤时感昔之情。

《红楼梦》中有林黛玉《葬花吟》“花谢花飞花满天”。其他相似诗句尚有：“燕去燕来徒自苦，花开花谢漫相催”（宋·邵雍《新春吟》）、“云散云凝亦偶然，花开花谢缘何事”（明·何景明《哭幼女行》）和“花开花谢谁为主，潮去潮来似有情”（明·刘璟《焦山寺》）等。因“花开花谢”所营造的乃凄苦悲伤的意境，所以往往以此衬托悲情。本诗写“花有情”，又曰“人更真”，有一反旧例的用意，试图营造另一种的情境。“花谢花开花有情”，三个“花”字连用在这一句诗里边，一点都不显得重复，反而增加了一种灵动，和人相对，这三个人字相对相连，不犯平仄，读起来更有一种韵味。

“劝君更进半瓢酒，樱花三月醉心神”：前半句当本于唐代诗人王维《送元二使安西》“劝君更尽一杯酒，西出阳关无故人”，其中既有送别之际的悲伤、不舍与担忧，又饱含一种难能可贵的希望进取之意。本诗在形式和情感上都对王维之诗有所借鉴。然而，“半瓢酒”的意象很有意思，如果是一瓢酒是大醉的话，半瓢酒就是微醺，劝君更尽半瓢酒，说明春色虽是醉人，但不是那种豪放的大醉，而是婉约的微醺。对于樱花，包括珞珈山下的这种氛围，是十分贴切的。

总的来说，作为一位学养丰富的语言学家，在写旧诗的同时，也写完全不同的新诗，其诗歌实验的精神，非常值得当代汉语诗歌写作者景仰；而其完成的文本及其意义，也非常值得人们去探究。

【作者简介】

荣光启，诗评家，武汉大学文学院副教授，主要从事新诗研究、当代汉语诗歌批评。

笔走龙蛇铸新篇

——读《韩陈其诗歌集》札记

刘嘉伟

中国是诗的国度。《诗经》《楚辞》、唐诗宋词的无穷魅力芬芳醉人，自不待言。一直到晚清甚至民国，诗歌都是文人交往唱酬的工具，中国文坛的主流文体。但"新文学运动"以后，文学史家笔下的中国文学主流文体发生了急剧变化，诗歌似乎风光不再。所谓"旧体诗词"还能不能开疆拓土，有新的表现形式？还能不能承载当代人的情感，写出动人心魄的诗篇？还能不能进入文学史家的法眼？这些，是文学界、文学批评界近年来关注谈论的话题。

笔者主要从事中国古代文学的教学及科研工作，当代诗词阅读涉猎不多。有幸读到《韩陈其诗歌集》，翻开"序言"，作者自云："余为兢兢书匠，亦为萌萌诗人"（韩陈其《韩陈其诗歌集·自序》，作家出版社 2020 年版，第 1 页）。让人不禁想起《文心雕龙·神思篇》："夫神思方运，万涂竞萌，规矩虚位，刻镂无形。登山则情满于山，观海则意溢于海，我才之多少，将与风云而并驱矣。"面对琉璃世界、白雪红梅，常人感之、诗人写之。作为诗人，就是要有想象力，"萌生"出诗句来。《说文》："萌，草芽也。"萌，有青春的活力，有不断生长的力量，有日新月异的变化，有结出累累硕果的可能。"缀文者情动而辞发，观文者披文以入情"（《文心雕龙·知音篇》），拜读"萌萌诗人"的诗作，觉其赋予了古体诗词以当代的生命力，在传统文化与文学的沃土上"萌生"出了新的枝芽，有了新的探索。笔者就以下几个问题谈谈自己的读后感受。

一、文化底蕴的丰厚

唐人韩愈在《答李翊书》中提出："气盛，则言之短长与声之高下者皆宜。""气盛言宜"，即强调作家的道德行为、文艺修养对于文学作品的深刻影响。杜工部讲："读书破万卷，下笔如有神。"（《奉赠韦左丞二十二韵》）我们想想，中国文学史上的名家大师，哪位不是饱读诗书，才能"笔落惊风雨，诗成泣鬼神”。但看看当下诗坛，所谓“新诗”，准入“门槛”过低，什么人都可以作诗，结果自是可想而知。而韩陈其先生是著名学府中国人民大学的教授、博士生导师。笔者与韩教授素未谋面，这是在百度百科上搜索到的简历，也不知道是否准确，是否有更新：

韩陈其，1949 年 9 月生，江苏省镇江市人，1977 年毕业于徐州师范学院（江苏师范大学）中文系。1982 年汉语史研究生毕业，获南京师范学院（南京师范大学）文学硕士学位。中国人民大学文学院教授、中国人民大学汉语言文字学专业首批博士生导师、中国人民大学语言学及应用语言学专业硕士生导师、淮阴师范学院兼职教授、江苏师范大学兼职教授、苏州大学兼职教授、韩国首尔淑明女子大学客座教授、韩国湖西大学客座教授、韩国首尔女子大学客座教授。

这份简历，一望便知，是望重学坛、名扬海外的知名学者。笔者硕、博就读于南开大学，洪波教授曾在南开大学工作，我读到了洪教授为韩先生《古代汉语教程》写的一篇书评，他说：“我读《教程》，无时不服膺于其内容的恢宏博大、精审周全，其形式的深入浅出、循循善诱，无时不感觉到著者匠心独运、覃思研精的不苟精神。”（洪波《恢宏博大　覃思研精——读韩陈其〈古代汉语教程〉》，《徐州师范学院学报》1988 年第 2 期）我们知道，但凡中国古代“经史子集”都是“古代汉语”，能把“古代汉语”这样包罗万象的课程教材编写到“恢宏博大，精审周全”，足见作者丰厚的文化底蕴。这样的文化底蕴形诸诗作，诗篇中自然带有书卷气息、文化味道。试举一例，我们来读读《滴水涌泉》：

友生从教赞比亚，唯学唯文唯冰清。
一朝师生人大人，万里鹅毛情中情。
箪食瓢饮一勺池，传语颂孔万国行。
华年深深慕老庄，蝶梦翩翩追魂灵。
滴水涌泉谈笑事，人生无意逐输赢！

《礼记·学记》讲：“建国君民，教育为先。”中国人敬“天地君亲师”，此诗表现亦师亦友的师生之情，就是中国人尊师重道文化的外现。《论语·季氏第十六》：“远人不服，则修文德以来之”，中华文化自古重视教化、协和万邦。从诗意来看，这首诗投赠对象，应该是去赞比亚孔子学院传播中华文化的老师。“箪食瓢饮”出自《论语·雍也》：“一箪食，一瓢饮，在陋巷，人不堪其忧，回也不改其乐。贤哉回也！”“蝶梦”出自《庄子·齐物论》：“昔者庄周梦为胡蝶，栩栩然胡蝶也，自喻适志与！不知周也。俄然觉，则蘧蘧然周也。不知周之梦为胡蝶与，胡蝶之梦为周与？周与胡蝶，则必有分矣。此之谓物化。”“涌泉”为佛教常用术语。《法华玄义》八曰：“三含涌泉者，从譬为名也。佛以四悉檀说法，文义无尽，法流不绝。”“滴水涌泉”为报恩之意，善因善果、知恩报恩，也是佛教常有的思维逻辑模式。诗歌结句“人生无意逐输赢”，放下名缰利索，解黏去缚、任运逍遥的人生态度，也是佛禅老庄所共有。要之，中华优秀传统文化以儒、释、道三家为主干，韩教授一首诗，囊括了儒、释、道三家的典故，涵容了“三教”思想，可见其深厚博大的文化底蕴。

二、文学地图的广阔

著名学者杨义先生指出：“文学地理学的学术方法，如今已经逐渐成为古今文学研究的当家重头戏之一。它开拓了地方的、民间的和民族的大量资源，与书面文献构成广泛的对话关系，从而使我们的文学研究敞开了新的知识视境和思想维度，激活了许多看似冷冰冰的材料所蕴含的生命活力。”(杨义《文学地理学的信条：使文学连通“地气”》，《江苏师范大学学报》2013年第2期)杨义先生曾任中国社会科学院文学所和民族文学研究所的所长，高屋建瓴，还曾提出过“重绘中国文学地图”的主张。而读韩教授的诗歌，一个很直观的感受是他的诗作深得“江山之助”，绘制了一张阔大的文学地图。

翻阅《韩陈其诗集》，仅看目录，便有《新疆天歌》《峨眉云游》《京华云歌》《星云昆仑》《北极云思》《纽约五二〇》《玩水西洋》《天山书郎》《秦淮梦远》《忘情北固》《东瀛胜境》《古樱上野》《珞珈樱歌》等等。笔下涉及的地点不仅有中国，还有美国、日本，也许还有别的国家。中国幅员辽阔，韩先生是镇江人，在南京求学，在徐州、北京等地工作过，他笔触所及，有首都的庄严气象，有西域的戈壁沙漠，有秦淮河的旖旎风光，也有武汉大学珞珈山樱花的“花开花谢花从容”。我们讲中国文学史的时候，常说苏东坡一生走遍了大半个中国，每到一处，便吟诗填词，“一蓑烟雨任平生”。比之古人，今天的交通、通信条件更为优越，韩教授展现的文学地图更加宏阔，将诗笔延展到国外，自是绘制了一张超越古人的文学地图。而在韩教授的笔下，出现最多的，应该是他的家乡镇江。镇江的北固山、西津渡、金山，在韩先生的笔下纷至沓来，享誉世界的大文学家、诺贝尔文学奖获得者赛珍珠先生，韩教授亲切地喊她“乡人”(参见韩陈其《双调花非花 · 祭拜乡人赛珍珠》，见韩陈其《韩陈其诗歌集》，作家出版社 2020 年版，第 355 页)。镇江是历史文化名城，烟云过往，引人追思。韩教授也在诗中写道：“六朝风云羊狠石，千古江山北固楼。”(韩陈其《狠石梦游》，见韩陈其《韩陈其诗歌集》，作家出版社 2020 年版，第 166 页)笔者以为，作者写家乡，最亲切的莫过于《锅盖面》：“送客一碗锅盖面，齿颊尽日留芳馨。”(韩陈其《韩陈其诗歌集》，作家出版社 2020 年版，第 210 页）对市井小吃的书写，对市民生活的关注，使得文学作品有了温度，有了热度。

著名汉学家、哈佛大学宇文所安先生说过："在关于这座城市的一系列诗歌中，我们发现了一个无法避免的事实：照片与电影的时代之前，一个地方主要是通过文本以它们程式化的意象而被知晓、被记住并值得追忆的。"（宇文所安《地：金陵怀古》，见乐黛云、陈珏编选《北美中国古典文学研究名家十年文选》，江苏人民出版社 1996 年版，第 139 页）虽然今天有了照片和电影，但是优秀的诗歌作品依旧有利于城市记忆的唤醒、城市文化的彰显、城市形象的树立。这样看来，韩教授的诗歌，对其笔下城市，尤其是镇江的文化旅游，有所助益。

三、新形式的探索

2021 年初，中国古典诗词研究专家叶嘉莹先生荣膺"感动中国"年度人物，她最推重感恩的老师是顾随先生。顾先生是教授、学者，同时也是诗人。1935 年，顾随《积木词》成卷，有自题卷尾诗，其六云："人间是今还是古，我词非古亦非今。短长何用付公论，得失从来关寸心。""我词非古亦非今"，彰显了顾先生的自信、气度与文学史认识。其实今人作诗，何必拘泥于是古体诗还是新诗呢？"江山代有才人出"，有文采、有创造力的诗人，自应探索新的诗歌形式，书写新的诗歌内容。韩教授的诗歌创新，集中表现在创造了"宽骚体"的诗歌形式。对于宽骚体，他如是定义：

"宽骚体，也可以说成韩氏宽骚律，这是汉语新诗歌的形式格律。就汉语诗歌而言，其长度在理论上应该可以是无限的，而其宽度往往是有限的，《诗经》的四言，《楚辞》的六言，律绝的五言、七言，仅此而已。韩诗宽骚体，一般为九言诗，最长为十四言诗，算是对汉语诗歌宽度的一种创吟极限的尝试。"（韩陈其《韩诗三百首：言意象观照中的原创中国汉语诗歌》，江苏大学出版社 2018 年版，第 317 页）

由于是"宽体"，窃以为，这种诗体的优长是能更淋漓尽致地表达感情。比如《大观园漫思谣》，据作者说："此诗为十四言体诗，算是对汉语诗歌宽度的一种创吟极限的尝试。"（韩陈其《韩陈其诗歌集》，作家出版社 2020 年版，第 39 页）我们知道，《红楼梦》囊括甚广，周汝昌先生等学者认为其集中华文化之大成。韩先生如是写来，能够更好地表现其中悲悲喜喜的爱情、真真幻幻的哲思，甚至红学史评家的"指指点点"、大观园游客的"红红火火"。清人李重华《贞一斋诗说・诗谈杂录》言："业师问余：唐人作诗何取于双声叠韵，能指出妙处否？余曰：以某所见，叠韵如两玉相扣，取其铿锵；双声如贯珠相联，取其婉转。"叠字集双声、叠韵于一身，能很好地增强诗歌语言的音乐性，使其清朗悦耳。韩教授此诗每句都以AABB式的叠字开篇，自然具有音声之美。这种美感形式，可能还受到了民间曲艺文学的影响，通俗晓畅、朗朗上口。韩诗中宽体诗数量不少，如《天台赢虹》共十句诗，每一句的开头都是“今山何山兮天台谁秀”（韩陈其《韩陈其诗歌集》，作家出版社2020年版，第4页），《新疆天歌》共十五句，每一句都以“登×天山兮”开篇，×处，是每句都改换一次动词。这样的结构形式，回环反复、重章叠沓，将诗歌的音乐之美发挥到极致。

当代诗家有云：“如果我们的文言诗不能说出我们是谁、我们居住在哪里、我们生活在一个怎样的世界中并如何真切地体验着这些情境，那么任何经营都无意义。”韩教授以古韵诗词表现着当代人的生活，可以说是“旧瓶”装了“新酒”。

此外，韩先生《扇之秋》诗句结构排布成了菱形。笔者读过“宝塔诗”，所谓“宝塔诗”即从一字句的塔尖开始，向下逐层增加字数，一般至七字句的塔底终止，如此排列下来，构成一个等腰三角形。而此诗是“宝塔诗”的延展翻倍，如同加了个“宝塔”的水中倒影，颇有新意。韩诗《古诗杂拌》是将唐人王之涣《登鹳雀楼》和唐代无名氏《五言诗》“君生我未生”这两首诗你一句，我一句剪接在了一起。古人就有集句诗的传统，要无斧凿之气，意义又能自相贯通。韩教授的尝试，又是一种新的集句“玩法”、新的排列组合，充分调动古典诗歌、中国汉语的活力。

宋代大理学家邵雍诗云：“胸中风雨吼，笔下龙蛇走。”韩陈其先生是致力于语言学研究的专家学者，其沉潜于汉字“言”“意”“象”之间四十余载，自是笔下气象万千、龙飞蛇走。笔者拜读之后，略谈了几点拓新之处，算是个札记吧。卑之无甚高论，见笑于方家！

【作者简介】

刘嘉伟，哈尔滨人，江苏师范大学文学院教授。江苏社科优青，江苏省“333人才工程”培养对象，江苏省“青蓝工程”中青年带头人。主要从事中国古代文学的教学与研究工作。

樱花季节忆珞珈

——读《韩陈其诗歌集》有感

田　馨

一直以来，我都非常喜欢传统的文化和传承，可在快节奏的今天，停下来仔细想想，发现自己竟然很久没有好好读书、好好品析优秀的文学作品了。但非常有缘，也非常幸运，我收到了韩老师的大作《韩陈其诗歌集》和《韩诗三百首》，这给我的生活增添了许多诗情画意，也给了我学习传统文化、感受汉语博大精深的机会。

韩老师的书给我的第一感觉就是汉语太唯美了，拥有无数种可能性，如何充分展现语言的魅力却是需要天赋和功力的。

对我这种标准的工科生来说，韩老师无疑是语言的王者。他丰富的词汇量、潇洒自由的思想、刚柔并济的情怀、对音韵灵动的理解以及极具个人特色的遣词造句都给我留下了非常深刻的印象。

我常跟朋友感叹，韩老师的文学造诣改变了我对文科的印象，每位读工科的同学有机会都应该感受一下，对提升自己的语言能力和表达会有很大的帮助。

听闻韩老师曾多次应邀在我母校武汉大学做系列讲座，和我们珞珈人很有渊源。一方面，我颇为惋惜，在母校求学十载，怎么没赶上这么精彩的报告？另一方面，我也十分自豪，母校厚重悠久的历史底蕴和韩老师精彩的大师论道，又何尝不是一种相得益彰的促进和升华？而在《韩陈其诗歌集》中，我也读到了几首与我母校有关的作品。

比如这首《雪樱销魂》：

人间春月樱花美，三京观花飞烟云。
徒友尽我纵横谈，珞珈雪樱可销魂。
雪舞翩跹人文路，樱香袅娜沁园春。
花开花谢花有情，人来人往人更真。
劝君更进半瓢酒，樱花三月醉心神！

这首诗一下子就把我拉回到求学时期。母校作为中国最美高校之一，三月的樱花已成为一张响亮的名片，吸引着来自全国甚至世界各地的游客。每年的这个时候，我儿时的朋友们也会相约来武汉看看我、看看花。我们在樱花大道上赏花留影，在情人坡上谈天说地，在珞珈山上爬山游玩，在樱顶的老图门口将整个樱花烂漫的盛情尽收眼底。就像诗中说的那样“花开花谢花有情，人来人往人更真”，樱花开了一年又一年，游客来了一轮又一轮，但儿时的朋友们仍然一直保持着联系，哪怕不常见面，但我们都知道大家的人生中已经有了彼此的位置，是那种“我永远都在”的相约。

另一首《珞珈樱歌》虽然同样是樱花主题，但给我留下的又是另外一种回忆了：

樱花之旅最得意，言意玩象小文章。
育英天下浮生乐，尽心所欲意趣同。
随园情漫舞东湖，珞珈意满歌樱黉。
雪飞雪舞雪逍遥，花开花谢花从容。
百年难遇叹雪樱，三生有幸感苍穹！

想来写这首诗的时候韩老师还在随园工作，某年樱花季时来武大传道授业，留下了“随园情漫舞东湖，珞珈意满歌樱黉”的佳句，让我瞬间感受到了一个友爱、浪漫、唯美的意境。而读完此诗，我脑子里全是自己在母校求学的往事。毕业多年回首，珞珈十年何尝不是人生旅途的一段呢？那时候，母校的每一位老师也跟韩老师一样尽心尽力地教书育人，我们也从刚入校时满怀憧憬、什么专业知识都不懂，到毕业时自信满满，可以在岗位上发挥自己的专业技能、创造社会价值和财富。在武大求学的时候，我们课外实习的足迹遍布整个校园，同样也是“漫舞东湖”，甚至到现在我还记得有一年大雨，工学部门口的东湖景观台阶被雨水淹没，我和同学们一起站在被水淹没的台阶上，远远看去就像在水上凌波微步，别有一番风味。更何况是珞珈的雪和珞珈的花，“雪飞雪舞雪逍遥，花开花谢花从容”就是真实的写照。

雪花满天漫卷飘飞，飘落在珞珈的一山一湖一树一木上，校园里银装素裹，清冽通透。而珞珈的花更是珞珈的灵魂，甚至融入学生宿舍的命名。

樱园的樱花花开花落具是辉煌，盛开之时突如其来，簇簇的樱花精巧别致，掩映重叠，媚而不俗；风雨过后则是如白云掠过，一地芳尘，没有一丝依恋。

桂园里桂花树每当金秋时节便繁花满枝，远远望去如同碎金点缀在绿叶中，清香四溢，百闻不厌。

梅园里的梅花则不惧严寒，傲然挺立在凛冽的寒风中，花香清幽淡雅，姿态清秀苍古。

母校依山傍水，环境优美，让每位学子一年四季都能在花香里沐浴，在花海里徜徉，在这样的地方看风景、学文化、交朋友，留下一段段美好的回忆，真是“三生有幸感苍穹”。

还有一首《樱春醉客》，诗歌是这样写的：

一阵清风一阵花，满天云霓漫天霞。
樱賞粉色醉万客，珞珈樱春乐天嘉。
年年岁岁花相约，岁岁年年相约花。
三京观花成旧忆，一朝赏樱美珞珈。
人间三月仙女情，天花散尽不归家。

读到这首诗时，我又有了不同的代入感。前两句所描绘的是当清风吹过，满天花瓣纷纷繁繁撒落的景象，而在武大那些年看过的樱花，对我来说已经成旧忆了。来宁工作后，我也见过鸡鸣寺的樱花、进香河路上的樱花，甚至东南大学九龙湖校区也有一片樱园，但这些终究不是记忆中母校的味道。好一句“年年岁岁花相约，岁岁年年相约花”，此时正是三月樱花盛开的季节，珞珈的樱如约所至，尤其是武汉这座英雄的城市经历了去年的新冠疫情，现在一切恢复正常，樱花的盛开便被赋予了更深的含义。武大人对抗疫英雄发出了赏樱的邀约，用樱花盛景表达对抗疫英雄的感谢与祝福，希望大家在欣赏绚烂樱花的同时，也能体会和感恩这繁花似锦春光的来之不易。樱花年年都会盛开，我们岁岁都会相约珍惜这份美好。

当然，以上都是我出于珞珈情怀而选取诗歌集中很小的一个点，如果以这点小小的感受来评价韩老师的诗歌集实在太浅薄了。韩老师诗歌集所涉及的领域非常广，从诗歌集的内容可以看出他多年来所积累的素材之丰富、表达情感之真切，有的甚至还透露着一丝丝俏皮。比如《微信无极》，我脑海里会想象到可爱的韩老师保持着“归来仍是少年”的心态。还有《垂涎欲滴》《锅盖面》这种透着生活气息的诗歌，韩老师俨然化身为镇江美食推广者，用极优美的语句描写最普通的美食。而《二十四节气歌》是我最喜欢的诗歌之一，韩老师的宽骚体将每个节气的精髓都表达得淋漓尽致。

我非常敬佩韩老师在诗歌上的天赋和才华，能够写出这么多原创性强且极具个人风格的作品。我们工科一直在追求创新，而韩老师在他的领域已经做到了。希望未来有更多的年轻人来品读韩老师的诗歌，如此一定能获益良多。

最后，感谢韩老师给我们带来这么多优秀的诗歌，祝韩老师未来创作出更多流芳百世的作品！

【作者简介】

田馨，女，土家族，湖南岳阳人。工学博士，毕业于武汉大学测绘遥感信息工程国家重点实验室，目前任东南大学交通学院副教授。研究方向为雷达干涉测量形变监测、多时相 SAR 分类和变化检测、高分辨率遥感数据提取和分析、多源遥感数据融合和应用。

云水之间——韩诗掠影

史华娜

十年前的一个晴朗秋日初遇韩陈其先生，只觉他是一位富有诗人气质的儒雅学者，不意十年后再见时，他已出版两部诗集。拜读《韩陈其诗歌集》，游走于诗行字句间，惊叹于他蓬勃的创造力与潇洒才情，感动于其诗心禅意。

美国诗人庞德说："与其写万卷书，不如一生只写一个意象。"意象是在刹那间所表现出来的理性与感性的复合体，云、水是韩诗中相对稳定的意象符号，共同构建了其独特的情感空间与诗意世界："窗开风鸣大江来，云飞云飘云从容"（《伽蓝泮水》），"阅江春分花世界，云浮萍漂天地游。人生追梦江河海，万川逝水向春流"（《阅江春分吟》），"云飞云影云无踪，花开花香花有意"（《云花歌》），"风花有意送春回，云水无痕通天灵"（《窈窕云路》），"白云无心萦翠微，蒹葭有意影泓渟"（《日月竞骑》），"谁愿千年等一回，云飞花谢谁从容"（《霓裳花红》），"江风乘月彩云归，华阁唱潮黄花瘦。驹隙何叹东逝水，三秋恍惚一瞬透"（《驹隙感怀》）。

"在天为云，在地为水。云映水，水裹云，云水之间，是一种情，是一种恋，是一种无休无止、无穷无尽的缠绵。"《云水天芳》寄禅心于朦胧云水间：

天云地水缠绵情，云水亘古随万方。
天俯地仰雨霏霏，云逗水羞花芳芳。
匆匆飞云时时急，汤汤流水缓缓凉。
危楼触天白露远，高秋映云长风翔。
万里长江万里云，云追水逐何彷徨。
人生如梦云戏水，几度云水可歌觞！

天地亘古不变，云水缠绵无尽。两千多年前，子在川上曰："逝者如斯夫，不舍昼夜。"那一声深沉叹息回响在万古长空中，余音不绝。一千多年前，才华横溢的青年王勃登滕王阁而写下千古绝唱"落霞与孤鹜齐飞，秋水共长天一色”,“画栋朝飞南浦云,珠帘暮卷西山雨。闲云潭影日悠悠,物换星移几度秋。阁中帝子今何在?槛外长江空自流”。朝云暮雨,物换星移,世事盛衰无常,怎能让人不唏嘘感慨?飞云匆匆,流水汤汤,人生如梦,逝者如斯,是退缩不前、徘徊不定,还是勇往直前、无所畏惧?“危楼触天白露远,高秋映云长风翔”,或许我们该像个孩子那样仰望星空,梦想着摘下一颗属于自己的星星。即使行路难,难于上青天,也该像李白那样始终相信“长风破浪会有时,直挂云帆济沧海”,拥有冲破一切艰难险阻的勇气和力量。“万里长江万里云,云追水逐何彷徨。”云高高在上,水低低在下,看似天差地别,了不相关。然而,水可蒸发,幻化成千姿百态的云霞,云亦可化雨落地,融入江海湖泊。云水之间、高下之间、刚柔之间、阴阳之间、荣辱之间、爱恨之间以及一切看似对立的双方之间,都可能发生变化或转化。“人生如梦云戏水,几度云水可歌觞!”高扬如云,低下如水,一切顺其自然,一切归于淡然。“仰观于云,俯视于水,云水之间,无非忘情忘世忘却滚滚红尘而已”,《韶华云梦》或可看作诗人基于个人情感际遇的感慨:

仰云平添双飞翼,俯水犹在人世间。
孤云空山花自谢,翔鱼碧水向谁欢?
菩提绿树恐非树,弥漫红尘醒世媛。
青丝绾云争韶华,红颜映霞逗秋千。
夜雨断桥青云梦,春红叠乱笑弹冠。
青灯黄寺染红泪,爱丝情缕尽风烟。
一片笙歌心远处,朦胧云水独依阑。
友生从来问大道,鹤鸣九皋可识天?

“翔鱼碧水向谁欢”令人不免想起深情的庄子与理性的惠子在濠梁之上的那场著名辩论。庄子曰:“鲦鱼出游从容,是鱼之乐也。”惠子曰:“子非鱼,安知鱼之乐?”庄子曰:“子非我,安知我不知鱼之乐?”惠子曰:“我非子,固不知子矣;子固非鱼也,子之不知鱼之乐,全矣!”人与人之间的情意相通、感同身受,或许并不比人之与鱼容易。“菩提绿树恐非树,弥漫红尘醒世媛”,据《六祖坛经》记载,五祖弘忍预感自己大限将至,召集弟子各拟诗偈一首概括禅宗要旨。神秀诗偈说:“身如菩提树,心如明镜台;时时勤拂拭,莫使染尘埃。”慧能针对神秀诗偈,写道:“菩提本无树,明镜亦非台;本来无一物,何处惹尘埃!”万物皆空,世间一切皆如梦幻泡影,不必执着妄想。“青灯黄寺染红泪,爱丝情缕尽风烟。一片笙歌心远处,朦胧云水独依阑”,人终究是孤独的。“鹤鸣于九皋，声闻于野”，大道岂可识？人生如梦，绚烂之后归于忘怀。忘的极致，在于心，在于淡，在于水，在于云。淡忘若水无痕，若云无心。恰如《漂萍天涯》诗所说：“何必天涯寻芳草，无非长亭更短亭。自古无欲心自安，云卷云舒不关情！”“行到水穷处，坐看云起时。偶然值林叟，谈笑无还期”，“诗佛”王维曾在《终南别业》中写下这样的诗句。行云流水，偶然无心，却幻化无穷，充满禅机。读韩先生诗，对如此妙境禅意有了更深的领悟。

韩诗序曰：“余为兢兢书匠，亦为萌萌诗人，自丱角舞象而至古稀从心，诗爱之心浸浸而润，诗创之情腾腾而飞，不亦乐乎，不亦人生乎！”诗歌不老，诗人永远年轻，愿韩先生永葆诗心，“游山游水游人生，妙心妙意妙悟思”。

【作者简介】

史华娜，文学博士，南京信息工程大学文学院讲师。

语言文字学家出身的汉语新格律诗创作达人

——读《韩陈其诗歌集》感言

常志伟

中国人民大学博士生导师韩陈其教授本以汉语汉字研究立身，在古今汉语研究方面均建树卓然，成就斐然。思之深，方能行之远。正是对汉语的深入体悟，才使他在兼及诗歌创作时尽显汉语之本色，具得汉诗之灵魂。其大作《韩陈其诗歌集——言意象观照中的原创中国汉语诗歌》就是一部继承风骚传统、彰显民族精神、体现中国特色的一部力作。

通常认为"意象"就是"融入了诗人主观感情的客观景象"，"言意象"就是"用精当的语言把融入诗人主观感情的景物表达出来"，故传统的律诗创作大都是由景入情，以达到情景交融。韩氏诗歌独具一格，赋予了"言意象"一个全新的阐释，为汉语现代新格律诗创作开辟了新天地。他提出了一个全新的汉语现代新格律诗创作系统理论，即"言—意—象"融会贯通。"言"为诗之形，即有一定节律的言。节律，其实不仅包含音节节律，而且还包含音韵节律（韵律）、语义节律（义律）、语法节律（语律）。这为诗歌的视觉美、听感美、语义美提供了形式上的保证。汉语诗歌自古及今均注重外在形式美，即汉语诗歌齐正律，汉语最早的诗歌是两言诗，后来是四言诗、六言诗、五言诗、七言诗，这主要是由汉字的齐正方正的特点而决定的。韩诗融合《诗经》《楚辞》、汉赋的句式特点将每句话字数定为一般九言诗，最长为十四言诗来体现其形体上的方正性。"意"为诗之情，"意"要通过"言"来体现，意为言之内。"象"为想象之"象"，不仅为汉语、汉字之魂，也为诗之魂，对"象"的"想"，就是一个诗歌创作的过程，也就是"象"思维的观象、取象、立象依次展开的过程。观象，解决的是观什么和怎么观的问题；取象，解决的是在观的基础上而形成的取舍问题；立象是象思维的核心，解决的是在充分想象的基础上如何根据象的实体义全方位构建象的问题。因言生"意"而与"象"外合成"意象"，因象生"意"而与"象"内合成"意象"，故汉语诗歌创作就其本质而言，就是若干个"言""意""象"错综复杂的复合和融合的过程。

同时，韩氏不仅大胆创新和构建汉语新格律诗的理论体系，还不断创新，形成了一套符合汉语言文字特点和诗歌历史发展趋势的汉语诗歌新诗体。汉语诗歌“方正体”，主要是适应方块汉字的方正特点。“宽骚体”主要是在借鉴楚辞语句形式的基础上探索出的一种汉语新诗歌的形式格律。“宽韵体”是在传统诗词用韵的基础上结合现代汉语语音形式而形成的一种新的诗歌音韵格律。“宽对体”或“宽对律”，借鉴传统对偶、对仗、对联而创制宽对，不拘调格，不拘韵格，不拘声格，不拘义格，而主要倾心关注并且追求“象”格，即诗句中各“象”所显示的层次性、广域性、蕴含性、色彩性、协调性、关联性、想象性。“宽异体”是在遵循方正律的基础上，提倡比较灵活宽泛的不拘一格的汉语诗歌的异体表现形式。

韩氏诗歌体新思精，既尊重传统又突破常规，在独到完整的理论指引下走出了一条符合汉语特点的汉语新格律诗创作之路，为汉语现代新诗创作提供了切实可行而又行之有效的范式。

【作者简介】

常志伟，南京师范大学文学博士，周口师范学院文学院副教授，中国训诂学研究会会员、河南省语言学会会员。主要从事南北朝时期汉语语法历时演变与南北差异研究。现主持河南省一流本科课程“古代汉语”建设项目、河南省哲学社会科学规划项目、河南省教育厅人文社会科学研究项目各一项。出版学术专著一部，在《中国社会科学院研究生院学报》《社会科学家》《理论月刊》《南京师范大学文学院学报》《东亚文献研究》（韩国）等刊物上发表论文二十余篇。

第二辑　文教精英

哲思在运圆转于纵横

旗帜高扬　诗当如斯

——谈《韩陈其诗歌集》的思想取向和艺术成就

郭东军

放眼当下诗坛，能够真正称之为诗歌的作品少之又少，而能为人所称道的好诗更是凤毛麟角。当代诗歌的发展路在何方，这是一个值得深思的重大问题！

就在人们扼腕长叹，为新诗的发展深深担忧之时，中国人民大学韩陈其教授的《韩陈其诗歌集》(以下简称“韩诗”)以其鲜明的创作理念和近五百首章章精美、字字珠玑的诗作，为当代诗歌的发展指明了方向，为颓退衰萎的诗坛竖起一面猎猎飘扬的指路旗帜。韩诗的问世，无疑给当代中国诗坛注入了一股滚滚清流，涤荡着堆积在诗坛的污秽，引领诗歌创作走向正轨。

正如作者在“诗序”中所言：“四十余年的汉语研究而独自形成一个独特的基于传统又新于传统的‘言—言意—言意象’的研究发展轨迹，构拟设置了一个基于语象感官互通的汉语的言意象系统，运用独创的观象、取象、立象的汉语言意象观照的诗歌理论而创作诗歌。”关于这一全新的诗歌理论及其价值，韩教授本人有过详尽而全面的阐述；许多评论家也有精彩的评述，这里不再详述。本文主要从韩诗的思想涵盖及艺术成就方面说说韩诗对当代诗歌的指导意义。如果用一句话来概括韩诗的价值，那就是“为爱诗者陈可师之诗，为求技者列可效之法”。从韩诗中，你能知道什么样的诗歌才真正符合诗歌美学的标准，才会真正感受到诗当如斯。

一、诗情浩荡

细读韩诗，你会被诗人一腔炽热的激情所感染，会被诗人发自肺腑的挚爱真情所打动，会因诗人那发自肺腑的心声而动容。

(一) 家国情怀

一篇《航天颂》表达了诗人对广大航天人之家国情怀的由衷赞美：

远远炎黄兮东方苍龙，苍龙威武之翱翔青穹。
……
茫茫航天兮十年一剑，一剑千万之魂萦梦牵。
上上神舟兮碧华婵娟，婵娟恍惚之航天奇缘。
泱泱华夏兮天赞大东，大东悟空之普普通通！

《夜飞》同样是为嫦娥、神州工程的辉煌成就而热情讴歌：

秋好南国群英会，空客情深踏星虹。
嫦娥奔月神华夏，神舟遨游笑悟空。
翔鹭惊云冲天浪，蓝鸡鸣空正逸东！
飞天婵娟舞烟霞，谁是玉皇逗苍穹？

还有与生活息息相关的《微信采微歌》《微信采风歌》等，从不同角度写出了微信和人们生活的关系，亲切自然，读来你会觉得自己就在其中。再比如《花飞花舞》：

大千世界奇奇有，微信天地缘缘连。
山鬼洛神小一灵，百色千娇几万年。
惊鸿沉鱼春华韵，媚行烟视秋水怜。
花飞花舞袭袭香，微信微情依依恬。
清风静月秋红楼，婵娟皎皎似当年？

让人感受到"大千世界，无奇不有；微信世界，无缘不有"的网谊、网缘、网情。

同样，像奥运盛会、南水北调、高铁等关系民生的大事，在韩诗中也都被一一热情讴歌：

玲珑歌动

华夏迎奥北京情，云飞龙舞喜重霄。
呼风唤雨海龙王，惊鸿飞燕天仙娇。
七彩灯幻玲珑塔，九万歌海涌鸟巢。
红尘洗尽水立方，璀璨京华聚英豪。

京江水思

东南西北天下水，无如原乡清滑水。
东风西吹桃花面，幸运同饮一江水。
南水北调三千里，京华可饮长江水。
迢迢递递相思路，甜甜淡淡长江水。
一杯香茶迎远客，请君漫品故乡水。

五峰客潮

悠悠飘飘天边云，熙熙攘攘客何往。
高铁益众飞龙来，连淮扬镇通八方！
镇江大桥镇江东，连云高铁连海翔。
从此南北变通途，客拥五峰赞大港。

这部分歌咏盛世中华、赞美祖国繁荣强盛和讴歌民族精神风貌的诗作，充分展现了一位时代诗人的爱国情怀。

（二）励志与挚爱

韩诗中第二大类用情至深的作品，大多是诗人自我人生历程的写照和对至亲、师友、同仁、同窗等的深挚情愫的吐露。每一首，你都能感到那分沉甸甸的感情，只因那是诗人刻在心头的记忆，是跳荡在其胸中无法忘却的情怀。《江潮春思》《山海寻经》等写出了知青生涯的百感，《寒窗青蓝》《云龙舞象》等唱出了励志拼搏的豪情，《依旧大牛》《关山黄牛》《九思万象》等抒发了事业有成的欣慰，《雨花万方 》《新元芳馨 》等吐露了传道授业的喜悦。

让我们任选几首来听听诗人的心声：

九思万象

人生观照言意象，九思万方天人聪。
缘起海涂彭城梦，言意观照叹西东。
立言始创借代义，思疑更显羡余通。
曾为五论探名名，词义系统创奇功。
一旦九思看语文，指点万象尽望空！

依旧大牛

弱冠农耕小地牛，古稀依旧韩大牛。
老街古巷走一遭，人人直意呼大牛。

笑问大牛北京来，岁月牛耕半世秋。
古稀耄耋鲐背笑，峥嵘岁月海上舟。
故园一别五十载，东西南北风萍游。
应笑释褐满床笏，大牛依旧是大牛！

关山黄牛

美牛耕耘古汉语，吞剥古今意趣穷。
璀璨迷幻中关村，白牛纵横说西东。
一生构拟古汉语，呕心沥血白首功。
黄牛更知关山远，探赜索微越时空。
汉语三重言意象，拨雾驱霾现真容。

江春潮思

半世茫茫惊回首，江春潮思云水烟。
青春一串水泥船，漂江过河黄海滩。
大田无垠恨流云，汗血有痕梦乡关。
捉鳖揽月斗天地，牧马放羊觅野餐。
翘首洋槐三春红，赤脚干河九冬寒。
江春般若芳水流，年年三月动心澜！

山海寻经

上山下乡大时代，天山黄海苦农兵。
摇身一变土耳其，埋头十年山海经。
韶华放志天山牧，风云逞心黄海耕。
懵懂牛吼懵懂事，幸运龙动幸运城。
谁说知青老迈去，夕阳青山飞雄鹰！

而对双亲的思念感恩、对恩师的缅怀、对挚友的思悼、对同窗的情愫等诗作，每一篇，都饱含着赤诚和深挚，读来感人至深：

母　思

兼葭青青兮思母心惊，
心惊兼葭之慧鸟啼灵。
兼葭苍苍兮思母情伤，
情伤兼葭之杜鹃凄惶！

蒹葭迷迷兮思母魂离，
魂离蒹葭之慈乌夜啼！
君不见：
一叶一花总关情兮萱草生北堂；
一言一语总关心之金菊漫天黄！

忆　　父[1]

忆父无所忆，唯忆海上帆；
忆父有所忆，父爱万重山。
忆父无所忆，唯忆风雪寒；
忆父有所忆，父爱一瞬间。
忆父无所忆，唯忆江边摊；
忆父有所忆，父爱天地安！

【注】

① 吾父身材伟岸，双目炯神，虽少言寡语，但古道心肠，善良忠厚。

半世依依

浮云一别而半世再聚，南北东西，风风雨雨，夕阳晚晴，或为官，或为民，或为亿万富翁，或为清贫书生，而唯有同窗共存，谱写人生永世璀璨交响乐章。

璨璨芳华兮芳华璨璨，半世同窗之萌萌弱冠。
奕奕神采兮神采奕奕，半世同窗之昂昂而立。
默默岁月兮岁月默默，半世同窗之朗朗不惑。
萦萦情怀兮情怀萦萦，半世同窗之幽幽知命。
瞬瞬沧桑兮沧桑瞬瞬，半世同窗之清清耳顺。
滚滚红尘兮红尘滚滚，半世同窗之休休从心。
古稀从心兮从心古稀，半世同窗之永世依依。

还有诸如《哭穆雷教授》《哭金海》等，一字一句如泣如诉，情深义重。

（三）即兴之作

第三大类是因人因事、因时因地、即景即情的有感而发之作。一个难忘趣事，一个特色景点，一个逸闻传说，一种美食，一种习俗，一种文化，一个节日，甚或是一群学童，等等，都会成为诗人咏唱的对象。这类诗作就篇数而言，在韩诗中占比最大。大多以轻松欢快的语调、丰富奇特的想象、热情洋溢的语言，编织成五彩斑斓的画卷，如：

水墨秋媚

蓝天白云太平湖，水墨秋媚小宏村。
昂首啸傲可飞车，挥手轻摘天边云。
几朵小絮几朵花，几番心意几番寻。
晨湖夕山怨垌野，蜿蜒逶迤绕天昏。
江南秋色媚春神，黄花白云可销魂？

这首诗写出了黄山景区的太平湖和小宏村的优美景色，蓝天碧湖，山岳秋花。挥手摘云，山野寻花，销魂美景尽收笔下。再如《新疆美望》，正如诗人自注所言：

新疆美望

新疆之大，有三山两盆，千河百湖；新疆之真，有瑶池雪海，峡湾冰川；新疆之美，有瀚漠夕照，天山雪莲；新疆之奇，有丝路雨花，胡杨铃驼。

随园桃李一枝春，天山雪莲金凤凰。
三山两盆鬼神斧，千河百湖鱼雁乡。
瑶池雪海云仙影，峡湾冰川霓霞光。
楼兰娥月牛角笛，丝路雨花胡姬娘。
瀚漠夕照朵巴花，胡杨铃驼玫瑰馕。

谁捆山河

三国东吴孙权建都京口（江苏镇江市），为铁瓮城；赤壁战后的公元211年将首都由京口迁至秣陵（今南京），建石头城。吊古伤怀，可为唏嘘！

古宜豪放捆山河，京城铁瓮醉吴官。
甘露一字狠石谋，赤壁熊火耻曹公。
六朝金粉清凉地，龙盘虎踞谈笑空。
晚霞残照燕王柳，春梦烟花几瞬红。
谁骑日月捆山河？云飞云扬云从容。

凭京口，吊秣陵，“古今多少事，都付笑谈中”，慨人世沧桑，叹古今变迁，叙三国旧事，展历史画卷。

蝶岛夜怀

蝶岛夜深海口湾，风平浪静海呢喃。
华灯灿烂椰树影，心潮起伏启微澜。
依稀葱茏林麻黄，雪砂吻足香海滩。
遍地鸳鸯三角梅，向洋人家好凭栏。
桥影钟声美人远，几度相思到天南？

福建的东山岛又名蝶岛，文艺气息浓重，这里有渔村、山庄，有许多娱乐项目。诗人写出了具有鲜明人文特色——被称为真正的“香格里拉”——蝶岛的美景和为之而生的思恋。

其他，如《桃李青蓝》直抒弟子成才的欣慰，《东瀛胜境》写日本富士山美景、《明洞千禧》绘首尔胜景。

……

一部韩诗，万般世界。余赘述至多，旨在强调这一首首绮丽的华章，抒发真情实感，弘扬爱国热情，弘扬真善美，陶冶人们的情操。诗人旨在告诉我们，诗歌创作就应该取材于社会的真实、生活的真实，诗歌应该具有广泛深刻的人民性，诗歌应该坚守净洁的精神领地，弘扬爱我中华的浩然正气，为中华民族的崛起提供强有力的精神支撑，向正确的方向前进。

作诗者必先做一个具有高尚情操的人，才能写出好的诗作。这就是韩诗给予我们的启示，事关每位诗歌创作者的思想境界，事关诗歌的发展方向——歌颂什么，弘扬什么，鞭挞什么。这就是韩诗为诗歌创作指引的方向。

二、匠心独妙

如果说韩诗在思想内容上告诉了我们诗歌应该写什么，那韩诗的艺术成就则告诉我们，诗歌应该怎样写。

韩诗的艺术成就，诗人在“诗序”中已有点示。简要概括之，可谓一“象”，二“形”，三“韵”，四“法”。下面分述之。

（一）象

“象者，想象之象也！”客观物象经过创作主体独特的情感活动而创造出来的一种艺术形象，也就是诗歌中浸染了作者感情的形象。韩教授强调：“观象而思，依象而想，明象而作，驭象而行，其或可谓明乎天下矣！”诗歌意象的深美程度决定了诗歌层次的高低，决定了诗歌的艺术品位。在韩诗中，你信手拈来，采撷些许，就即刻会享受到诗人带给我们的意象美感。不妨选一首来感受一下韩诗的意象美：

九彩异国

地坛香山钓鱼台，浪漫最是三里屯[①]。
又是一年醉秋时，银杏璀璨可销魂。
佳丽烂漫卧金黄，窈窕天真舞香裙。
眼前八方通天道，身旁九彩异国村。
秋心漫随黄叶飘，几片黄叶几片云。

【注】

① 三里屯：北京最浪漫的银杏地，不是地坛、钓鱼台，也不是香山、八大处，而是三里屯东五街西口到三里屯东五街东口的三里屯外国使馆区。

倘若你有幸去过三里屯，置身其中，目睹秋月银杏和览胜人流，我敢说，这首《九彩异国》一定会让你叹服。诗人在开头先以对比之法众星拱月般突出了三里屯的奇特浪漫。

接下两句，点明时间是“醉秋时”，地点是销魂的“银杏路”。

接下四句犹如一幅幅浪漫温馨的素描，绘出了三里屯浪漫之所在：映天的银杏金黄，上遮天，下覆地，中间是群群佳丽、双双情侣，或坐或卧，或牵或拥，每一张笑脸写满幸福，每一双明眸闪烁着爱意；更有少女窈窕无数，着各色彩裙，在金色的天地间，送来阵阵银铃般的笑声；飞叶与长裙齐飞，欢乐共金色同媚。更何况在这如梦如幻的通衢两侧，矗立着座座外国使馆，让妩媚的三里屯更平添了几分神秘。爱情的浪漫、家的温馨、天伦之乐、俊男靓女的心有灵犀，相伴着各种肤色汇成的异域风情……那一刻，都包容在这一片天地！

收束句“秋心漫随黄叶飘，几片黄叶几片云”承前而来，分外奇妙。给人以无尽的遐想，借景抒情，表达出对三里屯的由衷赞美。让每一个身处此境者在这一片醉心之地、醉人之景、醉人之情中徜徉而流连。

感受了这醉心的美，我们就不难发现诗人构象之奇妙。前两句，由实而虚的意象构成直陈四地，虽是地名，但作为著名景点的地坛、香山、钓鱼台，它们首先让读者脑海中闪现的是无数美丽的画卷，也就是无数个“象”的叠加。而诗人却只是借之来衬托三里屯之美之浪漫，这种自然之象的由实转虚，把三里屯渲染得让人期待异常。诗人的高妙在于看似无意间，就已创造出绝美的虚象群，唤起了人们心中对三里屯的仰慕。

而四句素描，“佳丽”“窈窕”“金黄”“裙香”“通天道”“异国村”等一系列的群象塑造，更在实象中层叠着虚象，构绘出迷人的浪漫——你能够想象到的那无数个温馨美好的瞬间。最后两句，用虚实结合之象——悦秋之情、悦目之叶、赏心之云——虚象实象交相辉映，幻化出言有尽而意无穷的绕梁余音。

诗象至美，方有意境至美。韩教授之诗，“观象则尽诗象至广，取象则尽诗象至美，立象则尽诗象至幻”，这就是韩诗最突出的诗美特征。从中，我们也领略到实象是虚象的依托，虚象是实象的衍生和美化，而这一切相互转化的介质就是想象。

诗人构象之奇可谓臻于化境，除了上述虚象实象的相互幻化，在取象技巧上更是注重点面结合、以点带面。

请看这首《玲珑歌动》：

华夏迎奥北京情，云飞龙舞喜重霄。
呼风唤雨海龙王，惊鸿飞燕天仙娇。
七彩灯幻玲珑塔，九万歌海涌鸟巢。
红尘洗尽水立方，璀璨京华聚英豪。

诗中仅选了奥运公园中几个代表景点：龙形水系、玲珑塔、鸟巢、水立方，但以点带面，奥运公园的俏丽英姿就展现在我们的面前。更为奇妙的是，加上“华夏迎奥北京情……璀璨京华聚英豪”首尾两句阔大虚象的渲染，即彰显了北京奥运的热烈氛围和隆重，表达了国人的喜悦豪迈之情。

韩诗中的“象”是融入了诗人情感的“象”，或阔大美妙，或细若飞丝，或幻化天成，或工笔绘描。细品韩诗，每一首你都能感受到精妙的意象美，感受到诗人为我们创造的“诗象至广，诗象至美，诗象至幻”，及至领悟“汉语诗歌之大象幻象也”！韩诗“以象显真，以象明善，以象彰美，以象寻言，以象明意，以象为诗，连环相承，步步入象，在言意象的大世界遨游而寻觅汉语诗歌真善美的真谛和象谛”，正可谓极象极善极美！

例不胜选，待君自品。

（二）形和韵

形，即体式；韵，则指押韵的方法、规律。

诗之所以为诗，其中一个突出的特点就是诗歌独特的体式结构和它独有的押韵规律。且不说五律、七律、排律，就是古风，诸如《长恨歌》《琵琶行》等也是句式整饬，偶句作结。这也是诗有别于词、赋、曲、文的重要方面，是诗美特征的重要一环。韩诗作品之所以突显诗美特征，诗歌体式美和韵律美是其重要的两个方面。就体式言，无论是齐正体、宽骚体、宽韵体、宽对体，还是宽异体中诗作，都句式整饬，其体式给人赏心悦目之感；其韵律谐美，或镗沓激越，或浅吟低唱。无论长短，一首首诗作既像一个个阅兵方阵，完美体现着诗的形式美；又像一首首交响曲，激荡人心。略举几例：

碧波红鱼

奥森南园花迎春，春色洋洋得意红。
碧波粼粼奥海风，红鱼漫漫野凫慵。
鸟语虫鸣声悠悠，叠水花台响淙淙。
林海湿地雾蒙蒙，涧溪瀑流水溶溶。
仰山天境眺远去，愿闻得得春音跫。

走游中关村

日日走游中关村，中国名校一手招。
清华西门对北大，北大方正好发飙。
北大东门对清华，清华紫光正云飘。
人大居中中关村，舞天舞地舞妖娆。
闲来无事走京华，沃云欲比天云高。
惊奇饲料博物馆，动物医院争时髦。
虚拟现实中关村，微软华软金山豪。
梅园原子催花艳，清河二炮战神抛。
中关村啊中关村，离骚宽骚朝天骚。

诗当如斯！有人可能会说，为什么一定要整齐的句式，要押韵？不是还有散文诗吗？很简单，不是这样的体式和韵律，那就不叫诗歌。就说所谓的散文诗吧，它的名字原本也不过是舶来品。它的创始者和命名者波德莱尔（法国十九世纪现代派诗人）也只是把它称为“小散文诗”。有的研究者在探究散文诗的特点时，强调其创作方法和诗歌有些相近，因此就认可了“散文诗”。但愚以为作为诗歌的典型特征，体式和押韵在小散文诗中不见踪影，还是把这种借鉴些许诗歌创作方法的小散文，归入散文的类别为好。哪怕你再赋予它一些好听的名字也行，诸如“精美散文”“玲珑散文”都无不可。这是因为，无论是波德莱尔的《巴黎的忧郁》，还是高尔基的《海燕》，更或是朱自清的《春》、鲁迅的《野草》等，称为散文更合适。诗歌的句式特点和谐美的韵律，使诗歌自古至今皆可供吟唱。复旦大学教授蒋凡在 81 岁高龄时，还现场献唱古典诗歌。试问上述的散文作品哪一篇可供吟唱？既然连这些大家之作都不是真正意义上的诗歌，试问当下那些不知诗为何物的“诗人们”，又怎可把那些不堪入目的污秽之作冠以“散文诗”之名呢?！韩诗捍卫了诗歌样式的基本特征，并为之提供了多种诗歌样式和创作典范，彰显了诗歌样式的美学特点。

就韵律说，韩诗的韵律美，是对古典诗歌继承和发展的艺术结晶，是在继承基础上的创新。韩诗摒弃了古典诗歌韵律中的平仄对仗，孤平拗救，平仄韵脚不可通押等规则，用现代汉语音韵于现代诗歌押韵中，“鼓励押韵的宽大为怀的风格”，一个“宽”字，等于解除了诸多羁绊，让诗歌创作更简单易学。

以上面两首诗为例，《碧波红鱼》《走游中关村》全押平声韵。诗人用大量创作实例告诉我们，押韵可以这样宽松，但押韵又必须有。

韩教授精通音韵学，对诗史音韵的演变熟谙于心。诗歌发展史上的每一次韵律变革，都对诗歌的发展产生巨大的影响。可以肯定，韩教授对新的韵律学说的倡导和躬身践行，必将给诗坛带来积极而深远的影响。

韩诗在体式和音韵两方面的独特建树，对新诗的发展具有重要的现实意义和指导意义，给广大诗歌创作者树立了创作典范。

（三）韩诗的语言风格与修辞

韩诗具有鲜明的语言风格。绝大多数诗篇具有清新飘逸、奇特瑰丽的特点。

可以说这是韩诗语言最鲜明的风格。韩教授渊博的知识和驾驭语言的能力让人拍案称奇。从韩诗中，我们既可见李白之雄奇飘逸，亦可感李贺之冷艳奇丽。读韩诗之所以有万象应目来，绮丽心中生的感觉，就是因为其语言魅力所致。而诗人用以创造这种语言风格的方法，就是运用多种修辞手法来表现自己的语言风格，特别是用典、反复、叠音、夸张、比喻和拟人等。也就是说，诗人具有高度驾驭语言的能力，在对这些修辞手法的交织运用中，创造了一幅幅奇妙美丽的意象群，用以表达出各种各样的感情。例如《忆父》这首诗通过“无所忆”“有所忆”的反复，“唯忆”和“父爱”交替变换，层层递进地抒发了对父亲的崇敬和思念爱戴。反复之法在这里创造出一唱三叹的抒情效果，又如：

乐山大佛

三江交汇兮望乎龙游，龙游逦迤之悠悠春秋！
三江交汇兮望乎凌云，凌云绝顶之漫漫九峰！
三江交汇兮望乎海通，海通天谋之赫赫巍功！
三江交汇兮望乎千舟，千舟竞发之雄雄兜鍪！
三江交汇兮望乎峨眉，峨眉浮波之飕飕云愁！
三江交汇兮望乎天宫，天宫苍茫之穆穆佛容！
三江交汇兮望乎大千，大千变幻之袅袅萝烟！

三江交汇兮望乎云佛，云佛耸天之煌煌普陀！
三江交汇兮望乎天蹬，天蹬凌空之炯炯鸿蒙！

这首诗运用了反复、夸张、叠音等手法，从不同角度状写和渲染了乐山雄奇巍丽的景象以及乐山大佛奇伟的英姿。既有惊叹，更有赞美。读者在诗人创造的雄奇中仿佛置身其中，感同身受。

在诗人运用的诸多修辞手法中，更让我惊叹的是用典。一部"韩诗"几乎篇篇用典。全篇用典有之，多典并用有之；用事有之，用人有之，用诗文有之；直引有之，化用更有之。这极大地增加了诗句的形象的含蓄与典雅，增加了意境的内涵与深度，凝练隽永，言近旨远，给人留下无尽的联想和思索的余地。

韩诗用典最让人称奇的有两点：一是多典化用，妥帖自然，不拗不涩。虽说古人用典也有化用，但多数情况下，是用其原意。比如，猿啼示悲哀，鸿鹄言志或传书，杜鹃象征凄凉哀伤或乡思乡愁，长亭为送别之所，黍离表荒凉伤感之情，等等。而在韩诗中，各类典故信手拈来，灵活化用，顿时有了新的含义。请看下例：

人海泛舟

销魂夺魄兮子规声声，柳岸残月之春风吻城。
夺魄销魂兮知了哄哄，荷塘清月之夏雨洗虹。
夺魄销魂兮鸳鸯如如，枫亭冷月之秋露含珠。
销魂夺魄兮鸿鹄灵灵，梅岭冰月之冬雪戏情。
春夏秋冬兮天旅匆匆，人海泛舟之云竟苍空。

诗中多典并用，子规、柳岸残月、蝉、荷塘月色、鸳鸯、鸿鹄、冷月等，除荷塘月色外，这些实景物象的典故，几乎都以代表伤悲之情而著称。这让我们想到了望帝化作杜鹃鸟，啼血化作杜鹃花的哀痛；让我们想到了柳永"今宵酒醒何处？杨柳岸晓风残月"的离别的凄楚惆怅；而冷月则让我们想起"举头望明月，低头思故乡"所表达的望月思乡情怀……

恰恰就是这些充满幽怨、思念、别离、伤感等诸多凄凉色彩的典故，让我们很快联想到世间人们的种种生活现象。生活中的每一个人，无不忙忙碌碌，分分合合；有苦也有乐，有爱情的幸福，也有离别、思念的感伤；一年到头，一天到晚，或东或西，或南或北，都在为生活而奔波；苦乐相伴，酸甜相随。到这里，诗篇似乎给人一种诉说人生的感觉，也让人有些压抑，诗歌基调似乎也有些许低沉。

那么诗人到底要表达何种情怀呢?

诗的最后两句陡转笔锋,“春夏秋冬兮天旅匆匆,人海泛舟之云竞苍空”。诗人告诉我们,人们一年到头、一天到晚地劳碌着,这些生活中的万般现象,就是社会人生。正可谓人海泛舟如孤舟,人海之中任漂流。东西南北任我走,新友老友皆朋友。原来,诗人通过诸多熟悉的典故,既写出了人生百态,也从更高的层面上表达了对人生的感悟——人的一生就像一叶孤舟在茫茫人海中随波逐流,不知会漂流到什么地方,不知会遇上什么事什么人,甚至不知未来如何。

到这里,诗人对社会人生的高度凝练地概括,让我们顿悟到诗人站在审视社会人生的角度,表达了对人生的思考、慨叹,但却无丝毫哀怨低沉之惆怅。而这些色彩悲戚的典故也全都被赋予了新的意义,创造出全新的艺术境界。没有悲伤,不再凄凉。诗人化用典故巧妙若此,实属神来之笔。

二是诗人常常把几个典故糅合在一个情节、一种景象或一个故事中,把典故化为诗之实象或虚象,用以展开情节或状景抒情,或议论说理,使诗的意象更深美、情节更生动、内涵更丰富深刻,却又不露痕迹,浑然天成。例如:

金山游思

西湖断桥伞雨情,金山漫水竟可哀。
湖光山色江天寺,悠然大江芙蓉开。
蒹葭苍苍鸥鸟飞,楼宇重重映翠来。
雄跨东南二百州,金鳌山下祖场台。
光影鱼龙夕照远,白蛇情思惹尘埃。

这首诗形象地再现了“白蛇传”这一优美的传说。诗中几乎句句是典,包括断桥会、水漫金山、蒹葭苍苍、“雄跨东南二百州”和光影鱼龙(“鸿雁长飞光不度,鱼龙潜跃水成文”的化用)、雷峰夕阳等。诸多典故一经诗人巧妙糅合,便碧玉无瑕般地交融在一起,成为故事不可或缺的一部分。诗人用这些典故或叙事、或状景,或言情,使白蛇传的精彩情节顿然现于读者脑际,让读者既感受到白蛇无怨无悔、舍命为情的壮举,也感受到在那雄奇壮美的天地中你死我活的拼杀为故事平添的神秘,还能感受到诗人的慨叹情怀。

像这样把诸多典故用于一事一景一情,又无堆砌之感而妙然天成者,当今诗坛,还有几人!

写在最后

韩诗的问世,给中国当代诗坛竖起一面高扬的旗帜。诗当如斯!诗歌就应该像韩诗这样，坚守文学的三大基本社会作用，同时弘扬诗歌美学特征——深沉含蓄的意象美、强烈的情感美、优美和谐的音韵美和赏心悦目的体式美。诗歌只有沿着正确的道路前进，才会创造出符合诗美特征的优秀诗篇。韩诗开创的各类诗歌新体式、优美和谐的新韵律、新的诗歌意象创作学说，加之弘扬民族精神、弘扬真善美、热爱祖国和人民的思想取向等都是当今诗坛必须弘扬和坚守的诗歌创作财富。

愿中国当代诗坛在韩诗的导引下，能尽快走出低迷颓废的境地，出现一批诗风清新，饱含爱国激情，坚守诗歌体式，遵循诗歌韵律的诗人和新作。愿韩诗倡导的诗美学说能尽早地在中国诗坛生根开花结果。

我们期待诗坛春天的到来！

【作者简介】

郭东军，江苏省运河高等师范高级讲师、副教授。主要执教学科有古代文学、现代文学作品选读、写作等。著有《管钥集》，参编《文学作品赏析》《中学常用文言词语》等。在省级及以上期刊上发表论文近 20 篇（其中有多篇发表在学科核心期刊上）。

岁月洗铅华　浪涛炼真金

——读《韩陈其诗歌集》有感

李爱玲

汉语传统格律诗，曾似黄河、如长城、像海洋一样，跳跃着中华文化的脉搏，涌动着炎黄子孙的热血，凝聚着华夏儿女的情感，伴随诗家和众多爱好者一路辉煌，从唐宋路过元明清逐渐趋缓走到今。“夕阳无限好，只是近黄昏”，当下传统格律诗已很难再焕发青春，奏出一曲融入现代元素的交响曲。

江山竞风流　人间待好诗

世界善变，时过境迁。汉语传统格律诗，由于有诸多禁忌和写作的苛刻规范，其内在组合的可能性相对偏小。特别是现代汉语发展到今天，入声字销声匿迹，仍坚持用传统的格律创作，阻碍了思想内容的表达，无疑限制了诗歌的发展。格律诗如此戴着镣铐跳舞，就像被禁锢的老牛，束缚了手脚而止步不前，变成了一个生命已经衰老、创作空间已经相当狭小的文学体裁，的确遏止了诗歌这样一种文体的勃勃生机。

再看现代人写的现代诗，有的如果不是中间的断句，简直分不清是散文还是诗歌，无拘无束随心所欲又如脱缰的野马，全然没有一点诗的章法。它们只是一种体裁，跟诗风马牛不相及。长此以往，是不是诗将不诗了呢。

如何给禁锢的老牛松松绑，让脱缰的野马歇歇脚。这就需要走出眼前的迷惘困境，寻找构建新格律的途径。对此，人们在思考、在寻觅。

冰心寻意象　纵笔绘星辰

韩陈其教授，少有凌云志，半世探索为汉语建功立著，老发桑榆辉，万里归来言意象乐谱韩诗。潜心汉语研究，独自形成一个独特的基于传统又新于传统的“言—言意—言意象”的研究发展轨迹，构拟设置了一个基于语象感观互通的汉语的“言意象”系统，运用独创的观象、取象、立象的汉语“言意象观照”的诗歌理论而创作诗歌。他搭建了格律诗与现代诗的桥梁，让“老牛”与“野马”牵手，奏响时代主旋律，谱写诗坛新篇章！

人们都说诗歌可吟，节奏规律跳动美的音符；诗歌可思，辞藻浓丽勾勒美的意境；诗歌可观，句式匀称创造美的建筑。

《韩陈其诗歌集》从诗的本质出发，告知我们诗是有一定节律的“言”，诗是有一定情感的“意”，诗是有一定范域的“象”。他在传统诗歌的基础上，以“象”为诗歌的灵魂，创制一种新型的汉语诗歌表达形式，也就是汉语诗歌新格律。他以象显真、明善、彰美，以象寻言、明意、为诗，连环相承，步步入象，在言意象的大世界遨游，寻找真善美的真谛和象谛。

《韩陈其诗歌集》共八卷，卷卷情深意浓，字字珠玑锦绣。诗言意象，不拘古法，不效旧律，革故鼎新。

他提出齐正宽韵宽对，摒弃平仄羁绊，冰心寻象至理。格律齐整而不板滞，情景兼具而不游离。

他践行宽骚体，放纵诗思，自由奔泻，情之所至，笔之所及。感情强烈而不浅露，内容丰富而不芜杂。

瑶草琪葩盛　诗林领路人

他的诗有的豪放飘逸，有的婉转缠绵，词汇丰富，意境优美，抑扬顿挫，荡气回肠！宽骚长怀《新疆天歌》奇丽多变的天山之景，纵横矫健的笔力，铿锵作响，气度浑灏，再现其博大精深。星歌云梦《北极云思》心潮翻滚，浮想联翩，抒发作者半世诗心半世情。《古诗杂拌》构思奇特，标新立异，别有情趣。

我们会陶醉在《凡人仙缘》如梦如幻的瑶池仙境，也会放歌《青春云飞》，结缘《星外飞客》。和诗人一起寄语《悠悠歌》，缱绻《冬情乡愁》丝丝情牵，款款意浓，发自肺腑地感慨《春梦金陵》《梦圆飞鸿》，领悟《明洞千禧》异国情怀。

诗集还讴歌《空谷霞烟》的盛景壮观，欣见《江柳舞春》莺歌燕舞、婀娜多姿，遥想《吴声缠绵》缠绵悱恻，回眸《半世沧桑》《驹隙感怀》的阵阵涟漪，迷离杳渺，引人遐思，言已尽而意无穷！

诗象至广至美至妙至幻，诗集喷珠吐玉妙笔天成！可见先生非凡功底，渊博学识，千秋平仄限其意，齐正宽骚胜宋唐！

正是岁月洗铅华，浪涛炼真金！

【作者简介】

李爱玲，诗家，南京中学语文高级教师，著有《心絮文集》三卷，诗稿待刊。

观象师造化　设象尽衷肠

——读《韩陈其诗歌集》有感

陈柏华

一、“言意象”互通　“视听心”共振

《韩陈其诗歌集》不是一般的游山玩水、吟风弄月、唱和酬答之类的即兴之作的结集，而是诗人深怀汉语现代诗歌到底该如何走的自觉考问，对汉语现代诗歌创作所做探索的呈现。

象与天地准，无往非象，无物非象，这自然不是“象”的泛化，这是中华民族有别于其他民族的认知与表述方式，是中华民族思想文化的重要构成部分。韩陈其先生极其自觉地将中华民族的象思维与汉语言的声形义特点融合起来，构建了一套“言意象”互通、“视听心”共振的汉语现代诗歌的创作理论。

“四十余年的汉语研究而独自形成一个独特的基于传统又新于传统的‘言—言意—言意象’的研究发展轨迹，构拟设置了一个基于语象感官互通的汉语的“言意象系统”，运用独创的观象、取象、立象的汉语言意象观照的诗歌理论而创作诗歌。”

有客观万物之象，有主观幻想之象。万物之象乃实象，幻想之象为虚象。诗人观象以明天道，玩象以尽物理，拟象以通性情，设象以尽心曲而成为歌诗。

西湖断桥伞雨情，金山漫水竟可哀。
湖光山色江天寺，悠然大江芙蓉开。
蒹葭苍苍鸥鸟飞，楼宇重重映翠来。
雄跨东南二百州，金鳌山下祖场台。
光影鱼龙夕照远，白蛇情思惹尘埃。

这首《金山游思》所呈现出来的，不论是自然的，还是人文的；当下的，还

是往昔的；宏大的，还是微小的……眼前所见，心中所忆，纷纷扰扰，无一非象。

再如《嬉逗天娇》中的“流云轻舟追逍遥”句巧用一个“追”字，就让“逍遥”一词多了几分可感的意态。《戏风吹樱》“花开花谢花从容”中“花从容”的搭配，就平添了几分人情。于是“逍遥”就不只是人事，“从容”也就不只是花事，这里物我相涉，象中有象，浅读可得浅趣，深玩可得深味。

韩陈其先生之诗是天地万物之象与主观幻想之象的构精，是实象与虚象的辉映，是摹状之象与心造之象的融合。

泛览一下诗集目录：微风新黄、月洗朦胧、千江一枝、蓬莱颐和、馋涎欲滴、九重醉鸿、鸡鸣寒窗……琳琅满目，五光十色，新人耳目，悦人心情，一题一诗，无往而非象的集合。

韩陈其先生本是研究古代汉语言文字的，由言求意，有类于古人披文入情之推求探究，多为归纳演绎的思维工具的运用……而先生进而实现了由意到象的思维转换，由懵懂的体验感知，到明辨的思问，再到更高层级的直觉感悟，先生由治学到创作，思维越转越深，越转越精，也越转越灵。综观其所作，虽不乏苦心经营，但呈现在我们面前的所有诗歌作品，无一不给人率性自然的美感！

二、任情采撷　随心裁剪

时有春夏秋冬，月有阴晴圆缺，人之感情同样也会有悲欢哀乐……然综观《韩陈其诗歌集》，除了那些伤逝悼亡之作而外，我们会发现通篇几乎再也没有悲叹哀伤之调，所有的都是欣喜欢悦之声。其所取之象明丽，其所抒之情阳光。这应该与诗人的个人经历和其人生态度有关。

先生青少年时代多历艰辛，备尝酸苦，随着生活环境的不断向善向好，即使生活中偶有不尽如人意处，先生也并不介意，更不会兴悲戚怀、发哀怨之声。这大概也可以算是一种“曾经沧海难为水”的境界吧。

再一点，这是先生良好的个人修为和积极乐观的生活态度的体现。苏东坡一生可谓多不如意，但他秉守“凡物皆有可观”的人生态度，总是觉得时时处处都是足可以让他开心畅怀的存在，遭贬岭南，他却能发现身在岭南的妙处，他的“日啖荔枝三百颗，不辞长作岭南人”不是故作矫情，更不是强颜欢笑，而是真性情的流露。对先生发声即喜悦之调、吟诵尽阳光之情的诗歌风格，难道不该这样理解？

在心为志，发乎声而成诗。诗人内心是快乐的，不管什么样的境况，都不足以改变他热爱生活、享受生活的态度。先生心中没有悲怨之情，笔下自然也就不会有哀戚之声。先生的诗歌创作打破了古人所谓“诗，穷而后工”的魔咒，让我们明白诗歌的优劣高下，就其内容而言无关乎际遇的好坏、情感的悲欣，只与诗人的性情相关。有真性情，就会有好文章。落魄穷困而装阔绰，春风得意而扮穷酸，纵豆蔻词工，也难赋妙文。

从这个维度看，韩陈其先生之诗之象，是裁之于天地，并非受之于天地，其身在天地之间，却不为天地万象所役使。先生是观象、设象的主人，面对万象，先生任情采撷、随心裁剪，因此先生的笔下，多见月亮的晴好与圆满，鲜有月亮的阴晦与亏缺；多有春夏的繁花与浓绿，鲜有秋冬的萧索与枯黄。

三、精心化裁整合　熔铸诗歌新律

歌诗有体，有形体，有声体。形作用于视觉，即诗歌的建筑之美；声作用于听觉，即诗歌的音乐之美。这是诗歌之所以成其为诗歌的基本要素，倘若诗歌之构形、配声具有其独特性、稳定性的架构，那就是有体。

在中国现代新诗的百余年的探求摸索中，不能说没有脍炙人口打动人心的诗篇产生，但就总体情况看，并不尽如人意。什么意境、意象姑且不论，不顾形体，不顾声韵，散漫有余，规范不够，这是现代汉语诗歌的主要不足。因袭西方诗学皮毛，诗歌创作西化，言必称希腊，诗必尚西洋。对传统诗学的反动矫枉过正，不想受到节制拘束，谋求个人下笔任意而为的方便，如此种种，造成了构句松散、全无范式的自由体诗的盛行。

尽管也有人在现代诗的格律化上做过尝试，比如闻一多、何其芳等创作的新体格律诗，他们或借助于对诗句字数的调整，照顾诗歌形体的整饬，但句子内部的节奏往往不齐；或注意对诗句内部节奏的协调，照顾到诗歌音乐性的要求，却不得不以牺牲诗歌形体的齐整为代价。由此我们不能不诚服古人作诗戴着镣铐跳舞的那种本领，也不能不对现代汉语诗歌创作的“自由化”存在的不足深表遗憾。

旧体既已被砸碎，新体总当创造出来。不过这需要长期探索，甚至几代人坚持不懈多方求索才可能有一个相对稳定的被人民大众认同接受的新体式出现。

《韩陈其诗歌集》出版的另一个重要意义就是向世人展示了一种新的汉语现代诗歌写作的体式，这就是“宽骚体”。韩陈其先生有意识地把《诗经》“国风体”、《楚辞》“离骚体”，还有我国古代七言歌行体的构句成篇的特点化裁整合之后熔铸成一种新的汉语诗歌体式。九字一句，两句一组；每首句数多少不限；每句四拍，句中各嵌一“兮”字、“之”字以作舒缓，组内两句，句意关联，音韵相谐，阴阳平仄相间，有抑有扬，有顿有挫，错落有致。

泱泱华夏兮华夏泱泱，千秋万代之教育堂皇。
茫茫学海兮学海茫茫，千辛万苦之教育苇杭。
冰心晶晶兮晶晶冰心，千文万化之教育日新！
累累岁月兮岁月累累，千同万和之教育无类。

这是先生《贺〈教育规律读本〉出版》一诗中的片段，诵读起来朗朗上口，足具连绵延宕之感。由此，我们可以窥见“宽骚体”之一斑。

再就“宽骚体”的用韵来看，这种体式，单句偶句协韵，可以一组一韵，可以两组一韵，可以数句一韵，不刻意追求一韵到底，乘兴之所至，随意之所及，自然而然，颇具古代歌行风致。但先生又不是泛泛飘飘无所遵守，其所有宽骚体诗，一律采用平声韵，且不拘泥古平水韵的分部，只以现代汉语文字的发声为准。探先生之用心，大致有二：一、采用平声韵入其宽骚体，绝对不是恪守古人律诗的做法，而是因为宽骚体每句都是九字，四个节拍，且前后句之间不仅语意相承，而且音节相互映衬，自有一种跌宕延绵的味道，这是宽骚体的独到之处，与感怀兴叹的情绪相表里，而平声韵与这种或舒缓或昂扬或绵长的韵律与情感最为协和。二、先生尽管一生浸润在古代汉语里，但他知道自己面对的是现代读者，他不是制作贩卖假古董的文物贩子，他要尊重现代读者的语音发音发声习惯，保证诗歌韵律之美能够被现代读者确切感知到，绝对不会还固守“斜”与“花”同韵的陈规，更不需要现代人读现代诗还需要像朱熹读《诗经》那样为了顺口悦耳必须搞一个权宜的“叶韵”来。

总之，“宽骚”之体式齐整而富有变化，齐整其表，变化其里，用心探究，细细品味，自有知先生创制“宽骚体”之苦心者。

韩陈其先生如此费心努力，这不只是在探寻适合他自己的诗歌表达方式，而是在探寻摸索适合汉语现代诗歌的表达方式。星火已燃，不管最终是否能够燎原，韩陈其先生作为汉语现代诗歌创作体式的规范化、格律化的孜孜矻矻的求索者，是值得钦佩的。这部《韩陈其诗歌集》必将在汉语现代诗歌格律化、规范化的探索历史上留下深深的印迹，也是无可怀疑的。

最后我想以一首韩体诗《天地唯一象》，作为这篇读后感言的结束语：

天地唯一象，蕴含何其广。
吉凶寓其里，盛衰其中藏。

观象明道法，设象尽衷肠。
不明个中理，不足论短长。

2021年3月2日草于宽居堂

【作者简介】

陈柏华，江苏省中学语文特级教师，江苏省高中学语文学科领军人物培养对象。江苏省叶圣陶研究会理事，江苏省考试研究会特约研究员，江苏师范大学文学院特聘硕士生导师。现任职于江苏省南京市金陵中学，任学校学术委员会主任，主持学校语文名师工作室。教学成效显著，教育部《基础教育课程》杂志和教育部"新思考网-教育视点"中的"教坛人物"栏，都曾对其做过专题报道。对中国古代文化尤其是先秦文化怀有特殊感情，著有《周易通释》《周易大传通释》《老子义疏》等；参与吴文治先生主持的《宋诗话全编》的辑录编写。先后在《江苏社会科学》《江苏教学学院学报》《语文学刊》《教育论坛》《东方文化》《现代语文》《文学前沿》《苏东论坛》等杂志发表有关古代文化研究论文四十余篇，撰写发表中学语文教学研究文章近百篇。

贯通古今的韩陈其诗歌

张大华

韩陈其教授是国内知名的语言学家，土生土长的镇江人，退休前是中国人民大学的博士生导师，曾多年担任江苏语言学会会长。经过五十多年研究实践，他创立了以“言、意、象”为核心的现代诗歌创作体系，为我们架起了一座沟通古今诗歌创作的桥梁，引起了国内外的重视。

2018 年，应联合国中文组组长何勇博士之邀去纽约作讲座，他在江苏大学出版社出了《韩诗三百首》。最近作家出版社又为他出了《韩陈其诗歌集》。他在书中说，象是汉语诗歌永远的灵魂。

这两本诗集，是他这种诗理论的创作实践集成。这些诗作，在《诗经》《楚辞》和格律诗基础上，以“象”为灵魂，创制了一种新型的汉语新诗歌的表达形式。这些形式，包括方正体、宽骚体、宽韵体、宽对体等。通读之余，感到韩诗除抓住中国诗歌的“意象”这个核心要素以外，在诗歌的长短、句式、韵脚上都有创新，是对一百多年来汉语现代诗“无拘无束”的一种扬弃与更新。

诗歌是情感的艺术，是言、意、象的化合物，节律、韵律的变化演进，推动了中国韵文创作从汉赋、唐诗、宋词、元曲一路前行，可以说言、意、象架起了古今诗歌互通的桥梁。

镇江是一座从唐诗宋词中走出来的美丽城市，是全国的诗歌之乡，现在市区两级都有诗歌创作组织，有一批追求卓越的诗歌创作队伍，如果我们沿着韩教授开创的观象、取象、立象的创作思路前行，镇江的现代诗歌创作或许能够更上层楼，开辟出一片新天地。韩陈其教授对“言意象观照”下诗歌创作的理论和实践，是基于他在中国语言文字研究方面的深厚修养和突出成就。

我与韩教授的缘分是四年前在焦山佛学院结下的，当时他义务到刚恢复的焦山佛学院来教授中国古汉语，使我们的筹建工作蓬荜生辉。焦山佛学院的古汉语教材，用的是韩教授所作、台湾新文丰版的 84 万字的《中国古汉语学》。当代语言文字学的泰斗徐复先生在序言中说：“韩君好学深思，冠其侪辈，著作近百万言，可以觇其学识之宏赡矣。统观全书，于语言文字各部门均所擅长，凡有所陈，无不惬心贵当，卓然有所树立”，“是一部经过覃思研精的好书”。

由韩教授，我想到了一百多年来，镇江乡贤在中国语言文字学方面的成就。按人物出生年代顺序，全国一流的学者有：马建忠（1845—1900），其《马氏文通》是中国第一部系统的语法学专著、开山鼻祖。梁启超说：“中国之有文典，自马氏始。”孙中山说：“中国向无文法之学，自《马氏文通》出后，中国学者乃知有是学。”刘鹗（1857—1909），其《铁云藏龟》是中国第一部研究甲骨文的著作。叶玉森（1890—1933），其于 1925 年春，购得刘鹗后妻郑安香出售的甲骨 1300 片（其中精品 800 片），他选拓其中的 240 片，并附考释，写成了《铁云藏龟拾遗附考释》。同年 12 月，又写成《殷契钩沉》二卷。他一辈子从事甲骨文的考释，是与王国维、罗振玉鼎足而三的契学大师。在他的影响下，甲骨学几乎成为镇江的乡学，人才辈出。如柳诒徵，以及陈邦福、陈邦怀兄弟，都是这方面有贡献的学者。鲍鼎（1898—1973），其为《铁云藏龟》作释文，为王国维的金文著录作补遗，出有 9 种著作。他晚年专注文字、音韵、方言研究，有许多著作，据说都已散佚。吕叔湘（1904—1998），20 世纪著名语言学家，曾任中国文字改革委员会的副主任、中国语言学会的会长、中国语言研究所所长，代表作《中国文法要略》《语法修辞讲话》《现代汉语词典》。从镇江本地来说，江苏大学文学院的前身——镇江师范，也有在全国有影响的学者，如蒋逸雪、蒋文野等。今天韩陈其教授步其后尘，是中国语言文字学方面有影响的学者。由此可见，镇江是中国近现代语言文字学的一方重镇，英才辈出，绵延不绝。

（原文载《京江晚报》2021 年 4 月 24 日 A14 版）

【作者简介】

张大华，男，曾任镇江市旅游局、民宗局副局长，现任教于江苏佛学院。研究旅游、宗教和镇江地域文化近 30 年，在国家核心期刊发表论文 10 多篇；主持《镇江历史文化大词典》军事、宗教、民族部分编写；出版有专著《镇江文化旅游》《文化现场》《天开胜境话焦山》；编写的《中国宗教概览》被江苏省佛教协会印发全省各佛学院做教材；应邀在《京江晚报》开有“镇江文化现场”专栏。

新诗的困境与出路

——兼说读《挂怀》一诗的感受

仲济民

一

从《诗经》以来的古诗都是讲求格律的。特别是近体诗，更是把对格律的追求推向极致：句数有律诗绝句之分，字数有五言七言之别，平仄有对粘拗救之律，对仗有工对宽对之说；押韵的要求更为严格——不只是要求双句入韵、一韵到底、押平声韵，仅就韵而言，就有陆法言的 193 个及后来平水韵的 106 个——诗人们开始戴着镣铐跳舞。

对格律的极致追求，的确是把中国的古代诗歌推向了高峰，成就了唐诗的蔚为大观。而且格律诗读起来平平仄仄，和谐押韵，显得典雅而有韵味，成为中国人心中永远的爱。但凡事都有两面，严苛的格律在促进诗歌发展的同时，也在某种程度上限制了创作的自由。

《吕氏春秋·察今》有云："故治国无法则乱，守法而弗变则悖，悖乱不可以持国。世易时移，变法宜矣。"同样的道理也可以用在诗歌创作上。世易时移，近体诗格律遭遇的困境也是越来越多：

一、时代在不断地发展，人们的情感也变得越来越丰富细腻了，格律的桎梏在某种程度上制约了人们对情感的充分表达。在晚明戏曲史上，有一场著名的"汤沈之争"，围绕戏曲创作，沈璟"宁律协而词不工"，而汤显祖却认为只要能表达"曲意"，可以不管曲律，"不妨拗折天下人嗓子"。这虽则是一场有关戏曲创作的争论，但对我们认识艺术创作上守格与破格的问题，也有明显的借鉴意义。

二、随着社会的发展，新生事物不断出现，新的词汇也不断加速涌现，如"钻石王老五"等；国际之间的交往越来越频繁，外来词、音译词层出不穷，如"修昔底德陷阱""达摩克利斯剑"等。旧有的格律已经"装"不下这些词了。

三、有一个故事，说的是一位朋友和顾炎武开玩笑，故意用顾炎武研究出的古音跟他讲话。结果，顾炎武这位音韵学的天才、《音学五书》的作者一时间竟没听懂。从隋唐至于今，汉语的语音系统已经发生了很大的变化，无论声还是韵。原有的诗词格律已经严重脱离了应有的语言环境。现代汉语普通话中已是“入派三声”了，原有格律中平仄的粘对拗救之律会让人无所适从。人们在读杜牧的名句“远上寒山石径斜”时还要特意注上“斜(古音读xiá)”，不然就读不出诗歌和谐押韵的美感。

四、从创作的角度说，现代人要想写出真正符合格律要求的诗，必须进行专门的学习研究，才能明了古音和古韵，掌握平声与仄声，这无疑是提高了古诗创作的门槛，也就注定了诗人和诗作都不会太多。从欣赏的角度看，读者当然也须知晓平声与仄声，懂得古音和古韵，不然其欣赏效果就会大打折扣，这无疑也是增加了释读古诗的难度，当然也是注定了能够欣赏古诗、喜欢古诗的人也会越来越少。如此往复，这类文体的生机被遏制，它的发展被限制，只能慢慢走进死胡同。

二

以胡适之先生1916年在《新青年》杂志发表的一首被称为“中国第一首白话诗”的《两只蝴蝶》为标志，中国现代诗出现了。它似乎要摆脱近体诗的困境，赋予中国诗歌以新的生机。在此后的一百多年里，中国现代(当代)诗先后出现众多流派，也偶有佳作，但其所赋予的中国现代诗的含义基本是共同的:“形式是自由的，内涵是开放的，意象经营重于修辞(韩陈其先生语)。”

就其形式的自由而言，这的确是打破了近体诗严苛的格律桎梏，为新诗的自由成长赢得了空间。但自由与约束总是相伴而生的，正如卢梭所言，“没有约束的自由不是真正的自由”。同理，完全摆脱格律约束的新诗也是无法真正走远的。这也正如韩陈其先生所认为的那样——这一百年以来，“形式是自由的”的结果是:新诗在获取“自由”的同时失去了新诗的“形式”，失去了“形式”的新诗，其实就失去了“新诗的自我”。换一种角度来说，或许，新诗从来就没有建立起这一诗体的“自我形式”。中国现当代白话诗歌的道路，一言以蔽之，是越走越迷茫，越写越不像诗!

有人曾戏言，所谓“新诗”，把陈子昂的《登幽州台歌》断断句就是了:

前
不见
古人
后

不见
来者
念
天地之
悠悠
独
怆然而
涕下

确如此言，一些现代诗，无拘无束，随心所欲，正如草原上疯长的蔓草，又如脱缰狂奔的野马，全然没有一点诗的章法，如果不是中间的断句，简直分不清到底是散文还是诗歌。长此以往，诗将不诗！

诚如上文所言，新诗也是偶有佳作的。如贺敬之的《回延安》、流沙河的《就是那一只蟋蟀》、艾青的《大堰河——我的保姆》、徐志摩的《再别康桥》、余光中的《乡愁》等，都曾选入过中学课本。它们无疑是现代诗的经典之作，但只要我们细心品读、潜心揣摩，就不难看出其深受古典诗歌影响，不难感受到其流淌在血液里、深入到骨髓中的律和韵。换言之，它们之所以成为经典之作，其中一条重要的原因，就是它们的作者在创作过程中，既没有完全受近体诗格律的束缚，也没有将它完全弃之不顾，而是自觉不自觉地把它宽化了。所以，我们在品读这些作品时，既能感受到现代诗的那种自由灵动，又能品味到古典诗的那种典雅的美。

可见，现代诗的出路并不在于抛却格律的绝对自由，而是应该建立起一套较之于旧有格律更为宽泛的、符合现代汉语特点的、更利于新诗创作的新格律体系，并在它的引导下自由发展。

三

从自发到自觉的发展需要理论的指导和榜样的引领。《韩陈其诗歌集》的出版正顺应了这一时代的需求，填补了新时代诗歌创作的空白。

作者韩陈其先生是著作等身的著名语言学家、中国人民大学博士生导师。韩先生对汉语语言文字情有独钟，潜心研究四十余载，创造性地提出了汉语言意象观照的诗歌理论系统，用诗歌新格律为近体诗与现代诗搭建起一座桥梁，为中国现代诗的发展指引方向。

韩陈其先生把中国古代诗歌的释读分为文学释读与语学释读两类。韩先生认为："汉语诗歌的文学释读，重形象、说风格、玩'滋味'（钟嵘倡）、辨

‘韵味’(司空图倡)、论意境(王昌龄《诗格》、皎然《诗式》是标志)、绘意象,只能意会,难以言传。一言以蔽之,空灵虚泛,无从把握,无法说清,既可言人人殊,也可人人言殊。”“语学释读的水平决定了文学释读的水平,汉语诗歌的文学释读的正确性、精彩性、认可性,往往取决于语学释读的正确性、精彩性、认可性,语学释读的任务就是说明文学释读的‘象外之象’的连接关系,语学释读的任务就是说清文学释读的‘景外之景’的方位关系,语学释读的任务就是使文学释读摆脱‘只能意会,难以言传’的历史和现实的困境。”(韩陈其《论中国古代诗歌的语学释读》)

韩陈其先生结合已经出版的《韩诗三百首》与《韩陈其诗歌集》,用“言—意—象”详细解读其诗歌创作新理论——基于语象感官互通的汉语的言意象系统,运用独创的观象、取象、立象的“言意象观照”的诗歌理论创作诗歌。

韩氏理论告诉我们,象是汉语之魂,汉字之魂,是汉语汉字交合之魂,是汉语诗歌之永恒灵魂。而诗歌创作与释读的过程,就其本质而言,就是一种依据观象、取象、立象的顺序而渐次展开的思维过程。观象,是以视觉为主而兼及一切感官对象的感知,解决一个观什么和怎么观的问题。取象,是以观为基础而形成的一个对象的取舍问题,解决一个取什么和怎么取的问题。立象,是以象的实体义为基础而产生的对“象”的全方位的“想”以及构建和解析与“象”而相伴随的语义网络。立象之“立”,是象思维的机枢;立象之“象”,是象思维的灵魂;诗歌创作和释读都在于立“象”,一旦开启“象之大闸”,则“滔滔汩汩,虽一日千里无难”(苏轼语)。

就汉语诗歌的形式要素而言,其所创制提倡的汉语诗歌的形式要素或者说是汉语诗歌新格律如下:

首先是齐正体、方正体。这是汉语诗歌新格律的基础形式,是依据汉语语音结构特点,尤其是汉字的齐正方正的特点而设的。然后还有宽骚体、宽韵体、宽对体和宽异体。这些“宽体”,其核心就在于一个“宽”字,既重视诗歌的音韵格律,让现代诗歌能深深植根于现代汉语的语境中,又不拘泥于诗歌旧有的音韵格律,让诗歌的语言、意象、境界与音韵格律形式完美结合。

韩陈其先生是诗歌新格律理论的创设者,也是新理论的践行者——“《韩陈其诗歌集》发轫于京华,斟酌于南北,雕琢于东西;推敲于字里行间,切磋于唇吻齿牙,蒸蔚于云飞霞飘;观象则尽诗象至广,取象则尽诗象至美,立象则尽诗象至幻!诗象至广,诗象至美,诗象至幻,汉语诗歌之大象幻象也!殚精竭虑,蔷薇泣血而希冀字字珠玑;登山观海,冰心寻象而渴望篇篇瑶璋,其或可谓尽心尽力焉耳矣!”(《韩陈其诗歌集·诗序》)426首包含8卷诗词作品集的出版,为现代诗歌的创作与赏鉴树立起新的标杆,确立了新的规范。

四

我在读大学时曾师从韩陈其先生学习古代汉语，因崇拜先生人品和治学精神而更加喜欢古代汉语。先生也时常在中秋等节日邀我们几个到他家吃饭；即使是毕业后，先生依旧关心我的生活和工作。所以当捧读先生诗集时，一种熟悉而又温暖的感觉充盈胸间。我不揣浅陋，将读《挂怀》一诗的感受写在这里，一是感念先生教诲关怀之恩，也是以此就教于方家。

挂　怀

挂怀是情　挂怀是思
挂怀是剪不断的情
挂怀是说不尽的思

挂怀是河　挂怀是海
挂怀是流不尽的河
挂怀是想不够的海

挂怀是你　挂怀是她
挂怀是心田里的你
挂怀是脑海中的她

挂怀是日　挂怀是月
挂怀是一轮依山而尽的白日
挂怀是一弯破窗而入的明月

《挂怀》一诗共四章，每章三行，而且每章诗句的基本结构形式都是一致的，结构齐整而工稳。每章第一句都是两个四字句共八字，前三章的二、三句也都是八字，每每读来，总有《诗经》那般重章叠句的感觉。第四章最后两句因抒情的需要而变成了十二字，这也充分体现了宽体之“宽”——根据情感表达的需要灵活调整语句，而不拘泥于格律形式。这种结构，在齐整中又富有变化，齐整现韵律，变化显灵动。

单就某一章而言，开头的两个四字句，唇吻翕辟间就能读完，但那只是两个简单的判断句，让人感觉言未结情未尽，随后两个八字句喷涌而现，潜藏于心间的更深更浓的胸臆迸发而出。这种结构，前面两个四字句是苗，后面两个八字句为果，循苗觅果，苗约而果丰。

就整篇意象的结构安排来看，第一、三章选取了情、思、你、她等意象，皆为人象；第二、四章选取了河、海、日、月等意象，都是物象。人象与物象交替出现，错落有序，曲折有致。

按照韩氏理论，此篇《挂怀》归在"宽异体"一类。虽曰"宽异"，诗人在篇章结构安排方面的匠心仍是可圈可点。所以说，"宽体"之"宽"，绝不是置格律于不顾的无拘无束，随心所欲，苟且为之。"宽体"之"宽"是对旧有格律的一次解放与变革，是对现代诗歌创作的一种规范和引领。

从诗歌的意象看，第一章选取了"情"与"思"。"情"，是"剪不断理还乱"的"离愁"，"思"是因"离愁"而"欲寄彩笺兼尺素"的"说不尽的"思念。二者之间不是平行并列的，"情"是"思"的发端，"思"是"情"的发展。由"情"到"思"，是一个不断深化的动态过程。

第三章选取的意象是"你"和"她"，两个都是人称代词，但"你"是近指，"她"属远指。称"你"时，"你"在眼前，故而可以直接诉说"心田里"的"情"；念"她"时，"她"与我时空阻隔，只能默默"思念"着"脑海中的她"。扎根于"心田里"的是情愫，浮现在"脑海中"的是形象，从"心田里"到"脑海中"，无时无刻不在的"挂怀"，那是怎样的一种"才下眉头，却上心头"般缠绵悱恻的情啊？

第二章选取的意象是"河""海"，第四章选取的意象是"日""月"。"河"是"流不尽的河"，是那种"一江春水向东流"的河；"海"是"想不够的海"，是那种"那堪今夜愁如海"的海。"日"是"一轮依山而尽的白日"，是"独上高楼，望尽天涯路"的无奈；"月"是"一弯破窗而入的明月"，是"斜光到晓穿朱户"的无眠。"流不尽的河"汇入"想不够的海"，是空间上的扩展；"一弯破窗而入的明月"接替"一轮依山而尽的白日"，是时间上的延续。空间上的广阔无垠和时间上的夜以继日相互交织，写出了离愁的无边无际与无尽无休。

"挂怀"是一种缠绵的柔情，但诗人却选择"河""海""日""月"等极为阔大的意象来表达，"日"是"白日"，"月"是"明月"，色彩明亮。而且，全诗所有语句都是判断句，语气平和不造作，就像长江之水，虽然江水浩荡、波涛汹涌，却总在堤内流淌，并不因其浩荡汹涌而泛滥，让人读来虽情感浓烈而不伤悲，愁肠难解而不黯然，表现出诗人"海内存知己，天涯若比邻"般的胸襟与豪情。

《挂怀》一诗不过短短 104 字，但它结构谨严，编织绵密，构思精巧，且意象阔大，色彩明亮，表意丰富，传达出浓而不伤的“挂怀”之情，足见诗人不凡的匠心与巧思。当然，《挂怀》一诗只是《韩陈其诗歌集》中最为常见的一首。

【作者简介】

仲济民，江苏省海州高级中学教师，著有畅销书《高中古诗文新课标导学》（中国矿业大学出版社 2009）、《仲老师教你做高考诗歌鉴赏题》（江苏人民出版社 2016）、《高中文言文详解精析——唐诗宋词选读》（江苏人民出版社 2016）等。在省级及以上期刊上发表论文十余篇。

言意象——构建中国现代诗创作新体系

董超标

交汇点讯 1月13日，江苏大学举办中国人民大学韩陈其教授《韩陈其诗歌集》新书研讨会，韩陈其教授就其创作的新格律诗歌与新格律诗歌创作新理论新体系做了激情洋溢的演讲。

新诗越走越迷茫

胡适1916年8月23日发表在《新青年》杂志上的一首《两只蝴蝶》，被称之为“中国第一首白话诗”。

自此，中国现代（当代）诗先后出现众多流派，但其所赋予的中国现代诗的含义基本是共同的：“形式是自由的，内涵是开放的，意象经营重于修辞。”

韩陈其认为，这一百年以来，“形式是自由的”结果是：

新诗在获取“自由”的同时失去了新诗的“形式”，失去了“形式”的新诗，其实就是失去了“新诗的自我”。换一种角度来说，或许，新诗从来就没有建立起这一诗体的“自我形式”。中国现当代白话诗歌的道路，一言以蔽之，是越走越迷茫，越写越不像诗！

研讨会现场

新诗突围新天空

对新诗创作新理论，韩陈其结合自己已经出版的《韩诗三百首》与《韩陈其诗歌集》，用“言—意—象”详细解读其诗歌创作新理论，即中国新诗发展新方向——基于语象感官互通的汉语的“言意象系统”，运用独创的观象、取象、立象的“言意象观照”的诗歌理论而创作诗歌。

韩陈其认为，象为汉语诗歌之永远灵魂！

象者，想象之象也！

汉语之魂者，象也！

汉字之魂者，象也！

如何围绕意象创作诗歌？韩陈其说，诗歌创作与释读的过程，就其本质而言，就是象思维的思维过程，就是一种依据观象、取象、立象的顺序而渐次展开的思维过程，因此也可以说，诗歌创作与释读——

就是一种观“象”思维，

就是一种取“象”思维，

就是一种携“象”而行的立象思维！

诗歌，无论古今，其灵魂都在于想“象”，对“象”的“想”的过程，就是一个诗歌创作或释读的过程，也就是象思维的观象、取象、立象的过程。

观象，就观而言，是以视觉为主而兼及一切感官的感知，解决一个观什么和怎么观的问题；就象而言，是解决象是什么的问题。

取象，就取而言，是以观为基础而形成的一个取舍问题，解决一个取什么和怎么取的问题。

立象，就立而言，是以象的实体义为基础而产生的对“象”的全方位的“想”以及构建与解析与“象”而相伴随的语义网络。

立象之“立”，是象思维的机枢；立象之“象”，是象思维的灵魂；诗歌创作和释读都在于立“象”，一旦开启“象之大闸”，诗潮则滚滚而来。

架起古今诗歌互通“立交桥”

韩陈其认为，引导中国诗歌的发展道路和前进方向，就要适当继承传统诗律，控制漫无边际的、全无规则的放肆。因此，他主张顺应汉语时代发展的比较“宽”容的汉语诗歌新格律。《韩陈其诗歌集》和《韩诗三百首》正是其经过整整半个世纪的深入探索、研讨发掘创制的以“象”为汉语诗歌灵魂的汉语诗歌新格律的具体实践。

结合其诗歌创作，韩陈其认为，汉语诗歌新格律涵容汉语诗歌的齐正律、宽骚律、宽韵律、宽对律和宽异律。

同时，在其理论研究及创作实践中，还创新如下汉语诗歌新诗体：

汉语诗歌**齐正体**，或称方正体，也可以称为汉语诗歌齐正律或方正律。这是汉语言文字特点下，新诗歌应具备的基础性的形式格律。

汉语诗歌**宽骚体**，也可以说成汉语诗歌宽骚律，这是在借鉴楚辞语言形式基础上探索形成的一种汉语新诗歌的形式格律。

汉语诗歌**宽韵体**，也可以说成汉语诗歌宽韵律，这是在传统诗词用韵基础上结合现代汉语音韵形成的一种汉语新诗歌的音韵格律。

汉语诗歌**宽对体**，也可以说成汉语诗歌宽对律，是指字数相等、结构一致、词性相同、语义相关的两两对称的语言形式，因适用对象的差异而形成相关而不相同的表述。这是汉语新诗歌的对仗格律。

汉语诗歌**宽异体**，也可以说成汉语诗歌宽异律，在规制汉语新诗歌的齐正律、方正律的基础形式格律的前提下，提倡比较灵活的宽泛的不拘一格的汉语诗歌的异体表现形式，是汉语诗歌的新的形式格律。

当日与镇江诗友共同分享的还有江苏大学董国军诗家《岘堂诗稿》。此次新书研讨会，也是镇江诗词发展史上一次里程碑式的盛会，与会者纷纷表示，镇江是全国诗词之城，这是历史的荣光！镇江将以韩陈其教授构建的汉语诗歌新格律为指引，推动汉语新格律诗歌创作，擦亮全国诗词之城新名片。

诗歌：幼儿语言发展中的促进与意义

陆 旭

《3—6岁儿童学习与发展指南》中明确指出，语言是交流和思维的工具。幼儿的语言能力是在交流和运用的过程中发展起来的。学前教育阶段，是幼儿语言水平发展的关键期，教师对于幼儿语言的发展起了至关重要的作用。通过什么内容、怎样的方式、哪些途径去促进幼儿的语言发展，是教师必须思考的问题。

一、语言，幼儿园阶段是发展关键期

1. 语言发展对于幼儿的意义

幼儿园教育是一个整合性教育。幼儿语言水平的发展直接影响其社会、科学等其他五大领域的发展。如，在和同伴交往中，有的孩子并不能和同伴友好交往，遇到问题会通过哭闹、争抢、打闹的形式去解决，这是幼儿社交水平的缺乏，同时归根结底也是幼儿表达能力和理解能力的缺乏。

2. 对教师作为支持者的要求

教师应为幼儿提供丰富、适宜的读物，提供童谣、故事等不同体裁的儿童文学作品，让幼儿自主选择和阅读。在幼儿园里，幼儿接触最多的一般是故事、绘本和童谣。这些内容生动有趣，简单易懂，符合幼儿的年龄特点和学习方式。教师在做好基础性文学作品的引入时，如何不断丰富幼儿的学习内容，满足其现实发展的需要，促进其长远发展呢？诗歌就是一个很好的补充。

二、诗歌，中国传统文化的典型代表

中国传统文化源远流长，是中华民族文化的精髓，蕴含着中华民族博大精深的思想和价值。诗歌，正是中国传统文化的典型代表。它以高度凝练的语言，朗朗上口的音调，鲜明有序的节奏，体现了作者丰富的情感及生活。作者通过想象、联想等多元手法，创造出不仅具有语言美而且具有音乐美的文学作品。尽管在五千年历史的长河中饱经沧桑，但它仍如钻石一般熠熠生辉。

1. 诗歌学习的意义

孔子曰："不学诗，无以言。"由此可见，诗歌的学习与诵读，作用绝不仅仅在于"学会"，而是通过吟诵、理解和学习提高思维能力、鉴赏能力以及审美情趣和品位。"子在齐闻《韶》，三月不知肉味。曰：不图为乐之至于斯也。"我想，诗歌的力量也绝不输此。

诗歌，是中华五千年文化经久不衰的瑰宝。通过诗歌，我们可以追溯生命的源头，回望千百年前我们不曾看到过的生活，感叹原来我们的祖先充满了智慧和才情。为珍惜美好生活，激发爱国热情，为弘扬传统文化，培养国家情怀而奠定基础。

2. 幼儿园阶段学习诗歌的必要性

《语文课程标准》中明确要求：1—6 年级的学生背诵古今优秀诗文 160 篇(段)，7—9 年级学生背诵 80 篇(段)。作为基础教育的学前教育阶段，有学习诗歌的必要吗？我想这一定是不言而喻的。

3—6 岁幼儿园阶段的孩子，正处于认知发展的关键期。由于年龄特点决定了他们对于复杂、深奥的认知、概念、事物并不能理解和接受。而诗歌，短小精悍、意在言外，在幼儿学习过程中，能够对学习内容进行一定的补充和完善，从而促进幼儿认知不断形成。如，在给幼儿介绍 6 月 5 日环境日时，一味和孩子分享讨论如何关注环境、如何保护环境，那效果一定微乎其微。这时通过儿歌《悯农》进行教育活动，通过图片、视频，让幼儿直观感受到"汗滴禾下土"，从而引发幼儿情感上的同频，达到"粒粒皆辛苦"的共鸣。

幼儿园是一个充满生命、生机与成长的场所。幼儿园环境是幼儿学习的重要资源之一。在适宜性环境中除了促进认知的提升，幼儿对于美的感受与表达能力也需要得到不断提高。试想，炎风初夏，小池塘的荷花争相开放。老师是跟孩子说"哇，你们看，荷花都开放啦"，还是带着孩子们坐在小池塘边，找一片荫凉，吟诵一首"小荷才露尖尖角，早有蜻蜓立上头"更具有诗情画意呢？

三、幼儿园诗歌教学的几种方法

诗歌具有一般文学作品所不具备的特点，比其他形式的文学作品具有更加丰富的"文学性""诗意性"和"欣赏性"。当然，正因为它的高度凝练表达，对于诗歌的学习，也具有一定的"挑战性"。这时，需要教师对诗歌进行筛选、定位，选择适合幼儿理解、掌握的内容进行分享和学习。这对教师文学素养的提高，也具有一定的指导和促进作用。

选择了适宜的诗歌内容，采用什么样的方法与幼儿进行互动，也是促进幼儿理解诗歌的关键。因为幼儿的年龄决定了他们的学习方式是“直接感知、亲身体验、实际操作”，因此，教师在进行诗歌教学时也要对诗歌进行充分的了解和准备。

幼儿园诗歌教学对于教师来说并不陌生。而用什么样的方法进行教学更为合适，我想这对教师是一个挑战。教无定法，因材施教，才是最好的教学方法。在开展诗歌教学前，教师首先要进行诗歌分析，进行审议工作，充分了解作者创作诗歌的背景，所表达的意图，以及自己想利用诗歌传递给孩子的信息和思想。

1. 图画法

这是最为常见的一种诗歌教学法。老师通过图片体现诗歌内容，犹如看图说话般，通过引导幼儿观察画面，感知诗歌所表达的内容，便于幼儿理解和记忆。如小班幼儿在进行《咏鹅》诗歌欣赏时，老师通过一幅图画，碧绿的河水上面，有一群长着雪白羽毛的大鹅。大鹅细长的脖子往天空伸去，仿佛在对着天空、白云唱歌。这里用一幅图就可以体现诗歌的全部内容，便于幼儿通过对图片的观察，了解诗歌的意义。

分享完成后，教师也可以邀请幼儿，用水粉颜料进行诗歌内容的再创造。在画好碧波的水粉纸上，幼儿可以根据自己的喜好画出一只只稚嫩的大白鹅、小白鹅，有的在划水，有的在唱歌，有的在游泳，有的在说着悄悄话……当然，一定还会有小花鹅、大灰鸭、小黄鸡等等幼儿喜爱的小动物。

2. 情景再现法

情景再现一般会用多媒体的方式来体现。这种方法更适用于需要多幅画面来表现内容的诗歌分享。比如《江雪》，尽管可以用一幅画面来呈现整首诗歌内容，但孩子并不能通过对一幅画面的观察、欣赏理解整首诗歌的内容，在理解上是会遇到困难的。老师可以通过 PPT，以动图的方式将内容逐一呈现。如第一幅图表现的是一座座山峰，寂静无人，连一只鸟都没有，大雪纷纷扬扬地落下；第二幅图是一条条小路，同样空空荡荡，一位行人，甚至连一个小动物都没有；第三幅图则是出现一座小岛，一位穿着蓑衣戴着斗笠的老爷爷坐在小船上钓鱼。天空中飘落着片片雪花，不一会儿老爷爷的身上就被雪染白了。

通过这样的表现方式，可以帮助幼儿更加真切地感受诗歌的意境：孤寂、安静、寒凉……同时教师还可以和幼儿对话，为什么老爷爷会一个人在下雪天钓鱼？他为什么没有和朋友一起？如果你遇到老爷爷，你会和老爷爷说什么？通过对画面的观察，鼓励幼儿进行想象，充分发挥自己对诗歌的理解。

3. 游戏法

此方法是指通过角色扮演、表演及游戏等形式，帮助幼儿理解诗歌内容。比如《游子吟》，老师扮演妈妈，邀请一位幼儿扮演孩子。妈妈手中拿着针线缝补着衣服，缝补好后为孩子穿上衣服，并且抱一抱孩子，不停地嘱咐孩子在外照顾好自己，注意安全等。幼儿通过对表演内容的理解，可以更加直观、清晰地感受到诗歌内容以及作者所要表达的意义。对这一方法孩子更为津津乐道，都争着去当一当诗歌里的主角儿。这也正是鼓励每一位孩子都积极主动投入到诗歌学习中来的好方法。

四、《韩陈其诗歌集》在幼儿园教学中的运用

《韩陈其诗歌集》在传统诗歌的基础上，以“象”为诗歌灵魂，创制了以韩式齐正体、方正体，宽骚体，宽韵体，宽对体，宽异体五种新型汉语诗歌表达形式、汉语诗歌新格律。其中有几篇，在幼儿园也有较典型的教学意义。

1. 拓宽幼儿的生活经验，感受不一样的城市文化

了解自己生活的城市，是幼儿成长过程中必不可少的一项内容。除了自己生活的城市，教师也应该丰富幼儿对其他城市的了解，满足幼儿成为社会一员、地球村一员的需要。《锅盖面》则是帮助南京幼儿，抑或说帮助镇江以外的幼儿了解镇江美食文化的一个有趣的手段。当然，更是帮助镇江幼儿了解本土文化的一首有趣的诗。“街头巷尾锅盖面，楼堂馆所锅盖面，迎宾一碗锅盖面，送客一碗锅盖面。”一碗锅盖面，容纳了镇江人民的日常生活，体现了锅盖面和镇江的不解之缘。“五味八鲜争人心，远游更觉故乡亲，小菜鲜嫩麦粥新，齿颊尽日留芳馨。”道出了镇江人民对锅盖面的喜爱，以及身在异乡的镇江人对家乡的思念与乡愁。

在进行本首诗歌分享时，不妨下一碗锅盖面，与幼儿一起品尝。看着锅盖压着沸水往上翻腾，一圈白沫溢出锅边，几秒之后，揭锅盖、挑面条，配上一道浇头，配上一碟水晶肴肉，一顿美味的锅盖面出锅啦！在尝过了这道小吃后，孩子们一定会记得，有个地方叫镇江，镇江有碗好吃的面。

2. 提高语言的幽默感，体验表达的趣味性

《我要上哈佛》这首诗，用了三个叠词“开开心心、嘻嘻哈哈、华华美美”，来表达“我要上哈佛”的愉快心情。通过“我要、我真、我就、我上”四个心理动态的过程，体现“我”对上哈佛的愿望和想象。本首诗具有儿歌的特点，简单易懂，更适合幼儿园的小朋友来赏读；其二，孩子在父母望子成龙的熏陶

下，对哈佛、清华一定也是耳熟能详。这首诗歌更能激发幼儿学习的欲望，对哈佛这样的名校产生更多的向往；其三，这首诗格式简单、清晰，无论是前句还是后句，都可以进行仿编活动。幼儿可以表达自己对心目中理想学校的向往，也许是某个小学、也许是某个好玩的游乐场。同时还可以通过对叠词的学习，丰富自己对叠词的掌握情况，学习到更多的叠词表达方式，增加语言表达的趣味性和表现力。

3. 了解时间的变化，感受世界万物的联系

《彩云花雨》这首诗，乍一读是一首爱情诗，表达了对爱人的痴心等候。再细细品味，“天明等天黑，天黑等天明”形象地表达了日夜交替，日日夜夜从不改变的意境美；“一年三百六十日，等冬等夏等秋春”表达了一年四季，轮回百转从不缺席；“月等彩云花等雨”更是道出了世间万物息息相关，彼此依存彼此依偎。

大班幼儿在进行科学探索学习时，这首诗歌就不乏是一首适合的教学内容。通过优美的语言，诗性的表达，唯美的意境，展现了世间万物更迭、年年岁岁轮回的印迹。这比单纯地告诉幼儿“月亮围着地球转，地球围着太阳转”更生动、有趣、有味道。

4. 泛龄论，提升幼儿的想象能力

在幼儿心中，小马过河要问妈妈，小猪会盖房子，大灰狼来了会和小红帽讲条件。在孩子心中，世间万物都和他们一样，会跳会笑会打闹。由于自身思维水平的局限性，幼儿在认识世界时觉得，自己所面对的一切事物都是有生命的，将所有事物拟人化。《鸟花对话》这一篇，完美地贴合了幼儿的泛龄论。

鸟说，我是一只鸟；花说，我是一朵花。还会有什么，它自己又会怎么说呢？在这首诗歌的学习中，可以极大地激发幼儿的想象能力。想一想，除了鸟和花，还有哪些小动物、小植物会说话呢？它们会说些什么呢？“在树的顶梢高高地热烈眺望，不知为什么眺望！”这个句式也比较简单，引导幼儿思考它与生活环境的联系，就不难找到对应的表达。教师也可以给出示范引领：“鱼：我是一条鱼，在水的尽头快快地来回游动，不知为什么游动！”“草：我是一棵草，在土的山坡上静静地快乐生长，不知为什么生长！”

活动中，教师可以鼓励幼儿不断地发现事物之间的生长关系，进行丰富的创编活动。通过创编帮助幼儿更好地了解大自然。

《韩陈其诗歌集》中还有很多趣味需要慢慢品味，很多韵味需要慢慢咂味，很多风味、美味、滋味需要慢慢体味！

【作者简介】

陆旭，女，中共党员。现于南京市雨花台区实验幼教集团琥珀森林分园，任业务园长一职。从教十六年来，先后荣获区学科带头人、优秀青年教师、师德先进个人、巾帼文明岗、优秀妇女工作者等称号，大量论文案例获得省、市级奖项。年少时的梦想成为追寻的事业，是幸运，更是幸福。十六年来，陪伴无数孩子走过一个又一个三年，这三年是冒着奶蜜味儿的三年，是溢着花香味的三年，是散着果酸味的三年……从老师到园长，从花季少女到成熟中年，和孩子、老师一起，慢慢成长，彼此滋养，在梦境中雀跃前行。

春水满四泽　夏云多奇峰

——读《韩陈其诗歌集》

吕荣明

一、融今古为一体，成自家之大言

诗变而为骚，骚变而为辞，皆可歌也！

辞则兼诗骚之声，而尤简邃焉者韩陈其也。正如韩教授所言：肇始于“言”，周旋于“意”，升华于“象”，“言—意—象”铺就了他的学术康庄大道，也架构了他的人生哲学观，既不汲汲于时利，更不汲汲乎空名。教授用诗家的独创立象之意而成一家之言，顿挫抑扬，自协声韵，和谐破格，长句宽韵，淡化平仄，破立并举，充分显示了其特有的才情和澎湃的激情。

当我们真正进入诗的境界时，文化气息弥漫在我们周围，我们飞扬在其中。“不学诗，无以言”，韩陈其教授的诗作给我们提供了极大的想象空间和别样的精神意象，诗的语言如滚滚大河一泻千里，美妙尽显其中。“不托飞驰之势，而声名自传于后 。”唯艺是求，唯情是衷，唯此为大。

花了一段时间拜读了全书，感叹作者语人所未语，抒新物言，描时代意，画众生相。从小我到大我再到把握时代的脉搏，作者用特有的意象融今古为一体，成自家之大言，全书好诗妙句太多，我仅从《二十四节气歌》和《如如歌》点开，写一点读后之感想。

二、谁可曼妙舞青萍

二十四节气歌（录三首）

立春

立春欣欣兮欣欣立春，茗月镜台之天地回春；
春幡袅袅兮飘飘舞春，半柳半梅之一枝飞春。

雨水

雨水淅淅兮淅淅雨水，媚君润泽之青山绿水；

水云朵朵兮粼粼云水，半开半谢之万红阅水。

大寒

大寒骚骚兮骚骚大寒，迎新踩岁之天冻地寒；

寒钟轰轰兮比比破寒，半雨半雪之三冬出寒。

《二十四节气歌》是作者用特有的宽骚体赋之，有明显的骚体的传承，亦有旧体诗发展之导引，作者怀正志道，潜玉当年，洁己清操，没世以徒勤。欲断复续，将作而遽止，钧天而不澮，羽衣而不绮，明明然似有楚声也。

《二十四节气歌》，二十四首歌词，按照二十四节气依次写来，让人感觉诗读完了，这过去的一年好像刚刚才过去。诗构思奇巧，每一节气歌，以节气名开句，然后节气名的第二字，依次重复出现在首句之末，第二句之末，第三句的首末，第四句之末，这种呈辐射状的循环往复的连接，把节气的变化自然地融入读者的脑海，使人的意识渐渐进入节气的变化中，感慨留恋不已。

《二十四节气歌》每首诗的读法也有别样的趣味，正常读法我们就不说了，先从《立春》这首诗来说，从第一句和第三句的第一个字开始，交叉互读自有新的感觉：立春春幡欣袅袅，茗月半柳半镜台；天地回春一枝飞，一枝飞舞立春来。再看《雨水》也还是这样取意象：雨水水云淅朵朵，媚君半开半润泽；青山绿水万红阅，万红阅云雨水合。其他二十二首仿此，可以一一这样赏玩。

《二十四节气歌》这种特殊的宽骚体式，叠词连绵，制造出很多的意象，最妙的是每首诗的最后一句的倒数四字几乎全用一种数量组合，而把整个《二十四节气歌》的单数的每首诗的末句取后四个字，双数的每首诗的末句取倒数第二、三、四字，这样读起来就更有意思了，试看：

一枝飞春万红阅

——连接立春和雨水

一朝发蛰三春平

——连接惊蛰和春分

一天空明百谷喜

——连接清明和谷雨

九芳染夏四野弥

——连接立夏和小满

三抢忙种半夏福

——连接芒种和夏至
三伏苦暑一夜风
——连接小暑和大暑
一叶飘秋一庭阑
——连接立秋和处暑
八裔曦露一日均
——连接百露和秋分
一生朝露六角花
——连接寒露和霜降
一净禅冬流风回
——连接立冬和小雪
九阳萌雪万汇福
——连接大雪和冬至
九天广寒三冬出
——连接小寒和大寒

这样取象，两两相接，把二十四节气连起来，似简而不单，别有一番意蕴。起于立春，春服既成，景物斯和；终于大寒，寒来独游，欣慨交心。在韩陈其教授的《茗月镜台》一诗中对立春和大寒也做了注解式的描画："大寒骚骚，骚骚大寒，大寒尽处，即是立春。此时，枯荷深深；彼时，谁可曼妙舞青萍？"一世轮回，半生甘苦，尽在二十四节气歌中也。

三、读其诗可以得其心

如如歌

如如之旦兮如如之夕，日月光华之旦旦夕夕。
如如之日兮如如之月，日月光华之日日月月。
如如之年兮如如之岁，日月光华之年年岁岁。
如如未尽兮生生不息，日月光华之如如不息。

如者，如也。如其人，如其行。按韩陈其教授注释所说，如如：先生一生从教，有学生无以数计，谓"生生不息"。"如如"是教授从教生涯的缩略，亦是大智慧的外现，意象宏大，从旦旦夕夕到如如不息，这种授业解惑负载了太多的责任和担当。《金刚经》有语云：无所从来，亦无所去，故名如来。不动不静，无喜无忧，不高不矮，都是平等的存在，这个道理就是如来。

明代罗念庵的《醒世诗》中有："明明白白一条路，千千万万不肯休"，"有有无无且耐烦，劳劳碌碌几时闲"，"功名富贵虚幻影，忙忙碌碌走九州"。诗句简单，表情达意直接明了。个中如如不息，一如《如如歌》所表现的"如如之夕，如如之月，如如之岁"，以至生生不息；其过程的"旦旦夕夕，日日月月，年年岁岁"，方才如如不息！诗句意象明了，反复吟咏始见大匠之心。

情之所蓄，皆可吐出；景之所触，皆可写入。少见于行事，读其诗可以得其心也。

【作者简介】

吕荣明，安徽滁州人，书法家，2019 年成立元尚书院，一直致力于国学普及和书法教学工作。现为元尚书院院长，滁州市青年书法家协会副主席。

韩诗新格律:立足传统　致力创新　忠于志趣

——品读《韩陈其诗歌集》

高　燕

中华民族,从来都不缺诗。中华文化即是诗性文化。从先秦到当代,由诗经而唐诗宋词,每个时代都有自己独特的诗歌形式。诗歌就像中华民族血液里流淌的基因一样生生不息。五四运动百年,新诗发展百年,其间各种诗派争相崛起,诸多诗人各抒己见,前有湖畔派,后有窗诗派,这些诗派秉持共同的美学追求:打破旧体诗格律束缚,追求形式自由。然而,新诗发轫之初过分追求"个体自由",过度抛弃传统格律,渐渐迷失"自我",产生散文化的松散倾向和艺术粗糙浅陋之弊端。于此,徐志摩、闻一多、卞之琳等有识之士开启了新诗格律之旅。诚然,闻一多先生的"三美"新诗理论为中国现代新诗指明了健康发展的方向,但仍未触及新诗的本质。那么,新诗的本质究竟为何?新诗格律应该如何建构?当今著名专家、人大教授韩陈其先生给出了他的新见,通读《韩陈其诗歌集》(后面简称《诗集》),我们不难发现,韩先生直击汉语结构系统和应用系统,在"言意象"的观照中,在理论和实践的基础上为新诗建构的困境找寻到了适合的管钥。

一、韩诗新格律之根本:立足传统

从古至今,诗歌且吟且舞,传唱千年。其发展从来都是依托前代的。我国最早的"诗"源于劳动时的古谣《弹歌》,只此二言:"断竹,续竹;飞土,逐肉。"诗歌语言简约质朴,八字即描摹完整狩猎全过程;节奏短促铿锵,匹配狩猎的一气呵成以及情感的欢悦跳动。"杭育,斫竹,嗬哟嗨!杭育,削竹,嗬哟嗨!杭育,弹石,飞土,嗬哟嗨!杭育,逐肉,嗬哟嗨!"这是发现于江苏张家港地区的民间劳作之歌《斫竹歌》,如果去除拟声词,共十字,五个节拍,形式和《弹歌》略有出入,但内涵一脉相承,疑似《弹歌》的遗存和补充。及至《诗经》时代,诗歌在继承中不断发展,在二言的基础上演变为四言,基本以四言为主,偶夹以二言、三言、五言,甚至七言、八言,可以说《诗经》在诗歌语言范式上具有继往开来之功。而《楚辞》变《诗经》四言为六言,或夹以七言。

汉魏产生的五言诗和七言诗应是滥觞于《诗经》和《楚辞》。在前代押韵、平仄、对仗、字数和句数理论一步步臻于至善的基础上，唐诗格律体系构筑完成。其句数固定(排律除外)，押韵严格，讲究平仄，追求对仗。可见诗歌形式从来都是代代相传的。不仅如此，古代深厚的民族文化心理也逐代渗透，或显或隐地出现在各个历史时期的文学作品中。所以，我们无法割裂古今的联系，抛弃古代意味着背叛传统，更意味着践踏诗歌的本性。韩先生认为，中国诗歌的发展方向在于适当继承传统诗律，控制毫无规则的放纵。

1. 继承古代诗歌韵律

音乐性是诗歌的生命。《尚书·尧典》说："诗言志，歌永言，声依永，律和声。"可见，诗歌配乐可唱，且乐谱须依诗而定。这就对原诗的节奏和韵律提出了较高要求。因此，节奏自古便是诗的要素。当然，不同时代、不同民族，诗的节奏也不尽相同。但是，不管节奏形式如何，诗都会自带旋律的美。相传帝尧时代，人们在劳作时喜欢击壤而歌，击壤就是拍打耕地，形成有节奏的拍子。押韵是诗歌音乐性的又一关键要素，从《诗经》到后代诗词，几乎没有诗歌不用韵。这种对诗歌音乐性的自觉追求，在唐诗宋词里达到了极致。

韩先生认为，汉语诗歌不外乎两大要素：句式及其节律，音乐及其韵律，无论是古代格律诗，还是现代白话诗，都应是题中应有之义。这是对古代格律理论的传承和守望。

从节律角度看，韩诗大多句式整饬，以七言、九言为主，最长十四言。后七卷一般七言，唯有第一卷的宽骚体诗几为九言。这遵循着汉语诗歌发展的一般规律：长度无限，宽度有限。从原始诗歌的二言发展到律绝的五七言足以印证。五言诗一般每句三个节拍，七言诗则多一个节拍。《诗集》中宽骚体的九言诗主要继承了《楚辞》以虚词"兮""之""乎"等作为语音衬字的传统。这种句式是屈原顺应春秋时期语言加长发展需求，并借鉴《诗经》节奏规则的独创。

从韵律角度看，《诗集》三百多首诗歌，非常重视押韵，大多偶句押韵，有的上下句都押韵，有的甚至一韵到底，这无疑是对古代格律体的变通性的继承。同时，为了增强声音的律动，韩先生极尽《诗经》叠字传统之能事，在宽骚体部分几乎篇篇可以找到韵律十足的叠字，这些诗篇读来音韵和谐、节奏铿锵。

可见，以传统格律精神与节奏规律作为立足点建构新诗格律，是韩先生新诗格律的根本。

2. 传承古典文化元素

诗歌是民族的。诗歌创作者如果全然抛弃民族文化的精髓，势必会被民族抛弃。只有继承先贤经典，作品才具备深厚的文化底蕴，否则只会流于苍白浅陋。韩先生秉持着这样的创作自觉，巧妙引用古典文化元素，诗中经常出现古代的人、地、事、史实故事以及语言文字，极大地丰富了作品的文化内涵。这种手法是今人称之为文学修辞手段之一的用典。《文心雕龙》把用典分为两类：举人事以征义，引成辞以明理。今天即指“用事”和“用辞”。“事”即历史史实、寓言故事、神话传说等。“辞”即语言文字类。

登我铁塔兮想乎启封，启封拓疆之巍巍仓城！
登我铁塔兮想乎大梁，大梁引黄之济济孙庞。
登我铁塔兮想乎汴州，汴州复元之重重兜鍪。
登我铁塔兮想乎东都，东都转向之灿灿新途。
登我铁塔兮想乎汴梁，汴梁争凑之煌煌汉唐。
登我铁塔兮想乎龙亭，龙亭携湖之泱泱皇庭。
登我铁塔兮想乎吹台，吹台赋歌之悠悠情怀。
登我铁塔兮想乎包湖，包湖明镜之赫赫龙图。
登我铁塔兮想乎繁塔，繁塔媲美之隐隐希腊。
十朝古都兮东京梦华，清明上河之豫豫人家。
七朝都会兮东京梦华，清明上河之漫漫霓霞！

《东京梦华》一诗是一幅开封历史风云的厚重画卷，可谓“用事”之典范。启封、大梁、汴州、东都、汴梁等都是开封的别称，孙膑、庞涓、包拯等是与开封相关的历史人物，龙亭据说是宋太祖坐过的金銮殿，吹台相传为春秋乐师师旷吹乐之台，一个个地名、人名裹挟着历史故事和传说故事随着开封历史的斗转星移鱼贯而出、扑面而来，诗境如此开阔悠远、大气磅礴，文字的古朴和历史的厚重相得益彰。

韩先生诗中化用古典诗文入诗的例子也不胜枚举，略举两例《诗经》用典为证。《江柳舞春》中的“蒹葭青青杨柳绿”化用了《蒹葭》一诗中“蒹葭苍苍”之句，凸显了江柳之美色；“窈窕随心花露浓”便是活用《关雎》“窈窕淑女”之句，张扬了江柳之美态，如此，柔美曼妙之江边柳树似呼之欲出。《女静》篇则是化用《诗经・邶风・静女》之意，并把“静女”之美展而伸之，赋予今人的审美取向，以“柔、娴、雅、宁、如、明”来盛赞“女静”之美，可谓“用辞”之典范。尤其值得注意的是，《女静》除了通篇用典之外，诗歌语句还继承了回文这一修辞传统，诗中“女静柔柔兮柔柔静女”“女静宁宁兮宁宁静女”等句都可倒着读，如此回环往复，利于反复咏叹。

女静柔柔兮柔柔静女，婵娟窈窕之微微轻语。
女静娴娴兮娴娴静女，黛娥云鬓之依依心侣。
女静雅雅兮雅雅静女，金粉娥翠之丝丝花雨。
女静宁宁兮宁宁静女，萧娘梅香之萌萌姬虞。
女静如如兮如如静女，青鬟红袖之姝姝飘羽。
女静明明兮明明静女，倾城倾国之洋洋天宇。

这些古典文化的元素在《诗集》中无处不在，韩先生的用典已臻于化境，这些典故装饰了韩先生的诗歌，也美化了我们的心灵，更让我们看到了古典传统之于现代诗歌的价值和意义。著名文学评论家唐晓渡认为，诗人有必要广泛吸收人类文明的精髓。否则只能陷入肤浅内容和粗鄙形式的泥淖中不可自拔。

二、韩诗新格律之核心：致力创新

从古代汉语转为现代汉语，语音和词汇都发生了较大变化。语音的变化最明显莫过于声调的变化。古有“平、上、去、入”四调，今有“阴、阳、上、去”四声，但已不同于古代的四声了，古代的入声除了在部分方言中还能找到其遗存外，已经分散到了普通话的四声中而失去其形了。词汇方面，由单音节向双音节转化，只有少部分单音节词汇保留在了现代汉语的基本词汇中。格律诗形成于汉语中古时期，依据的是中古音。因此，今天新格律诗的创作无法也不该生搬硬套古代的格律，而应该结合现代汉语的语音系统和语言系统找寻属于自己的格律范式，新诗格律的建构唯有超越古典模式才能焕发出健康的生命底色。

韩先生对中国诗歌一往情深，四十余年孜孜矻矻、皓首穷经，在找寻和构建现代新诗格律的道路上苦心经营。

1. 建构独特的“言意象”理论体系

探讨诗歌和汉语关系的专家学者及其成果不在少数，但只有韩先生直击诗歌和汉语汉字的本质，摸索出了“言意象”的独特理论体系。这与他多年的学术生涯不无关系，韩先生曾执教于江苏师范大学，躬耕于“言”的领域，是语言文字领域的领军人物，著作等身，这为他创作诗歌并研究诗歌理论奠定了坚实基础。后在南京师范大学深挖“意”之内涵，在中国人民大学研究“象”的本质以及“言意象”的内在联系，并进而形成了自己独特的“言意象”理论体系。

《周易·系辞上》曾记载：“子曰：书不尽言，言不尽意。然则圣人之意，其不可见乎？子曰：圣人立象以尽意。”孔子早就意识到言、意、象之间的密切联系，而韩先生则进一步深入阐述了言意象和诗歌创作及释读之间的关系。他认为，“言”形成节律，“意”凝聚情感，“象”源自特定时空，而诗是“言意象”的聚合体。“言”关乎诗之形，现代诗歌必得有属于自己的形，这个形式必须适合自己的语音系统和语言体系，否则会难以为继。这个形涉及音节、音韵，甚至语义及语法。由于古今四声的演变归并，古律中的平仄格律不再成为现代新诗格律的应有之义。关于“意象”这一没有定论的大是大非问题，韩先生不但指出了其来源，还形成了自然、人工、精神的“三象之说”。精神之象尤为重要，其形成包括由印象而意象，由意象而大象的过程，这是一个由浅而深、由实而虚的过程。诗歌创作的本质是象思维过程，这一过程以言释象，以意构象，意随象生，由自然之象、人工之象到精神之象，再由精神之象回归自然之象和人工之象，无限往复，至于无穷。所以，汉字的本质是象，汉语的本质是象，诗歌的本质也是象。

这样完备而系统的“言意象”理论体系无疑为新诗格律建设提供了理论指导，而韩先生也用这样的理论指引自己的实际创作。

2. 践行“言意象”观照下的“宽”容诗律

韩先生正视古今语音变化及当今汉语结构特点，根据自己的新诗格律思想，创制了包括齐正律、宽骚律、宽韵律、宽对律、宽异律在内的“五律”宽式格律机制，并身体力行，写下了四百多首优秀诗篇。

使用《楚辞》虚字字腰来写现代新诗，这本身是一种传承，更是一种创新。《宽骚长怀》卷 39 首外加卷首的《乾坤骚怀》1 首，共 40 首，都是韩先生独创的宽骚体诗。楚辞虚字字腰众多，“兮、之、乎、其、而、以”等较为常见，韩先生独钟情于“兮”和“之”字，这是一种取舍。《楚辞》中“兮”字可以位于句中，其前后通常三言和两言；也可以位于句末，前面通常六言。“之”字通常位于句中，前后通常三言和两言，如“抚长剑兮玉珥”“思君其莫我忠兮，忽忘身之贱贫。”韩诗宽骚体在《楚辞》节律的基础上做出了变通，如“今夕何夕兮西津元夕，元夕西津之灯山灯海”。“兮”和“之”的前后各有四言，这种革新切合了现代汉语语音的特点。如果声音可以丈量的话，我们可能会发现，大部分汉语双音节词的发音时间基本相当，且其中一个或重或长，另一个或轻或短，这是汉语节奏抑扬顿挫的根本。“兮”和“之”前后的四言各有两个音组，形成两个节奏，读来朗朗上口，极富音乐的美感。

宽骚体诗大都上句用“兮”，下句用“之”，但《耀天红月》和《鸡飞狗旺》二首是个例外，这也许是韩先生整齐中求变通的匠心独运。《耀天红月》的结尾四句以“兮”字作为句腰，《鸡飞狗旺》则开头和结尾四句以“兮”为句腰。

婵娟碧华兮凛凛飞红，玄烛耀天之滚滚尘红。
明明红月兮红月如眉，玄烛照天之娇娇娥眉。
红月明明兮红月如钩，玄烛辉天之晶晶玉钩。
明月红红兮红月如眸，玄烛煌天之柔柔情眸。
红红明月兮红月如环，玄烛烛天之灿灿金环。
月红月红兮如如月红，玄烛光天之天灯红红。
红月红月兮宝华红月，玄烛华天之红红雪月！
婵娟碧华兮玩水弄潮，玄烛烁天兮天海洋潮！
碧华婵娟兮弄潮玩水，玄烛灯天兮冰镜天水！

这首《耀天红月》是韩先生于故乡的宝华镇望月抒怀之作。有感于当年南朝宋诗人谢庄曾到此一游，望月怀远，并写下《月赋》名篇，留下千古佳句，韩先生诗情迸发，一吐为快。如今，此月亮貌似昨日之月亮又绝非昨日之月亮。韩先生极尽细腻之笔触描写月亮之色、形、质、态，这月亮充满梦幻，如“娥眉情眸”，似“玉钩金环”，若“天灯白雪”，天上、地上、人间，无处不在。但这还嫌不够，结尾的四个“兮”字句从动态角度极写月力之震撼，想必是为了加强对月亮玩水弄潮之自然神奇景观的吟咏叹息。这样的设计使这首诗达到了音乐和语义的双重极致。

除夕除岁兮除夕除岁，喜喜红红兮亲亲戚戚！
鸡飞狗旺兮除夕除岁，春夏秋冬之忙忙急急。
鸡飞狗叫兮除夕除岁，男女老少之双双对对。
鸡飞狗汪兮除夕除岁，东南西北之歌歌泣泣。
鸡飞狗欢兮除夕除岁，喜怒哀乐之零零碎碎。
鸡飞狗笑兮除夕除岁，锅碗瓢盆之点点滴滴。
鸡飞狗喜兮除夕除岁，爱恨情仇之连连缀缀。
鸡飞狗闹兮除夕除岁，江河湖海之潮潮汐汐。
除夕除岁兮除夕除岁，日月星辰之凉凉沸沸！
除夕除岁兮除夕除岁，红红喜喜兮福福吉吉！

这首《鸡飞狗旺》首尾四句全用“兮”字，或具备音乐的巧美，或具备语义的圆美。如果我们变换角度读一读，就可以把首尾四句变为整体的两句“除夕除岁兮红红喜喜，亲亲戚戚兮福福吉吉”，寓意亲朋好友幸福和美，这样首尾呼应，前后相连，构成了声音和语义上的双重回环之美。

格律诗，也就是近体诗，非常讲究平仄，有一套严格的规则。在用韵上非常严格，一般只用平声韵，且不能出韵，也就是不能押邻韵字。韩先生的宽韵体诗正视诗歌语言本性，几乎篇篇押韵，但在继承中努力革故鼎新。鉴于古入声字“入派三声”的语音现实，韩先生作诗不再讲究平仄，只注重韵脚的选择和韵位的安排，坚持宽大为怀的用韵风格。通观《诗集》诸篇，押韵灵活而自由，可押平声韵、上声韵、去声韵，如《寻往》通篇押平声韵，《雪怀》通篇偶句押上声韵，《有樾感怀》通篇偶句押去声韵。还可三声韵混押，如《如如歌》平声韵和去声韵混押，《永遇乐·京华上元》平声韵、上声韵、去声韵混押。有时一韵到底，如《京江水思》；有时隔行换韵，如《鹳鹳歌》；有时任意换韵，如《圌山颂》。或者异字为韵，《诗集》中大部分诗歌属于这种类型；或者同字通押，如《牛首春颂》，而同字为韵则是古代格律的大忌。既可上下句为韵，宽骚体诗大抵如此；也可偶句入韵，宽骚体以外的诗歌大都如此。这些尝试可谓前无古人，后继可期。

至于宽异体诗歌则是诗歌体式的全新尝试，如《扇之秋》《鸟和花的对话》《挂怀》《新元云哥》《旧笑新缘》《善人乐牛》《入泮知命》《古诗杂拌》等，这些诗歌或异于语言形式，或异于语音韵律，都是勇于开拓创新的佳作。

3. 重视观象、取象、立象的象思维

关于“象”，甲骨文中的“象”字如大象之形。《说文解字》说：“长鼻牙，南越大兽。”可见，“象”最初是大象的借记之词，后引申为“形象”，指自然界或人类社会甚至精神世界的各种事物和形态。它包括自然之景象，如日月山川、风霜雪雨等；也包括人工之物象，如人物、场面等；还包括精神之虚象，以自然之景象和人工之物象为原型的引申幻化之象。

中华文化重意尚象。韩先生深谙这一点，他在言意象的观照中发现，汉字之形源于象，汉语之韵显于象，汉语诗歌之魂筑于象。诗歌创作即是言意象交互作用的象思维过程，这一过程的关键在于观象应至广、取象应至美、立象应至幻，由实而虚、由有形至大象无形。

销魂夺魄兮子规声声，柳岸残月之春风吻城。
夺魄销魂兮知了哄哄，荷塘清月之夏雨洗虹。
夺魄销魂兮鸳鸯如如，枫亭冷月之秋露含珠。

销魂夺魄兮鸿鹄灵灵，梅岭冰月之冬雪戏情。

春夏秋冬兮天旅匆匆，人海泛舟之云竞苍空。

这首《人海泛舟》意象众多，子规、知了、鸳鸯、鸿鹄、柳岸残月、荷塘清月、枫亭冷月、梅岭冰月、春风、夏雨、秋露、冬雪、白云、苍穹，天旅、人海，既有自然景象，又有人工物象，自然景象中蕴含着人工物象，人工物象源于自然景象，幻化出人生如春夏秋冬的绚烂多姿、人生如泛舟湖上的跌宕起伏的物我两忘的精神之境象。从取象层面看，春夏秋冬之景众多，但只取最具季节标志性以及极富美感和象征意蕴的事物，以视觉为主，融汇其他五觉，动静结合，极富层次。从立象角度看，亦实亦虚、似真似幻，如诗如画，言意象共生。

遍观韩先生四百多首诗歌，所观之象横贯大江南北、涵盖古今中外；所取之象内涵丰富、意蕴深厚；所立之象意境阔远、语义宏富。正是这样的杜鹃泣血、冰心觅象才有了这么多赏心悦目的字字珠玉、篇篇华璋。

朱光潜先生在《谈新诗格律》一文中曾慨叹："伟大的诗人创造了真正伟大的诗作品，往往也就同时奠定了他或他们那个时代的诗的形式。"韩先生不但孜孜于诗歌创作，还钟情于诗论研究，从理论和实践的二维层面为汉语新格律诗的继往开来指明了方向。

三、韩诗新格律之灵魂：忠于志趣

《后汉书·蔡邕传》有言："圣哲之通趣，古人之明志也。"文人总有文人的志趣。《说文解字·心部》说："志，意也，从心之声。"又说："意，志也。从心察言而知意也。从心从音。"《广韵》说："志，意慕也。《诗》云：'在心为志。'"可见，"志"和心理有关，是一种为了达成某种目标而自觉奋斗的心理状态，也就是坚定的志向。《说文解字·乏部》说："趣，疾也。从走取声。"《广雅·释诂一》说："趣，遽也。"所以"趣"的本义为快速行走，重在强调行走速度之快。后引申为旨趣，也就是美好的趣味。清代徐灏《说文解字注笺》说："趣者，趋向之义。故引申为归趣、旨趣之称。"品读韩先生光华缤纷之诗作，在言意象的观照中，我们看到了氤氲其中的高尚志趣。在高尚志趣的引领下，韩先生自总角垂髫之时便浸润其诗爱之心，至花甲古稀而如如诗情腾飞。

《诗跋》里的一副联对既是韩先生一生的写照，更是其高尚志趣的集中体现：

少狂迷汉语，
半世探究言意象，
春思一生，
洋洋羡余逸度；

古稀歌韩诗，
一心回归江湖海，
秋望八垓，
靡靡宽骚情怀。

诗歌分为两节，形象地概括了韩先生的人生道路和学术道路以及对语言的迷恋和敬畏，对诗歌的喜爱和执着，“致于言、乐于诗”的人生志趣。韩先生少年立猛志，半世勤躬耕，一生守志趣，古稀归自然。而“半世痴迷言意象”“一心歌咏江湖海”的苦心孤诣使韩先生获得了“洋洋逸度”“靡靡情怀”的人格建构。正如韩先生所言：“四十余年学术生涯，肇始于‘言’，周旋于‘意’，升华于‘象’。言—意—象铺就了我的学术康庄大道，渲染创设了我的诗歌特色，也架构了我的人生哲学观，既不汲汲于时利，更不汲汲乎空名。”

“不汲汲于名利”是韩先生人格的底色，也是其诗歌能够独树一帜的核心。寥寥数语，不知所言，缓缓合上《韩陈其诗歌集》，只觉置身“流霞飞虹，星歌云梦”之美妙意境，顿觉“人生蒸腾烟霞正，生命永红彼岸花”的如如不息！

【作者简介】

高燕，江苏泰兴人，文学硕士，现为南通师范高等专科学校讲师。主要从事汉语言文字方向的研究，已主持及参与省市级课题三项。曾参与石高峰主编的《中华古诗词读本》的编写工作。

第三辑　海外知音

插上智慧翅膀好翱游

言意象观照中的韩诗的大美世界

——读《韩陈其诗歌集》

周丽丽

一、诗缘江南

初次接触“言、意、象”和“言意象观照”这个概念，那是在2012年恰逢我从美国回来在常熟理工生物学院做客座教授。一个学术讲座广告的预告深深吸引了我的目光：

讲座题目：言意象观照中的中国古今诗歌解读——从《诗经》到所谓“先锋诗歌”

主讲人：中国人民大学韩陈其教授　博士生导师

我有幸聆听了韩陈其教授的这场关于中国古代诗歌的释读演讲，在我的知识基因库里增加了一个特别有趣而又有学术意义的新基因“言、意、象”及其“言意象观照”，这让我全面提升了赏析中国古代诗歌的水平，充分认识到中国现代汉语诗歌发展道路上出现的种种问题和弊端。“言、意、象”及其“言意象观照”，这对于我这个没有丝毫汉语言文学背景而又与中文差不多隔绝了几十年的生物学教授来说，是一个全新的概念，可以说是一段振聋发聩的启蒙教育。

知人论诗，论诗知人，相辅相成。韩陈其教授，是一位既淡然纯真而又诗情洋溢的学者。其“于语言文字各部门，均所擅长，凡有所陈，无不惬心贵当，卓然有所树立”（国学大师徐复评语）。主要著作有《中国语言论》《中国古汉语学》《汉语羡余现象研究》《汉语词汇论稿》《汉语借代义词典》《语言是小河》《韩诗三百首——言意象观照中的原创中国汉语诗歌》《韩陈其诗歌集——言意象观照中的原创中国汉语诗歌》等。韩陈其教授，四十余年的汉语研究构成一个独特的基于传统又新于传统的“言—言意—言意象”的研究发展轨迹，引入“语象”而尝试构建了一个基于感官互通的汉语的言意象系统；运用独创的汉语的言意象理论，创作了大量的富有特色的基于言意象观照的原创中国汉语诗歌。

二、寻美韩诗

于韩陈其诗歌（以下简称韩诗）而言，我既拜读过《韩诗三百首》，又细品过《韩陈其诗歌集》，跟随其从汉语言意象的小花园里走出，来到诗歌言意象的大世界，探寻汉语诗歌的灵魂之象，从而全面深入体味韩诗的大美世界。

2018 年我从《韩诗三百首》中选出我认为最美的 8 个诗句：

1. 云飘白下春阑珊，霞飞朱方秋缠绵。
2. 碧水弯弯映美云，绿野泱泱叠彩霞。
3. 一弯明月静秦淮，谁点天仙下凡来。
4. 杜鹃啼血荼蘼晚，柳红槐白啼莺羞。
5. 真金字字赛珍珠，芳魂苍穹感神舟。
6. 谁刷蓝天白云雪，层叠连绵如近仙。
7. 鸟语虫鸣声悠悠，叠水花台响淙淙。
8. 林海湿地雾蒙蒙，涧溪瀑流水融融。

作为一个中国诗歌的门外人来说，我不能对韩陈其教授的言意象观照中的原创中国汉语诗歌的理论，做一个比较全面中肯的评判。因此只想作为一个普通读者，对韩诗所表达的语言、情感、意象之大美说说一些粗浅的想法。

韩诗不仅有格律多样的独创性，更以“象”为诗歌灵魂，以象显真，以象彰美，以象寻言，以象明善，以象明意。一首首诗都是一幅幅画卷，都是一个个浪漫情怀的体现。在读《韩陈其诗歌集》时，我发现，光一个个诗名就美得让人陶醉，仿佛身临其境，看到的是云舒云卷、鸟语花香，如燕山云龙，碧水雨燕，红颜袅媚，野荷白鹭，月静情淮，碧桂蔓藤，菱舟嬉荷，春雨牧童，等等。大多数诗更是写情写意，写以象达意，如云鸥西洋，云水天芳，飞觞追云，新元春华，等等。云游之天下，充分体现了诗人之博学，语言之精深，胸怀之宽广，爱国之情深。诗人韩教授与古代诗人不同的是，他的诗都是正能量的，整个诗集以浓重笔墨深入细致地描写“大自然之象”，以深厚的情感发掘和赞美宏伟的人工之象，以饱满的热情抒发和歌颂“精神之象”！

三、诗象氤氲

《宽骚体・乾坤骚怀》是《韩陈其诗歌集》的“卷首诗象”，烟云弥漫，氤氲旖旎，光华缤纷，美不胜收。其诗曰：

宽骚长怀兮朗朗乾坤，星歌云梦之莽莽昆仑。
流霞飞虹兮杲杲春旸，龙埂铁瓮之淼淼京江。
高天叠彩兮泱泱华夏，红尘染月之莘莘人家。
瀛海微澜兮粼粼镜湖，光华缤纷之凛凛天都！

这可以认为是韩诗代表作，是韩诗大美之象的集中体现，既可以窥见韩诗之象调度配置的脉络，也可以探究韩诗之象理论建树的端倪。韩诗之美以及韩氏宽对体所带来的象之美于此也可以说是表现得淋漓尽致：

其一，是卷首诗象，八句诗的前四言，涵盖八卷内容：宽骚长怀，星歌云梦，流霞飞虹，龙埂铁瓮，高天叠彩，红尘染月，瀛海微澜，光华缤纷，几乎每一卷都是一种绝美画卷。

其二，是相邻两卷前四言两两为对：宽骚长怀对星歌云梦，对出一种空灵梦幻之美；流霞飞虹对龙埂铁瓮，对出一种动静相宜之美；高天叠彩对红尘染月，对出一种高阔雄远之美；瀛海微澜对光华缤纷，对出一种风华灿烂之美。

其三，是相邻两卷后四言两两为对：朗朗乾坤对莽莽昆仑，对出一种莽莽苍苍之美；杲杲春旸对淼淼京江，对出一种壮阔渺远之美；泱泱华夏对莘莘人家，对出一种繁华灿烂之美；粼粼镜湖对凛凛天都，对出一种明丽威严之美！

其四，是纵向而观 8 个叠音词：朗朗、莽莽、杲杲、淼淼、泱泱、莘莘、粼粼、凛凛，则构成一种连绵重叠而一气呵成之美。

合而言之，从放眼于朗朗乾坤、莽莽昆仑，再看流霞飞虹、旭日初升到家乡的淼淼京江；从泱泱华夏的高天叠彩写到红尘染月的莘莘人家；从瀛海微澜的粼粼镜湖，回到光华纷飞之凛凛天都，“言、意、象”观照表现得淋漓尽致，怎一个“美”字了得！

更加耐人寻味的是，第 40 页的《流霞飞虹》和第 41 页的《星云昆仑》两首诗，通过对卷首诗象《宽骚长怀》中每一句的第六、第七两个字进行改换，则赋予了全诗迥然不同的诗境和大象之美。

流霞飞虹

宽骚长怀兮一点乾坤，星歌云梦之两欢昆仑。
流霞飞虹兮三分春旸，龙埂铁瓮之四通京江。
高天叠彩兮五味华夏，红尘染星之六合人家。
瀛海微澜兮七宝镜湖，光华缤纷之八方天都！

星云昆仑

宽骚长怀兮离离乾坤，星歌云梦之生生昆仑。
流霞飞虹兮丝丝春旸，龙埂铁瓮之依依京江。
高天叠彩兮炎炎华夏，红尘染星之亲亲人家。
瀛海微澜兮悠悠清湖，光华缤纷之遒遒天都！

丝丝心牵，款款意浓！《流霞飞虹》中的数量词一点、两欢、三分、四通、五味、六合、七宝、八方，对其后的名词有着更加丰富有趣的量度的形容，或具象，或形象，或意象，或景象，或气象，或心象，表达了作者对乾坤到天都的依恋之情和自豪情感。这种创作也像教科书似的告诉我们如何只改一下诗句中最后名词的定语，即可赋予诗篇更多的想象和情感的抒发！

四、韩诗玩赏

韩陈其教授认为汉语是一个基于感官互通的言意象系统："音＋字"所构成的可感形式的语形，通过"听＋视"感觉器官而形成语汇，通过"语法＋语用"的运作系统而折返回创制原始汉语时所基于的语象（"有＋无"）思维体系，从而完成"观象—取象—立象"的语意认知传输。而诗歌是由一定节律的"言"、一定情感的"意"、一定范域的"象"而构成的"言—意—象"的聚合体，而中国汉语诗歌的创作与释读恰恰就是一个象思维的过程，就是一个"观象—取象—立象"的过程。下面我们就以"观象—取象—立象"为途径，玩赏一些韩诗：

月静秦淮

一弯秋月静秦淮，谁点天仙下凡来？
翩翩王谢堂前燕，花灯漫舞凤凰台！

就象而言，所观自然之实象有秋月、秦淮、花灯、凤凰台，所取之虚象有王谢、堂前燕、天仙，所立之心象有天仙下凡、翩翩王谢、花灯漫舞。凡此种种，则将月静秦淮幻化为极致美妙的人间仙境。

钓尽春风

千山漫水千岛湖，万方有情万天光。
三千西子柔情水，千岛飘绿白云翔。

凝碧叠翠红尘远，绿水青黛紫霞茫。
鹂鸟鸣转尽温馨，薄岚幽浮漫樟香。
繁华朦胧长桥月，天色空灵心歌航。
逍遥听风梅峰岛，云梦飞影白玉堂。
扁舟独钓太公乐，钓尽春风钓斜阳！

就象而言，所观之象大都是自然之实象：千岛湖、白云翔、紫霞茫、长桥月、梅峰岛，显得十分自然清新；所取之象是为数不多的精神之象：柔情水、心歌航、逍遥听风，抒发了一种怡然自得的心情；所立之象是朴素豁达的精神之象：扁舟独钓太公乐，钓尽春风钓斜阳，从姜太公政治性垂钓到如今的休闲性垂钓，人性的真善美得以淋漓尽致展现。

挂　　怀

挂怀是情
挂怀是思
挂怀是剪不断的情
挂怀是说不尽的思

挂怀是河
挂怀是海
挂怀是流不尽的河
挂怀是想不够的海

挂怀是你
挂怀是她
挂怀是心田里的你
挂怀是脑海中的她

挂怀是日
挂怀是月
挂怀是一轮依山而尽的白日
挂怀是一弯破窗而入的明月

这种韩氏挂怀新体格律的基本框架模式是：其一，整体形式方正体，只不过是呈现两两不同大小的方正体的错合搭配而已。其二，两两不同大小的方正体的错合搭配，构成两个同字押韵的交韵韵对，即一、三句同字押韵（情），二、四句同字押韵（思）。其三，特异的三大组对仗形式，即：

挂怀是情（1 句）
挂怀是思（2 句）
挂怀是河（5 句）
挂怀是海（6 句）
挂怀是你（9 句）
挂怀是她（10 句）
挂怀是日（13 句）
挂怀是月（14 句）

这是四言八句的长对。下面是八言八句的长对：

挂怀是剪不断的情（3 句）
挂怀是说不尽的思（4 句）
挂怀是流不尽的河（7 句）
挂怀是想不够的海（8 句）
挂怀是心田里的你（11 句）
挂怀是脑海中的她（12 句）

最后是十二言的长对：

挂怀是一轮依山而尽的白日（15 句）
挂怀是一弯破窗而入的明月（16 句）

这首韩诗《挂怀》很容易使人联想起台湾余光中《乡愁》的诗句：乡愁是一枚小小的邮票，乡愁是一张窄窄的船票，乡愁是一方矮矮的坟墓，乡愁是一湾浅浅的海峡。

“乡愁”是精神之象的虚象，与人工之象的实象“邮票”“船票”“坟墓”以及自然之象的实象“海峡”形成关联、对比，而给人留下深刻的印象。《挂怀》的长对“挂怀是一轮依山而尽的白日”对“挂怀是一弯破窗而入的明月”，以极为虚空的精神之象“挂怀”对极为实在却又极为壮阔的自然之象“日”

"月",加之以"一轮依山而尽"和"一弯破窗而入"的限制和修饰,而使得挂怀之情排山倒海,惊天地泣鬼神!

韩陈其教授的诗歌集,不仅为中国现代诗歌提供了新格律新创作,而且还是很好的关于言意象的教科书,兼有知识性和趣味性,有着非常好的阅读性和审美的欣赏性,其诗中描绘的丰富多彩的画面往往令人感到一种感染和身临其境的满足!

【作者简介】

周丽丽,女,加拿大籍华人。祖籍江苏宜兴。1982 年南京农业大学园艺系本科毕业。1989 年中国农业大学(原北京农业大学)硕士毕业。1982 至 1992 年在北京农业大学食品系工作。1992 年赴美做访问学者。1999 年于美国夏威夷大学农学院生物学博士毕业。博士毕业后曾在加拿大农业部太平洋食品和农业研究所和美国农业部北大哥大研究所进行博士后研究多年。2006 年至 2012 年在美国北卡州立大学生物系进行分子生物学和植物转基因研究。2012 年至 2013 年回国任常熟理工生物系特聘教授。

工科博士读韩诗：论韩诗的理论科学实验之美

邵　奇

小时候我就特别喜欢古诗词，从一开始似懂非懂，到慢慢开始懂些对仗平仄；从一开始只会跟着诗歌的节奏跟读，到慢慢开始学着抑扬顿挫；从一开始在课本和应试中被动学习，到慢慢开始自己读唐诗宋词。随着自己选择工科，赴美国读博并进行科学研究，再到参加工作后做产品的研发，仿佛与诗词和传统文化渐行渐远。偶然的机会从好友那里拿到韩诗，粗读之下就被其吸引，不仅是其中诗词的优美和文化的流淌，更是为韩教授对诗歌创作的科学探索论证的精神所折服。

韩诗开篇提出以“象”为诗歌灵魂，创制一种新型的汉语诗歌的表达形式或者说是汉语诗歌新格律，并列出五类新格律：齐正体、方正体，宽骚体，宽韵体，宽对体，宽异体，介绍了各种新格律的出发点和特点。后面所分八卷以宽骚长怀卷开篇，以光华缤纷卷收尾，以一篇篇精美的诗文作为实例来展现各类新格律的魅力。

宽骚长怀卷

航天颂

远远炎黄兮东方苍龙，苍龙威武之翱翔青穹。
恢恢大圆兮山海女娲，女娲巧慧之炼补霞葩。
玄玄空灵兮广寒嫦娥，嫦娥窈窕之傕舞天歌。
杲杲敦煌兮飞天女神，女神招引之追梦芳魂。
悠悠灏漫兮随心悟空，悟空自由之天地从容。
离离乱世兮清华逸东，逸东感慨之驴马铆工。
淡淡名利兮诺奖彷徨，彷徨人生之扫地擦窗。
茫茫航天兮十年一剑，一剑千万之魂萦梦牵。
上上神舟兮碧华婵娟，婵娟恍惚之航天奇缘。
泱泱华夏兮天赞大东，大东悟空之普普通通！

如前言所述，韩诗宽骚体吸纳了诗骚赋各诗序有特色的句式，加以宽化和变造，多为九言诗，叠合《诗经》两个四言句而在其中间加入《楚辞》的习惯性语气词和助词“兮”和“之”而构成韩氏宽骚体的九言句式。此首航天颂即是韩氏宽骚体的一篇代表作，让人的思绪从远古炎黄子孙苍龙的辉煌历史，传说中女娲嫦娥女神的风姿绰约，到大圣悟空的自由天地，逸东彷徨的十年寒窗艰苦奋斗，再到一剑直指苍穹的千里共婵娟，登月腾飞后的华夏赞歌。全诗气势磅礴，通过“兮”和“之”的层层叠加，一步步将实现华夏航天梦的激动之情推到顶峰。记得在母校清华就读时，为中华之崛起而奋斗的口号犹在耳旁，为祖国健康工作五十年的目标深入人心，自强不息、厚德载物的精神源远流长。一些同学最终投身祖国的国防航天事业，在艰苦的环境中默默奋斗，十年一剑，为祖国的航空事业腾飞做出了自己的贡献。这些往事，随着吟诵韩教授的这首宽骚体九言诗，在脑海中一一浮现，和诗歌所描述的磅礴气势交相呼应，让人深深地体会到韩氏宽骚体的独特魅力。

云鸥西洋

夕阳朝阳何所望，一袭长影大西洋。
情人恋人何所想，一点香吻大西洋。
山浪峰浪何所玩，一叶扁舟大西洋。
天洋云洋何所爱，一羽云鸥大西洋。
地球好似村连村，东洋西洋大洋洋！

初读《云鸥西洋》一诗，就感受到韩诗新格律奔放和自由的魅力，仿佛置身于美国大西洋岸，看天，看海，看浪，看云，看天下。记得头一次去美国大西洋城，是刚到美国不久，到纽约顺路去见一位大学好友。两人走在大西洋城的海岸上，看着夕阳快落，看着海浪翻涌，回想在大学的趣事，恰巧一架飞机从天空飞过，我们两人问了一句，这是要回祖国的飞机吗，咱们什么时候才能登上回乡的旅程？同时我们也在感慨人类发明了如此快捷的交通工具，在飞机上睡一大觉，十几个小时后就到了完全不同的地方。就如诗中所说，地球好似村连村，也许若干年后，地球真的变成一个大的地球村，东洋西洋的距离也不是那么遥远，夕阳照样连成一片。感谢这首诗把世界变得如此梦幻，如此温暖，如此自由。

小放牛

桃红梨白小放牛，吆喝春风放伶仃。

丝丝絮絮梧桐影，点点星星蓝花萌。
冬尽犹有料峭意，春温偶吹和熙风。
桃红阅川凭鱼欢，柳绿催鞭走牛耕。
得意横笛小放牛，望空纵情喊几声！

一首小放牛，仿佛让我回到了儿时的时光。小时候在家乡，我二伯父养了一头牛。暑假在二伯父家和堂哥堂弟一起玩，也曾带着老牛在田间玩耍。“桃红梨白小放牛，吆喝春风放伶仃”，仿佛让我闻到小时候家乡春风和桃花梨花的味道。“丝丝絮絮梧桐影，点点星星蓝花萌”，又仿佛让我看到了田间地头各种小花的缤纷和色彩。“冬尽犹有料峭意，春温偶吹和熙风”，似乎让我又感受到初春暖风的温度和声音。“桃红阅川凭鱼欢，柳绿催鞭走牛耕”，似乎让我看到了那绿柳垂枝，摇曳生姿，轻轻地拍在老牛的身上，推动着它往前走去。“得意横笛小放牛，望空纵情喊几声”，我似乎又听到了堂哥堂弟的嬉笑声和他们对着田间的恣意大叫声。有时候不禁感慨，也许大家儿时的记忆都是相似的，不然为何能从一首新格律诗读到如此多的共鸣和欣喜呢！

馋涎欲滴

黑鱼面馆白汤面，鲜爽一片又一片。
黑鱼大补锅盖面，滋心养阴美魂仙。
黑鱼熬煮牛奶面，乳香奶白梦魂迁。
黑鱼白汤黑白面，昼思夜想拿魂鲜。
从此吃面黑鱼馆，美鱼美汤馋魂涎！

作为一个吃货，读到这首诗，口内生津。全诗以黑鱼贯穿始终，从颜色入手，以鲜爽升华，再加上面的点睛，到底是美鱼美汤馋魂涎。这里只能羡慕韩老师的口福，以及感叹韩老师对美食绘声绘色的描述。如果舌尖上的中国能够配上韩老师这样的美诗，是否能在弘扬祖国的美食文化的同时弘扬祖国的传统诗歌文化传播新格律的魅力呢？

写到这里，我更加感慨韩老师诗集所散发的魅力。从一开始的理论立论，到用一首首新格律诗来证道，韩老师为学严谨，其对诗歌创作的求索精神令人感动。愿更多的人能读韩诗，感受到韩诗的独特魅力。

【作者简介】

邵奇，男，湖北钟祥人。目前在美国波士顿从事医疗器械开发的工作。清华大学热能工程系本科、硕士毕业，在美国特拉华大学医疗机械工程专业获博士学位。发表学术期刊论文 11 篇，学术会议论文摘要 23 篇，参与编写专业书籍 1 本、特邀学术演讲 2 次。业余爱好旅游，阅读古典文学和现代文学书籍。

真情实意　声声入心

——读《韩陈其诗歌集》有感

王　淼

我必须得承认相比于其他诗评的专家，我没有特别专业的中文背景。不仅如此，我还是一名标准的理科生，学地质出身，因此让我来评价韩老师的作品，实在是有些汗颜。不过，我对诗歌的赤诚热爱是一点儿不少的。

小时候我就特别喜欢看文言文，惊叹于古人对于汉字简练精准的应用。身在国外，韩老师的这本诗集里描绘的景象唤起了我对很多人、事与景的美好回忆和向往。

比如这首《嫦娥戏兔》：

风轻云淡秋高野，小儿玩笑指月圆。
古松宫灯耸巨塔，夜明祭神夕月坛。
婆罗双树映月池，天香云桂飘广寒。
邀揽无如奔月去，嫦娥爽心戏兔蟾。
可怜光风霁月夜，婆娑无奈歌凤鸾。

韩老师的这首诗恰恰勾起了我的思乡之情。我笑称常听说外国的月亮更圆，其实来美国这么多年，没发现月亮有多圆，天倒是低不少，总觉得手一抬就可以够到那盘大月亮。韩老师描写的嫦娥虽然自由自在，平日与兔嬉戏，可冰冷的广寒宫再怎么绚丽，她还是孤单单一人，稍显寂寥。这不正是身在国外的留学生的真实写照吗？我还清晰地记得刚到达拉斯的那个晚上，迎面扑来的是有些湿热的空气，让我一下子想起多年前去深圳参加比赛的那个夏天，路边摊酸爽可口的酸辣粉，还有热气腾腾加了鸡蛋的嫩滑肠粉。这些熟悉而遥远的景象无时无刻不出现在我迫切想回国的梦境里。在美国这些年，见识过各式各样的月亮，有弯弯像镰刀的，有半遮半掩羞答答的，还有赤红的血月亮。每一次望着天上朦朦胧胧的月亮时，我都不禁想问问你们在家乡还好吗?

比如这首《碧波红鱼》:

奥森南园花迎春,春色洋洋得意红。
碧波粼粼奥海风,红鱼漫漫野皃慵。
鸟语虫鸣声悠悠,叠水花台响淙淙。
林海湿地雾蒙蒙,涧溪瀑流水溶溶。
仰山天境眺远去,愿闻得得春音跫。

韩老师描写奥森花园的春色如此生动,有波光粼粼的湖面,有鸟语花香,还有红色锦鲤在水中慵懒地享受点点春意。恰好我休斯敦的家中也有个小院子,虽不及诗中那番有林有山有湖的全景,但绵雨纷纷后的休斯敦,院子里的冬草冒出绿尖尖,翠色欲滴,池塘里的小蝌蚪游来游去,不也正应了韩老师描写的这种令人欢快的景象。要知道每年休斯敦冬天、春天、秋天的时间都特别短暂,有人还笑说休斯敦是个只有夏天的城市。所以也正是这寥寥数日的一抹春色,才让人格外的珍惜。

比如这首《金山游思》:

西湖断桥伞雨情,金山漫水竟可哀。
湖光山色江天寺,悠然大江芙蓉开。
蒹葭苍苍鸥鸟飞,楼宇重重映翠来。
雄跨东南二百州,金鳌山下祖场台。
光影鱼龙夕照远,白蛇情思惹尘埃。

韩老师这首关于金山寺的游记,将白蛇的故事融合在自然的风光里,让人不得不感叹,时光荏苒,物是人非,记起很多过去幸福的回忆。我想起小时候看的《警世通言》中有很多脍炙人口的民间小故事,“白娘子永镇雷峰塔”就是其中之一。还有一本经典漫画,也是爱不释手,就是蔡志忠的《白蛇传》。小说里的故事篇幅不长,远没有电视剧里那般细节,漫画里的就更加幽默诙谐,加入了很多现代元素。

印象最深的就是 20 世纪 90 年代的夏天,当时还在上中学,我最惬意的事情就是趁着没人在家,拉起家里的绒布窗帘,打开窗式空调,吹着呼呼的冷气，吃着冰凉透心、奶味十足的雪糕，看《新白娘子传奇》。情情爱爱在那种懵懂的年纪当然并不是最吸引眼球的情节，反而是白娘子和小青的魔法更令人神往。要是我也能有那样的本事，该多好啊！后来长大又看了徐克导演的《青蛇》，张曼玉、王祖贤还有赵文卓的长相加演技，重新颠覆了这个故事。可能因为经历的事情比小时候多些，渐渐可以体会到点儿不一样的心思。即便是人也不见得都能一心从善，即便是妖也不见得都万恶不赦，而墙头草是做不得的。

比如这首《雪怀》：

山雪狂舞兮处处云龙，天星点灯之几点松雪。
原雪怒飞兮茫茫云野，天仙许愿之几许梅雪。
江雪飘翔兮淼淼云水，天禽分象之几分舟雪。
城雪轻扬兮熙熙云衢，天花多情之几多楼雪。
雪女兆瑞兮大雪小雪，瑞雪香雪之初心如雪！

前段时间，一向是暖冬的德州迎来了 2021 年的初雪。虽然休斯敦只是大雨滂沱，让人小失望了一下，但三四小时车程远的奥斯汀和达拉斯却都下了雪。德州人对这突如其来的雪，心生惊喜！德州虽没有韩老师诗中描写的嶙峋的山峦，没有碧蓝的海水，也没有高耸入云的红杉，但这一片白皑皑的雪不禁勾起我对家乡雪景的怀念：黄山顶上松树枝头的点点绒花，夫子庙乌衣巷口飞檐上倒挂的条条冰凌，还有随处可见的地面上如同镜面一般反光的小冰面。真是许久没有见到漫天飞雪、絮絮如柳的景象了！韩老师这首《雪怀》更是淋漓尽致地体现了雪天曼妙的景色，让人的心境也一下子沉静下来，可以好好地回味这一番好景致！

比如这首《半世依依》：

璨璨芳华兮芳华璨璨，半世同窗之萌萌弱冠。
奕奕神采兮神采奕奕，半世同窗之昂昂而立。
默默岁月兮岁月默默，半世同窗之朗朗不惑。
萦萦情怀兮情怀萦萦，半世同窗之幽幽知命。
瞬瞬沧桑兮沧桑瞬瞬，半世同窗之清清耳顺。
滚滚红尘兮红尘滚滚，半世同窗之休休从心。

古稀从心兮从心古稀，半世同窗之永世依依。

浮云一别而半世再聚，南北东西，风风雨雨，夕阳晚晴，或为官，或为民，或为亿万富翁，或为清贫书生，而唯有同窗共存，才能谱写人生永世璀璨交响乐章。正如韩老师诗中描述的一样，不论什么时候的同学情谊，都是让人那么印象深刻。2019 年是我大学毕业的第 15 年，原本只是想回去见见以前宿舍的好朋友，结果好友张罗的时候，人越喊越多。10 年聚会过一次，这又是 5 年没见，大家都特别积极踊跃。再次聚首的时候，有人韶华已逝，有人精神矍铄，有人儿女双全，有人孑然一身，有人事业有成，有人家庭圆满，各有各的喜乐哀愁。我所感动的是无论经历过何种变迁，大家依然能够在一起畅所欲言，开心大笑，就如同这些岁月不曾将我们分离。那种熟悉亲近的感觉在心里的某个角落，从未消散。聊到有位同学因心脏病已去世，每个人都很怅然。回忆起过去和他一起的点点滴滴，我虽不是他的深交知己，但也聊过一两句，脑海中对他的印象，依然是那么清晰，他穿着休闲白衣，说话轻柔，长相斯文。也许到了一定的年纪，对于生离死别会有一种新的认知，就像最近看的电影《无依之地》中一位老先生说的，“自从儿子去世后，我很久不能走出来。但后来我告诉自己总有一天在某个地方会再遇见。所以现在我不喜欢说再见，我更喜欢用回头见或路上见”。人生漫漫，路上会有同窗，会有朋友，会有同事，这些种种如同过眼云烟，聚散总有时，唯一留下的是对彼此珍藏的记忆。韩老师这首诗正点明了这情谊才是最难能可贵、值得珍惜的。愿天下的同窗好友半世依依，再回首仍是少年。

最后再来聊一首《小放牛》：

桃红梨白小放牛，吆喝春风放伶仃。
丝丝絮絮梧桐影，点点星星蓝花萌。
冬尽犹有料峭意，春温偶吹和熙风。
桃红阅川凭鱼欢，柳绿催鞭走牛耕。
得意横笛小放牛，望空纵情喊几声！

韩老师的这首诗让我想起小时候在乡下拜访的日子，虽然时间不长，只有几天，但那种激动的心情到现在都难忘怀。所有的景色、物件看起来都那么独特，最令我新奇的是长在矮灌木上的棉花，还有全身带刺儿的毛栗子。这些在城里孤零零的独立个体，到了乡下立马变得鲜活起来。诗中描绘的放牛娃在乡间小道，在绿油油的草地上惬意自由的欢乐，自然是城里的孩子没法体会的。我还记得以前电视台曾经播放过一个节目，具体的名称已记不清了，大意就是让城里的孩子去乡下住，让乡下的孩子来城里生活，彼此对调一下。其实，我也时常会畅想，若是自己在乡下长大，会是个什么样子？我愿意做个肆意悠哉的放牛娃，在田间草堆间撒丫子乱跑乱蹦，畅快的时候对牛唱唱歌，如此甚好！

我很想表达的是即便没有任何诗歌专业背景的人，在看到韩老师的作品时，都会有这样那样的共鸣。因为好的诗歌不正是作者通过作品抒发对事对人对景的情感，让每个欣赏的人都可以产生共情吗？这也正是我被韩老师作品深深吸引的原因。我非常佩服韩老师在自己的业余时间可以创作出如此别具一格、流芳百世的作品，也希望以后能够有幸欣赏到更多韩老师的诗歌。

【作者简介】

王淼，女，江苏南京人，目前在美国休斯敦从事石油相关数据方面的工作。地球科学博士，毕业于美国得克萨斯州大学达拉斯分校，本科和硕士就读于南京大学地质系。业余爱好写散文，微信公众号“休斯敦生活驿栈”创刊人兼主编，以及喜马拉雅栏目“女 PhD 在美国”的主播，主要致力于分享在美国的生活感悟和对文化差异的个人解读，愿景是为对相关话题感兴趣的人做出一些贡献。

管中窥豹看韩诗

——对《韩陈其诗歌集》的浅赏

张熙霖

当我看到这本印刷精美的诗歌集的时候，坦诚地说，我并没有太多的惊讶——一位潜心研究中国语言、汉语理论和历史的大师如果不写诗，就会浪费掉什么；当我翻开这本诗集，看完诗序，只从近五百首诗中挑选几首我熟悉的题材读完后，就感到一种令人震惊的力量——一位汉语学家将诗写到这样的水平，这背后得是多么深的学术和人生积淀。

韩诗中的学术理论

古今中外，诗人通过诗歌创作，讴歌世间万物，吟咏抒发感情，而诗又必须遵守着一定的文学章法（诗法）来创作。一位诗人仅仅借助文字还远不足以充分表达他所有的创作动力，迫切在诗法上做出创新的意愿，韩陈其的诗是一个经典的例子，无论宽骚体、宽韵体，还是宽对律、宽异体等，诗对于他来说可以直接抒发出内心的声音，更在很大程度上丰富了汉语言诗词的创作手法和理论，为现代诗词理论做了重要的学术拓展。

另一方面，韩陈其教授架构出汉语的言意象系统。韩教授认为，象是汉语之魂、汉字之魂，诗作为汉字交合的艺术，象当之无愧成为其“魂”。“无魂何能渡迷津”，这一汉语理论博大精深，是韩教授四十余载的研究淬炼而成，对一般人来说是难以理解的。那么，在如何理解象上，韩诗为我们打开了一扇窗。而理解了“象”，又更容易品味韩诗。神奇的是，“象”又很难在哪几首诗中找到代表，它贯穿了整个诗集，如同作者自序中所说，“以象为诗，步步入象”。对于普通人来说，“象”在韩诗中，绝对是只可意会不可言传的美！

韩诗中的人格魅力

我结识韩教授远早于了解他最新创作的诗。十多年前，我在国外读书，假期回国探亲曾借宿在他家一晚，那是我第一次见到韩教授，我们聊了我学的专业、读书计划等后，教授一头扎进了书堆，在那个普通的晚上，他整整看了一晚上书。另一次见他，是在人大的校园，离约定的时间还早，我忽然远远看到韩教授拿着几本书，大步地走向他的办公楼，我忘不了他的儒雅、坦诚，步履匆匆(就像在《雨花万方》中写的那样："一早有课早动身，急急匆匆赶僧堂。")。后来，我逐渐了解到他的学术成就，韩教授著作一部接一部，论文一篇接一篇，在繁华俗世中保持着对学问纯粹的孜孜以求，从汉语的根基上寻求着中华文化的根源，在不知不觉中把汉语言的研究推到了万人瞩目的高度。韩诗风格鲜明，很多题材直观地展现了韩教授的人格力量和人生感悟，读来极易产生思想冲击。

比如《渡江》，"今日渡江川，焦山佛学堂。明日飞星空，新疆大讲堂"，这四句描写了几段安排紧凑的讲学差旅，并没多少抒情，然而到了后半篇，文风一转，"一生两袖风，万方亮心堂。潇洒迷人时，最爱站课堂"，直抒了诗人一生执着于传道授业这一高尚职业的情怀，并为此从不辞劳苦。一位顶级的教授，必然首先是一位优秀的教师，师从这样的老师，韩教授的学生们是幸运的。

红尘染月中一首《冰心问天》，记载了教授走过数十载学术苦旅的心路历程：

黄海滩涂上大学，哪来哪去想当年。
青春峥嵘游云龙，三十年前修文缘。
夜来夜去夜游学，月圆月缺月无言。
阶梯苦读写华章，偷光凿壁开新元。
觥筹交错醉蹒跚，推心置腹舞翩跹。
赤橙黄绿青蓝紫，三蓝美俊闹烽烟。
喜怒哀惧爱恶欲，一片冰心可问天？

从求学时代的峥嵘岁月回忆起，到进入自己的学术领域后多年苦心研究，对自己真爱的学术领域矢志不渝追求多年，其心是那么纯粹。我相信每一个寒窗苦读多年的人，都会有深深的同感。学海无涯，只能以苦作舟，岁月变迁，对过去的时光谁又能轻易忘怀？现在每当我偶尔路过当年读书的大学校门，我都忍不住会向里望去，回想当年的快乐、辛苦、郁闷、彷徨，幽幽的校园里分明是自己的青春。

再比如《大江日圆》，这是一首极具浪漫主义色彩的诗，"弱冠从农江河汇，古稀欢舞知青园。风姿英爽斗青春，天高地阔抛荒烟"，"春夏秋冬梦旧城，酸甜苦辣开新元"，回顾了从弱冠到古稀，半个世纪的人生弹指一挥间。

"载歌载舞痴心甜。但愿知青人长久,笑看大江落日圆",半个世纪人生的多少故事,都融入这落日的壮美,诗人的浪漫主义情怀跃然纸上,荡气回肠,读起来非常过瘾。

韩诗中的文化苦旅

自古以来,"读万卷书,行万里路"就是一种境界,一种追求,它概括了人获得真知的两条途径。清代钱泳在《履园丛话》中说"读万卷书,行万里路,二者不可偏废"。读韩诗的一个最直观的感受就是这些诗不但成于"读万卷书",也成于"行万里路"。从故乡镇江,到求学的徐州,再到工作多年的北京,更到负笈海外的日本、韩国、美国等,教授走到哪里,诗就写到哪里,他用诗记录了自己的步履。我相信,正是无数次走在路上的苦旅,让人更能静下心来,细细品味人生的足迹,诗也变得更为丰富秀美,这不正是赋予自己的旅途丰富的诗意吗?这其中,我觉得《京途云思》和《书房云迁》两首诗最能展现韩教授数十载走在路上,学在路上,思在路上,研究在路上的情怀,它们蕴含着风景,却早已超越了风景,蕴含着地理位置的变迁,却早已不仅仅是地理位置的变迁。

《书房云迁》诗云:

一砖一砖盖大厦,一书一书筑书房。
南来北往小文童,东奔西走大书郎。
帝都锦绣歌云远,京江浩渺舞帆航。
春萌有情无所寻,秋风无意有时狂。
梦溪曾圆杭人梦,山乡水城听鹂窗。

书房当然是读书人知识、品位和修养的象征,只要是读书人,就会有一种对书的企盼。他们懂得只有书籍,才能让自己的知识连成缆索,才能让自己的学问向前拓展。然而,对于一位多年东奔西走的大学者,每次迁移搬家,我相信必须解决的一个大问题就是如何搬迁好、保护好越来越沉重的藏书,锅碗瓢盆可以扔了不要,家具器皿可以有所丢损,建好书房这个学问的物理载体才是头等大事。在我看来,这首诗将读万卷书、行万里路完美地结合在了一起,读万卷书,有助于行万里路,行万里路,更需要读万卷书,无论东南西北走到哪里,书籍终身陪伴着自己,这就是真正的学者人生。

韩诗中的风土人情

路走得多了,自然就会领略到许许多多不同地方的风土人情,翻遍这本诗集，描写风土人情的诗句太多太多，究竟有多少，我认为是很难统计的，因为很多早已和自然风景、社会现象等融合在一起。既然如此，那就回到原点，来看一首普通题材的诗作。

《锅盖面》诗云：

街头巷尾锅盖面，五味八鲜争人心。
楼堂馆所锅盖面，远游更觉故乡亲。
迎宾一碗锅盖面，小菜鲜嫩麦粥新。
送客一碗锅盖面，齿颊尽日留芳馨。

我们都知道锅盖面是镇江风味，中国名面之一。然而时至今日，别说镇江，江苏我都去得少，每每说找机会品尝一下，却总是没能如愿。不想在这本诗集中出现了锅盖面一诗，让人为之眼前一亮。全诗浅显易懂，描写美食充满着文化气息，描述了镇江人对本地名吃的情感。尽管没有一句是描写锅盖面如何制作、面貌如何，但读罢不免惊叹于这文字的力量，似乎锅盖面独特的鲜美已经融入口腹，锅盖面在镇江人的生活中的作用也不难想象了。于是，锅盖面在我心中又多了一层美丽而神秘的面纱，等到日后有机会品尝到真正的锅盖面时，我相信我一定会想到这首诗，古人饮美酒写好诗，韩教授笔下，吃好面同样有好诗！

韩诗中的特定人物

最后，还是得来说一说韩诗中的人物，这是韩诗一个重要的题材。提到韩诗中的人物，我不得不谈一下其中的代表——赛珍珠。这位成长、生活在中国四十年的美国人，一生致力于用手中的笔让西方了解真正的中国文化。作为一位女性作家，赛珍珠的作品中中国妇女形象真实、生动而且全面。我是宿州人，赛珍珠曾在宿州中学任教，以旧中国宿州地区的农民生活为题材的小说《大地》是赛珍珠的代表作，让她获得了美国历史上第三个诺贝尔文学奖。韩教授是镇江人，赛珍珠视镇江为她的中国故乡，她档案上籍贯填的是镇江，所以韩教授在《双调花非花·祭拜乡人赛珍珠》中，也称赛珍珠为“乡人”。

梦非梦，路非路。十万里，人桥渡！登云楼前戏风筝，风车山畔笑郎鼓！

亲非亲，故非故。原乡情，西津渡！京江一别八十春，绿山芳魂有觅处！

韩教授研究赛珍珠，赛珍珠当然也多次出现在他的诗中，这首词可以说是纪念赛珍珠的巅峰之作，深入刻画了韩教授对自己研究的这位文学家的真挚感情。这首词的英译本，正陈列在美国宾夕法尼亚州普凯西（Perkasie）镇的赛珍珠纪念馆中——那里是赛珍珠的故居和墓地所在之处。

说起来我深入了解赛珍珠，还是受了韩教授的影响。2017年，我所在的单位组织访问西弗吉尼亚州洽谈能源合作，那里是赛珍珠美国的故乡。我们先去了西弗吉尼亚新建的赛珍珠纪念馆，当美方听说我中学时代毕业于赛珍珠任教过的学校后，慷慨地拿出赛珍珠珍贵手稿让我翻看。我征得对方同意后，当即拍下照片，发给韩教授。我知道，作为研究赛珍珠的人，他一定非常喜欢这些宝贵的手稿。今天读到教授纪念赛珍珠的诗篇，又引起我很大的共鸣，我应该把关于她生平的文章，再找出来读一读。

以上就是我对《韩陈其诗歌集》最为直接、真实的几方面感受，我不是专业文学评论人士，想到哪儿说到哪儿，贻笑大方。但是，这本诗集，咏物、咏人、咏时、咏事、咏情、咏景，跨越时空，包罗万象。如果您和我一样，喜爱文学、历史和地理方面的书，《韩陈其诗歌集》是非常值得摆在书架上的一本汉语言精品，闲来无事的时候读一读，一定能让人更好地感悟生活方方面面的美，其对人精神境界的提升大有裨益。

【作者简介】

张熙霖，1980年生，安徽宿州人。现供职于国家能源投资集团，曾获美国特拉华大学能源与环境政策博士，高级经济师，职业领域跨越能源政策、企业战略与管理、国有企业改革与党的建设等，多年负责机关重要文稿起草、企业战略制定工作，并主持多个课题研究。业余喜爱读书、旅行。

高山流水　魂萦梦牵

——读《韩陈其诗歌集》有感

杨　洋

【导语】读《韩陈其诗歌集》中的回肠荡气、星河浩瀚，读那集子中的青山绿水、旖旎风光，还读那集子中时而天真，渐次厚重，被揉进酸甜苦辣的小日子。读着读着，心也随之开阔起来、跃动起来、喜悦起来、怅然起来。

一、大气磅礴　浩荡而来

久闻韩陈其老师大名，今天读到韩老师诗歌集，如获至宝。只读过几篇，思想便被诗歌牵着流动起来，心也随之敞开。

之所以用“敞开”一词，是因在字里行间，感受到大气磅礴扑面而来，神清气爽，好不痛快，犹如此时北方的春风，微凉中夹杂一抹温热，拂面后大有提神醒脑、清心除燥之效。

比如，在《卷首诗象》首篇《宽骚体·乾坤骚怀》中，韩老师写：“宽骚长怀兮朗朗乾坤，星歌云梦之莽莽昆仑。流霞飞虹兮杲杲春旸，龙埂铁瓮之淼淼京江……”

仅从这两句，我们便感受到华夏文明源远流长、生生不息，炎黄血脉代代相承的豪迈力量与无限魄力。而“星歌梦云”“江霞飞虹”“高天叠彩”等词的运用，又仿佛营造出蓝色星河、黄色流沙、彩色飞虹时而纠缠、时而散开的流动画面，奇幻而壮阔波澜。

比如，在《航天颂》中，韩老师写：“茫茫航天兮十年一剑，一剑千万之魂萦梦牵。”“泱泱华夏兮天赞大东，大东悟空之普普通通！”

十年磨一剑，一朝试锋芒，大国重器扶摇直上九万里。这背后，是多少个日夜的不眠不休，又承载着多少期许。还有比这更令人心潮澎湃的事吗？足踏云鞋的悟空又算什么呢！

读到这里，耳畔声声轰鸣起。神舟飞船蓄势待发的宏伟场景仿佛就在眼前。

在韩陈其老师的诗歌集中，这样令人心潮澎湃的词句还有很多。文字落于纸上，不仅勾勒出场景，亦描述出气魄。想必这样的诗歌读得多了，心也宽广了，固然再有什么烦心事，也都要被文字化解了吧。

二、生活中的“小东西”

韩陈其老师的诗歌中有大气磅礴，但不只大气磅礴，玲珑市景、日常琐细也在集中，如此，才成生活。

从韩老师写下的关于生活的诗歌中，我们能够感知他的细心。他凭此细心，在钻研学术之余，观察市景、体味平凡，用文字加以记录，那别人眼中的瓶瓶罐罐、柴米油盐便立刻成了他笔下的“小东西”。

比如，在《银铃迎客》中，韩老师写：“艾园笋尖大面筋，柚惑蜂蜜特别特。韩式米饼港荣糕，夏威夷果格外格。牧童鸡爪亲嘴烧，泡吧三明得中得。”

看文字，就已垂涎三尺。字里行间，芳香四溢连绵，咸甜适中、干脆爽口、香甜软糯的小食仿佛已徜徉齿舌间……

《银铃迎客》关乎于食，又不仅于食。两句“谋生谋面谋明天，银铃声声笑迎客”“人人竞说小店好，明天再做回头客”道出了历代小店生意人的生意经——勤勤恳恳、笑脸迎客，这其中，蕴藏着小生意的大智慧。

而在《悯猫》中，韩老师这样记录路边一只流浪白猫：“凛冽三九万木枯，乌鸦啼风萧瑟寒。白猫凄惶嶙峋瘦，翻滚求怜寻食难。幽幽亭桥幽幽行，喵喵抖擞喵喵馋。可怜一路空欢随，呜呜喵喵哭碧潭。”

寒冬已至，万物凋敝。受了冷的路人还有家可回，有暖可取，而骨瘦嶙峋的流浪白猫却连下一顿吃食都不知哪里寻。它这样饥一顿饱一顿的生活还要过多久，它在刺骨的风中还能坚持多久？它常怀揣希冀，跟随街边为数不多的路人，跌撞着一路喵呜，以为能够得到一点食物，却只是一场空欢喜。

读过《悯猫》，酸涩涌上心头，目光瞬间定了格，曾在路上遇见的那些流浪猫狗显现眼前。而对比那些有家可回、有主可依的同类，它们活下去，需要多少的坚强和勇气！

这样的场景想必不止一次被韩陈其老师遇到过。他定是内心柔软的，否则也不会写下这样的诗歌。每见路边的流浪猫狗，他的心中又生出怎样的怜悯与忧伤呢？

三、观察美　记录美

他的诗歌集中，有许多首关于风景的诗。他将内心的柔软融入祖国的风花雪月，将内心的柔软施于对大好山河的赞叹之中。

他在《新疆天歌》中写：“登眺天山兮望乎烽燧，烽燧孤寂之邈邈时岁！

登顾天山兮望乎轮台，轮台杳渺之丝丝榆槐！登临天山兮望乎楼兰，楼兰窈窕之活活美仙！登看天山兮望乎峡口，峡口沧桑之熙熙觞酒！”

在《峨眉云游》中写：“峨眉高高兮匍匐五岳，峨眉秀秀之玲珑日月。峨眉十里兮云天变幻，峨眉一日之四季演换。”“峨眉山情兮脉脉依依，鬓白颜红之春心怡怡。峨眉金顶兮峰峰巅巅，圣灯云海之心路绵绵。”

在《京华云歌》中写：“京华春云兮无边无垠，岑楼绮丽之霓裳羽新。京华夏云兮无垠无涯，燕山黛翠之烂漫朝霞。京华秋云兮无涯无休，北海荡漾之青春扁舟。京华冬云兮无休无终，苍穹遨游之翩翩云龙。”

风起云涌、高山流水、生机勃勃、郁郁葱葱……韩老师将内心的柔软化作震撼，感叹祖国锦绣山河之壮美，感叹景物五彩缤纷之奇妙，感叹世间万物所散发出的生命力，欣欣向荣。读这些诗歌，即便还未去过风景地，风景也已印在心里，感受也已刻在脑中。

不过，韩老师笔下记录的也不光磅礴壮景，亦有玲珑小景。

他在《老屋云祭》中写：“荷塘水漂涟漪远，关河柳垂烟花繁。”

在《蝶醉蜂迷》中写：“蜂游蝶舞兮花花世界，花花世界之招蜂引蝶；蝶恋蜂缠兮花花连连，花花连连之蜂迷蝶恋……”

从这些文字中，我们又读到别致小景，精巧细致，隐于角落，顾自欢喜。这些小景给韩老师带去不少的惊喜与心旷神怡，想象着，他徜徉于亭台楼阁、小桥流水，在不经意间，小景跃于眼前，也不失为一种独乐。

四、因爱而耕

韩陈其老师善于观察生活，想必，他也常将这些观察总结为感悟讲给学生听。

他是爱学生的，并以他们为傲。不然，他怎会在《惜别》中写下：“莘莘学子兮学子莘莘，千花万朵之故国甘霖。”当然，他也以同样的爱，爱他任教的学校——中国人民大学。

在《骚赋体·感恩我永远的中国人民大学》中，韩老师用这样的词句形容其气魄：“呜呼，往者不可追，来者不可见！大局大气大义兮唯大为尊，人民人本人文兮唯人为魂！”

“唯人为魂”即“以人为本”，这应是当代教育的价值观。而这所以人文社会科学为主的综合型全国重点大学则坚持以此为核心，这与韩陈其老师的育人理念相符相合。

“衮衮诸公，鸿儒俊彦，泰斗鸿猷，大师巨匠，存续继绝，彪炳日月，数不胜数。”作为其中一员，韩老师在笔下表忠心，诗歌中责任感与使命感显而易见。

韩老师属牛，乳名“大牛”。他在讲台前耕耘数载，传道、授业、解惑，如其乳名那般，不辞劳苦、孜孜不倦，却乐此不疲。不然，怎会写出：“助人为乐乐为牛，乐人乐己乐四方”的诗句。

盼韩陈其老师更多佳句问世，如此，心中便可再尽兴搅动一番。

【作者简介】

杨洋，笔名小羊妞，海归，媒体人，写作爱好者。二十出头开始海外留学之路，来到人称“冲浪者天堂”与“日光城市”的澳大利亚黄金海岸，在 Griffith University 酒店管理专业学习两年。不甘学士学位，故又飞到文化底蕴深厚的英国纽卡斯尔市，于 Northumbria University 学习传媒一年，硕士学位归国。回国初在《环球时报》工作四年，后成为人物专栏访谈记者。现在新华社工作。

第四辑　乐诗学子

堪惊世态催诗面面观

韩陈其诗歌中的动物意象与隐喻

郑淑花

从上古神话、原始歌谣，到《老子》《庄子》等诸家学说，乃至《诗经》《楚辞》，唐诗宋词中，不乏对动物意象的隐喻，它们或阐明哲理，或寄托情思，或表达文明。现代隐喻是一种思维方式与文化行为，反映人类对世界的体验与认知、想象与表达。诗文中的意象是以物象为基础而赋予物象文化蕴涵与隐喻意义的审美对象与象征符号。

在《韩陈其诗歌集》中，隐喻与意象相互依存，其中的一草一木、一虫一鱼无不与人共灵性，同呼吸。而他在动物文化意象的隐喻上，更广、更幻，孕育了一个龙腾虎跃、蝶飞凤舞的动物意象隐喻世界。

意象更广，即在韩诗中运用了60多种动物：它们有家禽如鸡、鸭(凫)、鹅、狗、猫、牛、羊、驴、马等，有飞鸟如燕、鹂、雁、鹊、鸥、莺、鹭、鹰、鹳、鹤、鸽、鸥、鸦、鹫、鹧鸪、鸳鸯、雎鸠、鸱鸺、布谷、飞鸿、鸿鹄、杜鹃、鹧鸪、元鸟、丹顶鹤、企鹅、孔雀等，也有鱼虫诸如锦鲤、鲍鱼、龟、鳖、鳌、虫、蝉(知了)、蝼、萤、蟋蟀、蝶、蜂、蜻蜓等，还有走兽如驹、河马、犀牛、鹿、象、猴、虎、熊、蛇、狼、鹿等，更有蕴含着灵性与祥瑞的神兽鲲鹏、凤凰、龙、麒麟等。

意象更幻，在韩诗中，通过动物的意象寄托作者独特的情感。“鼓蛙鸣蝉笑金鸦，招蜂引蝶颂洋槐”，此诗句中的“鼓蛙”“鸣蝉”“金鸦”“蜂”“蝶”构成了一幅生机盎然的夏日图像，寄寓其“心云汇天台”的遥想。再如，“骏马嬉嬉闹碧野，肥羊咩咩正徜徉”，诗人以“骏马”为喻体，隐喻塞罕坝大草原上“骏马在嬉闹，肥羊在徜徉”的一派欢乐祥和的景象。而在《西猫逗鱼》这首诗中，猫和鱼已不是传统意义上的食者和被食者的关系，“花猫凝眸引鱼跃，鱼儿悠悠戏跳吻，西猫羞羞退后逃”。“凝眸”“戏跳吻”“羞羞”这几个词形象生动地刻画出猫逗鱼的欢乐景象，极富生活情趣。这些意象是融入了诗人主观情感的客观事物，表达诗人对祖国大美之江山、人民之安居乐业的赞美之情。

“鸿”是一种南北迁徙的候鸟，隐喻士人与家人朋友的别离，寄寓相思与离愁别绪，成中国古典诗词中一个非常典型的意象，诸如“飞鸿”“孤鸿”“归鸿”“冥鸿”“离鸿”往往隐喻着诗人的特有的身份和心境。在韩诗中“鸿”是一个高频词，“飞鸿”“天鸿”“惊鸿”“鸿雁”频频出现，如：“无限光景一风新，白云蓝天观飞鸿”；“望穿秋水望天鸿，红颜无奈青春荒”；“呼风唤雨海龙王，惊鸿飞燕天仙娇”；“仙鹅浮渌粼粼影，鸿雁撩云翩翩翔”。

在韩诗中“鸿”的意象在传承传统诗歌离别伤情的意蕴的基础上有着更高远的境界和更积极的隐喻内涵。“飞鸿”是一种广阔无边的新气象，“天鸿”是对青春逝去的追忆，“惊鸿”是对曼妙仙娇的赞美和歌颂，“鸿雁”是在如入幻境《寞》中的鸿雁的畅想。它们内涵不一，却融会着深刻丰富的文化意象。

然而在韩诗中，动物意象最为令人印象深刻的是“大牛”。在中国古代神话传说中，人们将铜牛或石牛的塑像投入水中以镇妖防洪，出现了牛图腾和牛崇拜的文化景象。在中华文化里，牛是勤劳、奉献、奋进和力量的象征。

“吾本属牛，乳名大牛，行于故乡，走牛运矣！一辈子唯躬耕而已：弱冠农耕，可谓地牛；而立笔耕，可谓字牛；在言意象的大天地里，默默耕耘四十余载，可谓默牛！”

诗人乳名为“大牛”，自称为“地牛”“字牛”“默牛”，四十余年汉语研究，出版《中国语言论》《中国古汉语》《汉语羡余现象研究》，且在“言—言意—言意象”研究创造了语言学界新航标等，国学大师徐复称赞他“于语言文字各部门，均所擅长，凡有所陈，无不惬心贵当，卓然有所树立”。诗篇《依旧大牛》中的“地牛”“大牛”“耕牛”意象，《关山黄牛》中的“美牛”“白牛”“黄牛”意象，《善人乐牛》中的“乐牛”意象，《茶境天眸》中的“乌牛”意象，构筑了一个立体、丰满而又富有情趣的“牛”人教授形象。

这让我不经意地想起从小在乡间与牛为伴的故事，深感“老黄牛”勤劳、奉献的品质。儿子出生后，我给其取小名“牛牛”，希望他如牛般健壮，如牛般勤劳而又勇于开拓。而如今，我的生命中又有一个“无所不牛”的牛博导。与“牛”如此有缘的我，对“大牛”韩陈其教授顿增钦佩，倍感亲切。

【作者简介】

郑淑花，重庆工商大学教师，新疆大学中国语言文学学院博士研究生。

承接古今重构诗歌高阁　一代宗师巧赋时代华章

——读《韩陈其诗歌集》有感

于昌灵

新诗百年，从厚重的传统诗中脱胎，轰轰烈烈地在“现代化”“时代性”的荣光中成长发展。白话诗的产生自是时代和文化不断向前推进的必然产物，可是白话诗对诗所固有的形式体系的强行突破和对遣词造句的通俗化、直白化是否真的能够带给读者同样的审美体验与感受？

韩陈其先生以其独步于当代的韩氏齐正律、韩氏方正律吹响了复兴传统诗歌美学的号角，四十余年的汉语研究成果构建起了立体的汉语“言意象”系统，这样一个全方位、立体化、多感官的汉语美学体系恰如一条承接古今的精美栈桥，亦如现代汉语新诗世界中平地突起的一座高阁，唤醒国人血脉中独属于诗的审美基因。

千古独步新诗体

初次拜读《韩陈其诗歌集》时，我即震惊于韩陈其先生在诗歌的格律方面的创新——自新诗于1920年掀起高潮以来，诗句视觉上的整齐规整似乎要完全依赖后期的排版，而《韩陈其诗歌集》中的一首首诗留给我最深刻的第一印象即是诗歌格式上的规整与优美。再观之，韩诗以其独特的韩氏宽骚体、韩氏宽韵体给人齐正悠扬的审美感受与体验，任取一首读之，音律悠扬、意趣盎然，不由得使人赞叹一声“妙哉妙哉”。

对新诗的改革和创新，更像是将时代大浪淘沙沉积下来的精华注入格律诗的躯体之中，从而达到一种和谐完善的平衡境界。这本厚重的《韩陈其诗歌集》不仅是韩陈其先生匠心独运的汉语研究精品，更是汉语诗坛一次千古独步的创世壮举！胡适说：“我们作白话诗的宗旨，在于提倡诗体的解放。有什么材料，作什么诗；有什么话，说什么话；把从前一切束缚诗的自由枷锁镣铐，统统推翻：这便是诗体的解放。”于是，白话诗乘着时代的浪潮奔涌而来，冲破格律和形式垒起的堤岸。然纵是时代进步、文化发展所致，这浪潮之中亦是泥沙俱下，现代诗歌界存在，着太多滥竽充数之作，亦有人借新诗诗体的自由和语言的通俗卖弄诗意情怀。是否把完整的句子隔行排版即是所谓“诗”，把简单的意象用拗口难懂的词汇表现出来就是所谓“诗意”?

当下来看，现代诗的发展似乎走到了一个困境——诗的文化性、内涵性不复从前，人们对于诗的创作似乎也缺失了一份敬畏之心，遣词造句不再是值得斟酌推敲的审美过程，格律与节奏也都被抛诸脑后，字里行间再不见诗人澎湃的情与缠绵的思，亦不见文人在诗中构思出的意境与画面。

韩陈其先生千古独步的“韩氏新诗体”集审美性、文化性和独创性于一体，恰似一阵及时甘霖，以千古独步的新诗体为载体，将迷失已久的传统诗歌美学重新唤醒，滋润着当代诗坛，亦滋润着国人贫瘠的审美土壤。

生活处处是诗意

不同于大多数现代诗的浅俗矫揉，韩陈其先生《诗歌集》中的作品包罗万象：有对祖国大好河山的赞颂，亦有对日常生活的体悟；有对至亲友人的真挚情感，亦有对大学的动情讴歌。在韩陈其先生独创的“言意象”诗歌体系中，生活就是一座丰富的诗意宝库，处处都能成为诗人“美之花”立足扎根、傲然开放的沃土。从韩陈其先生的一首首小诗之中，生活的可爱与希望、情感的细腻与生动都跃然纸上，细细读来，真是意趣盎然！在韩陈其先生独创的“言意象”诗歌世界中，诗不再是陈旧的，而是新鲜的、贴近你我日常的一幕幕生动的生活图景，如在《西津元夕》中，诗人就以“今夕何夕兮西津元夕”起兴，展现出灯、花、歌、人在节日之际的热闹场景，使读者不由自主被带入当时之情境之中；《鸡飞狗旺》中，以“鸡飞狗笑”等场景烘托，将除夕守岁的热闹欢愉、男女老少的情绪起伏用“宽骚体”的诗性语言绘制成一幅鲜活的图画。

正所谓“人有悲欢离合，月有阴晴圆缺”。韩陈其先生在《诗歌集》中的抒情之作不仅仅局限在轻松愉悦的题材，也有相对深沉的话题，如《哭穆雷教授》《哭金海》两首，以“殇殇断肠”“嚎嚎丧啕”“凄凄断肠”“嘤嘤深情”等字句的斟酌与运用，使痛失知音的哀伤与对友人的深切怀念、高度赞扬的情感跃然纸上。每每读起这两首诗，韩陈其先生的形象便从一位熟稔于遣词造句技巧的汉语大师变为了一位情感细腻、重情重义的良师益友。一首好诗恰如一支好香，遣词造句的功力是前调，充沛的情感是中调，诗中蕴含的哲学意味是后调，而当下诗坛的大多数作品的“香”，往往只具前调、中调，而缺失了后调。

韩陈其先生《诗歌集》中的作品，多有其深邃的哲学观在借“言意象”体系映照于诗，如在《人海泛舟》中，韩陈其先生细数春夏秋冬四季更替，继而研读，即能得出人行走于茫茫天地之间，不过是一匆匆过客，渺小至极亦平凡至极，悠然恬淡处之才是正道的道理；在《半世依依》中，与同窗一别半世，从“璀璨芳华”变为“古稀从心”，时光飞逝，人亦随之改变，然始终不变的是同窗情谊，是“永世依依”的感情，是曾经流金般的岁月，韩陈其先生以“言意象”诗歌体系向我们展示了一位沧桑学者对人与人之间真挚情感的珍惜与重视。

师者之道义　文人之担当

辛丑牛年，《韩陈其诗歌集》亦是作者“大牛”在汉语领域不辍耕耘的硕果之作。四十余年，韩陈其先生为诗为师，潜心于汉语研究亦将毕生所学倾囊相授，为汉语学界输送了新鲜血液与有力脉搏。《韩陈其诗歌集》的问世，是“言意象”诗歌理论在现实世界的映照与结晶，亦是对同领域学者的号召与激励，韩陈其先生在诗歌创作上的匠心独运，使其独创的韩氏方正体、韩氏宽对体、宽韵体、宽异体独步天下，成为承接古今的一架桥梁，用创新的方式吹响复兴诗歌传统美学的号角。韩诗的出现，是创新，亦是修正；是复兴，亦是改革。当代诗坛需要韩诗，现代文坛需要这样一位有底蕴、有眼界、有情怀、讲道义的宗师，为诗歌创作开辟一片净土。

《礼记・大学》有云：“古之欲明明德于天下者，先治其国；欲治其国者，先齐其家；欲齐其家者，先修其身；欲修其身者，先正其心；欲正其心者，先诚其意；欲诚其意者，先致其知，致知在格物。物格而后知至，知至而后意诚，意诚而后心正，心正而后身修，身修而后家齐，家齐而后国治，国治而后天下平。”韩陈其先生以治学克己为基础，进而充分发扬了儒家精神中对人所要求的德行与担当，正如其乳名“大牛”一般，韩陈其先生在自己的研究领域兢兢业业四十余载，亦在教学生涯中“俯首甘为孺子牛”，为后来之人耕耘出一片沃土。韩陈其先生身上不仅有着师者鞠躬尽瘁的道义，还有着文人独有的那份兼济天下的担当。

“师者，所以传道授业解惑”；诗者，所以激扬文字发人深省。韩陈其先生作为师者的道义在多年的教学生涯中自是可见，而在其笔耕不辍的创作生涯中，亦能将文字功力、研究心得、人生哲学与处世经验以一首首诗歌为媒介，在“言意象”的诗歌创作体系之下，以独特的审美方式传递出来，使读者内化于心，真正受到启迪，得到感悟。更加难能可贵的是，在当下浮躁氛围中韩陈其先生仍能保持文人的纯粹与强烈的社会责任感。所谓“出淤泥而不染”即是对韩陈其先生多年以来潜心创作保持本心的最生动写照。韩陈其先生对诗坛的贡献、对社会的关怀，借《韩陈其诗歌集》得以展现和表达。《韩陈其诗歌集》是一部精品诗作的合集，更是千古独步的“言意象”诗歌创作体系的最直接应用。“言意象”诗歌理论的产生与应用，是创举，亦是壮举，今《韩陈其诗歌集》得以出版发行，实乃你我之幸、诗坛之幸！

学生于昌灵辛丑牛年正月于中国传媒大学

【作者简介】

于昌灵，中国传媒大学2018级意大利语专业学生。

以“象”为本，超然物外

——读《韩陈其诗歌集》有感

陈　道

近日有幸拜读到韩陈其教授新出版的诗歌集，颇受启发。韩老师自1982年起任教高校，精研古代汉语，至今从未间断。他的研究内容涵盖古今汉语的各个领域，包括羡余现象论、语义结构论、音义关系论、文字训诂论、语法词汇论、《史记》语言论、《马氏文通》论、中国语学论、中国语史论、语言研究方法论等，著作等身。国学大师徐复教授《中国古汉语学·序》评曰：“于语言文字各部门，均所擅长，凡有所陈，无不惬心贵当，卓然有所树立。”作为学生晚辈，我不敢妄加评论，只能结合个人的浅薄理解，谈一点感受罢了。

首先是关于诗歌本身。诗言志，中华文化历经悠悠千载，诗歌在其间发挥着举足轻重的作用。当今时代，中国要屹立于世界民族之林，就少不了文化自信，而这种自信，滥觞于诗，内化于每一个国人的骨血之中。中国是诗的国度，任时光流转、沧海桑田，不变的是中华儿女对诗的深沉眷恋。我们读诗，从孩提到古稀；我们背诗，从课业到情怀；我们写诗，从模仿到表达……“横看成岭侧成峰，远近高低各不同”，正如“一千个读者眼中有一千个哈姆雷特”，人们对诗的思考也千差万别。不能说谁对谁错，而是当一首诗被诗人写作完毕，接下来的理解就全权交给读者了。

读韩老师的诗，也会有不同的体悟：有的磅礴大气，有的婉转细腻；写景处洋洋洒洒，写情时脉脉氤氲……韩老师重“象”，在他笔下，有茫茫粼粼之天山，有雄雄穆穆之大佛，有杲杲敦煌之飞天梦，亦有依依半世之同窗情；韩老师重“境”，在他的诗中，有缅怀故人的恸哭，有节气更迭的思忖，也有羁旅乐游的从容……读韩老师的诗，还能收获多样的观感：或流连美景，或快意人间。流连美景多乐事，悬碧琼台，玲珑日月，孤鹜落霞，雪浪乘风，在自然面前，人真是“沧海之一粟”；快意人间少悲愁，黛娥云鬟，妙曼婆娑，随处沽酒，心海荡波，在宾朋左右，则“物与我皆无尽也”。从宽骚长怀、星歌云梦，到流霞飞虹、龙埂铁瓮；从高天叠彩、红尘染月，到瀛海微澜、光华缤纷。

八卷诗歌，贯穿了韩老师的学术思路，融注了韩老师的岁月精神。这四百余首诗字字珠玑，无不以“象”为本，终成篇篇瑶璋。

其次是关于诗歌理论。作为学者型诗人，韩老师以超然物外的匠人情怀，在诗歌的国土深耕不辍，并将自己的学术路径精辟地总结为：肇始于“言”，周旋于“意”，升华于“象”。“言意象”铺就了韩老师诗情洋溢的学术和创作道路。

所谓言，言语者也，表现为诗歌的文字构成；所谓意，意念者也，凝聚于诗歌的情境营造；所谓象，想象者也，韩老师称其为“汉语诗歌之永远灵魂”。其实长期以来，文学创作的表达手段都有“言”“意”“象”三要素之说。《周易·系辞传上》有曰：“书不尽言，言不尽意……圣人立象以尽意。”《庄子·外物》篇云：“言者所以在意，得意而忘言。”这也就是说，人的思维和表达自古就有龃龉，而王弼在《周易例略·明象》中说：“夫象者出意者也，言者明象者也。尽意莫若象，尽象莫若言……故言者所以明象，得象而忘言；象者所以存意，得意而忘象。”故此，“象”在诗歌创作、传情达意的过程中，地位可见一斑。

韩老师运用独创的“观象、取象、立象”的汉语“言意象观照”的诗歌理论而创作诗歌，以“象”为本，抒写了所见所闻、所思所想。愚生从自己对我国历代诗词有限的涉猎之间也可以感受到，凡广泛流传者，必是有所依凭，也就是所谓的寓情于“象”，通过对“象”的描写，进而传递思想、表达情感。如果没有“象”的描写，那么诗歌的根基便不够稳，也难免落入空洞无物的说辞之中。此外，韩老师对诗歌格律也有独到见解。现代汉语普通话入声消失，这就使得传统格律诗的“平仄”规范变得不那么受用，而且“平仄”作为一种调律，其在汉语传统诗歌中的表义功能和表义范域也很有限。但如果全然抛开规制章法，汉语诗歌则又丧失了其存在的基本形式条件，亦不可取。鉴于此，韩老师创制了一套新型的汉语诗歌表达形式或者说是汉语诗歌新格律，共含五种：一是齐正体、方正体，二是宽骚体，三是宽韵体，四是宽对体，五是宽异体。这些新格律对汉语诗歌的句式、韵律、对仗等形式做了一定的规范，却又不教条死板，在指导现代汉语诗歌创作中具有很强的实操意义。“无规矩不成方圆”，倘若诗歌一味追求自由，而失去了形制上的规范，也就不成其为诗歌了，这大概也是所谓的“大家都会说话，但不是每个人都会写诗”的原因所在吧。

韩老师创制的汉语诗歌新格律既有约束，又善变通，故而能给当今的诗歌创作者以一定的理论指导。但同时需要强调的是，诗歌最大的功能仍为传情达意，形式上的规范只是为了让作品看起来是“诗的样子”，却不能保证其成为优秀的诗歌。我们欣赏诗歌，更多的还是沉浸在文字所描绘的意境和诗象所传递的情感之中，故而表达什么才是诗歌的重点，这也能体现出韩老师改革诗歌格律的用心良苦。以“象”为本，超然物外，便是我读《韩陈其诗歌集》的直观感受。

韩老师以其显真彰美的诗歌理论影响了一届又一届的中文系学子，又以其寻言明意的诗歌作品感染了一代又一代的华夏读书人。拜读已毕，心潮澎湃，浅谈感受，不知所言，在此谨向韩老师致敬，向汉语诗歌致敬，向中华文化致敬！

学生陈逍辛丑牛年正月于中国传媒大学

【作者简介】

陈逍，中国传媒大学2021级在校生。

“诗意”地生活，方可获诗意之生活

——读《韩陈其诗歌集》有感

张　鑫

置身同样的美景中，为什么诗人、作家往往觉察到的却是不一样的景致？许多人会说是因为诗人、作家天生敏感，我则认为不止于此。韩陈其教授自然文化底蕴深厚，但仅仅文化底蕴深厚、读诗读得多就可以了吗？也并非如此。

我们往往读到、看到的是那些诗人、作家眼中的意象，可这些细致入微的意象是从他们眼中到心底再次输出为语言文字的产物，也就是说我们观望到的是结果，是诗人、作家心底的景色，而作品中意象的价值远不止于让我们饱览这场心之盛宴，这些妙不可言的意象还如同心灵的导师，引导我们主动去用同样渴望美、寻找美、发现美的眼睛观察周身的世界。

通过读韩教授的诗，我不仅仅对他能够游遍祖国大好山河感到羡慕，还羡慕他敏锐捕捉到周身意象的眼与赋予其情感态度的细腻之心，以及由衷佩服他对诗歌保持持续热爱的亲身实践。

想来诗人若生在诗词鼎盛的大唐也会是位名家了，开一派格律诗之先河，在无数河畔江边、丽日雪夜里笔墨淋漓。可惜现代的诗人诗兴大发时再也无法拿起蘸墨狼毫就在街角墙壁上挥斥方遒了，他只有掏出纸笔或是手机、iPad、笔记本备忘录，然后用心记下这惊艳时光的片刻。不知读完的你是否也会为诗人的追求而感动，对这分笔耕不辍的精神肃然起敬呢？

我们都提倡慢下来生活，殊不知有多少慢下来的间隙值得我们用心去记录，再借助语言文字输出呢？韩教授不仅做到了，而且以自己独特的方式还原了如古人那样细致的慢生活，几十年如一日的潜心研究，终于让他不断突破古代诗歌与近代诗的界限，引吭高歌献众人！这是个人对自己的突破，亦代表着后人对先人的超越。当广大古诗词爱好者还在一首一首背诵前人之作品时，韩教授等另一批诗歌新秀已经开始效仿古人提笔作诗了，他们在传承中另有创新的尝试，讴歌中不乏批判的思维。近日为挖掘当代优秀诗人的“诗词中国”传统诗词创作大赛已开展至第五届，可见我们对诗词的传承与创新的重视，而我坚信在这背后，必定有一大批韩教授这样的老一辈汉语言爱好者，默默发扬身先士卒的作风，激励无数后辈不忘诵读经典，在传承中创新！

这本书的出版，不仅对那些古诗词爱好者来说是极佳的福音，而且对每个有幸读到它的人来说都是一次福祉，因为我们又能重新读到蕴含如此古香古韵的诗歌了。教授为我们还原了古人所经历过的一幅令人雀跃的场面，同时韩老师的诗歌又具备现代的创新风貌，部分“年代感”在形式上就已消减了大半，然而这只是教授在诗歌形式上的传承与创新，令现代人的“年代感”得以进一步减轻的，是教授在内容上的表达。这也是这本诗集没有让我感到“年代感”强烈的原因所在。如果说之前的一些意象为我们还原了古诗所有的古香古韵，帮我们回顾了古人眼中的大千世界的话，那么诗人针对诗歌题材的表达无疑又将我们引回现实中来。

每一首诗，都披着传承与创新的闪耀外衣，细细品味，方才领悟到一字一句中的真知灼见与无限情怀。而你如果和我一样有幸读到这本书的话，请你像诗人品味意象一样耐心地去寻找让自己感触至深的一首诗，如果能够试着背下来其中的一两句精妙诗句，那么恭喜你找到了构筑自我诗意世界的基石。看！于成百首诗中，总有那么十几首给我的印象至深，让我反复吟诵难以忘怀。《萍乡街头》讲的是一位女孩丢了东西焦急寻找的故事，可以说这是我们生活中常见的场景了，可诗人却以自己的反向思维从中悟出了这样的道理：“‘不要和陌生人讲话’，有一点防范警惕的意味，然而更大的智慧是敢于尝试，善于识别，化陌生为友善。”这与其说是诗人的个人体会，不如说是对众人的告慰；读到《课外辅导》，我不由得想起了目前广大中小学的教育现状——五花八门的课外培训机构、家教老师，当中不乏质量没有把关的，着实令读者与诗人陷入同样对现实的担忧；读到《二十四节气歌》，我仿佛见到了不同于百度百科的描述化“科普”，想必诗人一定是个有心人，提前选取好一年当中各个节气的时间点，把这些节气的自然特点全部亲身体验一遍，享受这个漫长而又精心的过程；读到《玲珑歌动》，我仿佛去到了2008年奥运会的现场，赏“红尘洗尽水立方”，观“璀璨京华聚英豪”；读《寒窗青蓝》，我仿佛回到了疫情期间居家备考的冲刺阶段，梦想有一天“读书人家青蓝胜，风雨彩虹尽春光”；读到《戏风吹樱》中“汉服逶迤美人谷，唐装浪漫樱花丛”，我仿佛看见了盛开的樱花下，汉服别样的美感；一句“潇洒迷人时，最爱站课堂”，道出了教授从青春到耄耋之年对职业的崇高奉献与无尽热爱……

掩卷细思，仿佛曾亲身快意地走遍诗人所到之处，其中的精湛思索与博大情怀已然幻化于内。当你回归到现实世界，再也不用去奢望诗人、作家那无比快活的诗意生活了，因为你已贯穿古今人之所见所思，悟得与自然相通的本性之美，在心底勾勒出自己视角下的意象，并学会“诗意”地生活其中了。

【作者简介】

张鑫，中国传媒大学2020级法语专业学生，文学爱好者、自由撰稿人，文章多见于自媒体公众号“治愈系女巫”“收集经历者”，承蒙喜欢。热爱倾听、交流与表达，不喜标签、成见和拘束。个人座右铭：一个真正优秀的传媒人，不仅抒写自己的时候笔墨淋漓，站在他人的视角上亦能做得到感同身受。

论《韩陈其诗歌集》之新

宋娇媚

韩陈其先生任教于中国人民大学，是中国人民大学汉语言文字学专业首批博士生导师，不仅在语言学界有着极高的声誉，在诗词方面也造诣颇深。《韩陈其诗歌集》就是韩陈其先生在汉语研究的基础上而形成的独具风格的诗歌集。以胡适先生在《新青年》发表八首白话诗为起点，中国“新诗”至今已经走过一百多年的历程，这是辉煌与灰暗并存的百年，直到今天关于中国“新诗”该何去何从的讨论也没能停息，越来越多学者文人选择重读百年新诗，希望能够救新诗于迷惘，对此韩陈其先生也力求通过自己的诗歌创新予以回答，希望能为践行“新诗是当代中国的骄傲”（谢冕）做出自己的一分努力。

一、新诗迷途，敢问路在何方

百年新诗路并没有解决新诗发展的一系列问题，关于“古典”与“现代”、“文言”与“白话”等的对立始终都没有得到平衡。当前社会变化发展，人类思想愈发先进，语言思维也抑旧扬新，在快节奏高效率的新时代生活中，汉语传统格律诗的严格“平仄”在现代汉语普通话的入声消失后显现出违和之感。为了打破这一尴尬，不少诗作家在寻找出路的途中似乎也走到了死胡同，正如韩陈其先生自己在诗序中所言，汉语现代诗某种意义上讲已经走入“自由的极端”，即毫无章法毫无诗法，而这种过度“放纵”的后果就是汉语诗歌根本无形式可言！

厚此薄彼的现象习以为常，对过去诗歌创作规则的循规蹈矩似乎是想以此力求将经典永远留住，却又难逃与现实生活格格不入的窘境。正如谢冕先生曾说的两难局面，“诗歌没有陷落，奇迹没有发生”，“中国新诗诞生于二十世纪，它给那个世纪留下了可贵的诗歌遗产，那也是一个长长的名单。二十世纪的终结，二十一世纪的开端，人们总有殷切的期待，期待着如同二十世纪初期那样，从世界的各个方向，也从中国的各个方向，诗人们赶赴一个更为盛大的春天的约会。而奇迹没有发生”。

鉴于以上迷惘现状，韩陈其先生《韩陈其诗歌集》一书融合传统诗词的严谨与现代诗歌的开放，在《诗经》《楚辞》以及格律诗词的基础之上开辟新型的汉语诗歌，创制新的“言意象”观照理论，兼采时代瞬息万变的风貌汇入诗歌创作，在汉语新诗诸多矛盾、处于近乎“死水”的态势下泛起涟漪。

二、破立并举、打造形式之新

中国文学发展过程中诗歌曾取得过很高的成就，到了近代，古典诗歌走向僵化，“无病呻吟”的倾向相当普遍，传统诗歌使用的词汇也同现代口语严重脱节，形式上的严格限制使得诗歌表现变化万千的社会生活变得困难，进而爆发“新诗革命”。“五四”以来中国汉语新诗产生过若干诗歌流派，较为著名的有“尝试派”“新月派”“现代派”等，以及后来新时期“朦胧诗派”“第三代诗群”等，而一代代诗歌创作人都没能真正意义上找寻到汉语新诗格律的新路径，反而各持己见形成“毫无格律观念的现代新诗”与“始终在寻找格律的现代新诗”的两大派别。

韩陈其先生认为中国诗歌的发展道路和前进方向需要在继承创新中摸索。他主张适当继承传统诗律，并且对漫无边际、全无规则的放肆进行约束，提出“宽”容的诗律，提倡现代汉语新诗的“宽”式创制，希望能以此引导中国诗歌的发展。他所提出的“宽”式的格律机制包含：汉语诗歌齐正律、宽骚律、宽韵律、宽对律、宽异律五大形式。

第一，汉语新诗齐正体

汉语诗歌齐正体、正方体，就是韩陈其先生所谓的汉语诗歌齐正律、汉语诗歌方正律，被其认为是汉语新诗歌的基础形式格律。汉语诗歌的两大要素就是节律与韵律，所以无论传统格律诗还是现代新诗这两大要素都是题中应有之义，否则就如现当代一些毫无章法句式的新诗诗味全无。由《诗经·邶风·式微》可以追溯汉语诗歌机制的形成，由最初的二言到后来的五言、七言、律诗、绝句，诗对句式格律要求越来越严苛，尽管后来出现了宋词元曲这样句式长短不一的题材，但是并没有影响主流创作仍然是以严格的句式格律为标准。汉语新诗的创作虽然不必一味追求整齐而与口语表达过于疏远，但也不能完全令其丧失古典诗词整齐严谨的美感。所以韩陈其先生汉语诗歌齐正律就是针对此而提出的创新，在继承句式趋于整齐的基础上打破“言”的限制，句式可以为八言、九言甚至十四言、十五言，既满足了句式上的整齐，又使得全句的容量加大。事实上，现代汉语普通话中的许多新词汇，如果不放松对句式长短的要求则很难进入诗句，比如“一带一路”“特色社会主义新时代”“二胎政策”等等时代新词，这些与人民生活息息相关的词语若无法被纳入诗词创作又何谈“文章合为时而著，歌诗合为事而作”？韩陈其先生的创新顺应了时代变化，是诗歌创作瓶颈期的突破之一。

第二，汉语新诗宽骚体

韩陈其先生提出的宽骚体是汉语新诗歌的形式格律，又叫汉语诗歌宽骚律，是对传统“骚体”的革新。“骚体”是古典诗歌体裁的一种，以屈原所作《离骚》为代表并因此得名，一般篇幅较长，句式灵活参差，多六言、七言，多以“兮”字作语助词。“骚体”已经在句式上打破了之前“四言”盛行的局面，韩氏则在此基础上进一步创新扩容，便于抒发感情、诗陈其事。其“宽骚体”一般为九言诗，最多为十四言诗，可谓是汉语新诗宽度上的一次极限探索，其句式也遵循“骚体”特点以“兮”字或者“之”字作为语助词，形成“四言＋兮＋四言”/“四言＋之＋四言”或者“四言＋兮＋九言”/“四言＋之＋九言”的句式。《韩陈其诗歌集·卷一宽骚长怀》中多为此类诗，例如《天台赢虹》“今山何山兮天台谁秀，春秀天台之琼台悬碧。今山何山兮天台谁秀，夏秀天台之云耸双阙。今山何山兮天台谁秀，秋秀天台之赤城霞月。今山何山兮天台谁秀，冬秀天台之云影峻壁”，继承了《诗经》里国风经常采用的分章叠唱、反复咏叹的形式，又以独特的“宽骚体”弥补前者容量小的不足，极尽表达天台山壮丽神秀之貌。再如《乐山大佛》“三江交汇兮望乎龙游，龙游逦迤之悠悠春秋！三江交汇兮望乎凌云，凌云绝顶之漫漫九峰！三江交汇兮望乎海通，海通天谋之赫赫巍功！三江交汇兮望乎千舟，千舟竞发之雄雄兜鍪”，在每章中通过变动几个字来表现场景的推移以及作者感情的层层递进。较为大胆的尝试与创新当属其十四言体诗，比如《大观园漫思谣》：“潇潇洒洒兮贾史王薛上演红楼梦，真真幻幻之赵钱孙李游走大观园。红红火火兮东南西北狂欢情人节，轻轻淡淡之声色犬马勾留怡红仙。寂寂寞寞兮男女老少叹惋潇湘馆，凄凄切切之风霜雨雪摇曳黛玉烟。嘻嘻哈哈兮雪月风花逍遥游人过，指指点点之红紫黑白通贯三百年！”作者自己注释这是《诗经》四言，《楚辞》六言、七言，律绝五言、七言以来对汉语诗歌宽度的一次创吟极限的尝试。我们通过诵读可以感受到作者所抒之情并没有因为诗句宽度加长而削弱，诗句反而经过作者强大的遣词造句功力打磨之后读来朗朗上口，让人颇感红楼一梦“满纸荒唐言”的无奈辛酸。

第三，汉语新诗宽韵体

韩陈其先生提出汉语诗歌宽韵体，又叫汉语诗歌宽韵律。众所周知，中国古典诗词有着严格的诗词格律，律诗、绝句尤奇如此，格律的严格要求为中华文明留下了许多千古佳句。然而一切事物的发展都要辩证看待，遵循实事求是的根本准则，现代汉语普通话中入声已经消失，很多曾经押韵的字如今读来早已相去甚远，再依照过去的诗词格律单纯地坚持平仄调度就毫无意义可言。对此，韩陈其先生提出汉语新诗宽大为韵的想法，注重的是韵脚的选位与选择以及诉诸唇齿牙喉舌的语音谐和感。韩陈其先生主张以当代语音用韵，用韵范围在《现代诗韵与平水韵对照表》（韩陈其《中国古汉语学》第 913—939 页，台湾新文丰出版社 1995 年版）内，押韵规则较传统诗词有了较大放松，“既可押同部平声韵，又可押相邻相近的在韵感上比较吻合的异部平声韵；既可押同部平声韵，又可分别押同部的上声韵、去声韵，也可阴阳上去四声通押；既可一韵到底，也可任意换韵；既可异字为韵，也可同字为韵；既可双句为韵，也可单句为韵”。

第四，汉语新诗宽对体

韩陈其先生提出的汉语诗歌宽对体，又称汉语诗歌宽对律，具体说来就是“字数相等、结构一致、词性相同、语义相关的两两对称的语言形式。”它“集散文、楹联、诗歌之大成，创制宽对，不拘格调，不拘韵格，不拘声格，不拘义格，而主要倾心关注并追求‘象’格，即诗句中各‘象’所显示的层次性、广域性、蕴含性、色彩性、协调性、关联性、想象性”。

第五，汉语新诗宽异体

韩氏宽异体又称宽异律，是韩陈其先生创造性地提出的汉语诗歌的新的形式格律。所谓“宽异”，就是在基础形式格律的前提下可以不拘泥于特定的诗歌形式，进行较为自由的创作。《韩陈其诗歌集 · 卷八光华缤纷》中不乏此类诗歌，最为直观明显的当属诗形之异的代表作《扇之秋》：

秋
枫红
彩蝶翔
淡云熏风
婵娟霓云裳
参差烟花社鼓
大江奔涌入心窗
抚今怀古北固怅望
吴女尚香万里祭情殇

水漫金山白娘访仙梦乡
登高携手更上五峰岗
品茗赏花行酒问月
敢信嫦娥笑吴刚
天街欢声笑语
彩霞飞九江
长河落日
金桂香
清风
秋

未读其诗时，映入眼帘的仿佛一把折扇；细读其诗，眼前好似呈现出一幅秋日画卷；回味其诗，又感秋季辽阔丰裕。韩陈其先生用自己具有特色的创作身体力行，推进汉语新诗的革故鼎新，为中国诗歌的发展添砖加瓦。

三、继承创新，开创意象之新

韩陈其先生不仅从诗歌形式格律上让人眼前一亮，还进行了“意象”理论的创新，提出了要在“言意象”观照中探寻汉语新诗格律。韩氏“肇始于‘言’，周旋于‘意’，升华于‘象’……独自形成一个独特的基于传统又新于传统的‘言—言意—言意象’的研究发展轨迹，构拟设置了一个基于语象感官互通的汉语的言意象系统，运用独创的观象、取象、立象的汉语言意象观照的诗歌理论而创作诗歌”。他将言意象进行编码：00 为初创者的言意象，11 为诗文本的言意象，22 为释读者的言意象，33 为受众者的言意象，认为诗歌创作的本质就是若干个“言”“意”“象”的复合与融合：“一是创作者的‘言意象’的体认；二是受众个体的‘言意象’体认；三是受众共体的‘言意’体认；四是创作者的‘言意象’的体认与受众个体的‘言意’体认的沟通和转换。创作与释读的成功与否，其实就是取决于创作与受众之间以及受众与受众之间‘言’‘意’‘象’复合和融合的程度和广度。”这相比于传统的“意象”概念，不仅关注到了认知主体与客观事物的关系，还同时观照到了“诗之形”——一定节律的“言”的重要性，认为抛弃“形”的现代诗也将难以为继。韩氏“言意象”理论是诗歌创作与释读理论的重要创新，抓住了诗歌的灵魂，为诗歌创作打开了一扇新的大门。

四、与时俱进，丰富内容之新

自古以来，我国知识分子就怀有“为天地立心，为生民立命，为往圣继绝学，为万世开太平”的志向与传统，21 世纪以来中国新的时代变化同样需要诗人做出及时的反应。韩陈其先生在诗歌创作中很显然做到了这一点，比如《航天颂》：

远远炎黄兮东方苍龙，苍龙威武之翱翔青穹。
恢恢大圆兮山海女娲，女娲巧慧之炼补霞葩。
玄玄空灵兮广寒嫦娥，嫦娥窈窕之催舞天歌。
杲杲敦煌兮飞天女神，女神招引之追梦芳魂。
悠悠灏漫兮随心悟空，悟空自由之天地从容。
离离乱世兮清华逸东，逸东感慨之驴马铆工。
淡淡名利兮诺奖彷徨，彷徨人生之扫地擦窗。
茫茫航天兮十年一剑，一剑千万之魂萦梦牵。
上上神舟兮碧华婵娟，婵娟恍惚之航天奇缘。
泱泱华夏兮天赞大东，大东悟空之普普通通！

就是其在读过顾逸东院士题为《清华学生要担当其祖国腾飞的重任》的演讲之后有感而作，字里行间透露出对中华民族飞天梦实现的自豪感，对代代航天人努力奋斗的感激，家国情怀跃然纸上。再如《微信采微歌》——

微信微信兮微微信信，采微采信之可疑可信。
微信微信兮微微信信，采微采近之可亲可近。
微信微信兮微微信信，采微采进之可退可进。
微信微信兮微微信信，采微采隐之可显可隐。

以及《微信采风歌》：

微信微信兮微微信信，采风采风之寻寻觅觅。
微信微信兮微微信信，采风采风之优优劣劣。
微信微信兮微微信信，采风采风之饕饕餮餮。
微信微信兮微微信信，采风采风之莺莺雀雀。

就是以当前人们最常使用的通信工具——微信为创作对象所作的诗歌，在诗歌形式上选择与《诗经》相似的形式，借古体言今事，达到了古今文化的完美融合，表达出信息时代科技发达给人们带来便利的同时，也出现了许多问题比如人际交往隔着屏幕而渐渐疏远，叫人“可爱可恨”。

当然，这并不是说诗歌创作就应当从大处着眼，言时代万千而不能表达一己之思。表面看上述诗歌是在言家国大义，实际上也只是作者的有感而发，只要作者抒发的是内心的真情实感那么自我与时代便是相互融通的。《韩陈其诗歌集》中有很多是作者所见所闻后感于事写于笔，比如对风景名胜的赞美向往，对英雄名家的歌颂纪念，对新闻时事的感慨抒怀，对名篇经典的感悟思考……恰巧每个经历者都感同身受。纵观整个诗歌发展，不难发现优秀的作品总是与时代同频共振的，诗歌创作应当是时代性、人民性与文艺性的统一，翻阅《韩陈其诗歌集》便会发现其创作与此观点不谋而合。

五、结语

尽管诗歌已经经过百年探索，围绕汉语新诗的活动与创作近些年也层出不穷，但不得不承认汉语新诗的发展仍然在路上。关于新诗与传统孰轻孰重、新诗的形式、新诗的创作广度等问题仍需要一个标靶性的解决方法。汉语新诗的创作，不应将中国传统资源当作束缚而应当将其转化为创作资源，不需要像古典诗词一样对格律形成固有规定而要追求章法逻辑之下的自由，不拘泥于一隅天地而应当以诗人敏锐的触觉为时代与人民代言。韩陈其先生的理论与创作不一定是最理想的，却为中国诗坛当前的困境指出了一个方向，“言意象”观照的创作理论以及融汇贯通的“宽”式创作达到了革故鼎新的效果，顺应语言与社会发展变化的潮流，推动了汉语新诗的有益发展。

参考文献

[1] 韩陈其.韩陈其诗歌集[M].北京：作家出版社，2020.

[2] 郭勇.新时代中国新诗再出发[J].星星，2019(14)：5—16.

[3] 刘奎.新时代诗歌：尝试精神的再出发[J].诗刊，2019(第10期).

[4] 杜书瀛.宅居谈诗——百年新诗：今天遇到了一个坎儿[J].文艺争鸣，2021(01)：135—144.

[5] 刘晓平. 新诗写作要体现时代性和人民性[N]. 文艺报，2021-01-18(002).

【作者简介】

宋娇媚，女，汉族，山西临汾人。现为西北大学文学院语言学及应用语言学专业硕士研究生。

海纳百川　推陈出新
——读《韩陈其诗歌集》有感

皇桂臣

近期，我很荣幸有机会拜读了韩陈其教授的大作，读时每每心潮澎湃，为韩教授流露于其间的真性情所感动。拜读完整部诗集，脑中浮现的第一个词就是：创新。我不禁感叹，原来诗歌还可以这么写！在初步了解韩教授力图在“言意象观照”下构建诗歌新格律之后，方才感受到他在诗歌理论和诗歌创作上的伟大追求和卓越贡献。自从1920年胡适白话诗集《尝试集》的出版至今，现代新诗的发展已经有一百年的历史。一百年中，现代新诗创作群体巨大，数量极多，对传统诗歌的创作呈全面超越之势。但是近些年来，因为现代新诗一味强调自由而忽略形式的特点，导致诗歌无韵律美可言，使其更像散文，越来越不像诗。基于此，韩教授的诗歌理论和诗歌创作呈现出一种责无旁贷的使命感，在现代诗发展到现在的关键节点上力图改变其“越写越不像诗”的局面，渴望通过构建中国诗歌新格律，赋予现代诗歌以新的生命。这次出版的《韩陈其诗歌集》（作家出版社2020年版）就是韩教授致力于创立诗歌新格律的成果。

一、理论根基：言意象的诗歌释读理论

构建诗歌新格律不是一句简单的口号，对此，不仅需要正确认识诗歌的本质，而且需要正确认识新诗创作与释读的汉语和汉字的本质。对此，精研汉语声韵和对诗词的语学释读的韩教授提出了“言意象观照”之下的完善翔实的诗歌理论。按照韩教授的理解，认为诗歌创作是以“象思维”为主导的创作和释读过程，即是“观象、取象、立象”的整个过程。对“象”的“想”，就是诗歌的创作和释读过程。这是韩教授诗歌创作坚实的理论基础，所有的诗歌创作都在“言意象”的观照之下进行。现在的诗坛，长于诗论者往往短于创作，擅长创作的往往疏于诗论，而韩教授是二者兼擅，以深厚的“言意象”理论作为诗歌创作的有力指导，借丰富的诗歌创作继续补充完善理论的根基，二者相辅相成，最终促成了《韩陈其诗歌集》的出版。

二、各取所长:传统与现代的结合

当代诗坛中的作家群体,多持互相“鄙视”的态度。创作古体诗的认为现代新诗的创作没有格律章法可言;写现代诗的认为写古体诗的只会拘泥于音律和对偶,扼杀了诗歌的生命力。韩教授也认为现代诗的创作强调自由的同时,几乎完全置形式于不顾,主要表现为毫无格律可言和字数杂乱无序,这使得现代诗歌像散文体裁。但在诗歌的具体创作中,韩教授并不是持对现代诗完全否定和对传统诗歌完全肯定的态度,而是在革除二者之弊后,取二者之长,以传统诗歌的外在形式和框架容纳现代新诗内容的表达自由和语言形式,在“言意象”的观照之下创作诗歌并构建现代诗歌新格律的。在其诗歌创作中,韩教授在努力架起沟通传统诗歌和现代诗歌的桥梁。

(一) 根植于传统诗歌

首先,韩教授的诗歌是根植于传统的。在诗歌发展历史上,由最初的《弹歌》二言体,《诗经》四言体,《楚辞》的六言体,再到汉魏晋的文人五言体诗,继而发展为有着规整韵律和字数规范的五七言律诗绝句,到了宋元时期又出现了宋词元曲等长短句形式。纵观整段传统诗歌发展史,其审美特点仍是以字数整齐、结构对称的形态和朗朗上口的格律诗为标准。因此首先韩教授提出“方正体”的诗歌创作理念,即其诗歌是以传统诗歌的基本形式和格律为基础的。这从根本上与现代新诗划分了清晰的界限。综观整部诗集,只有卷七、卷八中有个别篇是字数不一的“宽异体”,其余多为字数整齐的新格律诗。

(二)“旧瓶装新酒”

语音的发展是一个动态过程,现代汉语入声的消失,使得现代诗歌的格律和押韵无法再像以前传统诗歌以《广韵》《洪武正韵》为范例。如果一味为了迎合平仄和传统声韵而进行“填词”式诗歌创作,那么现代诗歌的创作无疑显得僵硬呆板。语言和声韵的发展是一个动态过程,对此,韩教授在诗歌创作中尽量脱离传统诗歌的平仄约束和格律禁锢,在翔实缜密的“言意象”诗歌理论的指导下,以《现代诗韵与平水诗韵对照表》(韩陈其《中国古汉语学》第913—939页,台湾新文丰出版社1995年版)为其创作诗新格律的押韵所用。这是韩教授诗作符合语音发展规律,顺应诗歌发展趋势的全新尝试。

三、艺术实践:“宽体”诗歌的创作

从其诗作中可以看出,韩诗并不拘泥于传统的诗歌平仄格律。随着入声字的消失和阴阳上去的语音新体系的建立,平仄的区分只会成为诗歌创作的桎梏。韩教授以象为诗魂,在深厚的语言和文字功底下,创制了大量的“宽体”诗歌。在用字、用韵、对仗等方面都进行了大胆的尝试。框架采用了传统古典诗歌的形式,即提出“方正体”“齐正体”之说。除此之外,创制的“宽骚体”“宽韵体”“宽对体”“宽异体”等,都是韩诗的大胆创新。韩老师诗歌理论及其创作核心即是一“宽”字。“宽”即“宽容”之义,在用韵和用字上的不拘一格、大胆创新,使得诗歌的押韵不拘一格,大多数诗都有反复的咏叹,具体表现在一句、一联乃至一首诗中同一个字的反复出现和大量叠字的运用。这是韩氏宽对体、宽韵体在“方正体”的基础上具体生动的创作实践。我认为,“宽”之表现有以下几点:

(一) 诗歌宽度之“宽”

主要表现在卷一“宽骚长怀”的诗歌——“宽骚体”中。传统的骚体是典型的楚辞六言、七言体。今韩教授创立韩氏宽骚律为九言体,可谓是一大创新,其构成是两句四言中加一“兮”或“之”字。宽度更甚者有十四言乃至十五言体,《大观园漫思谣》(第 39 页)即是十四言体。无论是九言体抑或十四言体,诗句不仅没有过长而产生弊病,反而韵律和谐、抑扬顿挫,读来有一唱三叹之感。按照韩教授之言,这是“对汉语诗歌宽度的一种创吟极限的尝试”。翻开诗集,发现“宽骚体”诗歌多歌颂美丽的大好河山、抒发雄心壮志和感慨人生悲欢的题材,并且“宽骚体”的“宽”往往伴随着“长”。其诗歌格调继承了楚辞抒情述志的传统,是作者带有饱满的情绪和浑厚的力量在高唱着一曲曲壮美的赞歌,是恢宏壮阔的大合唱和交响曲,因此短小的体制根本无法承载这种排山倒海的气势。《新疆天歌》(第 3 页)抒发对祖国边疆的壮美景色的赞叹,《航天颂》(第 7 页)歌颂航天人的家国情怀,这些都是“宽骚体”在诗歌之“宽”之外铺展开来的宽阔画面。诗歌“宽度”之“宽”,实为境界之“宽”!

(二) 诗歌用韵用字之“宽”

这是韩氏诗歌新格律的重要表现。传统的诗歌平仄和用韵十分严格,多依照《广韵》和《洪武正韵》进行诗歌押韵,此二者在当时对古体诗歌的创作有很大的帮助,但是语言是随着历史潮流不断发展变化的,是一个动态过程。随着入声字的消失,区分平仄在诗歌创作中意义已然不大,且过多地拘于音律和平仄，使得诗歌创作僵化死板。于是韩教授创立“宽韵体”“宽对体”，其用韵之广泛是前所未有的，具体包括韵脚和韵位的选择，其不再拘泥于平仄，而是强调通过韵脚和韵位的选取而产生的韵律性，这种韵律性的表现是十分广泛的。闻一多先生曾强调诗歌应具有音乐美，这个韵律性即是用韵而又不缺乏音乐美的具体表现。这些新格律诗中的表现形式很多，既可押同部平声韵，又可押异部平声韵；既可押同部平声韵，又可同部阴阳上去通押；既可一韵到底，又可任意换韵；既可异字为韵，也可同字为韵；既可双句为韵，又可单句为韵。给人印象最深者是押同字韵的诗歌，列举以下几例：《大华万方》（第 185 页）“方”韵，《芳水谣》“水”韵（第 67 页），《文丰名山》（第 234 页）“丰”韵，《京江水思》（第 257 页）“水”韵，等等。此类押同字韵的诗作共二十余首，可以看出，这是韩教授自觉地进行“宽韵体”创作的佐证，也是他努力构建中国诗歌新格律的勇敢尝试。

（三）诗歌题材之“宽”

诗集题材之广，既有家国情怀和伟大抱负（《航天颂》，第 7 页），也有对现实民生疾苦的体恤和关心（《小商苦谣》，第 70 页）；既有游历祖国大好河山的广阔足迹（《圌山颂》，第 14 页），也有对平常生活小景的细致描绘（《飘叶吻风》，第 62 页）；既有浓厚的亲情（《忆父》，第 161 页），也有缠绵悱恻的爱情（《寒食魂思》，第 160 页）；既有严肃悲痛的祭悼诗（《哭金海》，第 26 页），也有戏谑轻松的打油诗（《男女八卦歌》，第 93 页；《我要上哈佛》，第 96 页）；既有对往事的追忆感慨（《半世依依》，第 9 页；《老屋云祭》，第 61 页），也有对现实情事的思考（《萍乡街头》，第 144 页）。综观整部诗集，其题材内容可谓天上地下、国内海外、从古至今、生前身后无不囊括其中。

（四）诗歌取径之“宽”

1. 首先是“宽骚体”对《诗经》和《楚辞》形式的借鉴

“宽骚”多为九言，一句中前后为四言，中间夹一“兮”或“之”字，这是借用诗经的四言体，中间又掺杂着《楚辞》骚体的“兮”字，形成一种新格律诗。表现手法也有其独特之处，即借用《诗经》的重章叠句辅以《楚辞》的直抒胸臆。《新疆天歌》《天台赢虹》《乐山大佛》等作品都是抒发对祖国大好河山的热爱和咏叹，此类歌咏类作品，实在非使用《诗经》重章叠句的结构不可，因为随着语句不断的重复，不仅会形成整齐的韵律和回环往复的艺术结构，更能将情感一步步进行升华。试看韩教授“宽骚体”《乐山大佛》：“三江交汇兮望乎龙游，龙游逦迤之悠悠春秋！三江交汇兮望乎凌云，凌云绝顶之漫漫九峰！三江交汇兮望乎海通，海通天谋之赫赫巍功！……”以“兮”“之”二字将四言隔开，且利用顶针手法，使其兼具《诗经》的整齐舒缓的韵律和《楚辞》直抒胸臆的波澜壮阔之感。另外，运用排叙手法而形成排山倒海之势亦与汉代大赋有异曲同工之妙。

2. 新名词的运用和白话入诗是韩教授诗作的一大特点

现代的诗歌创作顺应时势，在遵守诗词的格律和不影响诗词美感的情况下，多使用新词汇，多写新事物、新生活、新思想、新情感，使诗词尽可能地与当下生活相融合，如果一味地追求“古朴典雅”，辞藻和典故的堆砌，便会弄巧成拙。韩教授的诗作很好地贴合了实际生活，大量专有名词和地名如“电脑”“工薪”“高铁”“蒸桑拿”“特拉华”“土耳其”“耶路撒冷”出现在诗中，这是诗歌顺应时代发展的必然趋势。以白话入诗则从中看到了元曲的直接、泼辣及打油诗的戏谑幽默。白话诗多见于诗集中的五言体诗，诗集共十首五言诗，其中六首(《我要上哈佛》《渡江》《恍惚妙仙》《灭火毯》《色的释放》《从今好打油》)都是打油诗。其余亦有数首七言体以白话入诗，通俗易懂，朗朗上口。

(五) “宽容”的诗体创作

这种“宽容”主要表现在“宽异体”中，其创作目的只有一个，即是在现代诗歌新格律的创作中最大限度地表现其自由的特点，主要表现在“卷八 · 光华缤纷”中的诗作。主要表现在字数长短不一，用韵用字自由，如《男女八卦歌》《鸟花对话》《旧笑新缘》《新元云歌》都是在保证格律的情况下“宽异体”诗歌创作的表现。此外，有“杂拌体”诗，《古诗杂拌》(第 77 页)即是一例。唐王之涣《登鹳雀楼》和《铜官窑瓷器题诗 · 第十四首》两首诗拼接在一起，通过意象的拼接和磨合产生了良好的化学反应，使得诗歌有了新的含义和韵味。此外诗句中还会出现一些文字游戏，《清凉仙霞》(第 239 页)“燚燚焱焱炎炎火”即是一例。

韩教授的诗作是海纳百川的，不仅表现在诗歌广泛的题材内容，而且还表现在不拘一格的用韵用字和诗歌外在形式上。韩氏新格律诗在传统古典诗歌和现代新诗的基础上“取其精华，去其糟粕”，借助象思维的诗歌理论，推陈出新，构建崭新的中国诗歌新格律。

综合以上所述，《韩陈其诗歌集》力图革除现代诗歌的弊病，是在现代诗发展至今的困境下重新寻找诗歌新格律的伟大尝试。自新文化运动以来，白话文的兴起，现代新诗的普及和大量创作，使得现代诗的地位逐渐取代了传统古典诗歌的创作。韩诗就是站在新的角度来重新审视当今诗歌创作的新局面，在遵照传统诗歌整齐方正的基础上，实现最大自由的诗歌创作形式，这是中国诗歌发展到现在的一个重要变化和崭新尝试，其诗作在努力成为沟通现代诗和传统诗歌的桥梁。回归到诗歌本身，正如诗集副题所言，这是"言意象观照中的原创中国汉语诗歌"。基于语象感官互通的汉语的"言意象"系统，韩教授运用独创的观象、取象、立象的"言意象观照"的诗歌理论而创作诗歌，取传统诗歌之形，辅以现代新诗的自由，实现二者的完美融合。在"言意象"的观照下，韩教授找寻到了诗歌新格律，开辟了诗歌创作的新局面，其背后是强大的"言意象"理论的支撑，着实令人赞叹！

【作者简介】

皇桂臣，男，汉族，河南周口鹿邑县人。现为西北大学文学院中国古代文学专业硕士研究生。

论《韩陈其诗歌集》中的用典

降宇婷

韩陈其先生是著名的语言学家，曾任教于中国人民大学。在韩陈其先生的诗歌中可以看到其对汉语词汇、诗词格律、诗歌意象等有着非常深入的研究，可是他并没有像一般的现代诗人那样在格律、用韵等方面循规蹈矩，或者是对传统用韵完全摒弃，而是在经典传统这个肥沃的土壤上，与时俱进，不断开拓创新、有所突破，提出了自己的理论，创作了数千篇新诗，在现代新诗领域独树一帜。

中国新诗已经诞生一百多年，但对于现代新诗来说，这仍旧是一个不断评估、不断发现的过程。韩陈其先生本人具有广阔的文化大观：肇始于“言”，周旋于“意”，升华于“象”。在诗歌的创作上，他做到了在经典传统的土壤中以创新的角度和方式不断进行开垦。除了在诗体、意象、用韵等方面进行不断创新，提出自己的理论之外，韩陈其先生在诗歌中还提到并引用了大量的典故，有历史典故、神话传说以及经典的名著名篇。用典是一种修辞手法，是为了一定的修辞目的，在自己的言语作品中明引或暗引古代古诗或有来历的现成话。在韩陈其先生的诗歌中，他打破了古典诗歌典事固定化生成的规则，将复杂多元的时代元素融入诗歌创作中，在他人的典故中发出自己的声音。韩陈其先生旧曲新弹，运用传统文化知识传达新内容，抒发新情感，赋予其新的时代意义，让古今文化撞出更绚烂的火花。

一、以神之事，构释当下

神话是原始初民面对各种难以解释的自然现象时，以想象性的方式对其做出解答和对抗的故事。神话与传说作为华夏民族早期历史文化的反映，是中国传统文化的精髓和中华民族文化自信的重要根基。韩陈其先生在其新诗的创作中选用了大量的民族神话与民间传说的意象，为诗歌文本增添了一定的现实意义与审美效果。

韩陈其先生的新诗中出现了许多民族神话传说意象，体现出其丰厚的神话以及民间传说知识储备。综观整本诗集，其所运用的神话传说意象主要分为以下四类：

一是创世、起源与始祖神话意象。韩陈其先生在新诗中运用了神农、夸父、女娲、后羿等人类始祖或文化英雄意象，这些神话意象的引入使诗歌文本呈现出一种万物伊始、恢宏契阔的宏大气象。

比如《航天颂》：

远远炎黄兮东方苍龙，苍龙威武之翱翔青穹。
恢恢大圆兮山海女娲，女娲巧慧之炼补霞葩。
玄玄空灵兮广寒嫦娥，嫦娥窈窕之偕舞天歌。
杲杲敦煌兮飞天女神，女神招引之追梦芳魂。
悠悠灏漫兮随心悟空，悟空自由之天地从容。

在赞扬祖国伟大的航天事业时，将“女娲”“嫦娥”“悟空”与航天事业相提并论，将英雄和创世神话意象本身蕴含的原始的生命力量、昂扬拼搏的精神状态转移到如今伟大的航天事业上，蕴含了作者浓厚的家国情怀，使诗歌起到了振奋人心的作用。

二是仙界神话意象，有嫦娥、玉皇、仙女、仙翁、玉兔、白娘子、织女等仙人意象，还有仙境、仙谷、瑶池、天宫、昆仑山等空间意象。

比如《渡思》：

人生若渡江河海，一步空空步步空。
昊穹渡云润苍翠，云散云涌云从容。
鹊桥渡情会牛女，情深情浅情朦胧。
佛海渡道泽僧尼，道遐道迩道溢融。

用牛郎织女鹊桥渡情，佛教僧尼佛海渡道进行举例，感慨人生就像是渡江渡河一样，一步空步步空，在经历人生大起大落的我们就如同这一年一见的牛郎织女、一心求道的僧尼一样。韩陈其先生以神话传说比喻人生每一步都非常重要。

三是宗教传说意象，有观音、佛、禅宗、普陀、如来、释迦牟尼等。诗人在运用宗教传说意象时也暗含了许多佛教思想，如《沙来沙去》：

一花一花如如来，一沙一沙晶晶奇。
花来花去花世界，沙来沙去沙迷离。

作者运用佛教意象“一花一世界，一叶一菩提”类比描述三百倍放大镜下的沙子，发出“沙沙比花更虹霓”的感叹。

四是神兽以及天体意象。龙、凤凰、麒麟、鸾等神兽形象蕴含着传统文化意味和民间审美趣味，其中龙、凤意象在韩陈其先生新诗中所占比例较高，如《龙翔九天》《东京梦华》《新疆美望》。天河、星斗、银河、宇宙等天体意象在韩陈其先生的诗中也经常出现，如《洪荒神农》《星歌云梦》《星外飞客》，寄托了诗人浪漫、辽阔的宇宙观念。

在不同的社会政治、经济、文化背景下，社会知识分子群体掌握不同文化资源，持不同文化理念，他们会在使用神话意象的过程中对未来的民族风貌做出不同的构想，比如说五四时期的“自由女神”，20 世纪 30 年代的“赤色天国”。随着时代的变迁，作为时代的象征，诗歌中所引用的神话意象表达的意义也会发生变化。韩陈其先生诗歌中所引用的神话传说意象体现出作者民族复兴的愿望，浓烈的家国情怀以及中华民族荣誉感，比如在《夜飞》中“嫦娥奔月神华夏，神舟遨游笑悟空。翔鹭惊云冲天浪，蓝鸡鸣空正逸东！飞天婵娟舞烟霞，谁是玉皇逗苍穹”。神舟飞船像嫦娥奔月一样遨游太空，笑看腾云驾雾的孙悟空，在天空中与烟霞共舞，就像玉皇大帝一样在天空中自由自在，全诗通过三种神话意象对神舟成功发射太空进行了高度赞美，将现代航天科技“神化”，突显了我国航天科技的先进性，表达了诗人对祖国先进伟大的航天事业油然而生的骄傲自豪之情。另外，韩陈其先生的诗歌中还体现出在国富民强的社会时代背景下产生的高度的文化自信，比如《孟姜哭城》“如今登城自好汉，万里长城可逐鹿”，登上长城的自是好汉，万里长城上的每一位百姓都是热血好汉，呈现出群雄并起，雄霸天下的局面。作者告诉读者他不仅仅是要因为孟姜女而去长城，更是胸中的这一腔热血。还有在《数名歌怀》中“家福家隆追新元，小平小毛可代双。金泉丰年应祥禧，世瑜宏言正景荒。宗新谦成佑天福，宝智修富共庆堂。兰英凯娜琦晋川，桂娥兆萍耘贵芳。福友常明耀圣玉，镇中镇生大宗祥。人生无意羡夸父，竞掬烟霞追夕阳”，经济繁荣，社会安定，百姓安居乐业，不论是国还是家都幸福美满，在这样的盛世之下，就连夸父这样的英雄也没什么令人羡慕的。这两首诗歌中，韩陈其先生对祖国的自信，体现在诗歌中就是高度的文化自信。

综观全本，韩陈其先生对民族神话与传说意象的借用丰富而多样，他借用这些意象的目的并不是为了再次返回历史，而是注重阐发神话意象在新时代背景下的现实内涵和精神导向，是通过对民族神话的再次解读来描述社会现实，激发现代人的感情，将古代与现代错综交融，更有助于读者理解与体悟。

二、与古为新，旧典新弹

在剧烈的语言以及诗体的变革下，现代新诗相对自然、平顺地接纳了用历史典故这一古老的诗歌修辞方式。现代诗人用典时擅长融古典韵味于现代生活、情感中，表现出含蓄蕴藉的品格。比如在戴望舒诗歌《古神祠前》中“它展开翼翅慢慢地，作九万里的翱翔，前生和来世的逍遥游”，在这里用了《庄子·逍遥游》中鲲鹏的意象。韩陈其先生的诗歌同样也大胆接受了古典诗歌用典方式和内容，在新诗中重新演绎历史旧典事，或化用古典名句，酝酿新诗意，在“用事”和“用言”两个方面扎根传统，表现出浓厚的民族审美品格，化古中有创新，巧妙而不着痕迹，创造性地继承了中国诗用历史典故的传统。

（一）用事

用事是指据事以类义，援古以证今，引前人之事丰富而含蓄地表达有关的内容和主题思想。韩陈其先生使用历史典故时不拘泥于典事原本的含义，善于借典故发挥想象，并且与当代社会事实以及变化紧密结合。其对历史典事的运用与诗歌完美融合，从中可以看出韩陈其先生通达的文学史观。

韩陈其先生引用历史典故有的继承原本的含义，比如《西津超岸》中“庄梦蝶幻八百年，云海沧桑一瞬时”。这一句与李商隐的《无题》中“庄生晓梦迷蝴蝶，望帝春心托杜鹃”有异曲同工之妙，这句诗运用的是庄周梦蝶的典故，在其中，庄子运用浪漫的想象力和美妙的文笔，通过对梦中变化为蝴蝶和梦醒后复化为己的事件进行描述，提出人不可能确切地分出真实与虚幻和生死物化的观点。韩陈其先生在这里运用这个历史典故感慨人生沧桑一瞬之间，发出了人生苦短的感叹。有的则是引用原有历史典故，发挥自己的想象力，使历史典故的时代意义更加丰富。《夜宿黄坦洋》中“刘阮遇仙尽闪婚，惆怅溪畔相思谈”和《游南黄古道》中“桃源空灵仙女瀑，天台游梦羡刘郎”都运用了刘阮上天台的典故，刘阮上天台是说刘晨、阮肇误入桃花源，迷路遇到仙女，当晚刘、阮二人与仙女结为夫妇的故事，多用来表达对美好生活的向往。在《夜宿黄坦洋》中诗人用“闪婚”这个颇具现代意味的词描述这个历史典故，并称之为“闪婚鼻祖”，感慨仙人相遇的浪漫。《游南黄古道》同样运用了这个历史典故，在游览途中，景色美丽迷人，恍如仙境一般，让人不禁联想到刘、阮二人与仙女的美好邂逅。韩陈其先生将这一历史典故运用到描述景色如仙境，并给这一奇遇冠上现代意义的名词，充分发挥了其独特的文学想象力。如此而来，诗歌将会成为时代的参与者和见证者，将慢慢成为一种生活的艺术见证。

(二) 用言

用言是指诗人从古典的诗文里选择一些可以重新燃烧的字，或者对古诗文中的语句进行改写和模仿。韩陈其先生在创作诗歌中化用古典诗文来结构诗意、表达新意。不仅可以体现出韩陈其先生深厚的古典诗歌知识储备，还展现了他对语言运用的灵活性。

在《韩陈其诗歌集》中有许多对古典诗文中原语句的引用，比如《北极云思》中“北溟浩渺荒寒极，竞骑鲲鹏追霞烟。扶摇吹天九万里，潇洒傲人一瞬天”用了《逍遥游》中的“鲲鹏”和“抟扶摇而上者九万里”，描述了作者在北京直飞纽约的飞机上，身体和心灵都好像骑在鲲鹏上直追云烟，浮想联翩。《曲桥游荷》中“吴楚远客思原乡，冰心玉壶芙蓉台”用了王昌龄《芙蓉楼送辛渐》中“洛阳亲友如相问，一片冰心在玉壶”，这是诗人在游赏荷花时的有感而发，暗喻人内心的纯洁和清白。还有《芳水谣》“春夏秋冬千重天，媚水娇水般若水”中引用的“般若水”出自梁简文帝《述内典书》中的“流般若之水，洗意识之尘”。此外，韩陈其先生在创作中多次对古典诗文名句进行了改写，比如《寒食魂思》中“天若有情天亦醉，点点滴滴到九重”对《金铜仙人辞汉歌》中“衰兰送客咸阳道，天若有情天亦老”进行改写，这句话常常用来形容人强烈的悲伤情绪。作者在寒食节借酒消愁，表达了对已逝血缘亲人的无限追思，化用其中一二再自创新意来传情达意，自然贴切，浑化无痕。《天涯骚客》中“翛翛羽音印净禅，悠悠心箫吹云裳”模仿苏轼运用象雨声之词，正如苏轼的《舟行至清远县见顾秀才极谈惠州风物之美》中“江云漠漠桂花湿，海雨翛翛荔子然”，作者在秋夜中伴随着潇潇雨声，有感而奏，箫声声声入耳，营造出一种孤寂的氛围，这样的表达为诗歌增添了古典意境，一举多得。

韩陈其先生在诗歌中引用历史典故，在较为俭省的字数内极大地浓缩各种各样的文本和信息，在作者与读者共有的知识体系内进行内容和情感的引用、连接、组合，甚至是创造，从而最大限度地达到“体验集中”的效果，给读者带来更加身临其境的阅读感受。

三、名篇再作，续读经典

韩陈其先生在诗歌创作中常对经典的名篇名著进行再次解读和创作，在内容和形式两个方面进行引用和创作，有的诗歌是在内容上对经典名篇进行解读和漫思，融入了诗人自己对作品人物以及事件的思考；有的诗歌则是在句式上进行模仿和改写，巧用相同的句式或者句式的一部分展开自己的创作，在情感表达和内容阐述上与经典有异曲同工之妙。

内容上，韩陈其先生对《红楼梦》《山海经》《梁祝》等名著名篇以诗歌的形式进行了再次解读。比如《大观园漫思谣》：“潇潇洒洒兮贾史王薛上演红楼梦，真真幻幻之赵钱孙李游走大观园。红红火火兮东南西北狂欢情人节，轻轻淡淡之声色犬马勾留怡红仙。寂寂寞寞兮男女老少叹惋潇湘馆，凄凄切切之风霜雨雪摇曳黛玉烟。嘻嘻哈哈兮雪月风花逍遥游人过，指指点点之红紫黑白通贯三百年！”还有《潇湘大观》：“奇奇特特人间世，浑浑灏灏镜幻缘。潇潇洒洒红楼梦，真真幻幻大观园。红红火火情人节，轻轻淡淡怡红仙。寂寂寞寞潇湘馆，凄凄切切黛玉烟。嘻嘻哈哈游人过，指指点点三百年！”这两首诗歌都是作者以诗歌的形式对《红楼梦》进行再次解读，感慨《红楼梦》贾史王薛的真真假假，同情黛玉凄惨落寞的悲剧结局，当时所发生的一切在这三百年的时间里烟消云散，如今的赵钱孙李，男女老少的游人只是嘻嘻哈哈，并不能对这大观园里曾经的人和事感同身受。作者以诗歌的形式对《红楼梦》进行解读，以整齐的句式、简洁的文字、精巧的语言勾勒出大观园的旧貌，回忆了典型人物的遭遇并发出岁月无情的感慨。

形式上，韩陈其先生对《诗经·静女》《木兰辞》等名著名篇的句式写法在模仿的基础上进行自我创造。韩陈其先生提出了“宽骚体”，是对屈原的“骚体”进行革新，形成“四言＋兮＋四言”/“四言＋之＋四言”或者“四言＋兮＋九言”/“四言＋之＋九言”的句式，并且继承了《诗经》中《国风》经常采用的分章叠唱、反复咏叹的形式，这在《静女》中充分体现。在《忆父》中有——

忆父无所忆，唯忆海上帆；
忆父有所忆，父爱万重山。
忆父无所忆，唯忆风雪寒；
忆父有所忆，父爱一瞬间。
忆父无所忆，唯忆江边摊；
忆父有所忆，父爱天地安！

这是对《木兰辞》中“问女何所思，问女何所忆。女亦无所思，女亦无所忆”的模仿和改写。诗中重复多次使用了“忆父无所忆”和“忆父有所忆”，在语用上起到了强调的作用，表达了作者对父亲强烈的思念。作者巧妙地将“有所忆”和“无所忆”，父爱的大与小进行对比，对父亲的回忆无处可寻，零星地只剩下了海上的帆船、寒冷的风雪，还有江边的小摊，抑或是对父亲的回忆又有迹可循，存于万重山、天地间或者是每一个瞬间。作者运用《木兰辞》中的句式创造了整篇，结构巧妙、情感强烈，将名篇的魅力无限放大。

小结

在文学创作中，用典不仅仅是一种修辞手法，更是一种穿越时空交流情感的中介，有着表达感受、传递意义的作用。韩陈其先生学识广博，用典范围包罗广泛，花草虫鱼、人物山水、历史事件、释道仙怪、名胜古迹皆可入诗，也能出入经史百家，集百家之思，沉潜博见其创作。韩陈其先生的诗歌在“中学为体”的基础上做到推陈出新，古为今用，既不盲目复古，也不完全排斥先进文化，而是在创造性的继承与借鉴中，创造一个与古为今的新诗文化。另外，韩陈其先生的诗歌与社会时代背景紧密相连，在生活的零星感悟中发现诗意，并在这样的体悟中找到与古人对接沟通的方式。在文学的现代化进程中，新诗作为重要的组成部分，肩负起了现代性艺术主体重塑的任务。引用神话传说、历史典故、名著名篇不仅仅是诗人学识修养的体现，也是诗人诗学观念的反映。韩陈其先生的新诗用典一定程度上突破了传统用典的局限，丰富了新诗的创作材料，提升了新诗的审美表现力，扩展了新诗的艺术表现空间，而韩先生则是新诗的建设者和开拓者。

参考文献

[1] 韩陈其.韩陈其诗歌集[M].北京：作家出版社，2020.

[2] 刘长华.民族神话、传说意象与中国新诗民族性的建构之研究[D].湖南师范大学，2012.

[3] 杨柳.论现代派新诗的用典革新[J].江汉学术，2020.39(04)：65—76.

[4] 朱云.略论新诗用典研究的现状与前景[J].湖北经济学院报(人文社会科学版)，2008(06)：112—113.

[5] 张元.浅议现代汉语新诗的自由化表达[J].名家名作，2020(07)：92—93.

[6] 朱云.论中国现代新诗的用典及其诗学价值[J].华中学术，2015(01)：228—238.

【作者简介】

降宇婷，女，汉族，山西太原人。现为西北大学文学院语言学及应用语言学专业硕士研究生。

《韩陈其诗歌集》的意象选立及形式创新

郭姣姣

摘要:20 世纪初中国社会内忧外患的局面令现代诗歌面临了前所未有的挑战,其中包括诗歌功能的定位、传统美学标准的延宕,以及诗歌读者群的重建。进入 20 世纪 90 年代,中国新诗又一次陷入了危机之中,商业主义和大众文化极大地冲击着新诗而使其边缘化,诗歌阵营也开始急剧分化,大部分诗人通过自我放逐而进入一种私人化写作状态,在这挑战未平危机又起的隘口,如何平衡格律和自由,如何做到时代价值和审美判断的结合?

本文将从韩诗独创的观象、取象、立象的“言意象观照”的诗歌理论,韩诗结合现代汉语特点对新诗形式做出的“宽律”“宽韵”等创新,韩诗在题材方面关注现实民生、以时事入诗的时代价值和创新精神此三个方面来对《韩陈其诗歌集》加以解读,浅析其对中国新诗发展之路的重要价值。

一、韩诗的意象选立

纵观中国诗歌发展历史,无论是成为中华民族文化符号的古诗,还是正在各大浪潮中发展的新诗,凡经典者皆离不开成功的“意象”营造。钱锺书云:“诗也者,有象之言,依象成言;舍象忘言,是无诗矣;变象亦言,是别为一诗甚至非诗矣。”诗在于象,观韩诗意象选立,不禁让人感叹诗心玲珑,诗家仁心。其八卷诗中所选取之意象,细微处如虫蚁鱼猫,“垂涎滴滴可恨水,几番挑逗问鱼猫”,将隔水相嬉的猫与鱼写得辗转多情,颠覆大众认知中两者的仇敌关系,“古稀大牛”之童心可见一斑;悠然处如花柳山海、晨曦暮色、农事工作,目光所及之文笔所到之处皆为风景;新趣处如《微信采微歌》《我要上哈佛》《男人女人》等,广告词、新媒体等时物时事皆可入诗,吟唱相谐,此创新之精神实谓可敬;又有宏阔如歌咏名山大川、故乡京口等,寥寥数字却气吞云河,苍茫辽远,如“瀚漠夕照朵巴花,胡杨铃驼玫瑰馕”一句,见字如面,读来令人觉得自己已手执长剑,跋涉在那莽莽黄沙地,眼前胡杨消失在地平线后,驼铃鸣起虔诚的信仰,真是身未动,心已远。诸如此类,丰富立体,让人读罢其诗,只觉天地广阔,意念驰骋,万事万物皆生动有灵。

正如诗人在序中所云："观象则尽诗象至广，取象则尽诗象至美，立象则尽诗象至幻！"首先，观象至广，天地广阔万物竞存，但并不是每一个具体的客观存在都可以被称为意象，意象的生成是以生活为源，从表象的获取到意与象浑、心与物共的运动，是经过诗人的构思，经过审美经验和人格情趣两方面加工的客观存在。现代著名的雨巷诗人戴望舒在那首《雨巷》中，祈求遇到"丁香一样结着愁怨的姑娘"，也使"丁香"作为一种"情结"，成为心中郁结的忧愁的专门性喻指，把物象心灵化了。韩诗中这样的例子也不胜枚举，例如《鹳鹳歌》所咏之物白鹳是一种生物，但经过诗人的情感过滤，这跟随气候迁徙的雌雄白鹳成了恩爱不移的代表，所以当我们读起这首诗，不再将白鹳作为一种生物来理解，而是将其想象为一种寄托特殊感情的符号。

又如《锅盖面》一诗，歌咏江苏省镇江市的一道地方特色传统美食"锅盖面"，诗人选取了锅盖面出现的四个场所街头巷尾、楼堂馆所、迎宾、送客作为代表，道出了市镇人民对此美食的喜爱，以及其作为文化符号对游子的意义。"锅盖面"在诗人浓厚情感和人生经历的书写下，蕴含着隽永的人情和乡情。再比如《金叶羞窗》一诗中将秋天的黄叶写作"金叶"，一改大众视野中蕴含着凄凉之情的黄叶形象，赋予四季变化自然流转的树叶潇洒从容的态度，正是"飘飘洒洒自风流，何待春雨润嫣黄"。这正诠释了庞德所言："意象是在刹那间所表现出来的理性与感性的情结，'情结'带有强烈的感情色彩，它不是一般意义上的立象呈意，而是物象心灵化和心灵物象化的交融性十分明显的晶体，体现了心灵与物象的美感联姻，既来自物象对诗人的刺激又挣脱了自然具象而升腾到了相应思想高度的一种形态和感悟途径，是从实际的、客体的秩序中抽取出来，又为心得感知而存在的诗人的创造物——虚幻的审美对象。"由此可见，诗人的心灵体悟对意象营造的意义不言而喻，我们也由此得以窥见诗人昂扬洒脱、积极向上的精神风貌。

其次，取象至美。罗丹说："所谓大师，就是这样的人，他们用自己的眼睛去看别人看过的东西，从别人司空见惯的东西上能够发现出美来。"何为美？唐代思想家柳宗元有云："夫美不自美，因人而彰。兰亭也，不遭右军，则清湍修竹，芜没于空山矣。"游过兰亭的人甚多，但倘若不经过王羲之灵心妙笔的唤醒，兰亭也不能留给世人美的印象，也只是供人居住游憩的园林而已。例如《龙泉灵光》一首，诗人将寺中翠竹红枫、铎音梵呗、飞鸟游鱼等物象，选取其最抓人的特色用语言描绘出来，使读者对佛教寺院的认知又多了些许美的感悟，而我们也因此可以透过语言来感受诗人观寺时悠然沉静的心情。又如《九彩异国》中对北京三里屯璀璨银杏的描写，极富浪漫气息，满天撒金似的银杏固然是人人都称赞的风景，但更打动诗人内心的则是将喜悦心情肆意挥洒的游人，因此岁月在秋，而诗歌却充满欣欣向荣的气息。诗人在注释中也说："北京最浪漫的银杏地，不是地坛、钓鱼台，也不是香山、八大处，而是三里屯东五街西口到三里屯东五街东口的三里屯外国使馆区。"

最后，立象尽幻。叶燮的意象创构论指出，在客观事物和意象创构主题相遇时，主体的神明智慧将其捕捉，并在想象力的驰骋中生成生动活泼，充满生命韵致与丰盈情感以及深刻内涵的意象整体。如果此过程少了主体的想象，那诗便会呆滞刻板，缺乏生机。诗人所言之"幻"正是调动想象力，协调多感官后达到的虚实合一的境界。如《忆父》中"忆父无所忆，唯忆海上帆"，"忆父无所忆，唯忆风雪寒"，虽然没有具体叙事，但"海上帆""风雪寒"三字却给人以无限的想象空间，"海上帆"三字让人联想到岁月流转中父亲辛苦劳作的身影几十年如一日，扬帆海上，日尽归来；送别时消失在视线里的是海上帆，盼归时迎来的是海上帆，仅三字，却将情景交融。"风雪寒"三字亦是抓住了平实中的动人之处，使人读来便想象到寒风呼啸的冬日傍晚，站在门口的父亲发梢肩头落满了雪，他跺着已经沾湿的鞋子，招呼孩子过去从他冻红的手中接过那热乎乎的吃食……无处回忆，却处处是回忆，这正是诗人立象的精妙独到之处，让人愈读愈觉心旷神怡，回味无穷。

二、韩诗对汉字之"象"的挖掘

汉字作为记录汉语的书写符号系统，创始于先民仰观天宇、俯察品类的过程中，最初是通过直觉体验所获得的具有公共意义的图像，后来经由主观心灵再度创作，简化、凝练成为更能体现客观事物"本质形式"的"字象"，因此汉字具备在语音之外独立地表现自然与心灵结构的能力，也对中国艺术中的意象思维方式及艺术作品中的意象精神具有不可忽视的启发作用。正如韩陈其所云"绵绵汉字，一撇一捺一种顶天立地的风骨，一字一画一首缠绵悱恻的诗歌"，汉字有灵魂有筋骨，既可以成为思想的载体，又可以以其自身所蕴含的历史和博大的表意功能为思想添上翱翔云霄的翅膀。

例如诗人在渡口待渡之时，由"渡"联想到"度"，进而对"渡江渡海"与"度过人生"两者间的关系进行了一番哲思：

人生若渡江河海，一步空空步步空。
昊穹渡云润苍翠，云散云涌云从容。
鹊桥渡情会牛女，情深情浅情朦胧。
佛海渡道泽僧尼，道遐道迩道溢融。
尘寰渡人浣灵欲，人聚人远人飘绒。

《说文解字》中对两者的解释是:“度,法制也,从又,庶省声”;“渡,济也,从水度声”。在汉语的演进中,“度”除了指法律制度等名词之外,还作量词和动词,作动词为“过,由此及彼”之意,如“度日”“度假”等;“渡”,除了作名词指“过河的地方”之外,作动词有“横过水面”“由此到彼”“转手、移交”三种意思。两者在“由此到彼”这一意义上有所重合,度过人生岁月是时间上的跨越,渡江渡海是空间上的跨越,但所有时间的跨越都伴随着空间的变化,空间的跨越也伴随着时间的变迁,因此,这种相似引发了诗人的感慨。他在渡口待渡之时,联想到昊穹渡云、鹊桥渡情、佛海度僧,而人生一程、尘世一遭就像渡江渡海,每个人都免不了要经历起落悲欢、聚散离合。这首《渡思》很好地体现了汉字与中国艺术两者之间的同构关系,含意深远。

再如诗人被上海南京路某大厦上的巨大汉字“象”所吸引,进而思绪飞驰,浮想联翩:

沪上万千摩天楼,璀璨恍惚惊一象。
熙熙攘攘城隍庙,花踪寻味万街香。
东浦仰天洒明珠,西浦俯踵触梦乡。
沧桑何须问汉清,屠牛今为龙腾骧。
喜马拉雅大观台,似曾相识唯一江!

“象”的本义就是指动物的一种,《说文解字》“象,南越大兽,长鼻牙,三年一乳,像鼻牙四足尾之形”。后来由于气候变化,大象逐渐在北方消失,人们不再能见到真实的大象,于是象就成了想象中大象这种动物的样子。《韩非子》:“人希见生象也,而得死象之骨,案其图以想其生也,故诸人之所以意想者皆谓之象也。”由此,“象”的意义开始引申为事物的形象、样貌。老庄认为,“象”就是“道”的化身,是充满哲学意味的“道象”。《老子》:“道之为物,惟恍惟惚。惚兮恍兮,其中有象;恍兮惚兮,其中有物。”在《周易》中,既有“卦象”,又有“象也者,像此者也”的“象”,这个“象”,就是象征,模仿。“象”的另一种含义是认识主体在对现象的直观审察中,对现象进行概括、模拟而产生的一种象征性符号,例如八卦和汉字。由此可见,一个“象”字具有动物、想象、形象样貌、象征模仿等意义,并在中国文化中充满哲学和美学意味。因此,我们可以想见,当诗人看到大厦上通体璀璨的“象”字时,他的心中一定是激动不已的,仿佛这一个字容纳了大千世界的种种,辉映着百家思想繁荣盛开的中国哲学史,启发着古往今来无数致力于美学领域的研究者……他的视界由此敞开,中华汉字之博大,华夏儿女之智慧,万千情怀皆融于一字之中。

三、韩诗的现实价值和创新精神

正如韩陈其在序中所慨叹的:“汉语现代诗,在某种意义上似乎走到了一个无拘无束的极端:几乎完全没有章法,几乎完全没有诗法,几乎完全没有规制而随心所欲,丧失了作为汉语诗歌存在的基本形式条件!”的确,20世纪初中国社会所经历的翻天覆地的变化,令现代诗歌面临着前所未有的挑战,其中包括诗歌角色与功能的重新定位、传统美学标准的延宕,以及诗歌读者群重建的迫切性与必要性。进入20世纪90年代,中国新诗又陷入了前所未有的危机之中,一方面,社会的全面转型而浮泛起来的商业主义和大众文化,极大地冲击着新诗而使其边缘化,诗歌比其他文类更迅速地退出公众视线;另一方面,诗歌阵营开始急剧分化,80年代风起云涌的诗歌流派纷纷消散,大部分诗人通过自我放逐而进入一种私人化写作状态。这种种现象不禁令人惊呼:新诗衰落了。

那么,在此挑战未平而危机四起的隘口,如何平衡格律和自由,如何做到时代价值和审美判断的结合?《韩陈其诗歌集》对这两个问题进行了回答。首先,针对格律这一问题,我们可以发现现代的读者很少有人能够或者愿意按照古音去朗读或默念旧体诗,古今音调声腔的变化之大,按古韵书谱填字押韵的结构今天的绝大多数人读起来反而不押韵,甚至使得抑扬顿挫变为佶屈聱牙,那么,今天的韵脚、平仄仍按古韵规矩,岂不是背离了诗歌格律设置的原则和意义?德国诗人瓦理斯说:“混沌眼底,透过秩序的网幕,闪闪地发光。”要将丰富的个人情感诉诸纸上,一定的形式和秩序是不能绕过的,精通中国语言文字的韩陈其教授针对这一现象,在诗歌形式上做了新的尝试。韩氏齐正律或方正律、韩氏宽骚体、韩氏宽韵体、韩氏宽对体、韩氏宽异体,这五种在汉语诗歌基础形式上形成的新格律,较古诗在长度和宽度上更为灵活,也更适合以双音节为主的现代汉语,让诗歌在内容和形式上都更具有诗歌的意义。

其次,时代价值和审美判断如何有机结合?在历史和现实的生活中,至少有两类人误看了诗歌,一类是借诗歌以营私,或顾影自怜卖弄风雅,或争名于朝争利于市,使智慧女神成为掌上万物;另一类是视诗歌大于一切,全然忘却诗歌真正的活水源头。我们的观念则确认,诗尽管是神圣的艺术殿堂,但作为爱诗者、诗作者和读诗者,毕竟得时常走出殿堂,去看看它所隶属的整个奥林匹斯山,去瞭望那山头的历史风云和远峰遥灯,去研讨如何以诗反映现实时代情绪的强度、展示社会心理的深度和刻绘心灵魂魄的力度,去体察是否引起这一片土地上成千上万的人们全身心、全人格的震动。换言之，我们不能让诗歌被凝固的概念和僵化的教条裹挟而去，更不可将其置于现实人生和时代精神所远不可及的虚幻境地，诗歌，作为一种有生命的活体，应该以天地为心、以造化为师、以真为骨、以美为神，以动荡的社会人生为源又以人间的喜怒哀乐为怀。

读《韩陈其诗歌集》，我们可以跟随诗人的笔触遍访祖国的名山大川，一览江山如画，可以窥探诗人的生长痕迹，体悟其对人生的感知，更可以看到现实民生。如感慨现代科技之便利的《一来二去》、为广受教师喜爱的《教育规律读本》所作的《贺〈教育规律读本〉出版》、抒发对航天人家国情怀之景仰的《航天颂》、咏叹一轮明月与金山寺相映成趣之景的《金山婵娟》等，将个人审美判断与社会时代紧密结合的精神赋予了诗歌平常且深刻的意义。正如泰戈尔曾写的一样："诗并不企图像科学那样去认识世界，而只是在生命关系的复杂网络中揭示某一事件、人和对象的普遍意义……总之，由于诗源于生活，所以诗必须通过特殊事件表现诗的生命观。诗人直接根据生命本性表现这种生命观，他是根据自身的生命结构去观察生命的。"

参考文献

[1] 韩陈其.《韩陈其诗歌集》[M].北京：作家出版社，2020.

[2] 杨匡汉.《中国新诗学》[M].北京：人民出版社，2005.

[3] 张桃洲.现代汉语的诗性空间——新诗话语研究[M].北京：北京大学出版社，2005.

[4] 潘云萍.汉字"象"的分析[D].中国海洋大学.

[5] 姜鹏越.《庄子》中的"象"范畴对当代文学创作的现实意义[D].云南师范大学.

[6] 孙绿江.汉字・哲学・艺术——汉字对中华民族思维的影响[J].兰州大学学报(社会科学版)，2011(3).

【作者简介】

郭姣姣，女，汉族，陕西宝鸡人。现为西北大学文学院汉语国际教育硕士研究生。

传承中的创新
——《韩陈其诗歌集》读后

徐源沛　乔秋颖

王国维《人间词话》中谈到“有我之境”“无我之境”“境界大小”，意境为创作主体大脑中浮现的情景，袁行霈定义为“意境是指作者的主观情意与客观物境互相交融而形成的艺术境界”。韩陈其老师提出“言—意—象”的关系即是主体与客体交融的体现，“言”“象”“意”三者的五个层次关系，可以进一步归纳为两个线性关系：(1)相互依存的关系→两种由此及彼的关系→连环性的因果关系；(2)基于“存”的状态而产生的三者之间的因果关系→基于“忘”的状态而产生的三者之间的因果关系。“言”“意”“象”三者是复杂的交融的，在三者相互交融的基础上产生创造性思维，“象形、象事、象意、象声”从而“观象—取象—立象”。

古今诗歌意象、诗句之间，存在着直用、活用、化用几种关系。[1]李白的《将进酒》和余光中的《寻李白》、苏轼的《蝶恋花·春景》和郑愁予的《错误》、班婕妤的《怨歌行》和何其芳的《罗衫》等等均体现了古今诗歌的传承。韩老师的诗集在意境上不乏体现古今诗歌传承的诗作，以卷四《龙埂铁瓮》中的几首诗为例。《九秋一夜红》中的“长江万里落日圆，红枫红杉红玫瑰”，活用王维的《使至塞上》“大漠孤烟直，长河落日圆”，但诗表现出的悠然自在与王诗的悲凉之感迥然不同；《狠石梦游》中的“弱冠何处不登高，吴云散尽少年愁”，活用辛弃疾的《丑奴儿·书博山道中壁》“少年不识愁滋味，爱上层楼。爱上层楼，为赋新词强说愁”；《忘情北固》中的“北固楼上望神州，依旧长河落日圆”，有辛弃疾的《水龙吟·登健康赏心亭》“把吴钩看了，栏杆拍遍，无人会，登临意”影子，韩老师诗中积极的心态与辛词报国无门、抑郁悲愤的苦闷心情形成对比；《啼莺羞春》中的“千古江山铁瓮城，六朝风月吟江舟。南徐净域羡圣贤，吴云楚水歌魁酋。慷慨东吴天地怀，生子笑作孙仲谋”活用苏轼的《念奴娇·赤壁怀古》“大江东去，浪淘尽，千古风流人物”和辛弃疾的《永遇乐·京口北固亭怀古》“千古江山，英雄无觅孙仲谋处”，此处韩老师的诗与苏词，辛词都是怀古抒情，气势雄壮。《天鸡惊黑甜》中的“倏忽驹隙几十年，须臾一瞬弹指间”，活用毛泽东的《水调歌头·重上井冈山》“风雷动，旌旗奋，是人寰。三十八年过去，弹指一挥间”，韩老师的诗和毛泽东的词都是现实主义和浪漫主义相结合。《欧飞虹霓》中的“曲亭廊桥芦荻风，孤鹜落霞花月撩”和《华夏鼎歌》中的“钟鸣鼎食华夏歌，顶天立地国鼎魂”分别与王勃《滕王阁序》中的“落霞与孤鹜齐飞，秋水共长天一色”和“闾阎扑地，钟鸣鼎食之家”两句有意境相同之处，“曲亭”“廊桥”“芦荻”“孤鹜”“落霞”“花月”画面和谐，美不胜收，后句则有气势磅礴之境；《石逗秋怀》中的“五池莲荷烟柳飞，十方神柱天地来”“凤凰湖畔麒麟梦，石人无语逗秋怀”，活用李贺的《李凭箜篌引》“十二门前融冷光，二十三丝动紫皇。女娲炼石补天处，石破天惊逗秋雨”，想象奇特，充满了浪漫主义色彩。

在韩老师的诗集中还有其他的体现古今诗歌传承的佳作。《五峰客潮》“从此南北变通途，客拥五峰赞大港”和毛泽东的《水调歌头·游泳》“一桥飞架南北，天堑变通途”；《云发断魂》中的“山雨吟啸风满楼，运河女神银发飘”和许浑的《咸阳城东楼》“溪云初起日沉阁，山雨欲来风满楼”；《沁心萦云》“绿荫红花山门静，百啭千声萦云家”和欧阳修的《画眉鸟》“百啭千声随意移，山花红紫树高低”；《道貌仙风》“自小听说三茅宫，宫在虚无缥缈中”和白居易的《长恨歌》“忽闻海上有仙山，山在虚无缥缈间”；《霓裳花红》“谁愿千年等一回，云飞花谢谁从容?”和舒婷的《神女峰》“与其在悬崖上展览千年，不如在爱人肩头痛哭一晚”；《西津超案》“庄梦蝶幻八百年，云海沧桑一瞬间”和李商隐的《锦瑟》“庄生晓梦迷蝴蝶，望帝春心托杜鹃”。韩老师的这些诗作都在传承的基础上完成了创新，加入了自己的新材料、新情感，将“言”“意”“象”交融，完成了“观象—取象—立象”，物与人与意浑化无痕，意境超然。

参考文献

[1] 杨景龙.古典诗词曲与现当代新诗(增订本)[M].郑州.河南文艺出版社，2020.

【作者简介】

徐源沛，江苏师范大学2020级汉语言文字学硕士研究生。

乔秋颖，江苏师范大学文学院教授。

世代有风雅，韩诗气象新

杨小平

熟读韩诗三百首，不会作诗也挺难。这是拜读中国人民大学韩陈其教授的《韩诗三百首》（江苏大学出版社，2018）和《韩陈其诗歌集》（作家出版社，2020）之后的一种文化自信和创作直觉！

韩陈其教授在美国纽约华美人文学会演讲的题目是《诗为人人，人人为诗》，这是何等的志向！豪气比肩五岳，才情兼具江河。韩先生在汉语研究中深耕四十余年，成果颇丰，却又不满足于仅仅停留在语言领域的探究中，通过诗歌创作又践行了语言理论。韩先生不是为写诗而写诗，他提出的象思维对于深入解读诗歌以及创作诗歌都有着重要意义。

传统诗词经历了几千年风雨，融化了儒道释文化，何能遽然抛弃？唐代诗歌在古代对周边国家的影响很大，这个从日本平安时代的小说《源氏物语》就可见一斑，书中多处引用白居易的诗歌。新罗旅唐学者崔志远在《双蹊寺真鉴禅师碑铭》中写道，“道不远人，人无异国”，这句话在去年疫情期间多次被中国人运用到援助日韩的物资上。外族都能以学唐文化、写唐诗为荣，而我们却视如草芥。当下所谓各种流派的“新诗”，真的是五花八门，全然没有法度，好像夜市里刺眼的霓虹灯，分不清方向，又好像近年来流行奇装异服，裙子、袜子早已经没有了样子。

百余年来，一些仁人志士一直在为新诗的发展苦苦探索。梁启超最先提出“诗界革命”，但是“打破传统的诗的格律与文言语法结构，就不存在‘诗人之诗’，因此，他把诗界革命的目标调整为‘以旧风格含新意境’”。闻一多也较早地看到了新诗的弊端，他在《律诗底研究》中系统地研究了中国诗歌的传统特点，提出了新诗“格律化”的主张，认为诗有“三美”，即“音乐美，绘画美，建筑美”（钱理群等著，《中国现代文学三十年》，北京大学出版社 1998 年版，92—108 页）。我们要展望诗歌的未来，还应当遵循诗歌的发展历程，唐诗、宋词、元曲都是汉语诗歌的变式，它们前后相承，无一不讲格律，只是宽严的标准不同而已。今天韩先生为我们搭建起一座桥梁，一座从诗歌的源头《诗》《骚》出发，通向现代汉语新世界的桥梁。踏上这座桥梁，我们既能回顾汉语诗歌的蒹葭苍苍，又能展望未来世界的网络烂漫。汉语诗歌还是汉语诗歌，就好像从五言诗走到了七言诗，从近体诗走到了曲子词。韩式宽骚体则是新时代的新格律诗。

韩诗给我留下的最深刻的印象就是象。传统诗歌评论中一直比较盛行辩论言与意的关系，主要是探讨言能不能尽意的问题。韩先生从象思维出发，阐述了文字背后的意与象的关系。这个象来源于汉字，来源于中国传统哲学，也来源于中国古代文学的言意。许慎在《说文解字》序中说："仓颉之初作书，盖依类象形，故谓之文。其后形声相益，即谓之字"，这个象包含观摩、比拟的意思。《易》曰："立象以尽意"，这个象哲学上用来表达人头脑中所构建的与客观世界相谐和的主观世界。韩先生曾模仿孔子赠子贡言提出："其象乎！明象者，明己，明人，明事，明物，明心，明理，明诗，明文，明今，明古，明夷，明夏，明乎天下也。"可见，象是中国文化的 DNA，要传承和发扬传统诗歌，就有必要了解其中的象。

韩先生认为，汉语诗歌是"言—意—象"的聚合体。受此启发，我们得出言是形式，意是内容，而象则是言意结合后形成的新境界。需要注意的是汉语诗歌的言包括诗歌形式本身，即每一句的韵律、节拍，还有字数限制等等，因为古诗都是与音乐结合的产物，所以才能读起来朗朗上口。韩先生把形成于人头脑中的精神之象又分为印象、意象、大象，这又对王国维的境界说提供了新的解读思路，境界有大小，具体怎么体现的，通过象思维程序，主要是观象、取象、立象，就可以呈现出来。韩陈其教授不仅在释读古诗词时运用象理论，在具体创作中也运用了象理论，例如，在谈论《沪上观象行》时指出，"以观象而言，望天而观气象，立地而观景象，登楼而观万象！"再看韩诗《耀天红月》：

婵娟碧华兮凛凛飞红，玄烛耀天之滚滚尘红。
明明红月兮红月如眉，玄烛照天之娇娇娥眉。
红月明明兮红月如钩，玄烛辉天之晶晶玉钩。
明月红红兮红月如眸，玄烛煌天之柔柔情眸。
红红明月兮红月如环，玄烛烛天之灿灿金环。
月红月红兮如如月红，玄烛光天之天灯红红。
红月红月兮宝华红月，玄烛华天之红红雪月！
婵娟碧华兮玩水弄潮，玄烛烁天兮天海洋潮！
碧华婵娟兮弄潮玩水，玄烛灯天兮冰镜天水！

这首诗记录了极为罕见的红月亮天文现象，首句先记录整体印象，第二到五句描述红月的形状变化，并且每一行前半句取其大概形状，后半句再放大细细描绘，体现了观景的距离遥远而通过想象好像置身其中。后两句由红月景色又联想到海潮与月亮的关系。全诗将红月比作玄烛，辞藻华美，回环往复，气势宏大，再配合宽骚体的语言形式，展现了自然景观本身，读起来又让人仿佛亲眼看见了那一场壮观的世纪奇景。

总之，诗应该有诗的样子，尤其是汉语诗歌，古诗与现代诗并不能截然割裂，二者应该是继承与发展的关系，这才是真正遵循诗歌发展规律，文学、文化也是如此。杜甫"晚节渐于诗律细"，韩陈其先生为新诗定格律亦是诗界一大幸事。余虽不才，亦尽兴附和一首。

宽骚体咏韩诗新风雅

诗骚双璧兮悬诸日月，风雅相映之振响荒涯。
古歌律绝兮诗体方备，四五七言之形态纷华。
环肥燕瘦兮各有美妙，意浑骨劲之俱怀孔嘉。
犹恐余脉兮难以存继，才遣韩公之更衍新葩。

【作者简介】

杨小平，男，陕西澄城人。2020届江苏师范大学汉语言文字学专业研究生，诗词业余爱好者，以笔名"灞上阿平"在新浪博客尝试诗歌写作，所作《江城子》曾获江苏师范大学优秀网文作品三等奖。

《韩陈其诗歌集》刍议

陈　洋

吾乃一年方十八小女子，知识眼界、思考程度尚显稚嫩。幸吾师张延成多有教导，赠予师祖诗集一阅，受益良多。以吾浅薄之境，时有高山仰止之感，偶有力不从心之惑。但感悟良多，便于此书吾所思所想，谓之刍议。

诗集主题为“言意象观照中的原创中国汉语诗歌”。初读标题颇困于何谓言，何谓意，何谓象，而言与意，意与象，言与象又是如何相合以达诗歌之美？愚以为作者之意“观象而思，依象而想，明象而作，驭象而行”乃观象、思之、感之、写之、改之、削磨之，直至诗歌表情达意，皆心之所想。正所谓“一切景语皆情语也”。

诗集之象颇丰，足见作者阅历眼界之广阔。既赏新疆、峨眉、乐山、北极、纽约、东京之人文美，亦爱星、月、雪、荷、春及暮色。所作无不音韵和谐，对仗恰如诗人所言，借鉴弘法大师《文镜秘府论·论对》和传统对偶、对仗、对联而创制宽对，宽对不拘调格，不拘韵格，不拘声格，不拘义格，而主要倾心关注并且追求“象”格，即诗句中各“象”所显示的层次性、广域性、蕴含性、色彩性、协调性、关联性、想象性。目录四百余篇四字标题实在令人咂舌惊叹，拍案叫绝。卷首诗象《宽骚体·乾坤骚怀》看起来就像一幅幅山水画卷，而更为有趣的是诗句的前四字正好是全书八卷的标题，读来意蕴无穷：

宽骚长怀兮朗朗乾坤，星歌云梦之莽莽昆仑。
流霞飞虹兮杲杲春旸，龙埂铁瓮之淼淼京江。
高天叠彩兮泱泱华夏，红尘染月之莘莘人家。
瀛海微澜兮粼粼镜湖，光华缤纷之凛凛天都！

吾有感于作者自序中“在言意象的大世界遨游而寻觅汉语诗歌真善美的真谛和象谛”，窃以为此为作者“意”之真谛。作者常将鲜活而磅礴之画面包融于寥寥数字中，如赤城霞月、雄雄兜鍪，赋象以作者岁月沉淀之厚重感，于吾而言陌生而又新奇，无法按捺如作者一般去探索世界之热情及对祖国山河之热爱。

至于意象关系，愚以为作者既擅长以一个独立的象抒发意，亦擅长将诸多细微之象融为一幅全景，意便从群象之中影影绰绰渗透出来。且作者对佛颇有了解，字里行间流露出空灵之感。读之如立于岸边观海，远远望去只觉气清景明，海面波澜沉谧，待吾拾步向深处走去，才慢慢在无边沉默、气泡咕咚中发现海底倒映的漫漫星光，体味到作者的深意，悟到云卷云舒之间自然晕染出的悠然与超脱。

然吾跳脱于诗集之外，发现作者诗集大多在回忆或记录，在家国及慷慨之象之外，字里行间多是历经岁月流转后的沉淀与稳重，少有对未来之展望。穆旦曾道："我重赘、幽暗的岩层，久已瘗葬的光热源泉，却不断地迸裂、翻转、燃烧。"吾思，此乃作者字行透露出孤独感与空灵感之源。

吾亦思及，倘使吾某天实能悟之于生活与生命，定经历了许多拍打与消磨。而吾愿能在看懂以后仍抱有赤子之心，以一"graceful old lady"之模样，延续与拓展年少之求知欲、想象力，去冒险，去尝试，去思考，去爱这世界。

追思至源，《韩陈其诗歌集》使吾宁静，如冥想一番，诗使灵魂清透，它炙热而浪漫，使人在生活的平淡乏味之中，向往远方，仿佛世界美好，吾早已走遍。

【作者简介】

吾姓陈名洋，年方十八，湖南长沙人也。新疆大学中国语言文学学院学生。嗜书，尤爱语言学、哲学及文学。愈读书愈感吾之无知，求知欲遂愈发强烈。思想常离经叛道，多有批判。爱独处，然随年岁渐长擅独处与合群兼备。

第五辑　唱和新声

俯瞰云山妙想更高吟

贺《韩陈其诗歌集》出版

（齐正体）

朱宏恢

中国人民大学教授、博士生导师韩陈其先生出版了其诗歌集，今拜读之余，亦拟其“齐正体”诗一首，聊以助兴也。

昊天降英才，磊落大江边。
聪慧兼勤奋，英俊出少年。
广览众典籍，挥毫著巨篇。
煌煌“古汉语”，字字皆珠玑。
深入佛学理，谈天又说地。
纵论天地外，诵诗抒心意。
意与境合一，言与象合齐。
论诗谁与先，韩子名陈其。
有诗五百首，并皆宽异体。
传之于后世，奇葩诗坛现。
今我亦“异”体，大牛笑纳矣。

将拟五律改为韩氏宽骚体示例

吴　敢

1974年5月27日，余曾拟制五律《船过小孤山、石钟山》，诗云：

湖远白帆近，清波石钟徊。
茫茫流闲情，涛涛发慷慨。
秉心岂倾俗，恃才何懈怠。
小姑若寂寞，当知故人来。

兹将其改为韩氏宽骚体，用作拜读《韩陈其诗歌集》之体悟，诗曰：

湖远白帆兮若隐若现，清波石钟之亦趋亦徊。
游子凭栏兮茫茫闲情，过客抒怀之涛涛慷慨。
特立独行兮岂可倾俗，恃才傲物之何曾懈怠。
小姑寂寞兮放飞飞过，彭郎坦荡之归去去来。

读《韩陈其诗歌集》效其宽骚体书感

袁本良

兢兢学者兮萌萌诗人，学术特立兮诗艺标新。
言意象观兮学圃耕耘，观象取象兮立象诗林。
宽骚为体兮宽对宽韵，宽大为怀兮自适吻唇。
重重叠叠兮如积之薪，排排比比兮如鱼之鳞。
漫漫散散兮如涡之沦，绮绮艷艷兮如天之云。
诸格不拘兮象格唯尊，明象而作兮言意芬芬。
骚之弘阔兮象其无垠，象之皇皇兮歌诗之魂。
我读宽骚兮还思其人，陈其歌诗兮焕乎其神。

二〇二〇年十二月

【附录原玉】

花溪诗魂咏新

（宽骚体）

韩陈其

与贵州大学袁本良教授为语学同好，诗学知音，相识久矣！本良兄，语学俊彦，诗学高妙，双璧交互辉映。往昔读其《守拙斋诗稿》（共三编），一唱三叹，不忍释手；近日读其《守拙斋诗词近稿（2020 年 12 月）》，吟哦反复，情不能已！礼尚往来，诗贵唱和，故特述感记怀，以颂花溪诗魂，以迎 2021 年元旦。

悠悠岁月兮京师太学，高高远远之语学醒觉。
谦谦君子兮平生天问，恓恓怿怿之读书作文。
本良守拙兮大智若愚，长长短短之闲言愤语。
守拙本良兮大情若明，深深广广之安身立命。
本良守拙兮大观若海，磅磅礴礴之英气慷慨。
守拙本良兮大美若花，毵毵簇簇之飞虹流霞。
本良守拙兮大真若梦，卿卿我我之耦耕孤灯。
守拙本良兮大善若水，浸浸润润之濡毫染泪。
岁月流光兮山水印道，骚骚离离之诗学高妙。
花溪诗魂兮诚言恳叹，安安顺顺之潇洒散淡。

【作者简介】

袁本良，贵州大学人文学院教授。退休前曾任中国语言学会理事、中国修辞学会常务理事、贵州省语言学会副会长。著述有《守拙斋汉语史论稿》《汉语语法修辞论集》《古汉语句法结构及变换研究》《守拙斋随笔》《守拙斋诗稿》《二十世纪诗词注评》《古诗精华》《郑珍集/小学》(点校)等。

致敬韩陈其教授

（宽骚体）

李金坤

作《领新标异二月花》文毕，余意未尽，遂以“宽骚体”作《致敬韩陈其教授》，拙句云：

千古江山兮韩氏故乡，地灵人杰之满眼风光。
物物好奇兮事事重情，门门专精之业业发明。
言意象探兮兀兀穷年，真善美行之孜孜绵延。
新创理论兮震震天涯，独领风骚之灿灿诗花。
恳恳大牛兮勃勃心雄，世世流芳之郁郁青松！

天地唯一象

（韩氏齐正体）

陈柏华

天地唯一象，蕴含何其广。
吉凶寓其里，盛衰其中藏。
观象明道法，设象尽衷肠。
不明个中理，不足论短长。

韩诗一吟万象奇

（诗词八首）

李爱玲

中国人民大学韩陈其教授无愧汉语言学专家，著作等身，桃李满园。潜心言意象，毕生诗歌梦。

韩诗一吟万象奇

戊戌诗几百，庚子又歌集。
两卷三年就，一吟万象奇。

恭贺付梓

常挥椽笔研寻象，化雨春风黉宇香。
三首书魂宽骚体，八卷巨著大师煌。
高天云梦飞虹舞，七月红尘叠彩芳。
恭贺韩诗将付梓，乐哉文苑又新章。

赠书晚宴

晚宴高朋聚雅堂，茗茶杯盏志趣昂。
鸿儒妙语赏新作，隽杰连珠赞领航。
聆听师兄诗里梦，畅谈学术意蕴长。
千秋平仄限其意，齐正宽骚胜宋唐。

答谢馈赠

师兄文领航，殊誉满黉堂。
雅韵杏坛傲，笔耕桑梓狂。
春兰喜书阅，秋菊恋诗香。
愿讨鸿儒墨，抒怀窗谊扬。

博导赠书馨艺苑　韩诗三百锦连篇
珠玑妙语十方颂　丽句华章九野妍
名望不因传内外　睿才却是越人前
欲回答赋囊中涩展卷拜读谢隽贤

诗歌研讨

江天京口岁隆冬，苏大黉宫雅兴浓。
缀玉连珠诗境赞，谈经论著睿才恭。
举杯有幸鸿儒敬，寻谛因缘巨匠逢。
压卷伟篇研象美，千秋骚体又奇峰。

宝鼎现·赞《韩诗三百首》

诗坛星空，景致秾丽，香风迎面。予独爱、韩诗三百，除旧推新光日灿。究其经、当追怀源溯，继晷焚膏墨砚。言意象、别出机杼，诗韵精魂呈现。

摒弃平仄之忧怨，宽韵体、尽兴如愿。宽异律、何拘一格，明象冰心真谛炫。楚辞憾、字言多六七，未有吟歌极限。话格律、入声匿迹，再续辉煌难演。

文脉相继创新，枷锁解除金刚炼。字珠玑、言象传神，宽骚体见。赋词曲、美池瑶苑，斗艳奇谁倩？凭览阅、陈其华章，无愧宗师高卷。

拜读感言

冰心寻意象　纵笔绘星辰
瑶草琪葩盛　诗林领路人

辛丑年春

《韩陈其诗歌集》诗评

（宽骚体）

杨小平　乔秋颖

俯仰天地兮万象春秋，灼灼桃花之春风悠悠；
芳菲兰茝兮远望予愁，买椟弃珠之负薪反裘；
野草结网兮洋风神州，大雅久废之韩启清流；
诗骚革新兮明象大牛，乾坤豪气之江水情柔；
古稀发变兮萌蘖芽抽，韩诗韩论之兴开好头。

【作者简介】

杨小平，男，陕西澄城人。2020届江苏师范大学汉语言文字学专业研究生（硕士），诗词业余爱好者，以笔名“灞上阿平”在新浪博客尝试诗歌写作，所作《江城子》曾获江苏师范大学优秀网文作品三等奖。

乔秋颖，江苏师范大学文学院教授，南京大学文学博士。从事古代汉语教学与研究。

宽骚动容

——读《韩陈其诗歌集》（宽骚体四首）

【题记】

《韩陈其诗歌集》开篇第一首是《新疆天歌》，最后一首是《驹隙感怀》，《新疆天歌》阔大悠远而回肠荡气，《驹隙感怀》恍惚迷离而耐人寻味。

吴宜高

读《韩陈其诗歌集》而生无限感慨，故特效宽骚体以抒怀。

一

吾读韩诗兮方正性情，妙笔生花之辉映长虹。
淋漓尽致兮言意寻象，长怀永歌之沧桑宇琼。

二

吾读韩诗兮宽骚动容，高天流霞之鸟欢鹿鸣。
指点江山兮妙诗奇文，开卷窥思之诗象神灵。

三

吾读韩诗兮宽韵天歌，驹隙逝水之感怀无穷。
红尘黄卷兮茫茫诗海，姹紫嫣红之芳华春浓。

四

吾读韩诗兮宽对天地，磅礴万方之上下纵横，
旷达潇洒兮宽异缤纷，尽舞尽翔之飞鸟无痕。

【作者简介】

吴宜高，1985 年求知于徐州师范学院中文系（今江苏师范大学文学院）。1995 年中央党校经济管理函授本科班毕业。喜好文学和诗歌写作，曾有散文和诗歌发表。

韩家巷陌　陈其异彩

——读《韩陈其诗歌集》有感

（四言齐正体）

张天来

辛丑新春，陆华教授向余推送《韩陈其诗歌集》，余琐事丛脞，未能及时拜读。近日得闲，展读一过，不能释怀。为其诗中浓烈情思所感动，为其经营万象所迷蒙，为其梦笔生花所吸引，为其独创宽骚五体所折服，遂信笔抒怀，以传统四言小诗表达对韩陈其先生所创之韩体诗歌的由衷敬意。

仲春时节，百花竞艳。
披览韩诗，击节不已。
滔滔江海，钟灵毓秀。
满眼风光，文苑英华。
泱泱华夏，诗国风骚。
六朝风流，荟萃其文。
盛唐气象，群星璀璨。
盛世华章，尽萃其间。
太白子美，杜郎义山。
盘桓山川，巍然华章。
宋代风华，东坡稼轩。
金山北固，神州翘楚。
金陵王气，若断若续。
江宁织造，红楼绮梦。
华夏诗歌，源远流长。
降及近代，若存若亡。
韩家巷陌，陈其异彩。
宽其诗体，劈其诗境。
观澜索源，南音其始。

宽骚长怀，气象万千。
星歌云梦，星汉灿烂。
流霞飞虹，姹紫嫣红。
龙埂铁瓮，梦魂牵萦。
高天叠彩，百川归海。
红尘染月，月映万山。
瀛海微澜，凿壁借光。
光华缤纷，万象环中。
四言雅正，骚体逞奇。
观其意象，崇高无伦。
太白揽月，差可比拟。
天山新疆，嵩山岩岩。
葳蕤岌嶫，纷纶氤氲。
味其诗情，澎湃汹涌。
俯仰自得，游心太玄。
根深叶茂，源自南国。
京口润州，多景散忧。
爱其乡邦，咏其人文。
华夏诗国，赓续新魂。

【作者简介】

张天来，东南大学人文学院副教授，文学博士，硕士研究生导师。国家精品在线开放课程“大学语文”主持人。主讲中国古代文学、《诗经》与中国文化、中国文化专题导论、中国文学批评史等课程。出版《中国旅游史》《中国文化遗产概览》《南京文化遗产及文化旅游》《古文观止》（全注新译精讲）等著作。主编出版《大学语文读本》《大学语文》（电子音像教材）、《应用写作》等教材。发表《魏晋南北朝儒学、家学与文学》《新罗文学家崔致远的汉文诗》等学术论文。

南京临河步韵韩陈其教授

（七绝·新韵）

沈仰槐

一弯秋月钓秦淮，金鲤出身跳起来。
青睐追声何忘去？波纹圈大动楼台。

2021年4月26日

附韩诗：

秦淮河夜色

（七古）

韩陈其

一弯秋月静秦淮，谁点天仙下凡来？
翩翩王谢堂前燕，花灯漫舞凤凰台！

【作者简介】

沈仰槐，1949年生，号影山、镜涵天客，江苏常州人。拜张善子、张大千兄弟的高徒胡爽庵为师，为大风堂再传弟子。爱好诗书画影印并工于艺术理论，有诗歌、书法、随笔各在全国艺术比赛中荣获金奖等，书画出展发表于多国，有专著《书画构图及用印论纲》《中文诗律系统新论》《美化摄影初探》等，事迹入《世界艺术家名人录》等。

奋发图新求美奇

——读《韩陈其诗歌集》而赋

（宽骚体）

许国其

泱泱中华兮源远流长，文化传承之浩浩荡荡。
诗经离骚兮汉语象魂，精妙奇美之千秋万春。
陈其歌诗兮奋发图新，追远诗骚之大妙鼎尊。
蔷薇泣血兮字字珠玑，诗花诗叶之求美求奇。
尽心尽力兮篇篇瑶章，古今求索之诗歌大象。
观象明真兮取象明善，立象彰英之心象烂漫。
星歌云梦兮云水激荡，寻寻觅觅之灵悟思旷。
流霞飞虹兮姹紫嫣红，思思恋恋之雪意冰融。
西津渡帆兮南山听鹂，满眼风光之冰心佳期。
高天叠彩兮首善漫思，天安大观之碧水云奇。
绿野叠霞兮红尘染月，峨眉游云之嵩山禅觉。
西洋冲浪兮瀛海微澜，古道西风之煌煌意宽。
光华缤纷兮标新立异，小巧玲珑之诗赋情思。
追情溯怀兮梦圆成真，毕生心血之大牛雄文。

【作者简介】

许国其，男，1946 年 10 月生，籍贯江苏常州。镇江市诗词协会会员，镇江市老年大学壮心诗社成员，老年大学诗词创研班学员。

读韩诗有吟

（七绝二首·新韵）

洪素琴

感读《韩陈其诗歌集》

探研半世新格律，万里归吟醉故乡。
理创诗生言意象，博通今古铸华章。

选韵试和韩陈其教授诗《母思》

萱草摇黄杜宇啼，苇滩唤母又魂离。
举头更妒桃梨树，花落随风子在枝。

【作者简介】

洪素琴，女，生于1970年，公交司机，荣获江苏省五一劳动奖章，镇江手拉手公益服务中心志愿者。爱好诗词，多有作品发表于报刊和书籍。现为镇江壮心诗社会员。

咏韩诗新风雅

（宽骚体）

杨小平

诗骚双璧兮悬诸日月，风雅相映之振响荒涯。
古歌律绝兮诗体方备，四五七言之形态纷华。
环肥燕瘦兮各有美妙，意浑骨劲之俱怀孔嘉。
犹恐余脉兮难以存继，才遣韩公之更衍新葩。

三思曲

（宽骚体三首）

翁治清

月思

十五的月亮十七圆。中秋之夜，阳台仰望，思念远乡。

西风桂香兮冷月秋窗，朦胧星夜之依稀远乡。
迢迢山水兮悠悠心浪，静静夜深之悄悄影霜。
咫尺天涯兮云水茫茫，天涯咫尺之阳台翔翔。

聚思

云水精灵兮风霜雪雨，涓涓溪流之聚欢汪洋。
云水精怪兮风霜雨雪，霏霏玉絮之聚笑苍茫。
云水精馨兮雨雪霜风，煦煦阳华之聚情红枫。
云水精雅兮雨雪风霜，心心莲莲之聚心天乡。

鸢尾花思

鸢尾花因花瓣形如鸢鸟尾巴而得名，俗称为“爱丽丝”，花色丰富，寓意无穷。

松翠柳绿兮鸢尾花红，浅浅妩媚之清纯幽香。
莺飞燕舞兮鸢尾花蓝，款款优雅之窈窕端庄。
蝶迷蜂醉兮鸢尾花黄，朗朗奔放之献歌飞觞。
山清水秀兮鸢尾花白，卿卿我我之绝唱鸳鸯。

【作者简介】

翁治清(心莲),女,四川内江人,诗歌爱好者。现任教于常州纺织服装职业技术学院,副教授,人文学院幼儿发展与健康管理专业带头人,农工民主党常州纺院支部副主委,全国学前教育学会会员,全国地方高校学前教育联盟学前健康服务与管理专业委员会委员。分别于2013年、2014年赴澳大利亚LA TROBE UNIVERSITY和华东师范大学访学交流。专著有《英汉对比翻译研究》《英语文体翻译理论与实践研究》以及“十三五”江苏省高等学校重点教材《早教基础与实务》。曾多次获得省、市和校级教学科研奖励。

第六辑　诗潮演示

常来落脚看惊涛拍岸

诗开新生面　论展新象律

——试评韩陈其教授诗歌诗论

沈仰槐

人与人之间的缘分真是奇妙，添之诗心对流的激荡又增玄妙，再加上诗歌理论的交汇更是玄之又玄了。仅仅一面之交时，我就应允韩陈其教授写一篇评议，现在《汇评韩陈其诗歌诗论》出版在即，我也该兑现承诺了。

一、升华言象呈意境

拜读《韩陈其诗歌集》（作家出版社）和《韩诗三百首》（江苏大学出版社）两部诗集，深切感到韩教授是理论和创作两手都过硬的学者型诗人。以韩氏宽骚体和齐正体为主进行的创作实践已取得显著成绩，而这又是与“言意象观照”中的原创性诗歌理论紧密结合所获得的丰硕成果。

魏晋南北朝时期王弼在《周易略例·明象》中有论：“夫象者，出意者也。言者，明象者也。尽意莫若象，尽象莫若言。言出于象，故可寻言以观象；象生于意，故可寻象以观意。意以象尽，象以言著。故言者所以明象，得象而忘言；象者所以存意，得意而忘象。……得意在忘象，得意在忘言。故立象以尽意，而象可忘也。”从理论创建上讲，全面超越古人论说的韩氏是以现代全新角度来解析和结构诗歌的。他用简要之言精辟概括道：“肇始于‘言’，周旋于‘意’，升华于‘象’。”认为“诗是由一定节律的‘言’、一定情感的‘意’、一定范域的‘象’而构成的‘言—意—象’的聚合体”，提出在“言意象”的观照之中进行汉诗原创理论，并特别指出“象为汉语诗歌永远的灵魂”。从语言学的角度上说明诗歌形成，是特有创见的高论，用这种理论来解释和创作诗歌也取得了显著的成效。

但是，从诗歌发生学视野上说，笔者认为，还应增加区别于其他文学体裁的一项，即“凝结于‘境’”及“在‘言—意—象—境’映照下，诗歌原创的过程有三个阶段：是从大致聚合的启动走向精致融合的完成，经常还有雅致整合的修订”。进一步深度概括则为：“虽然‘意’是起因、‘境’是结果，但‘象’是关键、‘言’是基础”。从生存层面跃上生命顶点，才能感受到意象既是诗歌的生长点，又是外化的媒介链条，把心灵所内载的境象经过词语转换构成可感物象，即是由心象通过理性定格记录成语象，才能如王国维所说“一切景语皆情语”，但有必要把“景语”改成扩大化的“物语”。可见，掌握意象思维就是抓住诗歌感悟世界的方式。只有对反映人类的民俗、民风、民意的喻象系统予以发掘、开发、扩充，使之成为新的喻象群落，即是赋予形象以暗示、隐喻、象征、比喻的含义，只有让喻象形成喻义再选取喻言转化成喻境，有如此特色与特质的四喻系统才能运作纯粹的诗歌。这需要从感性、知性、理性、律性、美性这五性去进行全方位修炼。

这里还要指出，诗歌的生成都是由“象”开始，经过“意”的串联而抵达“境”的，最终都要落实到“言”的精确，而且要更进一步以“言”来结合“境、意、象”的多样需要，并完成以色彩语言来描绘自己思想的奇妙尝试。有的诗歌作者却没有清醒地意识并实施这一点，这也是一些作品立意甚好却未能给人以良好印象的重大原因。

歌者要在整个人生、历史和宇宙的观照下，形成对现代文化精神的追求，“象”有限而“道”无限。依据全息学原理，艺术境界最终指向更高的世界观中的哲学眼光，只有把个人的小宇宙发挥到最佳状态才能孕育出更好的作品。所以，要充分认识到诗思所向所及的“言有音形义、象显实虚幻、意具事情理、境分空域时”，作品正是按此多样统一交融的结果，有意识并能动地从这四项十二种构成出发，从不同的角度切入以进行专门及综合的练习，不但有利于扩展创造的范围与题材，而且有助于诗思维的建立。至此，各种写作技巧也会很快被掌握，诗人就能尽快地从必然王国走向自由王国。

二、汲古新今变风骚

“诗、辞”原是代表华夏最古老的两种诗体，指向由《诗经》汇辑的周诗和以屈原为代表的楚辞。虽然在新创的变化上一直很是细小，周诗与楚辞引出作为诗体的四言体和骚体依然在历代有所承续，但是到了现代却已很是罕见。难以具备古老意味且又不易结合现实生活，当是造成这一结果的两个重要因素。至于如何能够体现出现代特色，更是一个全新的课题。当然，诗歌作为敏感而纯粹的艺术，最容易接受外来的影响，但也要保留内在历史的延续，立足当代并在新眼界下，纵横梳理以更好地推动民族的自我新面貌。诗歌本有“下里巴人”式的通俗、“阳春白雪”式的高雅，还有“阳阿薤露”式的雅俗之间。笔者认为一个诗人应当拥有广泛的兴趣、全景视野和全局意识，应该具备驾驭多种语言格式与更多写作技巧的能力，既能够雅到顶又俗到底并兼顾雅俗之间，同时能依据情志的变动而自由地得到多样变化，这样才能够生动活泼地表现极为迅速多变的现代生活，也才能引起更多受众的共振、共鸣。阅读韩诗，仿佛有寻觅到知音的感觉。

此处，有必要了解如今的诗坛概况。首先，有不少写传统诗歌的人过于得志于古意和原味，拼命将自己的诗歌向古人靠拢而不可自拔，还异常自鸣得意。其实最出彩的周诗也不是庙堂诗歌而是民风歌谣，“骚体”也是在楚地民间歌辞的基础上提纯出来的，只是因为久远才显得古意盎然。其次，就是死守格律并推崇格律与技术，让创作都拥挤在已至极致的近体律绝，使丰富多变的古风与散曲创作明显处于消沉的劣势，没有认识到诗体的多样与否是一个时代诗歌是否兴盛的标尺。诗体的变化与增加则是诗歌进步的重要体现，因为这会带动创作，最终使诗作能更好地跟上并反映日新月异的现代生活。其三，偏执地认定古代通行的平水韵，凡用现代新韵即予以讥讽并压制。其实，平水韵中大量文字的古代发音演变到现代，已无法再行复读而实际转入其他的韵部，加上入声字在现代汉语中消失而平仄也出现混乱，这些就使得作品在吟诵时经常出现杂音而显出欠缺。而新韵仍有自己独特的规律性并未得到全面的总结与认知，因而简单的否定就必然显得无知与幼稚了。

韩氏从诗歌体式创造上来说，首推源于楚辞的韩式宽骚体。与周诗语言杂乱不同，楚辞规范化地在每句中突出加入一个相当于现代汉语叹词“啊”的“兮”字（或合用“些、只”等字），在参差灵活的句法中以六言为主，兼带四言、五言、七言等，并让“兮”处于尾部及中部、前部。韩氏宽骚体依据现代语境长语句的特点，参照自由体新诗的格式加以特别改造，主要是让“兮、之”字分别处于成对的句子之中，以双倍的四言而成九言句作为主要格式。另有增加字数更多的句子，甚至有高达十四言的，这是对汉语传统诗歌宽度的极限性尝试。其体式既可是方块式的齐正体，也可以有交错形态的杂言体，再加之韵式多变，形成情趣和味道上的多样变化，取得了醒人耳目和引人品味的良好效果。例如：

母　　思

（宽骚体）韩陈其

蒹葭青青兮思母心惊，心惊蒹葭之慧鸟啼灵。
蒹葭苍苍兮思母情伤，情伤蒹葭之杜鹃凄惶！
蒹葭迷迷兮思母魂离，魂离蒹葭之慈鸟夜啼！
君不见：
一叶一花总关情兮萱草生北堂；一言一语总关心之金菊漫天黄！

此诗以九言句子的积累,让大量对应的词汇反复出现,即以“蒹葭”一词并与“兮、之”的定位紧密结合,又频繁转韵而形成反复咏叹的效果,表达出因思母散发出凄凉的伤感。诗人又吸收歌行体格式,出其不意地切入反问用语“君不见”,像是在打破沉寂一样起到震撼的实效,再接上十三言的双句,一下转入母子在天上人间的灵魂沟通而暗暗有了激励与振奋的美感。

韩氏新骚体的创建格式:以叹词“兮”为主或可另带“之、乎、也、以、其、又”等固定字(且可以每句用一至两字),先决定是齐言体,还是杂言体,或是居于齐、杂言交集的特殊形态。当然,也可以是开始创作以后在变化中逐次选定,接着制定句式的长短(从两言直至十四言或超长)以及决定对固定虚字的实际定位。“兮”字若放在句尾,就权当成了独字韵体(实际是无韵诗),当然也可以按照惯例在偶数句的“兮”的前一字押韵。在不断熟悉楚辞原作的过程中,会渐渐受华夏诗歌之纯正气息感染。由于新骚体变化自由自在,其作为入门诗体,也比打油诗等都要快捷而易作。

三、声调依今随时代

“如今有一种倾向是把平仄在诗歌表义系统中的作用肆无忌惮地扩张到不可想象的神话地步,这似乎应该有所警惕!”笔者完全同意韩氏的这一看法,但是对他认为的“其实,就汉字的韵律而言,就是在入声没有归并变化的状态下,平仄也仅仅只是一种调律而已,其在汉语传统诗歌中的表义功能和表义范域应该是极其有限的”就不敢苟同了。

平仄在表义功能中是极其有限,但在表音功能中却是很有效果的,也由此成为汉诗格律的重要组成部分,也是区别且复杂于西方表音文字(仅有轻重或长短等)的特色内容。我们知道作用于诗歌创造的韵书,一直是在随时代变化着的,有宽松后的代表宋代的词韵和大变后的代表元代语言的曲韵。依据于普通话的新韵,是有史以来通行范围最广大的,所以研究新韵已是历史的必然。古代的诗歌格律也能够在此语境得到很好的转型,并且已然形成了更新模式下的有效延续,任何否定或看低新韵的论断,既与中华诗词学会一向坚持让传统诗歌创作以新旧韵并举的总方针有所背离,也不符合基层兴起以新韵创作实践的实际情况。

古代汉语的四声和平仄,其调类可以分明,其调值永远模糊而不可确切复活,因此其表意,无论就其意义范域而言,还是就其具体诗词而言,都是极其有限的。

定型于南宋的平水韵,本是根据唐人用韵的情况将 206 个韵部归并为 107 个,但人们依然认为韵部分类过细过窄,是人为地增加使用的难度,从产生之日起就又有扩大通押的范围来予以破坏。现代新韵则精简成 18 个韵部，若再宽松的话还可以按民间划分而成 13 辙，若算上更宽通押的许可（两韵通押的有："波歌、支儿、支齐、痕庚、庚东"，还有三韵通押"支儿齐、痕庚东"）则在数量上还会更少，其具有自由诗的广泛性与灵活性当然可圈可点。另外平水韵的读音早已无法再现而依附于普通话，出现了"麻皆、齐微、微开、姑鱼"等在现代已分别发音而造成多组别的两韵混杂，这些明显的失衡再加上消失的入声字及难分平仄者繁多，从而造成连老的名诗人都要韵书随身带以备随时查找来认定用字的韵部及归属平仄，可见其学习的难度之大，而新韵按流通天下的中文发音而定则有极大的便利与优势，所有的字只要张口出声就能够即行判定，还能很好地保证吟诵的顺畅与和谐。所以，韩陈其教授主张淡化平仄与宽韵，是符合我国语言发展规律的。

但是，细分自有其存在的理由即音质和谐的细微化，所以笔者认为，这在一定范围的需求中又是可取的，具体操作则是将声部与韵部与四声结合来细化，其所形成的数量接近于古人定则细分的数量。四声的配对也要特别细分一下会更好，即让阴平反比上声，阳平反比去声，这样就加大了在实际运用时的可供选择范围，同时也能达到细微化美感极致的目的。以上乃一得之愚，不知韩陈其教授以为然否。

四、张扬旋律巧对偶

对偶是汉语表现审美感的一种最为重要的修辞格，也成为诗歌写作时运用的特殊表现形式和手段。南梁的萧绎甚至有言："作诗不对，本是吼文，不名为诗。"对偶要求成对使用的两个文句字数相等，结构、词性大体对应相同（或近似或变通）且意思相关联，对偶之中格律森严的方能称为对仗。根据长年教学的经验判断，这才是传统诗歌学习和创作中的技巧重点和难点，其结构要求极为严格。当然，到如今我们还有如何将对偶更广泛地运用于新诗的重大议题与课题。

唐代日本高僧空海在《文镜秘府论》中总结当时汉语命名的属对格式已达二十九种之多。经查阅古代相关诗论并结合对联、谜语等艺术所积累的，再加上笔者艺术实践随遇而出的新实证，发现对偶的名目已然冲过七十种之高。这充分说明诗歌的发展特别是近体诗形成而走向兴盛并延续至今，极大地推动了对偶技法在传承中的翻新与扩充。

对偶的创作要，从内容上处理好诸多种类的语法关系而构成对仗的形式感。大体分为以下十种：

1. 意义取向一致的并列关系，这是常用也是变化最为多样的一种。如反向性的计有上下、纵横、动静、时空等。分列上下的如“月下飞天镜，云生结海楼”，暗含纵横的如“海阔凭鱼跃，天高任鸟飞”，形成时空的如“别来沧海事，语罢暮天钟”，还有复合性的，合声色动静的如“日高山蝉抱叶响，人静翠羽穿林飞”。

2. 依据时间前后或意义承接的顺承关系，常用关联词“才(已、曾)……又”等，如“曾经沧海千重浪，又上黄河一道桥”。

3. 分述目的和结果(可反之)的目的关系，顺的如“欲共水仙荐秋菊，长留学士住西湖”，反的如“巧理千家财，温暖万人心”。

4. 分别说明条件和结果(可反之)的条件关系，顺的如(咏梅)“必须经得千般冷，才可炼成一段香”，反的如“欲穷千里目，更上一层楼”。

5. 原因或理由与结果或结论(可倒装)的因果关系，如“莫愁前路无知己，西出阳关多故人”。

6. 将假定设想与推论结果并置的假设关系，如“若能杯水如名淡，应信村茶比酒香”。

7. 经过比较决定取舍的选择关系，要强调逻辑关系，如(药店联)“但愿人皆健，何妨我独贫”。

8. 上下联的事件、意义成反方向发展的转折关系，即对联术语中所谓的反对，是最为多见的，常用关联词“但、然、却、犹”等，如(咏煤)“一味黑时犹有骨，十分红处便成灰”。

9. 范围或程度上进一步的递进关系，常用关联词“况、更、不但……而且”等，如“不教白发催人老，更使春风满面生”。

10. 一句话分说而不可以改变次序的一体关系，又被称为流水对，如“人怜巧语情虽重，鸟忆高飞意不同”。但前面的关系中也有这种情况，是有必要加以区分的，如为假设关系的“但愿世间人不病，何愁店内药生尘”。

从对偶到对仗都是需要将技术上的贯通与心思上的灵动相结合的，下面来看韩诗在具体运用时的随机应变，归纳出其用在每一首诗中的独特性，多种对仗交融所带来的复杂性。例如：

碧波红鱼

(入律古风)韩陈其

奥森南园花迎春，春色洋洋得意红。
碧波粼粼奥海风，红鱼漫漫野凫慵。
鸟语虫鸣声悠悠，叠水花台响淙淙。
林海湿地雾蒙蒙，涧溪瀑流水溶溶。

仰山天境眺远去，愿闻得得春音跫。

韩氏对这种十句体式运用得最多也最有心得，诗作在中部尽量使用宽泛的对偶，平仄在随兴之余也偶然成为律句，这是参照排律的格式而加入个性特点，可以划归入律古风的范围。从对偶来说，他特别强调创作时的思维走势应顺畅流转而多用势对使之气势宏大；又多用意对而并不计较具体的得失，即只要意思可以并列配对而并不顾及其他。此诗即以触目成春的手法加以主动重复，十句诗中有八句用了叠字，中部三联六句均用了被称为连绵对的叠字对的格式，其中除第二联在中部外都落在尾部，还以第二、八句的中部另加叠字作为整体上的呼应，以一种对偶用到极致的有变化的即兴律性给人以很深的印象。类似对仗甚多，已成韩诗特征之一。

五、韵律更宽诗更流

除了句式组构的节奏要求之外，押韵自古以来就处于诗歌基本要素的优先位置。其在每一首诗中的构成状态被称为韵式。韵式在中国传统诗歌中相对简单，而在西方诗歌中则有复杂的设计，如十四行诗（又称商籁）的组构是多韵交织的典范，主动以律性设计韵式就成为当今诗歌变革的首要选择。

中国诗歌的韵式取向是很有意思的，除了古诗有着较多的韵式变化之外，其余的都在追求单纯化与复杂化的对比。近体诗在句式一样的基础上只有在偶句押同一个韵并相同平仄，牌词则在长短句交织的基础上又有了多样韵式的参与（如有主韵加辅韵的“定风波”、频繁转韵的“菩萨蛮”），散曲（戏曲须另论）又回到一韵密集到底而且平仄俱全，到了对联则又不讲押韵（有一点像现今的无韵诗）。针对这样的历史定式，我们的改革走向可以针对不同诗体选择在韵式上走向其反面，并且有着更大的范围扩张与质性改变的可能。

押韵（又作压韵），是为了使诗歌与韵文在朗诵或咏唱时产生铿锵悠扬等和谐感。创作中在一些句子的尾字，使用韵母相同或相近的字，这些使用相同韵母字的地方称为韵脚，在句子之中称为增韵。押韵的格式称为韵式（或韵格），大体有以下名目：偶韵，凡偶句为韵即隔句押韵；排韵，句句押韵并一韵到底；随韵，上下两句押韵且两句一换韵；交韵，奇句押一韵而偶句押另一韵；抱韵，一四两句押一韵，二三句则另押一韵；多种押韵格式如若合用可称为韵式编制。同于前理，携声的格式称为声式（或声格），同样有以下名目：句凡偶句携声的偶声、句句携声的排声、两句一换声的随声、奇偶句各携一声的交声、两句携一声而二三句则另携一声的抱声。多种携声格式如若合用可称为“声式编制”。

押韵主要影响句子尾音和谐度，并决定着诗性程度。诗性程度依次是：携声、声韵同置、韵头同列、押韵。也就是说，围绕字音音素所构成的相同性有四种，也完全可以在运用时混合起来统一考虑，从歌唱的所谓归音处理来讲可以准确将其命名为音式设计。了解了这些声韵格式就可以对现有的状况进行大刀阔斧地改进了，传统近体诗的韵式只有一种即奇句无韵的偶句韵式（或带首句入韵），连交韵式的律诗在唐宋时都仅有个例还被众人嘲笑，可见习惯势力如此强大。旧诗韵律的现代化革新，也优先选择此点为主要突破口。请看韩诗：

小放牛

（入律七古）韩陈其

桃红梨白小放牛，吆喝春风放伶仃。
丝丝絮絮梧桐影，点点星星蓝花萌。
冬尽犹有料峭意，春温偶吹和熙风。
桃红阅川凭鱼欢，柳绿催鞭走牛耕。
得意横笛小放牛，望空纵情喊几声！

律诗中有两种情况被称为入律古风，或是宽松对仗但不顾及平仄，或是顾及平仄却不按要求对仗。韩诗显然可以划到入律古风之中，不计平仄而多对偶，其中多处重复用字则是吸收了新诗的处理方法。又如：

善人乐牛

（无韵体）韩陈其

与人为善善为道，善人善己善天下！
助人为乐乐为牛，乐人乐己乐四方！
以人为镜镜为明，镜事镜情镜古今！
以老为尊尊为宝，尊天尊地尊自然！
以家为和和为贵，和邻和里和街坊！
以学为新新为奇，新事新业新天地！
以好为真真为美，真心真情真风尚！

韩氏借鉴现代自由诗大多无韵的做法，写下此首座右铭式的诗。诗词中原有鼎足对与四句对，这里却以两句为单位形成扇面式七联的同类对偶，再加上大量重复字的巧妙安排，形成了统一而短促的节奏感，正如其所附说明："虽然无韵，但是特殊句式的对用和递用具有无可比拟的连环推进作用。"正因为有起伏的节奏感，理当算作新创的一种有传统感觉的诗体。

独木桥体(又叫独字韵体，古称福唐体)，是指通篇只用同一个字做韵脚的诗歌。韩氏对于独字韵体情有独钟并且常用这一手段。例如：

九觞一笑

(独木桥体)韩陈其

九觞一笑人人新，东来西去南北新。
天来天去天天新，一天更比一天新。
月来月去月月新，一月更比一月新。
潮来潮去潮潮新，一潮更比一潮新。
人来人去人人新，九觞一笑人人新。

上面韩诗所作的独木桥体的用韵，不但有句句押的密集，还在本句中与各句间使用大量相同的字词，在体现日日新的诗思上，也按时空交替以层层推进并以重复句来呼应首尾。又如：

飞觞追云

(入律七古)韩陈其

东南黉宫天雨花，吾门有幸识君家。
千丝万缕三代情，万语千言一心嘉。
开怀畅聊心灵路，举杯尽赏天仙霞。
越洋昼夜连推扬，闻声华美尽远遐。
名诗句句可引醉，飞觞万里追云涯！

上面的韩诗除首尾两联外，中部的各联依旧宽式对偶并有意识将两组同音韵依次运用，在朗读中便有了韵律上的回环感。

六、诗歌新貌受众多

韩氏的诗歌创作在基本体式上形成了以下特点：其一，针对分出层面的社会受众来说更强调普遍效果。诗作是在大俗与大雅这两极之间任意浮游，既可通俗到不避讳写打油诗般的风趣，也可以高雅到韵致古奥，雅俗兼顾更是占据了绝大多数。其二，能够依据深厚的学术积累，强调每件作品的形式取向并多有变化的随性设计，按照习惯分法，除骚体、牌词与新诗等，大多要归于齐正体古风，或近于歌谣而采取高频的重复，或趋于律诗但运用宽泛的对偶。其三，完全用宽泛的格律而不太讲究平仄要求，只用现代通行的新韵使作品更加朗朗上口。

韩氏诗歌是集合现代理念并表现时代生活的艺术，但又是在深厚的传统底蕴上创新出来的，有必要追根到华夏诗歌的源头，那就是《诗经》和《离骚》所代表的楚辞。大体上讲，韩诗一方面对其有形式上的嫁接，尤其以创新体式为首要，即将四言与骚体结合成延长式九言为主的宽骚体，除有齐言体的整饬而堂堂正正，有时又加上杂言体式的错综而摇曳多姿。同时，韩诗在多种诗体的结构形式上改变重章叠咏而更多采取重句叠咏，即是基本内容在前句中已经得以表现，但在后句中又有部分重复地递进并形成连环态势，其优点就是更易于形成氛围以抒发情感。他特别注意以重复的字词来强化诗歌的节奏，使诗歌读起来有着一唱三叹的音乐性，难能可贵地将诗歌又拉回到或明或暗的歌唱性而很适宜于配乐朗诵，这是对传统诗词节律性的一种可观回归。

另一方面，韩诗则有内容上的更新。楚辞与楚地的音乐与民歌有着直接的关系，在语言上大量吸收口语与方言而构成。与之类似，韩氏也注意将诗歌与现代音乐相联系以达到韵律和谐，整体上向时代的通行语境大步靠拢；在语言态势和习惯上大胆切入，大量使用当代的语言和时尚的语汇，其作带有丰富的抒情幻想而具浪漫情调，并在结构上追求宏阔汪洋的气势。像楚辞一样，熟练运用《诗经》的比兴手法，既可将之作为局部修辞的手段，又能作为整体的立意构思，诗的内容中有明显高于现实生活的思想性，在系统的意象库存中灵活地运用人与物互拟而出的自然和社会的意象群，穿插古今中外的事典、语典的社会意象群并与诗人自我形象的态势变化有机而自由地结合，说笑吟咏并用，以跌宕的情感融入回环往复的抒情节奏。他常常为强化执着的情绪而让类似或相同的句子反复出现，以能一步步地加深对受众缠绵悠长的感染，虽然偶有意思重复与层次欠分明的不足。其诗风格取向也因题材、情绪、思路及表现手法多样而丰富多彩。

值得深思的是，韩氏立论于现代语境，在诗歌格律上强化的中心议题是一个“宽”字：在外观的文字排列上是以齐正体为主另加宽异体，改动骚体于宽而混杂律绝于古风之宽，不讲平仄而宽于对偶，对于韵式的安排也更为宽松。这种种宽泛对于普及传统诗歌及其与现代自由诗结合是很有补益和现实意义的,但对于扩展读者和扩容作者的诗歌事业来讲,以“宽”入门后是要不断提高难度的,这就势必转向“似宽实严”的深层高明。只有经过在格律上宽严不同的多样体验才能获得更大的创造自由。总之,诗歌格律的宽严是在对比之中存在的,犹如只有在浑身的配合下,两条腿之间达到平衡才能行走和奔跑一样,两者之间是可以互相影响也是应该相互转化的。

陆游诗云:“挥毫当得江山助,不到潇湘岂有诗。”诗人需要经过大自然的陶冶、文化环境的熏蒸、社会生活的历练、自我学问的积累、个人胸襟的开阔才能茁壮成长,其诗歌才得以有历史的负荷、人文的加载、社会的担当,还有个性的张扬和对未来的憧憬。

综观韩陈其教授的诗歌、诗论,我们坚信,随着《汇评韩陈其诗歌诗论》一书的问世,随着其创作实践的不断开拓和诗论探索的更加深入,他必将有更多更好的韩体诗奉献给广大诗歌爱好者,让我们翘首以待。

参考文献

[1] 韩陈其.韩陈其诗歌集[M].作家出版社,2020.
[2] 韩陈其.韩诗三百首[M].江苏大学出版社,2018.
[3] 黄志浩.中国诗学概论[M].汕头大学出版社,1999.
[4] 张伯伟.全唐五代诗格汇考[M].凤凰出版社,2002.
[5] 王力.汉语诗律学[M].上海教育出版社,1962.
[6] 陈仲义.台湾诗歌艺术[M].漓江出版社,1997.
[7] 赵山林评注.唐诗三百首新评[M].黄山书社,1992.
[8] 沈仰槐.中文诗律系统新论[M].未刊稿.

贺新郎
古稀本命年自寿并与大牛同志同乐

沈仰槐

敢问何来去，顾曾经、合成动势，惯乎将预。
盼也速行夷险后，梦笔添花好遇。
虚众认、独思实据。
可试虎威风尚起，舞干戈、抛却随毁誉。
峰顶览，目燃炬。

许择推理张狂羽，古之今、谁人在问，作答堪举。
多少闹忙悠闲客，难主推澜策御。
管自在、先发呼吁。
应笑诗翁心胆大，已新驱、指向何殊域。
追影月，旭霞浴！

众鸟和鸣

（现代书法系列）

镜涵天客

本硬笔书法系列是用竹铲为书写工具，以传统的草书“鸟”字形态为本原，打乱书法正常规范的秩序，进行大小、粗细、浓淡等变化以及运用旋转、交叠、添加等处理手法，对所得素材进行构思而立意形成画境并点缀印章，最后运转文思拟出诗性的标题以扩增画外的情趣韵味，独立的每作均是由一至几个“鸟”字组成的（括号注出），主旨在于结合现实生活以“众鸟和鸣”来曲折寓示“百花齐放、百家争鸣”的文艺思想。